亚 王 府

郑九蝉 著

東方出版中心

目　　录

第一章　圣柜与密语 ………………………………… 1

第二章　将军树与双白蛇 ……………………………… 41

第三章　起兵造反 ………………………………… 73

第四章　崛起的南官王 ……………………………… 97

第五章　真王乎,野王乎 …………………………… 129

第六章　生死抉择 ………………………………… 158

第七章　吉月,凶月 ………………………………… 180

第八章　英雄气短 ………………………………… 207

第九章　名将之败 ………………………………… 234

第十章　胜利者,失败者 …………………………… 265

第一章 圣柜与密语

距今七百多年前，南宫王氏第一代高祖王理材，率子孙逃至南宫。其父王世广因反对朝中权奸贾似道被杀。贾似道下决心斩草除根，灭王姓子孙三族。南宋王朝医官戴营得知此信，即暗派学生扮成太监出宫门，急送王世广第五子王理材一大青桃。王理材接大青桃后，初时百思不得其解；就在此时，王理材堂妹王婉瑛入门，见桌上放有青桃，情不自禁以家乡土语喊一声："嗨，这是何处之青桃也?"此言猛令王理材惊醒——"青"者"请"也，"桃"者"逃"也，谐音即是"请逃"二字。王理材早知自己的父亲与贾似道有仇，直觉告知他，此次朝廷之争，定是凶多吉少。于是王理材先命五位堂弟速往大码头，雇下三艘江船，召集王氏一门男女老少，卷起家中细软，先抄小路至停泊处上船等候实讯。自己只身携堂妹王婉瑛扮成平民夫妇模样，四处打听。一出门，即见贾似道手下一禁军校尉率兵直奔王氏府院。王理材知事坐实，即与堂妹王婉瑛兔脱至船泊，跳上大船即令开船。是日，三船顺江流至钱塘江口。为逃到何地一事，王氏子孙意见不能统一。三分之一王氏子孙意学秦朝徐福，驾船出海直奔高丽；三分之二王氏子孙，意为当下当回到江西老家，组兵与抗。此两种意见均为王理材一票否决。王理材当即说出三点原因：一是此三船是江船非海船。大海淼淼，航程万里；风急浪险，海路不知。三条江船何以能越过大洋走至高丽？二是当下危机四伏，回家乡起兵，必自寻其绝。王理材意见极为明确：有道是，数即是运，运即是数。数尽运必尽。天下无有不散的宴席。上帝从来只按着他的意志办事，绝不会让穷凶极恶之人心想事成、胡涂乱抹。留得青山在，不怕没柴烧。我们先去福建南岭舅舅家，隐居一二年再说。王氏子孙们一听，有理，即示同意。于是，三船掉头，沿浙江沿海往南进发。然而，令王氏子孙们做梦也不曾想到的是，三艘江船行至浙东南官大鹿岛脚桶洋时，午时刚过，恰遇一场罕见大台风过境。先是天黑如墨筒，后是狂风掠海，波涛起涌。浪高时立如移山；浪低时吞如深渊。无际之海即成人间炼狱。原本只能在运河上航行的三艘木船，何以经得起如此滔天巨浪？先是风帆被折，后是船舵皆断，再后是船身失控，船尾高立忽与云天相接；船头忽栽与礁石碰头。人啊人，平日总以为自己天下第一，惟我独尊；总以为人是万物之灵长，有能力有权谋可主宰世界，哪知在此自然伟力前，人是何等之渺小与无奈。——三艘江船早在磕碰与颠簸中，变成三片柳叶。正当三船王氏子孙被大海颠得全身发软、两眼翻白、口吐白沫时，自然之主早已作出毁灭性的决定并付之于行动。午时一刻，大浪张开两臂抱起三艘江船，用尽全力掷向海边站立着的三块大礁石。只听得震耳欲聋三声巨响，三艘江船拦腰被截，粉身碎骨。王氏一门一百七十四口，全都落入海中。王理材并没有淹死。——他让大海的浪头将他送至南官县大鹿岛海滩。直到台风离去，云天开门，南官王氏第一代高祖这才被一缕直射下来的阳光拍击醒。王理材努力撑起。抬头细看，发现三船失事地点离海滩并不远。海滩上搁满被击碎的木船碎片。没有死的王氏子孙们与他一样，全搁浅在这条尚不知名的白沙滩上。王理材急步上前清点人数。令王理材心中称奇的是，尚活王氏子孙男者二十五人，女者十二人。年龄最大的男子三十有五；年龄最小的女子一十有三。——面对三艘离海岸线不远的残船遗片，王理材欲哭无泪。你想起事啵？不，不；你想报仇否？不，不。当务之急是什么？王理材啊王理材，你得千方百计让你的王氏子孙们在这块土地上活下来！是啊是啊现在你是王氏一门唯一剩下来的领军人物你不想尽一切可想之法让你的同宗兄弟姐妹们活下来你王理材有什么资格做他们的统帅？——一条样子极为美丽的海鱼跃出海面，画出一道抛物线再栽入海中。一只螃蟹似乎不解他为什么来至这里？并用它的前脚钳钳了他一下。王理材面对着这两样生于海长于海的小动物，最后终于作出惟一可择之决定：他必须踏勘一下上帝赐予王氏的这块土地。

是日，王理材沿着白色海滩，往西面纵深走去。台风过后的阳光特为强烈。扎得他皮肤生疼。展在他眼前的是一处无人涉足的处女地。那山、那塬、那河、那塘、那树、那地，一片新鲜活笃。其形其状酷如刚步出母门的婴儿。天上飞旋着辐辏的海鸟。树上缠绕着鳞闪的巨蟒。草内蹦蹿着闪忽的小兽。河里游弋着尾接的小鱼。海面上游弋着巨船样不断喷水的大鲸鱼。王理材站在沙滩尖嘴处，四下环顾。他凭着耀目阳光，终于弄清王氏子孙所在方位：这是一处三面环海一处联陆的奶嘴式海岛。王理材沿沙滩西行一里半，见拔地矗起一座孤峰。抬头仰看，孤峰光岩赤石，高约百丈。顶呈圆形，中长一树，形如伞盖。树冠正中筑有大鸟巢；大鸟巢中坐有怪鸟。周身呈白，其状威不可犯。王理材决定攀至山顶看个究竟，即援一根山藤踩峭壁上攀。一个时辰过后，王理材攀至山顶。是时，人与鸟的关系极为和谐。鸟望人，人望鸟。鸟人两对。人知鸟，鸟却不知人。鸟终以人非同类，怕有意外，忒的一声展翅飞去。王理材凭树远眺。——往东看，海起圆拱，茫茫一片，不知何处有际；往西看，山峰壁立，不知何处有口。与其说这是一处海岛，不如说是一座天然伊甸园。往南北两向，王理材的心终得安慰。尽管上帝从来是铁面无私、心狠手辣，但终存怜悯之心，对王氏一门不薄。尽管灾难几令王氏灭门，但终赐王氏子孙一块能令他们得以生存的好土地。不说此地有蓝天碧海，不说此地有天然良港，就此一岙之土，也是天下第一块好地。那土，久无人迹。黑、纯、细、甜，捏它一把，顺手缝流油。周边那山那水那河那塬那地与他老家所在之地方无法相较。——老家之山雄伟奇崛，这里之山钟灵毓秀；老家之景阳刚严峻，这里之景阴柔可亲；老家之江温驯如羊，这里之海强暴如虎。若是将此两块土地同时放在一处平台上相比，分明老家之地是男人、此处之地是女人。别看王理材从小即随父纵横于中原与元军打仗多年,也别看他从小跟着田金辅读书学画略有成就,面对此情此景,他有生以来首次有醍醐灌顶之感。王理材终于明白——人类是世界上最具两面性的动物。他可低,可高;可贱,可贵;可上天堂,也可入地狱;可荣华富贵,也可苟延残喘。脆弱时,蹄窝之水便可毙命;韧强时,只要给点空气与水,便可抽根发芽。王理材终于明白——人类是最不了解自己的动物。他们王氏父子这么多年这么多代苦苦追求,最终不过是子虚乌有的一场噩梦。惟有人的生存高于一切。人与人之间为那么一点利益,相互间不断猎杀,在大自然的伟力面前显得是何等的荒唐与可笑。王理材终于明白——做人有什么意义?什么意义也没有。惟有活的过程中能否平安、能否最大限度得以享受生命的欢乐,这才是人类活着的最高境界。王理材终于明白——天地是人,人是天地。人的一生自有其运行的规则。什么叫因?什么叫果?因就是果。果就是因。什么样的因,必结出什么样的果;什么样的果,必然出什么样的因。因与果之间永远互相交叉而无休止。无论你是谁,若不是上天对你青眼有加,对你有所恩赐,无论你用什么样心机用什么样手段,得到你想要得到的东西,最终上帝还是使出你曾使用过的心机与手段,把你得到的东西,从你手中夺走。一个人活在短暂的世俗中间,若是你想对某一人、某一物永久性占有,最终你的所想与所得,不过是梦中情人和海市蜃楼。王理材终于明白——王氏一门渴望着的复仇计划,说到底不过是画饼充饥和白日梦。现在,面对着这些侥幸活着的王氏子孙,无论你有多少本事与智慧全是多余。当下关键的事情只有一项,你王理材必须面对现实,好好开拓此地,令他们活下来,你才有可能履行完你与上帝所签订的最后契约。

王理材从山崖上爬下。——王氏子孙全在沙滩上立着。他们一脸茫然地看着王理材。三十六双眼全向王理材发出探询:王理材啊王理材你给我听着爸殁了妈殁了大哥殁了二哥三哥也殁了你就是老大你就是族长你就是皇帝你开口发话吧我们这些活下来的王氏子孙们当如何做？王理材没有说话。他来到他们面前站定，挥了一下手，让王氏子弟全至滩边那棵无名树下结集。王氏子弟开始结集。王理材站在树下，面对着大海。他把他一路上的所思所想全与王氏子孙倾情说出。——哥，照你这么说，我们只能在这里生，在这里死了？——是啊是啊，什么叫天命？这就是天命。天与之不可不受之。既然上天给我们王氏一门如此果报，我们只有顺其天意。——你的意思是？——还用我说吗？靠山吃山，靠海吃海。我们没有别的路可走，只可在此处安家。三十六位幸存者默然无语。他们能说什么呢？什么都不能说！什么叫铁的现实？这便是铁的现实！在上天设定的局子里，你一个小白人，你还想推陈出新？

王氏子孙开始分头行动。——十个王氏男子光着膀子重新下海。他们游至三艘残船处，进行剖腹式搜寻。他们把船舱里所有不曾被海水卷走的东西全部取出。七位王氏男子拔出佩剑，上山砍树放竹，刈草盖棚。十一位王氏女子，由王理材王婉瑛领着，下河逮鱼、入山采果、钻木取火。

南官王氏子孙，终于有了一块属于自己的土地。是日，他们共同商定，将此村定名为“海王村”。

距今七百多年宋理宗宝祐五年，一吏部尚书名叫田金辅者决定辞职。此人是南宋时一位高人。他深知月满必缺、潮涨必退、功高必震主、物极必反。为官者，若是不学范蠡见好便收，日后定与文种同道。他几经考虑后，决定告老还乡。想定之后，当日即向皇帝上疏说：臣天生只知宣纸上有仙风道骨，不知为官为政之世间俗务。此生不游遍国中山水可惜；此生让老妻闲置多年可惜；此生做不得游僧吃不得四方饭可惜；此生当朝为官身不由己可惜。且我当下尸位素餐，于心不安；只求打道回府，令我浪迹于山林野草之间、垂钓于江河湖海之滨。此田金辅，是南宋小王朝第一怪人。天生善画。七岁时，即被乡人奉为神童。十八岁时连中三元考中进士。二十岁时，即入翰林，奉旨作画。曾画有一幅长三十六尺、宽三尺的《皇帝南官巡礼图》。理宗皇帝阅后,亲题签为“天下第一国宝”。二十五岁,任集英殿修撰提举玉龙宫,一时诗画曾让洛阳纸贵。二十六岁时,升龙图阁直学士。因其才其貌其德均被临海谢深之孙女,当朝皇后谢明心所重,特将其妹谢明琳赐婚田金辅。田金辅与谢明琳成亲后不久,任大中大夫。三十岁时,随谢皇后至南官省亲,曾下榻于十里长街三水泾口临水阁,一时被酒,信手写下一首《点绛唇·乡间即兴》,至今尚在南官一地广为流传:

半掩门扉,
清流洗耳声声脆。
风犹微醉,
惹得柔波碎。
垂柳梳妆,
画远山眉黛。
蝉低唤,
浓阴深处,
独与云相对。

田金辅上书三日后,旨下。理宗皇帝准请。田金辅即打道回老家九江。起程前夜,宫廷医官戴营率随从六人,抬一暗红色木柜至田府。田金辅跪地接旨后,起身细观,不知戴营所抬者是何物;问戴营,医官大人,此何物也?戴营答,圣柜。田金辅惊道,圣柜乃皇家之物,我乃乡间一草民,何得承受?戴营说,皇后所赐,臣不过是奉命行事。田金辅行三拜九叩后,再起身细观,观后大为愕然。全柜长七尺二寸,宽三寸,高三寸。柜板全用蜀地所产的阴沉木(也称乌木)令皇家工匠精工巧作而成。柜身光洁如鉴。柜面铭有龙凤两图。柜口贴有火漆圣封。初观之,一柜金碧辉煌;近而细察,冷彻入骨。尤令田金辅不可解者,名为皇家用品,造作却极为违制。长、宽、高三者不成比例;三面锐直,一面浑圆;其形如棺却非棺,其神如柜却非柜。尤令田金辅狐疑者，柜面所镂之龙无角、所镂之凤却无睛。凡皇家用品，国家礼仪早有定谳：龙无角者为蜥，凤无睛者为鸡。——蜥、鸡皆平民之像，何为皇家圣品？是谢皇后本人不知呢？还是宫廷工匠头脑不明？若是谢皇后不明事理，那可是大不对头。满朝文武，何人不知谢皇后之才学？此女子是上通古今、下达人事之大才女啊；若是宫廷工匠不明，违制者却犯有大辟之罪。除非谢皇后下有懿旨。你想，哪位皇家工匠敢拿自己一条小命开涮？若是谢皇后本人另有懿旨，那谢明心贵为皇后为何如此？——别看田金辅平日里不是喝酒就是作画作诗，常现一身“书腐”模样，其实，他是满朝文武中最为精明一个。他深得老子之道，无为无不为，无得无不得。常以傻处世，藏拙于巧。田金辅总觉此柜内暗含玄机；遂问戴营，医官大人，圣柜内装有何物？戴营答，臣奉命行事，不知内情。田金辅问，皇后可另有懿旨？戴营答，皇后只让我告你，她所思之事，均在柜上封识处写明。是时，天色已晚，江中浪急，林风长啸。田金辅即命家人秉烛细看。微光下，田金辅即看到柜口封识处，题有谢皇后亲笔一首小诗：

二十年后中秋起，
魔烟席卷小命凄。
举家迁往南官日，
麻狸岭上与王齐。
绳断索裂知居处，
此柜开时才知奇。

田金辅读罢心惊，说，医官大人，皇后写此封识何意？戴营摇头答，小臣不知。田金辅说，十年后，我老家会出何种事？戴营笑，鱼非鱼，花非花，小臣非皇后，岂可知耶？田金辅说，木不离土，鱼不离水。有道是人生于斯者必安于斯。我老家在江西九江，她老家在南官，我田氏一族何能举家迁往南官？谢皇后与你还说过什么？戴营答，谢皇后只是令我告你：若干年后，不光你们田氏一门要去南官，我们戴氏一门也需迁往南官。田金辅说，谢皇后省亲那年，我只是乘船去过一次南官，南官可有麻狸岭？戴营答，我与你一样，只是随皇后坐船去过一次南官，不知南官是否真有此岭。她只让我告你，你至江西老家后，不管你遇何种急难，不可强开此柜。数到，时到，此柜即会自开。田金辅再问，与“王齐”是何意？戴营说，天机之心，不可测度。先生且听天由命吧。——谢皇后旨意如是，田金辅还能说什么？况且田金辅为人天性顺从、通达，做人从来敢担当、不避祸福。既然谢皇后圣意如是，田金辅岂有不接之理？田金辅当然收下圣柜。当夜，戴医官回宫缴旨。三日后，田金辅即携此圣柜坐江船，打道回府。

田金辅归家后，即“两耳不闻窗外事，一心专读圣贤书。躲进山林成一统，不管春夏与秋冬”。若是细论田金辅在九江所作之事，只有五件。一是拾字纸。——凡有字纸落地，他必小心拣起，或挖坑将它埋掉，或积聚成堆点火烧毁。乡亲对他的这种做法很不可解，说，大伯公啊，你这是做什么呀？田金辅答，人生在世无文字，即坠入畜道。岂有不惜字纸之理？二是喝大酒。——这是田金辅一生中唯一嗜好。他几乎每天必饮，若是不准他饮，即生病。每日总得出门一次，沿途行走。凡见酒旗杖策以进。时其家方圆三十里计开十三处酒店，田金辅一天一家轮饮。不饮则已，一饮必酩酊大醉。前后曾十七次醉卧桥头。妻谢明琳不准他如是烂饮，他即对妻子说，酒是心中仙，岂有不饮之理？三是捕虱。——这是田金辅唯一业余爱好。他几乎天天捕时时捕。只要有一点闲工夫，即靠墙坐下脱衣捕虱。冬日来临，越是来劲。常搬小凳一条至向阳一隅，一边晒着大太阳，一边当众解怀，从容捕杀。每当捕得一虱，即送入嘴中咬得哔剥直响。四是作画。——在田金辅眼里，他是画，画是他。人画合一。田金辅回乡后，天天作画，无有一日间歇。一天不作，全身即痛、头脑即昏。偶尔得一好画，即将画悬家院中，或独自捻胡细赏；或请一二知己前来观看。若是他认为此画是好画，即裱好深藏；

若是认定不好，即当众点火毁掉。四是著书立说。——打从田金辅打道回府后，夜夜写作不断。尤其是爱妻谢明琳得病弃世后，田金辅似乎预感到什么，写得更勤，时常秉烛至天明。他的著书习惯呢，也与当时文人不同。别人是拿着裁定的好宣纸，一张一张写，他却拿起作画时剩下的小纸片，一片接一片写。每成一篇，先令坐一两天冷板凳。过后再读。不中意，即烧毁；一旦认可，即将写有文章的小纸片片相粘成轴。写上一点卷上一点。卷成一卷，顺手即往家中空酒坛子里放。放满一坛，便令独生子田幸均用泥头把酒坛子封好。是年三月间，田金辅忽将其子田幸均喊入书房。田幸均问父亲，父亲，找我何事？田金辅即令田幸均将放在他面前的箱子打开。田幸均打开箱子。箱内有他父亲画的十幅画与金光闪亮的近百两黄金。田幸均不明白老父想做什么，问，父亲，您老人家想令我作何事？田金辅即说出六句话。一是，你伯伯王世广为人只知进而不知退，只知得而不知失，让人所杀乃是必然。二是你堂哥王理材携家人出逃，一直不知所终；能否与你们相聚，只能听任天命。三是大宋王朝气数已尽，取代者必是元人。四是你父将命禄永终，死后即就地与尔母合葬，不必张扬。五是柜内有画十幅，是我平生精心之作。尤其是《皇后出巡图》，是我一生至爱。若干年后，我田氏将出一后人与我齐名。你现在拿此黄金从速将此十画装裱，举家南迁时即可随身带走。六是放在酒缸子里的书稿，是我一生读书与经历体悟。你可拿至扬州书局，令他们校刻成书，得以传之后人。说完，田金辅打开抽屉，另拿三纸说，你将此三纸嵌入我所写之书的第九卷中间。田幸均一脸疑惑，问，何为如此？答，内中有秘语与密画。问，写的是什么呀？答，暂且别问，时至即知。父亲别的嘱咐，田幸均尚且可解，唯有“举家南迁”一语，田幸均不解。自祖上凭田为姓起，在此地足有三百年历史。故土难离，岂可说走就走？田幸均问，父亲，你为何出南迁之语啊？田金辅笑而不答。

距今七百多年前，宋理宗景定四年，元人兵临城下。——大将军金颉成与北军提辖管济兵率军与元兵血战于江阴。终因宋军不敌元兵铁骑,双双战死于建康沙场。临死前,金颉成对儿子南军提辖金休白说,为人子者,在家当尽孝,在国当尽忠。若干年后,国难寄于你一身,万望我儿精忠报国,不可堕我金氏家风。

是年,初至南官的王氏子孙们,终于完全告别过去那种锦衣肉食的贵族生涯。是时,王氏子孙与所有入主南官的寻常百姓一样,过着自食其力的日子。日出而作,日落而歇。与人无求,与世无争。饿了,下海逮鱼,上山打猎;困了,坐于海滩上,迎着阳光与海风小歇。然而,海王村短暂且平静的生活,即被一种出自自身的不平衡所打破。那即是渐为雄起之性。——什么叫性?性便是人类拥有的本能!只要这种动物本能一启动,其能量足可穿越铜墙铁壁。有道是富贵思淫欲,贫贱起盗心。随着生活的安定,王氏子弟崛将起来的情欲,令他们日夜浮躁与不安。面对人类与生俱来的本能渴求,作为当家之人王理材不是不知,而是深知;但,摆在他面前除无奈外别无选择。你想啊,那时的海王村是个什么样的村子啊,是一处上帝赐予他们的伊甸园。伊甸园虽好,有吃有喝,但,它却是一座孤岛。一旦人类固守一处而不得与外通航,面对着大海与山林——连只猴子都没有——哪有可供王氏子孙们婚配的异姓女人与男子?可不可就地取材?不可,不可啊。这三十七位王氏子弟相互间是什么关系?——百分之六十是兄妹;百分之四十是上下代。面对着自然法定的铜墙铁壁,岂可随心穿越?你王氏子弟不想倒霉也得倒霉。——人的本能不可压抑啊。一旦出现压抑,灵魂与肉体势必出现异变,是时,海王村二十五名男子首先开始作妖,他们的两只眼日日夜夜变得贼骨嚣亮;十二名王家女子,同样因原生态扭曲而出现失衡。无论思绪、生活,均出现颠倒。令王理材惊讶的不是别人啊,而是他的亲堂妹王婉瑛。这个成熟得快要掉下枝头的女人,前后曾三次潜意识地闯入王理材窝棚,喷沫而舞手地与王理材直言说,王氏子弟须婚配,才可解决人生大事。第一次王理材没理,第二次王理材没理,第三次王理材还是没理。其堂妹即出火,当着王理材面直指她双乳与下体说，哥，你给我听着啊，现在，我们这个地方全渴得直冒青烟。你如果不赶紧想法往海王村引人，怕是王家子孙要自配王家子孙！王婉瑛是什么人哪？——她可是王家有名的千金大小姐啊！想当初，她在老家是何种模样？多姿且文；可现在，她又变成何种模样？粗放而野。王婉瑛此言一出，王理材知此事不可轻视。王氏子孙处这一座伊甸园，好是好，却遭遇人生最大的尴尬与困惑。王理材当然是从王婉瑛的肢体语言中解读到他们心里的渴望。但，王理材心里十分明白，他是凡人，他并不是万能的上帝！他与他们无别。他有何法何术何能，变出二十五个异姓女子与十二名异姓男子前来解决他们的根本问题？尽管王理材熟读过四书五经，尽管王理材深知男女间有着上百种禁忌，但推己及人，他何以不知性起时的那种煎熬与痛苦？他何以不知他堂妹在他面前摇晃时他的内心是何种感受？

王理材决定带着王氏子孙突出重围。——是日早起，太阳刚出海，王理材即率八位强男开了个动员会。王理材直截了当对此八位强男说，你们不是渴望女人吗？你们不是想要繁衍后代子孙吗？可以。但，我必须告诉你们，同族子孙不可婚配。同族子孙婚配，生出后代子孙不是白痴，便是野人、畜生。你们想解决这个根本问题，无他路可走，只有开山辟道，越过横山恶岭，至外界去寻找他族男女。一切不言自明。王家男儿当然深知此道。“御前”会议结束后，八位男儿踊跃付诸行动。他们攀藤、砍树、刈草、撬石。在不断误伤与杀死无数爬虫的前提下，步步向东开劈。然，大自然之伟力实在是太强大、太可怕。强大得令王氏男子有如尘埃入海；可怕得使王氏子孙们命悬一线。人哪，还有人的那种感觉呀？令王氏男人们唯一感到无奈的，即是人如蚁，蚁如人。是时，他们是什么？只要万能的上帝轻踩上一脚，王氏子孙即会碎成粉末。——历尽艰难险阻，经七日七夜，终于开出一条一里半长的小山路至蛇蟠山。正当他们拨开青藤往前方一看时，所有王氏子孙们全目瞪口呆了。人多时，人欺动物；动物多时，动物欺人。一是阻隔他们的是数之不清的高山峻岭，不知何处是出口，想突出重围，几乎是纸上谈兵；二是树林稠密，进入树林后，方向莫辨；三是强悍的山猫野兽，四处潜伏，令他们防不胜防；四是铺天盖地的蚊子，咬得他们无处藏身。尤其令王氏子孙心惊胆战的，则是那蛇蟠山上满山满野盘绕的数不清的各种各样大毒蛇。它们几乎霸占了此山的全部生存空间。只要王氏子孙们不闯入它们的领地，它们不管不问，我行我素；一旦闯入它们防区，数不清的“卫戍部队”，即会从东西南北四个方位冲出，依次向他们发动进攻。王理材亲眼看到一只大鸟误入防区，一巨蟒张嘴将飞鸟吸入腹中；一野猪擅闯阵地，一条白蟒扑过，竟曲身将它缠死。王理材与他的八位兄弟心里明白，蛇蟠山，是他们突出重围的最后一座山，如果冲不出去，他们只可留在伊甸园自己人配自己人。只有下死力冲出蛇蟠山，才可令王氏子孙引进人种并得以蔓延。于是，王理材率着他们一次接一次地发动冲击。前后共冲击十三次，失败十三次。至十四次时，七房一堂弟，偶拨草丛，见草丛中有一对夫妻白蛇正扭身交配，七房兄弟吓一跳，举刀想砍；即在此时，白母蛇忽躥出，昂头，猛冲七房兄弟腿部咬一口。即此一小口，立要七房兄弟一条小命。可怜七房兄弟啊，没等他走出五步，一声尖叫，即一头栽地。待王理材闻声赶来救援，为时已晚，瞪着两眼见七房兄弟变成一块焦炭。这是海王村出现的第一位死人。——面对着死去的七房兄弟，王氏三十六位子孙的内心世界开始分崩离析。他们想不到，万能的人，全让这一些不懂人语的山猫野兽们给活欺侮了；他们怎么也想不到，万能的王氏子孙，再也无法离开这处与世隔绝的孤岛。这种前所未有的可怕，令三十六位王氏子孙感到黯然失神。是时，摆在他们面前的只有两条路。要么，他们突破所有既定的伦理道德，享受短暂的人生，生出野兽他们就接受野兽，生出人他们就接受人；要么，他们实行大报复，纵火烧山，把盘踞在这里的蛇王蛇后蛇男蛇女蛇子蛇孙们一律烧死。反正做人做到这步田地，莫不如与它们一起毁灭，图个省事图个痛快淋漓。王氏三十五位男女终于决定向当家人王理材下最后通牒。是日，天刚落黑，他们一起来至王理材窝棚,与王理材摊牌。——就这两条?——对。就这两条。——我不同意。——为何?王理材答,走第一条路,你我都是畜生而不是人;走后一条路,火烧连营八百里,人蛇玉石俱焚。我们吃什么,用什么?——那你说,怎么办?——忍。——你就这样好意思让我们忍着?——你不忍,又怎么办?做人能否成事,一要看天时,二要看地利,三要看人和。当下,天时、地利、人和三者全没有,你不咬牙挺,又有何法?——挺到猴年马月是个头?——挺它三月。——为什么一定要挺它三月?——大雪封山、蛇虫冬眠。我与你们一起再突出重围。王理材那话有没有道理?——有。王氏子孙们同意不同意?——同意。然而,人性的问题并不是那样简单啊。一因王氏子孙们吃了太多的海鲜;二因王氏子孙们当下的生活实在是太清闲;三因海王村所处的地理环境是南官最好的一块地,生活环境实在是太温润。这三个先决条件,让他们的情欲出现极度的亢奋。尤其是与他们日夜相处的九个本家女子,对他们的诱惑实在太大了。那气息,那体味,早已令他们现出无法抑制的不安与骚动。表面上,王氏子孙们一声不吭;背地里,他们却早已在伦理上作出退耕还田的最后决定。

王氏子孙们商量好的阴谋开始付诸行动。——是日,正是农历八月十五。海上初现大水潮。南风柔吹。滩浪低吟。海天一色。洁月如银。林间清幽。沙滩如雪。藏匿在四周的昆虫轻鸣。王理材点起松明想去海湾看网。刚步出茅棚,即听得棚外某一处嬲出一阵男女们的嬉闹。王理材深觉这种嬉闹不比平常,忍不住回眸朝发声之处作一下窥探。这一窥探,好了,让一直洁身自守的王理材,全身现出毁灭性的煎、炒、烹、炸。王理材看到什么?王理材看到的是二十四位王氏男子,脱得一丝不挂地站在他面前:舞蹈着的火光下,二十四根黄金色的肉柱高挺;二十四人发出来的目光如同野兽。——你们想干什么?——我们就想这个。(其中一个男子,做出一个极其下流的动作。)王理材说,不行。上天之禁,不可逾越。答,大当家啊,现放着十二个好果子,为何不让我们动手采摘?王理材骂，混蛋！这十二个好果子是你堂姐堂妹堂侄——只有畜生才可如此！他们叫，大当家啊，你别跟我们东三西四。你他妈的明说，就我们这种样子，到底离畜生还有多远？王理材说，人就是人，畜生就是畜生，怎可乱伦？他们喊，大当家的，与其都是个死，为何不容我们快快乐乐他一回再走？王理材说，你们如此作事，会后悔一辈子！他们边哭边跳着大喊，大当家啊，我们可是从没有享过这个福啊，你就让我们这样死了，我们后悔不后悔？左右是落了地狱，就让我们堕落一回吧。王理材瞠目结舌说不出话。——是啊，是啊，现在的王氏子孙，除了会说人话、会思考事、记得住一点文字外，他们离畜生还有多远？王理材毕竟是王理材啊，他读过书，见过世面。他知道什么可为、什么不可为。他知道王氏子孙们一旦走上这一条畜道，最后会给王氏一门带来什么样的结果。王理材企图阻止二十四位王家男子们的胡作非为。然而迷失且疯狂的王氏男子，早已不知人间还有“羞耻”二字。他们呼着、喊着，冲进窝棚，拉出十一位姐妹，当着王理材面，扯下她们身上唯一包裹着的那点遮羞布。让王理材万不敢想的，这十一位本家女子居然不作任何拒绝，还笑逐颜开地当着他的面相互配合。顷间出现的场景实在不堪入目。当众进，当众出。当众疯，当众叫。当众戏，当众唱。——如此狂野的原始群交，瞬间全部击垮王理材苦心经营起来的马其诺防线。所有人类古文化中早已存在的百种禁忌，全在人类的本能面前显得如是苍白无力；所有先人们苦心制定的百种清规戒律，在人类原始的疯狂中显得如此不堪一击。罢，罢，罢。既然你们不做人要做野兽，那你们就做吧。我挡不住，我还躲不过？王理材牙齿一咬，一头拱进茅草棚。

王婉瑛一身透明地立在他面前。王理材大骇：你这是干什么，你？王婉瑛说，哥，随大流吧。王理材说，别的大流好随，这个大流我不能随。王婉瑛说，你不对我下手，他们也要对我下手。王理材说，我与你是亲堂兄妹！王婉瑛答：哥，死活尚且不知，何论其秩序？王理材说，如此下作，你不怕上天惩罚？王婉瑛答：哥，识时务者为俊杰。你想想,眼下我们王家有什么?所有的良辰美景都变成泡影,只欠一死。为何现放着艳福而不享?来吧,来吧,我的好哥,你来吧。与其让他们糟蹋了我,莫不如让你来,也不埋没了我这一身好姿色!王婉瑛张开双臂便扑将过来。王婉瑛这往死里一扑,终于彻底地绞断了捆在王理材身上的三十条索链。王理材身不由主一配合,王婉瑛即刻抓住机会急剧纵深。一旦急剧纵深,两个不同色彩的军团开始实施胶着战。好一场胶着战啊,一直打得王理材双眼暴突,肌肉抽搐,昏天黑地。王理材这才明白,他说了那么多话全是假话。实质上,他是一直渴望着这个时刻。只因上下三千年的禁忌实在让他谈虎色变不敢打开此扇大门。如今此扇大门业已开启,所有的恐惧、忌讳、戒律、道德、人伦,全都化成一堆泡沫,随着水流汹涌下泄。此时此刻,所有的山呼海啸早已远离他们而去,所有的铜墙铁壁早已在狂乱中崩塌。唯一响彻云霄的便是兄妹二人在狂乱中发出来的呻吟。

王理材完全沉入海底。

王婉瑛完全浮出水面。

王婉瑛一身光鲜地步出窝棚。她拍了一下手。——候在门外的三十四位王氏子孙,开始欢呼雀跃。长堂兄上来问,上了?王婉瑛一身甜腻地答,上了。长堂兄高举两臂向天发出呼叫,万岁,万岁,万万岁!

他们胜利了。——是的,畜道终于战胜人道,情感终于战胜理智。现在,只要王理材你这个大当家被降服,再也没理由阻碍他们前进的步伐了,从此他们可以昂首阔步地向前挺进了。什么乱伦、什么近亲结婚,什么人为界定的桎梏,没有,全没有了。摆在王氏族人面前的只有尽情的纵欲与自由了。

距今七百多年前,田金辅逝世。——田氏一门千三百余族人,为这位官位最高的老祖宗送行。即在田金辅入土后的第三天,田幸均终于打开那些大酒坛子,从中取出他父亲日夜精心编写的全部书稿。他一筒接一筒地打开,不由肃然起敬。书名为《人生警言》,计十二卷,分《读史论人》、《天地同心》、《平准经》、《行范》等,上至天文地理,下至民间传说,无所不包。惟一让田幸均心里起疑的是,他父亲最后交与他并让他嵌入书中第九卷的那三张白纸。他不知看过多少遍,内中什么东西也没写。然而,为什么他的父亲一定要他将它们嵌入第九卷中并说这是留给田氏第三十代子孙呢?难道此白纸中暗藏有玄机?田幸均再次拿起这三张白纸,对着太阳照了又照,还是什么也没看见。田幸均想,此事太令人奇怪了,我老父亲到底玩的是什么花头?是年,田幸均揣着他父亲留下来的黄金,来至扬州书局。他提出一个要求,要以最高的质量刻印这套书。他特别交代,这三个页码必须嵌入第九卷正中间。书店老板拿起这三张白纸,同样对着太阳光照了又照,同样是没看到内容。他问田幸均,这三张白纸,你父亲什么也没有写啊,为什么一定要嵌入第九卷书中?田幸均答,不知,父命不可违,只能照此办理。

十二卷书刻成。田幸均拿到自己管的第一套书,翻开看,诚然如是,三页白纸嵌在第九卷中。

德祐二年,南宋小王朝终于被元所灭。太皇太后谢明心怕生灵涂炭,最后作出决定,抱着五岁的宋恭帝出城投降。是年,全国各地为护国卫族,战事纷起。死者不可胜数。尤其是江南大地,一片尸横遍地,血流成河。辅国之臣金休白为保南宋小王朝,不得不作出最后挣扎,背着赵氏遗孤逃往福建。金休白企图在福建一带重新立国。然而,天禄永终,非人为所能为。他不得不携着赵氏孤儿与一百三十三位皇族子弟逃至海岛。不幸踪迹被露,元兵四面围困,金休白率兵与元兵决战三昼夜,八千军马全部战死。最后金休白爬上一处悬崖,对天对海一声长啸:上天啊,我大汉民族究竟犯有何罪,让你惩罚如是?纵身一蹈,以身殉国。后元朝正式立国。谢皇后赐予田氏圣柜上那首小诗所陈之言,终于全部应验。——天难、国难、家难、疫难纷然降临中华大地。长江以南三百一十四天不见半点雨星。大批农田龟裂,山上的树木全部枯死。人以食为天,一旦农田颗粒无收，必然导致民不聊生；一旦出现民不聊生，必然导致饿殍遍野；一旦饿殍遍野，势必形成疫情。三十三天一过，一种无法让医官们说清的疫情突然间在江浙一带降临。那病出现的症候十分奇怪：先是高烧，后是全身出血；一旦全身现大出血，则无药可救；轻则三四天，重则一两天，即暴死。江西九江一带尤为惨烈。月内民死过半。三百里方圆尸体遍野。疫情疯狂，又遇烈日盛夏，上天下火，地下成炉。人死后，只消一日便尸烂蛆生。镇镇恶臭熏天，村村乌鸦遮日，室室蜈蚣掠道。抬头读日，日幽冥；低头阅地，地血腥。

田幸均下决心带上活着的田氏子孙冲出九江封锁线往东迁移。——是时，田幸均年仅二十有一。他被这种从不曾见过的疫情吓得全身颤抖。他渴望自己能把所有活着的田氏兄弟带出死亡地带。然而，出现的情况并非他心中所想。那时的政府与现在的政府完全不一样啊。现在的政府是人民的政府，人民政府为人民。一旦社会出现大疫情，解放军战士与红十字医疗队便会逆风而上，不说是想尽千方百计，也恪尽职守救人。那时，一因科学不发达，二因社会管理能力低下，一旦国家遭瘟，官府所行之法便是“活焖”：准进不准出。是生是死，听凭天择。尤其是这个刚成立起来的元朝政府，属马背上的民族，面对着这场瘟疫，他们什么也不怕，就怕城池着火，殃及池鱼。为不让瘟情顺势蔓延，他们早已派重兵把九江一地团团围定。凡九江通往外地的八处关隘与十三条水道，均被元兵把守。元政府下严旨，不准放一人出境。若有放人外出者，斩无赦。田幸均携着田家一百九十名族亲冲至大青山关隘，恰遇八湾庄何、赵两姓（后来，此两姓氏族中最后有三十三人冲出重围逃至南官临海，并在临海建有何家村与赵家村）二百三十四人手拿武器斩关夺隘。哪知这些元朝官兵根本没把汉人当人，一声令下，一百三十名弩弓手列阵发箭。田幸均亲眼看到何、赵两氏人丁死伤者大半，有十八人被他们用弯刀砍死；有十九人被乱箭射成大刺猬。田幸均见斩关夺隘不是生路；只好率三百多人退回老村。就在此夜子时，一件从不曾出现过的怪事在田家村发生。是时，八十多位活着的精壮男女(他们说不清自己是睡还是醒)几乎在同一时间,看到身穿朝服的田金辅一脸庄重出现在他们面前。他们正在发愣,一个死去的人何以能复活?然而,他们却清楚听到田金辅——那神那气就与他活着时一模一样——对田氏子孙们说,你们此时不往东走,更待何时?田氏子孙们惶然,不知如何应答。田金辅即立身于村口大钟下,振臂对天大喊,田氏子孙们哪,你们听着,你们听着,走吧,走吧,你们走吧。你们携着我的那些书与画、抬着谢皇后所赐的那口圣柜,沿着南山那条小路往东走吧。你们往东走,一直往东走,迎着太阳走,一直走至南官县麻狸岭与王氏子孙们汇合后,你们再迎着太阳往东走。什么时候,什么地方,你们所抬这只圣柜落地,此地即是你们安身立命之处。此言一出,田氏子孙毛骨悚然。他们亲眼看到田金辅变成一缕烟气在他们面前消散。田氏子孙顿时大梦初醒。这是怎么一回事?——不知道。——你看到了?——看到了。——是幻?——不是幻!——是真?——不是真。——是幻中的真,还是真中的幻?——说不清。——那到底是咋回事?——是梦,不过是个梦。——是梦,我们这么多人,也不能同做一梦啊。正当田氏一门子孙全站在那里疑心惶惑时,田幸均忽想起父亲临死前与他说过一言,即起身,手持松明,攀小木梯至他家藏书楼。他举松明四下张望,果见小阁楼中放有一只长方形圣柜。因被冷落在这里十年,柜面落满灰尘。田幸均轻拂灰尘。柜面上果现出一首小诗。田幸均只是一读,即恍然大悟,打心里发出长叹说,天哪,谢皇后所赐之柜果是神柜!天机早知不说,且内含救田氏子孙的大计啊。田幸均既兴奋且有力,即返至村口,拉绳敲钟。钟声一起,他即立于他父亲所立之地,对全村族人大喊:起来,起来,我们田氏子孙有救了。田幸均的喊声与钟声同时令田家村第二次出现大震荡。八十多位田家壮男壮女全夺门而出来至村口。王幸均并不说什么,只是将他们带至自家阁楼,让他们抬下圣柜摆于中堂。田幸均说,你们自己好好看看吧。田氏子孙们即陆续上前看。只是一看,便雀跃起来。——哪来的这么个柜子?——谢皇后所赐。——里面装有什么?——

不知。——天哪，谢皇后早知我们田氏有难？——这还用说?！——南官离此地多远？——不知。——不知？怎么走？——我父亲不是叫我们往东吗？我们就往东。——往东地方大着呢，到哪是头？——老祖宗说，绳断处即是新家，我们一直走至绳断处即可。——好啦。好啦。我们别在这里瞎吵啦。老祖宗叫我们听天由命，我们就听天由命吧。——对。顺者生，逆者死！——是啊，是啊，旨梦合一，实幻同力。不是老天救田氏子孙又是什么？

是时的田幸均，再也不是过去之田幸均。他深觉自己一夜间业已长大成人。他即对所有田氏子孙们说，愿生者，随我走；不愿生者，可留此地！——求生，乃是人之本能啊，岂有不走之理？八十多位田氏壮男壮女即振臂响应。他们先是齐心协力掩埋掉所有倒死于路边的田氏族人的尸体；继之，一家一户实行大排查。凡屋内有活者，无论是老是幼是孤是寡，一律强行搀出。一个时辰后，田氏子孙们终于在田家村操演场上聚齐。人一聚齐，田幸均即率三十位强壮男子全力出击。他们手举火把，一趟街接一趟街走，一趟街接一趟地点火。火头一起，经营有三百多年的田氏大村庄，即一片火光冲天。两时辰一过，百间民房均在大火中化为灰烬。村子一烧光，田幸均即令田氏子孙们掖书画抬圣柜，组成队伍，沿着鲜为人知的南山小路往东进发。

海王村王氏子孙们的疯狂、浪漫、迷失，最大限度的自由与放纵，只过去两整年，自然界规律的大报复行动便拉开了序幕。——是年一月，这十二位王家女子们几乎同时怀孕；是年九月，此十二名王家女子几乎同时分娩。结果不言自明，摆在王氏子孙面前的报应，令他们心如刀割。新出生的十三个婴儿中，只有一对双胞胎出来的样子勉强尚属人类，其余十一个孩子全是面容狰狞、形象可怕的山猫野兽。有的有眼无首；有的有首无眼；有的全身长有黑毛；有的四肢现出狼爪。尤其是王婉瑛生下一子，其状更为可怕；活如一只长满刚毛的小猩猩。面对着上天如此报应，王氏子孙们欲哭无泪。王理材说,你看,我说不出五服者不可通婚,可你们就是不相信。现在,你们相信了吧。社会之所以有人伦,有禁忌,总有禁忌的道理啊。你们不是高呼万岁吗?这一回,你们就好好高呼一下万岁万万岁吧!面对此等结局,王家子孙们毛发飞长、浑身打战。王理材一筹莫展。就在此夜,冥冥中王理材突听到有一大音在他头顶上响起。他无法断定此大音出于何处。似乎是从天宇中降下,似乎自地极中喷出;似乎是他父亲王世广之声音;似乎又是谢皇后坐在庙堂之高对他们颁发圣旨。他只知此大音在他耳边不断对他斩钉截铁地下令:王理材,王理材,你是王氏一门最后一位首领,你该背水一战——率着王氏子孙,向西,向西,至麻狸岭,至麻狸岭!你们只有至麻狸岭与江西九江逃难过来的田氏子孙相遇,王氏一门子孙才可有救。——这是什么样的声音啊?这可是涌泉之大音啊,王理材心中明白。这不是普通的声音,而是上天不想灭王氏一门前来拯救之声音。王理材就在此一瞬间,作出他人生中第二个关键的大决定。无论面对着的是死是活,他都要率王氏子孙们逃离此伊甸园——朝着人生必有的灾难、必有的痛苦、必有的不幸、必有的世俗、必有的规范、必有的矛盾、必有而无奈的现实生活进军。什么叫原罪?这就是原罪!什么叫救赎?这就叫救赎!此时的王理材,再也不是过去饭来张口、衣来伸手的公子哥样的王理材了。多年前的灭顶之灾,多年的绝缝中求生,早已令他的心志脱胎换骨;多年的大自然雨剑风刀,早已将他的身板冶炼成钢筋铁骨。第二日清早,太阳刚从海平面升起,海面一片云蒸霞蔚。王理材最后一次将三十五位王氏子孙结集起来。王理材声色俱厉地对王氏子孙们下达他一生中最为严厉的一道禁令。王理材说,你们听好了!自今日起,同族男女行房事者斩!禁令一下达,王理材变得比任何时候都要专制、都要强暴。除了那一对有点人样的孪生子外,所有那十一个半人半兽的怪物,全让他拿刀当场全部杀死。

大雪终于铺天盖地地筛将下来。四周山林原野,现出他们这么多年间从不曾见到过的银装素裹。王理材精心考虑好的突围方案,即在今日付诸实施。十二月初三,天刚发亮。王理材顶着鹅毛大雪,亲自捣毁王氏子孙们精心打造的全部草棚,然后率着他们义无反顾朝着太阳落山的方向开步。——从现存的《南官田王两氏族谱》记载看,王氏子孙们的这一次突围,是他们生存史上最为艰难的一次突围。他们不得不像山林里的猿猴们一样逢山过山、逢水过水。饿了,动手猎杀野兽、采摘树顶上高挂着的坚果果腹;渴了,捧上一口山雪、掬上一捧山泉止渴。天一明,他们勒紧裤带上路;天一黑,他们就近点起篝火相拥睡觉。一尺道路、一尺道路地开拓,步履坚定朝西而行。——走啊,走啊。他们谁也说不清跨过多少条河,越过多少座山冈。终于在是年十二月十三日,王理材率着王氏三十五位子孙,翻过一座高耸入云的绝壁,来至一处山岭。这一道山岭的山容山貌极为怪异,形如鱼脊,顶呈平圆,状似祭坛,有蹊道自东西南北四向辐辏过来。岭与岭相连的关隘自成一座大门。立于山顶往下望,起伏群山全成腾跃细浪。因此山太绝太高,自古生养于江南水乡的王氏子孙们人人累得喉落气喘,两腿发软。一到山顶,王氏子孙们人人唉声叹气,委倒于地。王理材屹立不动,放目环顾四周。是时,王理材无法说清是因何原因总觉此地似曾相识。在什么地方见过呢?现实中?梦境中?似又不似,不似又是。正在疑惑,王理材双目顺山势往右方一横,见正前方高壁处,刻有笔力遒劲三个颜体大字:"麻狸岭。"下雕一行小字:"宝庆三年御笔。"王理材这才恍然大悟,他们业已攀登至上天所示的、他们与田氏子孙的汇合地。王理材高声一叫,王氏子孙们全掉头问,是这里吗?王理材答,是这里。问,那田家人呢?我们怎么没看见?王理材喊,起来,起来,你们全起来,好好看一看!王氏子孙即纷撑而起,一边喘息,一边顺山垭极目远眺。——冬阳正煊。山景疏密有致。王理材即见有一缕柴烟淡淡地从密林中逸出。略倾耳,即听到细密人语与多年不曾听过的朗朗狗吠。王婉瑛喊,哥,你听,有人!是啊,是啊,有狗,有人。在这世界还有什么人间烟火更让人心醉?一阵眩晕差一点让王理材匍匐。王理材抓住砦岩撑住自己。浊泪顿时如雨。王理材拭干泪水，强忍啜泣，鼓起最后一点勇力，朝炊烟袅起方向走去。

王氏子孙们终于遇到一支全新的逃难队伍。这支队伍就是田氏子孙。从《南官田王两氏族谱》记载看，田氏这支逃难队伍极其勇敢。与其说他们是人，莫如说是一支披坚执锐、坚定不移的蚁群。八位男子舞刀开道；四位男子抬着圣柜前走；其余男子挑着粮食、细软，护着女人、孩子随后跟进；八条黑狗一路充当护卫。他们一路逶迤，日行夜宿。趟过十四条河，越过七十五座山，穿过四十五处哨卡。在夭折了八个孩子、累死三个女人、七个男子与三条狗的前提下，终于在第一场大雪于东海之滨纷纷落地时，到达南官麻狸岭。他们在长途跋涉中让自己的肉体变得更加坚强；他们在风餐露宿中让自己的心智变得更加稳健；他们在生活的历难中悟出人生真谛；他们在血与火的洗礼中变得更加纯粹与韧长。他们在这生与死的较量中终于明白人在逆境中当如何正确处理天地人三者间的关系。正当田幸均下令埋锅造饭时，王理材一身褴褛出现在田幸均面前。田幸均一见到迎面而来的王理材，吓了一大跳。他误以为在此深山冷岙中遇见野人。正想拔刀，王理材即扬臂对田幸均高喊，请问，前面兄弟可姓田否？田幸均大惊，答，我与你素昧平生，何知我姓？王理材说，贱男姓王，乃前朝重臣王世广之子王理材。田幸均答，不才姓田，前朝两部尚书田金辅之子田幸均。名相一对，还能说什么呢？什么都别说了。终于梦想成真了。田幸均大叫，“天哪，这全是真的！”王理材大喊，“天哪，我们这下有救了！”

王理材扑过来。

田幸均迎上去。

两人紧抱一起。王理材哭着拍打着田幸均的后背说，我是循着那个冥冥之大音奔此地来的啊。田幸均笑着拍打王理材的后背说，我是凭着祖上一梦，才来此地的啊。——是啊，是啊，一切都是命里注定，一切都是缘分，我们汇合吧，我们好好汇合吧。王理材松开田幸均，振臂再呼，身上几乎全裸着的王氏男女全都从岩砦背后突奔出来。真是千里逢知己！那个高兴劲儿无法形容！两支汇合了的队伍，想笑笑不出，想哭哭不了。顿时麻狸岭上一片莺歌燕舞。王理材问，田家还有多少人？田幸均答，六十一人。你王氏一门呢？王理材答，海难后，剩三十七。到海王村，让蛇咬死一个，剩三十六，加两小孩，三十八。田幸均问，此处可是麻狸岭？王理材答，是啊，此处即是麻狸岭。田氏族人当下寻出许多衣服令王氏子孙们换；又拿出食物令王氏子孙们吃。王氏子孙们打从他们遇海难起，从不曾吃过这样好的食品，人人吃得全身发慵发懒。一切安顿妥帖后，田王两氏子孙这才坐下来相互叙话。一叙话，田王两氏忽然开悟：冥冥中确有上帝左右着人间祸福。是啊是啊是啊——是这伟大且又万能的上苍，对他们眷顾，让他们死里逃生；是啊是啊是啊——是这伟大且万能的上苍，借着谢皇后之手，让他们田王两氏子孙不至于走向绝灭！夜已深沉。阵阵浓烟在麻狸岭上冉冉升起。熊熊火光映着每一张古铜色的脸，使之变得熠熠生辉。田幸均问，谢皇后家在什么地方？王理材答，在南官。田幸均问，这里是不是南官？王理材答，不知。田幸均问，你们从何方过来？王理材起身仰脸观天上星斗说，我们出海难地方，可能是在东南向。田幸均问，此处共有四条岔道，不知何道去往南官？王理材答，我知道理宗皇帝当皇太子时，巡幸南官，得谢明心为才人，后因一幸而有子得以升皇后。以麻狸岭御笔所题之向看，当在东南。田幸均说，好，我们往东南。

天已放亮。——重新组织起来的求生队伍，再次向东南方向移动。

夜宿昼行，过去有三整天。是日，这一支逃难队伍终于移至南官县境内。正当这支褴褛不堪的队伍步入十里长街三水泾口时，他们在河畔开阔处，遇见一位长有白须的老者。他策杖迎风而立，似在候人。田王两氏队伍刚一走近，田幸均即拱手上前打问，请问老先生啊，此处是否南官县？老者答，是。田幸均再拜问，谢皇后老家在此否？老者须眉皆动，答，是啊，即在此地。你们找她家有何事？田幸均说，我们是奉谢皇后之命，前来投靠谢家。老者听罢即叹说，天哪,这一切全是真的。怪不得这两天,我老梦见我老姐对我说,这两天有两家恩人要上南官来,令我好好接待。原来如是啊。老者这才告诉他们说,他不是别人,正是谢皇后亲弟谢百超。他说他打从得此梦后,日日在此等候,已有三日。众人们说,天哪,看来我们是命中注定要在此地安家。谢百超答,是的,是的啊,有缘千里来相会,无缘见面不相识。不是命中注定,又是什么呢?三方人士还有什么可说的?什么也没有了。人人闻之皆手舞足蹈。即在此时,怪事再次发生。好端端绑在圣柜上的八条大麻绳,突然崩断,圣柜从高处坠下。一着地,柜口所贴封条开裂,柜盖开启。在场之人无不惊讶地看到:圣柜里不仅装有谢皇后赐予田王两氏的金银财宝,还装有三卷大书——这即是令中国文化得以起源的三本大书,一叫《易经》、二叫《论语》、三叫《道德经》。田幸均上前,拿起放在前面的第一本书《易经》。轻翻至第一页,见扉页内有皇后谢明心亲笔题写的一行小字:“畜道与人道只差一念;官道与匪道只别一字。为赎吾儿畜道之孽,特命田王子孙在吾南官安家。”尤令田王两氏子孙不可测度的,是圣柜内顶盖上贴有一份圣旨。圣旨上只写有一语:“遇清则活,有和则成。得慧必死,求钱必败。”在此语下,还写有一组让人惊诧莫名的数字:“壹久久久久壹叁。”——这是什么意思啊?——谁能得知?王理材上前想把柜盖上粘贴着的圣旨取下。手指一触,即发现此圣旨非是贴纸而是木刻。王理材问,既然是谢皇后颁发的圣旨,为何刻在柜盖上?田幸均答,天下玄机,草民岂可开解?无思则无虑,无虑则全生。既然上天让我们田王两氏子孙到此,别无他择,我们就顺着天意下行。

南官是一块神奇的土地。

论山脉——横贯南官府全地唯有两山脉:一叫回龙,一叫括苍。这两脉大山横跨东西两向。那山势极为峻险不说,其形其状活如九龙入海。唐初,南官刚建县,看风水高手李淳风曾来至南官。他顺南官两脉大山走有一遭,回来后,即当众断言:别看南官一地群龙无首,亦正亦邪,出不得真龙天子;但,所出之人必定出将入相。后来事实也正如此说。打唐开元立府至今，南官全府出过两皇后、三宰相、四太傅、五尚书、六将军、七翰林、八侍郎、九县丞。中进士者七十二人。历朝史志榜上有传者一百九十三人。

论地势——南官府全地呈西高东低。西部，山区，万丈壁立；中部，丘陵，峦如馒头；东部，平原，一马平川。粗看，此地与他地无异；细观，即可发现，南官府版图即是中华帝国版图的缩影。

论土色——别处土地唯呈一色，南官土地却呈五色。从南官溪至头陀，属黄；从头陀至黄岩，属红；从黄岩至篷街，属黑；从篷街至金清，属灰。中华帝国所有之色，南官府均有。

论土重——南官府土地别具一格。周轻中重。唐贞观元年，南官建县。唐太宗下圣旨钦定县名为南官。制下日，上命南官建府衙。衙门一是一地之重，二是政治与文化之中心。建在何处？时，南官众乡绅意见不一。有人力主修黄岩。原因是黄岩之历史与文化底蕴深厚，立为南官县政治中心、文化中心，其位必当。有人强要定在南官。原因是南官地域有一条上千年历史的十里长街，且此地水陆交通极为方便，人口众多，经济繁荣，日后必定为商业交往之集散地。有人主张设在海门。原因是海门有天然深水良港；只要有船，北可通上海、宁波；南可通广州、福建。是时，出任南官第一任县令者名唐建成。他见人多嘴杂，左右不能决，即出一个主意“秤土”。唐建成说，官府所建之地必是此郡之重土。何处土重，便可在何处建衙。众乡绅们答，可。于是即派出八个秤土小组，执秤在南官全县各地秤土。这一秤，出来大怪，中间重四边轻。同一碗土，重量差异极大。海门重八两，卷桥重九两，金清重七两，临海重六两九；独位南官县正中心点的十里长街处土重一斤六两。

论土性——南官土性风味独具。西部之土：粗，疏，硬，有很大独立性。中部之土：精，细，密，软，有很大的精致性、紧密性。东部之土：浮，浅，轻，流，有很大的宽容性与移动性。有道是一方水土养一方人。土之性格不同，势必带来人之性格不同。西部人：骠勇、强悍、好斗、自立、坚毅、果敢，但，轻生死。中部人：精明、柔顺、细密、善计,但,轻然诺。东部人:放达、孟浪、豪爽、轻率、敢作敢为,但,做事不计后果。正因人之天性不同,从事之业也有着很大差异。

论男女婚配方式——西中东三部更有异同。西部人呢,男多女少:一旦男人找不到相配女子,即行强暴。若是有好女人被他们所相中,必成群结队下山抢劫为妻。双方常为一女子而打得头破血流、死伤无算。中部人,做事从来中规中矩。娶一房女人,必先递八字算命合命再踏亲行小定、大定,繁文缛节,多得不能最多;待到一顶小花轿将女子吹吹打打送入家门时,男女双方均累得喉落落大气喘,大卸八块,怕是连好好玩一下的兴致均逸得一干二净。东部人呢,对男女之事,随意性极强。他们的基本做法,全凭本人直觉为主张。只要他看得中,老母猪当西施,即娶家坐上龙庭;若是看不中,不必论,金枝玉叶如弃履。男人间决不因女人下体羹匙大一点的地方,相争无度,吃醋成风,更不会大打出手。一个男人挂上六个情人,街坊邻居无有人施之白眼;一个女人吃着碗里瞧着锅里,人前人后也无人定她为婊子。——就拿专为女人而立的贞节坊来说吧,东西两部不见一座,独有南官一地,从唐至今建有一百三十三座。

论物产——西中东三部,差别极大。西部山区出苦竹(那苦竹漫山遍野都是),出毛竹(南官人所用家具——竹凳、竹椅、竹罩、竹筷、竹筐、脚箩、菜篮、畚箕,均用毛竹作成。尤其是西部男子编织出来的竹席:既白且亮,既薄且精。打开来一看活似绸缎),出树木(樟、松、柏、槐、柳、槭,只要你说得出名目的,应有尽有),出药材(半夏、百合、黄精、茯苓、川贝、铁皮石斛、龙胆草、七叶一枝花、桔梗、夏枯草,活似天然一处药房),出五步蛇(此蛇极毒。——蛇山与蛇蟠山便是蛇的王国。此类蛇轻不咬人,一旦咬人一口,不论你是否是钢筋铁汉,出五步便倒。南官人常将五步蛇逮将过来,杀死,用以泡酒,说是专治风瘫还排毒),出木炭(南官人称之为白炭。——此炭功能极好。一烧,火头炽白,无烟无灰),出茶叶(南官是全国有名的绿茶之乡。——天台有云雾茶。临海有勾青茶。黄岩有寺基茶。此三类茶早在三百年前便是皇家贡品)。更为引人注目的则是此地所生所长的水果。西部出杨梅(东魁杨梅又黑又大,一颗就有小鸡蛋那么大),出大红袍枇杷(此种枇杷只要你咬上一口,那汁水便黏得你嘴唇分不开),出水蜜桃(此种桃,熟透时,只要你拿根麦秆往桃身一插,用力一吸,甜汁便会顺着管子往你嘴里进),出梨(此地梨个头极大,掉地即碎),出花生(此地花生,称“玫瑰红”,炒熟后,香脆异常),出板栗(此坚果肉香且糯,尝之一口百味皆陈)。中部地区出茭白,出藕,出丝瓜,出冬瓜(那冬瓜大的有九岁孩子那么大),出南瓜(一只南瓜重约三四十斤),出白扁豆(那白扁豆顺着绳子一直爬至屋顶,将家家屋顶点缀得五彩缤纷)。更为主要的是出稻米。温黄两地全是水田。不是一熟,而是两熟。如果田地有力,加春小麦,可得三熟。极美极诱人的景致不在夏天,而在春秋两季。春天一到,苜蓿花开了,一片缤纷;油菜花黄了,流金溢彩。山原水野怎么看它都是一幅水墨画。芒种一到,人们开始忙碌。水车吱呀鸣叫一直响至天明。男人们光着脚杆,赶着大水牛犁田、耙田。女人们佝偻着腰拔秧,双手双脚在农田里泡得煞白。半月后,农田上水,平川成镜,白鹭翻飞,蛤蟆鼓噪。甜得让人心醉。九月秋一到,景色更为壮观。稻田里满目灿金。小风轻吹,稻头涌动,恰如海上激起的朵朵浪花。东部地区由于靠海,土带咸性,庄稼难长。自古上天养人而不饿人。东部地区出文旦(那文旦,香、甜,个头又大),出橘子(那橘子史称“乳橘”。天下一奇,吃橘带皮。自唐开元起便成贡品。春三月,文旦、橘子花开似雪,香飘十里。人若是在野地,轻吸一口,五脏六腑俱爽),出大西瓜(东部西瓜,个大,皮薄。熟透时,手指略为轻扣,瓜身即能开裂。其味可与桂花蜜媲美。吃完西瓜后,若不即去洗手,两指一捏即被粘死)。

论生活习性——西中东三部和而不同。西部人,饿怕了似的,干什么都好储藏。蕃莳下来,晒蕃莳;竹笋下来,晒竹笋;萝卜下来腌萝卜;芥菜下来,压干菜;豆子下来,晾豆子。极有意思的则是正月里家家开杀大猪。大猪一旦杀倒后,掐头去尾加内脏——烧、煮、烹、炸、熬,让同族子孙们全至家中大快朵颐。吃光内脏后,他们便将肉板抹上盐,一层干菜一层肉地扣将起来。一压便是一整年。压得肉条干瘪,油脂出渗。再拿此干菜剁碎,嵌入面饼烤熟做麦鼓头。由此,西部人家家堂屋摆满坛罐。一旦入门,一股说不出的清香,钻得你全身发爽。中东两部呢,一因多集镇,二因多商品,金钱遂成为人们相互追逐的大目标。中部人吃用,大多现用现买、现吃现买。论菜,一月青菜,二月白菜,三月油菜,四月韭菜,五月包心菜,六月茭白、芹菜,七月丝瓜、黄瓜、南瓜,八月冬瓜,九月白扁豆、毛豆,十月菠菜、莴苣,十一月黄芽菜——一年里各色菜肴不断。论水果,一月苹果,二月荔枝、桂圆(这两样是从南方运来的),三月杏,四月杨梅、枇杷,五月杨桃、黄桃、水蜜桃,六月西瓜、甜瓜、菜瓜、香瓜,七月李,八月橘子、文旦、葡萄,一年从不轮空。论鱼,一月带鱼,二月望潮,三月鲳鱼,四月鳓鱼,五月黄鱼,六月血鲜、毛蚶、蛤蜊,七月海蜇,八月火鱼,九月白鱼,十月青蟹,十一月蛏,十二月里毛雄田蟹。况且那鲫鱼、胖头、草鱼、银丝、白鳗、牛刺昂、大嘴鲶鱼,一年四季不断。只要他们想吃,上市场拿钱一购便是。至于吃法,西中东三方更有差异。西部人不吃拉倒,一吃,整海碗整海锅整海盆地上。一块大肥猪肉割有四两沉,还得用棕榈箬把它规整起来。吃上一块,放个屁都能把裤子油死。中部人呢,却是能在金钱眼里织网的大蜘蛛,事事精打细算。即使贵客上门,上海参、鲍鱼,满不过一小碟,吃完拉倒。东部人呢,干什么都好有天没日头。菜蔬果蔬之类并不看重,他们看重的是大海里出的大海鲜。海里出什么,他们便吃什么。带鱼上了吃带鱼(他们把扁担那么大的带鱼挑出,洗净,切块,便往锅里放。每次不煎拉倒,一煎便一满锅;倒上大碗酒,围锅一坐,一边喝酒一边吃),墨鱼上来吃墨鱼(吃的方法十分吓人。将刚打上来的墨鱼囫囵往锅里扔。煮熟后,捞起,稍一凉,即抓起撕着大嚼),梭子蟹上来吃梭子蟹(梭子蟹一捕上岸,端上一簸箕往锅里倒。蟹一熟,即上桌。吃法极绝。不用筷。拿起,掰开,先伸中指挑尽黄膏;接之入嘴大嚼蟹腿,吮其精肉。每次不吃则已,一吃,不大饱决不收场),牡蛎上来吃牡蛎(他们吃牡蛎的招子更怪——粗犷中带着野性。先用利刀把牡蛎剖开,刮出肉芯,放入盆中,拌之辣椒、姜、醋、糖、盐;略焖一小会;吃时,一人一碗。其味皆称天下一绝。香,鲜,激。吃得你一头大汗满嘴打哈哈不说,还让你浑身透亮)。正因他们一年到头吃的差不多全是此类东西,所以,东部女子人人长得白嫩水灵;东部男子人人长得虎背熊腰,粗黑健壮。论寿命,西部人长寿,中部人中寿,东部人短寿。东部对生对死,要比西中两部人更为超脱。在东部人眼里,天下所生之人无不是逆旅之客,与其早晚必死,莫如活着时,闹他一个天花地疯,以尽其极。

论河——横穿南官全地的只有一条大河。此河原本有两个名字:一叫女人河,一叫月亮河。南宋皇帝赵构逃难过此地时,因凭此河得救,便下圣旨正式更名为南官河。南官河河长一百九十八里,上中下共分为三段。从西往东数,第一段为南官溪,南官人称之为少女溪,因此溪之景之色之情之态与少女同。论美,它美得令人心跳、令人犯痴、令人不敢亵渎。这种美,既不是妖冶之美,也不是刻意求工、矫揉造作之美,而是少女身上特有的单纯、朴素、典雅、自然之美。春天一到,大山深处全部生灵开始雀跃。小雨朦胧飘落,高山幽起薄雾。千里群山成漂流之海岛。岚气渗入树叶;树叶凝出水珠;水珠滴入岩皮;岩皮潺出水流;水流汇成小沟,小沟合成大溪。溪流一旦汇成,那溪不再是溪,而是摇身变成烂漫少女。她们或舒手捋动溪边草叶与树根,或噘起红唇亲吻岩壁与小树,或抢走女人手中洗汰着的衣服,或轻轻爬搔男子们的后腿肚,令人开怀大笑。每当此时,溪性与女性同一。狂野中带有执著,灵动中携有调皮。快活时,它让你怦然心动;痛苦时,它让你不忍卒读。春秋两季尚且可圈可点,一旦梅雨季节来临,那溪便与村里的少女们一样,开耍小性子。头两天,它只不过因生气而泪流满面;五天一过,它便会撒起野来。前一会,清澄见底;后一会,雷鸣远响,浊洪飞泻。水头到处,摧枯拉朽,涌浪跨越一切障碍。有时,狂劲大发,小房子大的巨石都能被推出二三十里。每当此时,南官溪两岸无不呈现一派令人壮怀激烈的景象。所有临溪而筑的山间小村都被水色洇得一片昏黄。

人性有两面，溪性有双重。秋日一至，南官溪显得典雅与文静，既无春日之莫测，亦无夏日之任性，完全蜕变成一位待阁闺秀——羞涩中含有晓畅，温柔中孕有善良，清澈中蕴含爽朗，活似一条白鳗在巨石中滑溜穿行。这条少女溪与西部山民的生命紧密相连。它那性格、脾气、姿容，几乎全部融入西部山民的血液。少女溪离开山民，就不叫少女溪；山民离开少女溪，也不叫山民。新生命出生了，少女溪用它的温柔之手抹去残余的血迹与污秽；男女们躲入密林秘密造爱了，少女溪大唱其歌，为他们掩盖疯狂时发出来的喊叫；男女们因爱而寻毙，少女溪无言以白，只是用它的额头轻顶着他们的尸体让他们回归沙滩。

少女溪是南官山区的生命溪。——除了灌溉南官西部山区所有农田外，极为紧要的是以它的青春之血滋养着代代生命。沿南官溪上溯，自唐开元起，便建有金、钱、郑、白、何、伍等六十多个村庄。村落无不缘溪而建。因图生活之便，人们总在村口修有一座挡水大坝。于是，南官溪便顺着那成千上万条毛细血管注入千家万户。住在西部山区的三万多山民，什么都不怕，就怕南官溪断水。每当大旱来临，山民们所做的第一要务便是啸众求雨。每至此时，山里所有男子统一行动。他们清一色剃上光头，清一色打上绑腿，清一色穿上六耳麻鞋，清一色斜坦衣襟，清一色杀猪宰鸡，清一色敲锣打鼓，集众来至龙王庙，对管行雨的龙王爷行九叩十三拜。元代兴起那年，谢家第二位皇后谢世。大将军金休白与他的将士们殉国。天地有应，南官县一百三十三天没下一滴雨。万亩农田开裂。金家村族长是金休白之子，名叫金克木。他领着三百多名乡亲，头顶香盘，在龙王庙前跪了七日七夜。跪得两膝烂出白骨，一直跪至上天应感，落下当年第一场雨为止。

少女溪是西部山区的动脉溪。——西部山人想到十里长街落市，须在小鸡叫头遍时爬起，带上麦鼓头，挑上担子，顺着溪沿着山路，过乌岩、白鹤殿、将军庙、潮济、五洞桥、十里铺、马铺，至中午，才能走到十里长街。到后，他们先是卖货，后是购物，再是上路廊讨茶、吃麦鼓头，之后顺着河，过马铺、十里铺、潮济、乌岩回至家中。唯一可称为“神行太保”的，便是逢南官溪涨水时的放排。那放排好啊，排顺水势，一眨眼便漂流十多里，只是危险性极大。若是撑排的排工们一杆点不到位，排撞石壁，绳崩索断，无不一命呜呼。三年前，金家村九子弟放排，因一时疏忽，过乌岩头顺溪流拐弯时，遇着排崩。九子弟同时落水，散排越头顶而过。四日后，九尸体均在金清河口浮出。金清人合力将九具尸体打捞上岸，一看，心大憷。九个大脑壳，全让柏树头削去一半。脑浆子被水淘得一干二净，九只脑壳变成九只空瓜瓢。放排人苦，累，险。但，也自有其天官赐福。论“食”：时辰一到，排入湾，就着河沿即可做饭。这一边，把米入锅；那一边，临河下网。运气好，一网下去便能打上五条六条红色大鲤鱼。人们当排开膛去腑，放上佐料，原水下锅。火候一到，一锅鱼汤泛白。那股鲜味啊，让你吃后心神具醉。论“身”：由于南官地处三面高山，南面临海，中间盆地，夏日来临，十里长街一夜间变成大火炉。满街之人无不光着大膀子四下找荫凉。而这些排工们，人人把裤子一褪，荡卵入水。山溪水明如玻璃。人抱玻璃走，玻璃镶人浮。沌里的小鱼们趁机发虐，爱在男人们的裆间来回吮吸，吮得男人们浑身作痒，忍不住放声哈哈大笑，说，快活，快活。活似“当上船老大，给个皇帝也不做”！论“色”：那更不必提起。别看西部山区与十里长街相距不过百里。十里不同俗，百里不同言。玉环人与太平人说话不一样，太平人和南官人说话不一样，黄岩人与临海人不一样，临海人与仙居人、天台人、三门人说话还是不一样。同一个“妻子”称谓，南官人唤“老安”，仙居人称“肉客”。同一个“零食”称谓，西部人称“点心”，东部人叫“赶力”。东部与西部间的文化差异，必导致他们在行为价值上出现大差异，尤其是在“男女”两字上，坐标、走向更为不同。十里长街人讲的是“上床夫妻，落床君子”，男人与女人间除了结发者外，男子另寻新欢便是大逆不道；西部人讲的是女人是男人脚上穿的一双鞋，谁适合就让谁穿。如果山里出来的男子守身如玉，山民们便会嗤鼻淬水说他“呒本事”。凡出门放排当

“神行太保”,必在下洋头挂有露水夫妻。(省得他们因解决不了“欲”的问题从而大打出手。)放排男子,一旦越过三险溪六恶滩,入驻五洞桥。夜幕下卸,潜在肉体深处的魔鬼开始如鼠出洞不断探头。于是,排工们掇了些他们随身所带的山货纷至相好家。一旦容他们入门,男子往往直奔主题,脱衣解带。玩上一夜,吃上一夜,疯上一夜。天亮了,排工们皆成了吸血过多的大蚂蟥。一身慵懒回至排上,一上排,相互间便开始打趣。一个问,昨夜你吃了几回奶呀?一个答,只是昨夜弩箭没带够。一个问,你那个相好身子软不软?一个答,只是时间太短,怎么一眨眼天就放亮。老排头一看,你们这些山头小伙,一夜过后全成蔫鸟,这还了得?成何体统?一声大喝,快把魂捡回来,我要开排了!排工们为之一震,于是即刻付诸行动。只一小会,脚下的这条巨龙,开始启动,缓缓向十里长街那商品集散地进发。

南官河的第二段从五洞桥起,至金清港结束。这一段河是南官河的中心河,也是产业运输往来最繁忙的河。从上海、广州、温州、宁波过来的大船小船,若是想入南官,须在此段河上大结集。此段约长一百五十里。南官从唐朝建县起,沿河一共建有十多个重镇:金清、卷桥、十三里铺、南官、泽国、新桥、横街、洋屿、峰江、太平,等等。这一带河段,所现之景色与西部所现之景色大有异趣。十里长街人称,上游是少女溪,中游是少妇河。既然称之为少妇河,此河自然有女人结婚后的全部特点。那河面开始逐渐变阔。河水逐渐开始发浑。河情呢,逐渐现出女人拥有男人后的百无禁忌。客轮、货船、戳鳖船、乌篷船、花船,只要能在水面上走的,无不在她肚皮上穿行。夜间,沿河集镇万家灯火不断闪烁。每临此时,船老大们便一边摇橹一边放开喉咙唱:

一呀一更里响呀响叮当,
我情郎走进奴奴绣房。
我的娘,她问我,

啥个东西响?
我说道,姆妈娘,
风吹树叶叮当响。
二呀二更里响呀响叮当,
我情郎坐在了奴奴绣床。
我的娘,她问我,
啥个东西响?
我说道,姆妈娘,
猫猫老鼠打相打。
三呀三更里响呀响叮当,
我情郎睡在了奴奴身旁。
我的娘,她问我,
啥个东西响?
我说道,姆妈娘,
对门姆娘牵风箱。
四呀四更里响呀响叮当,
我情郎怀抱了奴奴不放。
我的娘,她问我,
啥个东西响?
我说道,姆妈娘,
隔壁老头磨豆浆。
五呀五更里响呀响叮当,
我情郎走出了奴奴绣房。
我的娘,她问我,
啥个东西响?
我说道,姆妈娘,
莺莺小姐送张生。

南官民歌的调性与北方中原的调性完全不一样。北方有粗犷,这里有细腻；北方有阳刚，这里有阴柔；北方有高亢，这里有低啭。尽管在曲的调性上不尽相同，但，那一种特有的阴郁凄幽的旋律，会顺着那开阔的水面逸出很远。尤其至下雨时节，南官河河面一片微雨濛蒙。孤独凄幽的青楼歌女们一时触景生情，也会弹奏起一两阕从唐朝流传至今的古曲：或是《秦王破阵》、《雨霖霖》、《百鸟朝凤》，或是《龙凤戏春》、《恋鹧鸪》。这些留下来的古曲老歌，一直不断地向人们诉说着凄婉的爱情故事。曲调既缠绵又凄幽，往往让人一听便潸然泪下。说它是少妇河，它有第二种含义，那便是沿河一带集镇出人意外地繁荣。由于南官三面环山，一面临海，交通阻滞，少有战事。月积年累，自成一体。不知祸难，何知平安？不知极痛，何知安耽？逃难至此的人们，只要有个安稳日子过，便是大福，养息几年后，便大发其祥。有河，必然有舟楫；有舟楫，必然有商业街区与贸易集市；有贸易集市，必然有人口集结；有人口集结，必然生百行百业。随着十里长街的不断繁荣，沿街开有饭店一百零三家，青楼一百三十二处。约定俗成，三日一小市，五日一大市。时间一到，整条河面往来的全是大船。是时的十里长街，除老倌剥皮外，只要你手中有钱，没有你买不到的东西。每逢集市，天一亮，主街道与六十五条支街、胡同，脚碰脚，到处是人。从上往下看，一街人头黑压；蹲身往前看，一街动的全是脚杆。谢明心正式册封为皇后后，理宗皇帝赵昀决定携皇后南巡。至十里长街后，他的第一个节目便是顺着十里长街走走。这一走，让理宗皇帝为之愕然。理宗皇帝惊叹说，好一个十里长街啊，若是把做生意人口袋里的银两全掏将出来，几可平河！“弃钱平河”，倒是夸张，但赶集人数之多却是真实。白天，人们喷溅唾沫星子就地讨价还钱；夜间，人们一掷千金自求其福。酒店、饭店，一应全坐有饕餮之人。什么五魁首、三星兆、六六顺、七个巧，喊得震天动地。坐落在十里长街正中间的一百三十二处青楼，更是不必提。从黑到明无不是一片莺歌燕舞。有性无情者，宽衣解带后，立地付钱，道声“得罪”，便可走人；有性有情者，纠缠如毒蛇、执著如魔鬼。性来时，一片温柔蜜语，性去时，一片泪水婆娑。——

南官河上游最美的景致是日景；南官河中游最美的景致是夜景。两岸灯火一旦相映入水，真让人们搞不清它是真还是幻。

南官人之所以说这段河是少妇，还有第三种含义。——它确如一位拥有众多子女的母亲。只要她精力允许，赐给南官子孙们的东西实在太多。那时，十里长街大多房屋皆临河修筑。临河人家家家都建有水中楼阁。想用水，拿过戽桶，便可提水；想吃鱼，打一把米，便可垂钓；想吃螺蛳，端个盆子出去，便有螺蛳；想吃虾，弯根针便能钓虾。假如你家中来了客人，一时无有下酒菜。大人们往往会对孩子们下令，去，去，家里来客人了，无菜过酒了，你们去河里摸些螺蛳来！于是家里的孩子们高高兴兴地端着个盆子出去。半个时辰一过，孩子一脸喜色地端着半大盆的青螺蛳回来。大人们拿过。先是去尾，后是清洗，热锅下油，加上红辣椒，加酒，加姜，入锅急炒；只一小会，便可上桌。男人们一旦喝完小酒，吃完螺蛳，便酡着脸跷起二郎腿，凭栏唱起《十八相送》。

南官河第三段，从金清闸起至出海口，约二十里。——这段河，南官人称之为“外婆河”。人就是河，河就是人。南官人之所以称它为“外婆河”，当然有其原因。是时，南官河的形态活似一位历尽沧桑的老外婆。河到此处，一是情绪越来越平稳，二是心胸越来越宽容，三是行动越来越徐缓。是啊，南官河打从西部山区发源起，一路穿行，过峡谷，过城区，不知受尽多少艰难险阻与委曲。为活命，沿河百姓不断把它身上的血液悄悄引走；为发展，沿河百姓一而再、再而三地让它负重前行；为洁净，沿河百姓不断将他们产生出来的垃圾与污秽泼在它身上。而它，从不叫屈，只是恪尽职守。累了，累了。老外婆活得太久，也活得太累了。于是它与上了年岁的女人们一样，现出大念头，只希望自己快一点走完人生路程，好让它的灵与肉与浩瀚的大海融合在一起。——这二十里河道，水面阔有一里。入海口呈喇叭形。水极浑。海水与河水首次在此处交融。那种交融，不是一般的交融，而是全身心的交融。交融得你中有我、我中有你。两岸的景色呢，也如一位褪尽铅华的老女人，现出本色与别具的凄凉。离出海口不远的两岸，全是盐碱地，生存条件极残酷，一年四季长不出庄稼。别看她老了、累了、乏了，她生命的历程已经走到头了，但这段河却突显出女人高龄后的那种罕见的豁达。于是，南官人便在它的出海处建了三四个大码头与数十个盐场。这三四个大码头，自正式建成那年起，自然而然成为南官海陆交换的中心。海船带来了大批带鱼、黄鱼、马鲛、墨鱼、对虾、梭子蟹、岩头蟹、龟姑、虾狗弹、弹涂、鲳鱼、青鱼。它们一上岸，小贩们便肩挑车送，运至各地去滋养人的生命。河船带来的全是可奔向远域的小商品。人们均在此地验货装船，装毕后，再扯帆奔向远方。

此段河除了是海外商品集散地外，还是各种鱼类孕育新生命的天然温床。——春天一到，大批鳗鱼儿在此处交配、产卵。二十五天后，出生的鳗鱼苗再溯河而上，完成上天赋予它们的神圣使命。十二月一到，成千上万的毛雄田蟹，从洞中出行，顺着这条河道勇往直前，直奔它们为之生死、为之挣扎、为之快活的大海洋。

田王两氏子孙顺着开阔的南官河正式建村。他们在谢百超的帮助下买下了紧靠着三水泾口的全部土地、湖泊与山林。

田王两氏共同对外正式宣布——新建村定名为“田王村”。

田王两氏家庙拔地而起。田王两氏子孙们极其隆重地举行祭告天地仪式。祭拜天地后，三十八名男子头顶圣柜将它放至祭台。族长田幸均当众宣布五条决定：一、自即日起，村在圣柜在，村无圣柜无。凡我田王两氏子孙不得对圣柜有丝毫亵渎，犯者将逐出家门。二、田王两氏同族同堂不同谱可自由通婚。三、划良田百亩为义田，造三间家庙与八间学堂，谢皇后所赐之书为后代子孙小学必读之书。四、田金辅所作之画非关国家大业、民族大计，只可传世不可出卖。五、王氏登陆之地海王村村名不变，所有地归王田两氏公有。凡在海王村所辟之渔场之盐场，所得之财一律归为公有。六、为感谢谢皇后的救赎与南官人的慷慨接纳，为纪念田王两家的大会师，为南官人日后方便出行，出资收购麻狸岭，归为公有。并尽最大努力，在麻狸岭上建廊坊一座，让它成为客商与学子往来的大客栈，以供南官人出行歇脚并住宿。

十三间麻狸岭廊坊正式建成。——这是一座非常气派的高山建筑。那样子活似一只巨蜥雄视南官群山。顺山脚而上，修有一万八千道石阶，石阶尽头便是麻狸岭路廊大台门；入台门，有药店（药店内救治之药一应俱有）；过药店，是一处长方形小天井（天井内种有梅、桃、李、杏四种吉果）；过天井，一排八开间后房（内设二十四张床铺可供学生、商旅夜间住宿）；往右拐，依崖立壁造有三间饭店（内摆四张八仙桌，供人就餐）；左拐临山建有三间大屋，一间供管事者住宿，另两间为储物仓库。顺廊坊以降十五尺，九曲回环，是一道梯阶式平台。平台上砌有一口方水塘，凭竹管连接顶上一脉山泉。离水塘东向五尺，是一处长方形开阔地，顺地势高低辟有十三畦菜地。顺廊坊过一小道至山后，开有八亩果园，内种有枇杷、黄梨、杨梅、桃。果园后面，辟出两处饲养场：一处专养鸡鸭，一处专养肥猪。廊坊建成后，田幸均命堂兄田幸元携妻小入住此地，长期看守管理；并下令让族中管事每年定期往麻狸岭廊坊送稻米、送食盐、送布匹、送腌海货，让守廊坊者的生活基本有保证。

田幸均与王理材共同举行婚礼。田幸均迎娶的是王理材堂妹王婉瑛。王理材迎娶的是田幸均堂妹田春妹。

过了几年，田王两氏男子第二次重新结集。——这一次结集可与上一次不一样。现在，他们家也安了，钱也有了，该成些事业了。他们顺原路返回海王村，决心将海王村建成田王两氏的渔场与盐场。一个月过后，此两场全部建成，田幸均在临海一处半山坡上，用石板、石头造出三十三间非常漂亮的石屋；并下令，田王两氏男丁轮流至海王村劳作，凡轮及男丁一去时间为一年。

田幸均搞清了他们登陆南官的准确时间。用现代的纪年来算，是一千两百八十八年。为纪念他们到达南官的这个大日子、好日子，田幸均亲手在正村口临三水泾口的一处空地上，栽下一棵小樟树。树栽上后，田幸均满怀感慨地对田王两氏子孙们说，人活不过山也活不过树。就让这棵树权且做我们两氏子孙在此落脚生根的见证吧。打从此棵樟树正式植土后,田幸均再次令族人在三水泾口三角洲处,造上一座圆拱形石头桥,以此石桥通向十里长街。桥成日,田幸均几经考虑,决定将此桥定名为“福星桥”。又过一月,田幸均第三次下令在三角洲内开出一块长方形的小操场,供田王两氏子孙在此处习武。

五年过去。

十年过去。

二十年过去。

三十年过去。

天下无有不死之人。生老病死乃是自然规律。谢百超和首批登陆南官县的田王子孙,终于在无情的时间面前陆续走向死亡。第一个走的是谢百超。走的那天,谢百超只是无限眷恋地看了一眼谢王府,说,本府曾连出两皇后,不知今后是否还能姓谢?言毕,即与世长辞。第二个走的是王理材。走的那天,王理材说什么也得上回龙山顶好好看一眼这处让他历尽人间沧桑的新家乡。他佝偻着腰慢慢沿着山路攀至五丰祭天台。至五丰坛后,他拄着拐棍努力将老身撑起,站定,扫描展现在他面前的南官全景图。是时,正是春三月,展现在他面前的南官风景极为美丽,怎么看都如一轴田金辅的水墨画。他看着那海,那平原,那一丛丛篁竹,那一口口湖泊,那一亩亩农田,那一家家屋顶上冒出来的一缕缕炊烟。他自言自语地说,天哪,真是一幅好景致哪,可惜啊,可惜,人生再活,不过百年。他站在那里一直看了好久好久,直至太阳快下山时,这才拄着拐棍,慢慢往山下走。走至村口小樟树下,王理材只觉浑身乏力、手脚发软,再也走不动半步。王理材自语说,老了,老了,我真的老了。想当初,我什么样的山都不怕,现在,就这么一点山路,走得我喉落气喘了。真是稻熟一日,人老一年。我该走啦,我真的是该走啦。王理材即在村口的那一棵樟树边坐下。这一坐,王理材再也没有站起。直至夕阳西下,田王村家家开始吃饭。王理材长子王金根不见父亲回来，大吃一惊，即四下寻找。他见到老父亲坐在村口樟树下一动不动，误以为父亲上了年岁，觉多，说睡就睡，即上前喊，阿爸，你怎么坐在这里就睡着了啊。然而无论如何喊也不见回应。近身细观，见老父在泥地上写有一行令他莫明其妙的话："云散慧灭锦成灰。"王金根说，天哪，我阿爸这是怎么啦？他在泥地上写的这句话是什么意思哪？——既然你不明白，你就别明白吧。天下事那么多，哪有你全明白的呢？当儿子的，你总得让你的老父亲回家吃饭吧。王金根伸手只是这么一推，王理材应声倒地。王金根定睛再细看，王理材那张老脸早已硬成一块大石头。

第三个走的是田幸均。田幸均的走法，与前两位的走法完全不同。他本人似乎对他的生与死一直有预感。田王村村民们呢，也不知因何同样有预感。田幸均打从王理材死后，一直卧床不起。他一躺倒，田王两氏子孙们即现魂不守舍。田幸均即将起程当夜，一无通知，二无布告，田王两氏子孙却不约而同来至田家。他们至田家后，只是在田幸均床前一坐，目不转睛地盯着田幸均。子时前，田幸均一直躺在床上昏睡。子时一到，田幸均突然开眼，双目炯炯，环视众人良久，才向众人伸出三手指头，左右摇了三摇。——什么意思？——说不清。田幸均独生子田纪年问，阿爸，你有什么话，明说吧。田幸均让田纪年拿文房四宝来。田纪年即入书房，捧出文房四宝。田幸均说，你王伯父死前在地上写的话你记下了？——记下了，记下了。——记下了就好。现在，你给我记下。——是父亲。田幸均即一字一顿地说，你们要记住，"最大阴数乘以最大阳数倍以十，即是田王两家子孙脱胎换骨时。"——天哪，这是什么遗嘱哪？哑谜不是哑谜，算学不是算学。田纪年大惊。牙齿般围着田幸均的田王子孙们亦大惊。他们无法理解"最大阴数乘以最大阳数倍以十，即是田王两家子孙脱胎换骨时"这句话的真正内涵。田纪年想请他老父亲在临死前说个明白，刚一张嘴，即见他老父业已咽气。打从谢皇后赐田王两氏圣柜那年起，田王两氏中发生的神事、异事、怪事极多。人世间悲欢离合的演绎也让人目不暇接。既然是上天让它们演绎得目不暇接，人们也就见怪不怪，其怪自败了。横竖做人是生死有命、富贵在天，谁也无法主宰自己。管它什么“最大阴数乘以最大阳数”！是祸，是福，全让它来吧。田纪年一记毕他父亲的遗嘱，田王两氏子孙即对田幸均尸体实行集体跪拜礼。

第四个跟着走的是王婉瑛。田幸均入土后不久，王氏家族的最后一位贵族大小姐跟着倒下。王婉瑛这一倒，不是一般的倒，而是木知木觉的倒。倒床后的第七天正午时，王婉瑛突然间在床上踊身坐起，舞臂狂喊，“人乎，畜乎?”喊完，身子再次后倒。这一倒，王婉英再也不能坐起。田纪年吓得忙上前细看，其母早已离世。

几位老者起身一走，一个时代便宣告结束了。他们生下来的后代子孙们，却活似田地里的瓜蔓，开始在南官的土地上分岔、攀援、爬行。

第二章　将军树与双白蛇

距今一百多年前，南官田王两氏子孙们业已行至第二十八代。是时，田王两氏子孙再也不是刚来时的田王两氏子孙。无论从习俗、从生活看，全变得与土生土长的南官人一样。尤其是一直承载着文化基因的语言，也变得与老南官人无有差异。说话时不仅程陈不分、吴洪不分、王黄不分、姜蒋不分，还把筷子说成“箸”，把早晨说成“颗星”，把中午说成“日昼”，把“蹲”说成“胡”，把“我们”说成“吾侪”——他们已彻底杂交成南官式的草根植物，再也没有过去官宦人家所应有的孤傲与矜持。他们表现出来的生存方式呢，也与老南官人同出一“范”。全村五百八十多口人中，六分之一种山种田，六分之一做铁匠木匠石匠，六分之一驾船出海捕鱼，六分之一铤而走险走私食盐，六分之一顺着南官河水道撒网垂钓当渔夫，六分之一守家在地种甘蔗架锅熬糖。但，这种平庸且寻常的生活，就在大清帝国从兴盛走向衰落——并让西夷用枪炮打开国门后，出现颠覆性变化。

第一个看出王家要出人的不是别人，而是南官第一号预测大师卜可仁。——关于卜可仁，十里长街人一直众说纷纭。有人说他是明朝刘伯温之后；有人说他是三国诸葛亮传人；有人说他父亲卜良能是大清帝国的钦天监。（因误泄朝中秘事，怕慈禧拿他出气，因此连夜携妻小出逃。）是不是真的如是？卜家父子闭口不谈，十里长街人也无有一人知底。十里长街人唯一所知的是，同治八年六月十四日下午，夕阳如血，这对父子一身狼狈，拿着把雨伞背着个大包囊出现在三水泾口。由于卜良能年老多病，由于他们新来乍到，在语言交流上有着很大障碍，无有他法，只好暂且寄居在艾家大院。他们父子在艾家大院一住便是多年。十里长街人只知道艾卜两家的关系极好。艾家出事后，清政府籍没艾氏一门的全部家产。卜家父子只得在东狱庙附近购下一间临街小屋，以避风雨。为图糊口，卜可仁不得不承祖业，开门以预测吉凶为生。是时，十里长街极为繁华。人口一多，客商一多，拆字算命看相者必多。他们或在路边、或在河岸、或在牌坊下，或临街摆桌，或租房悬牌，无不以危言耸听来招揽生意；独有这卜可仁一登台亮相便显得与众不同。父子二人，一不声张，二不咋唬，只在他家门前贴有一长条红纸，上书九个瘦金体大字："姜太公钓鱼愿者上钩。"下注三行小字："每天只算一次。每次算价一两。若想上钩须先预约。"——那时的南官人可不像现在啊。现在的南官人，有着极大的包容性。来十里长街谋生者，东西南北中什么样的人都有，什么样的鸟言兽语均可交流。那时可不是，由于五百年的地域封闭，南官人排外思想极其严重。凡后来者，无不遭到冷眼或鼻嗤。独有这位卜可仁，摆出来的姿态既出格又矫情，对着十里长街人还有着一脸的不屑。那广告悬出后只三天，十里长街人人两眼出火。虽然他们并没有极其粗野地上门将招揽广告扯去，但言行中却露出更多不满与反抗。——此竖子有何德何能，敢在南官叫桩？——你们他娘的全别上他家去，我看他家如何饿饭！更有凶者当面指责：你一个外路佬，有什么了不起！敢在此地摆谱！尽管如是，卜可仁对付他们只有两法：一是笑而不答；二是初衷不改。他们父子二人并不因犯十里长街众怒，有一丝收敛；也不因十里长街人的鄙弃而更弦易辙。是金锥总得出头。半年后，十字街坊荣宝阁丢失了一枚古金币。据说，此金币价值连城。荣宝阁老板名郑增益，乃十里长街第一等大户。一见失风，顿时吓得六神无主，即行报官。那时，南官县正堂名陶开德，进士出身，听举报后，大吃一惊，忙派捕快前往侦查。一侦查，定内贼。即令扣下全店员工，来一个人人过筛子。捕快不仅让员工们脱下衣服令他细查，连男人下边的裤裆处也容他捏上一遍。不论他如何勘问，只是不见踪影。正当此位捕快一筹莫展时，账房钱存理忽想起这对一直滞在东狱庙的卜家父子。他从小与艾氏子孙有所接触。从他们口中得知，卜家父子非常人，只因触犯朝廷，怕朝廷追杀，这才更姓为卜逃至南宫避祸。有道是真人不露相，露相非真人。一分银钱一分货，无有两下何敢当众叫板？他即行提议老板郑增益是否请卜可仁前来一算。郑增益一忖度，是啊，是啊，有道是没有金刚钻，不揽瓷器活。既然卜可仁饿死不掉价，总有大能。无大能者，海掷骰子砸了招牌作何处理？当日即携三两纹银至卜家店堂。此时，卜良能正坐于圆凳上闭目养神。其子卜可仁正在替他熬药。房内弥漫着药香。郑增益上前俯身将事与卜可仁一说。卜可仁一脸平板。——真测？——真测。——我要价可高啊。——你放心好了，银子我已带来。郑增益即取出三两纹银放于桌上。卜可仁即带郑增益至后屋一间小房。——室内墙上悬有八卦图，案上放有香盘、卦筒，三个发闪的康熙大钱平铺于桌。卜可仁先让郑增益焚香拜祭，祭毕，卜可仁手握三钱，盘腿入定。片时，开眼，祭卦。三康熙大钱叮当落地。卦毕。卜可仁画卦。画毕。细观卦像。即对郑增益说，先生，此枚金刀币，未窃。现在先生坐椅地板之下。郑增益大惊，不信。——此话当真？——在下从不打诳语。——如无若何？——拿在下是问。——敢不敢与我一起回店寻找？——可。但，须丑话说在前头。酬金双倍。——这可是我郑氏传世之宝，岂有不允之理？郑增益即雇一顶小轿，抬着卜可仁一路撞至荣宝阁。至店后，卜可仁面色静恬，在他所坐之桌前立定，伸指戳椅下一处地板缝对郑增益说，先生，你让人撬开地板吧，此宝贝就在此地板缝底下。言毕，全场悚然。既然如此笃定，犹豫什么？郑增益令下。伙计们操家伙撬开地板。地板一撬开，一堂员工无不一脸灿然。——诚然如是啊，这枚金刀币正好斜插在地板下。原来，郑增益转身回内室取木匣时，长袖拂桌，恰好把此枚金币拂落，顺着地板缝插入地下。就此一着，一人传十，十人传百，传得这个“外路佬”名扬天下。就此一举，便把当时数不清的算命先生都打倒了。按着一般人性，势必趁势就高。然而令十里长街人为之侧目的是，卜可仁父子极守本分，一往如故。多一支不算，少一支不求。每天只求进项能疗饥、疗病即可。事后三日，钱存理曾在街头与卜可仁相遇。钱存理说，现在，求你者多如牛毛，何不多算一笔？卜可仁答，命中七分，难满一斗。多一分则凶，少一份则吉。更令人不敢想的是，卜氏父子一直奉行六不算。一是人命关天不算；二是男女婚配不算；三是军国大机不算；四是他人阴私不算；五是财富多寡不算；六是官运财运不算。他只算丢失东西，只算吉凶日子与察看地理风水。十里长街曾有人讥笑说，天下哪有这等傻子啊？明放着金元宝不往家里赶，怕钱多咬手？卜可仁闻之只还一笑，不作解答。直至谢家第二十八代子孙谢东潮问起此事，他这才抖开包袱，对谢东潮说，东潮哥啊，做人不可全得，得让条大路让别人走。

是年，正月初八。春节刚过。卜可仁因其妻要分娩，需红糖，特来王家糖坊购糖。自他在十里长街安营扎寨起，从不曾来过田王村。是日，早。卜可仁至田王村。一入村口，即被田王村所呈之象所骇异。你看那山那水，是什么山什么水？其山，五彩氤氲，如巨龙腾跃；其河，九曲徊还，金鳞遍动，如蛇潜移。他至十里长街有年矣，如此藏龙卧虎之地，何为不知？心下一时大动，居然丢却给妻购糖一事，顺着南官河岸的青石板路往东走。这一走，走至与田王村相隔八里地的将军山。往前细看，此山脚下有一庵叫菩提庵；往后一看，菩提庵后有一洞，叫天祥洞。相传南宋时文天祥逃难时曾在此洞藏匿。抬头往高处看，那山形态活似一位戴头盔、带兵征战的大将军。卜可仁想，天哪，我只知南官好风水是在观音谷，咋不知此地还有这等好气象？即掉头顺河往东转，沿回龙山重新来至田王村村口。他一抬头，即见村口那棵形如伞盖的大樟树。过大樟树，又见正对角位于三水泾口中心的三角洲；三角洲上长满参天大柏树。再回首看大樟树，树冠顶透有两股搅在一起的浓紫气。顺着大樟树，卜可仁再转了三圈，又往左回眸，见建有田王氏大祠堂。祠堂内供有圣柜。直觉告知卜可仁，田王两家的命运似乎与供奉着的这只圣柜有关。卜可仁即向一位荷锄村民打听，田王村族长是谁？村民答，田长河。——家在何处？——喏，在临河那小院。卜可仁转身至田长河家。刚一进门，见田长河正临窗面对他老祖宗留下的那本《人生警语》发怔。田长河一直没有搞明，为何他们家的老祖宗在第九卷书中间夹有三页白纸，是古人装订上出了差错呢，还是祖上在此三页白纸中密写有什么东西？他拿起三页白纸，对着太阳照了又照，并没发现有什么新名堂。卜可仁一进门，田长河即放下书本起迎。卜可仁说，你们家是不是有谢明心皇后赐的圣柜？——是啊，是啊。——能否容我一观？——天哪，这有什么不可以呢？来，来。田长河即带卜可仁至田王氏祠堂。卜可仁一进门，即看到这只圣柜高卧于祭台上。——就它？——是。就它。——样子何以如此之怪？——不知。卜可仁细看。他怎么看怎么觉得此只圣柜非同寻常。长七尺二、高三、宽三；三方一圆。是柜也不能做成这种怪样子啊。不合常制。——自建村后，一直放在这里？——是。卜可仁想打开柜子看一看，连开三次也打不开。——为何打不开？——不知。传了二十九代，从来不曾打开过。我只听上代人对我说，此柜自有灵性，开闭有时。时候不到它不开。——那你们田王两姓，为何择此处建村？——我只听上代人说，举家往这里迁时，谢皇后曾下过话，绳断柜落之地，便是田王两氏子孙的安身立命之所。东迁那年，我们家祖上把此柜一直从老家抬至这里，抬柜之绳断了，我们田王两姓也就在此地安家了。卜可仁听罢，脸色愈加庄重。田长河忍不住问，卜先生，你是高人，请指点，这只圣柜是否有什么说法？——有。——什么？——实话与你说，我之道行不够高深，一时三刻说不准。但，我只想告诉你一点，善者五世而斩，恶者亦五世而斩。人的富贵贫穷自有循环。赢者不能老赢，输者也不能老输。你们田王两家至南官合有二十八代，到该出人之时了。田长河问，会出什么人？卜可仁答，将军青，出国精。田长河问，何意？卜可仁答，天意不可明说。作为一族之长，我只能告你一条，天地之下善恶更替,自有劫数。为人子者,只可顺势而取,不可强志而为。

卜可仁说完,轻一甩手,即出门前往糖坊购糖。站在祠堂门口的田长河却被卜可仁的话搞得一头雾水。田长河想,出人?我们田王村田王两氏能出什么人?二十七代繁衍中,田氏子孙虽爱读书,尽出单丁;王氏子孙虽是男丁兴旺,只爱耍枪弄棒。田王两氏子孙饭全令上代人占尽了,后续子孙还能长发其祥?作为读书人,田长河深知天下事无不相辅相成。善中有恶,恶中有善。参天大树,自有怒风狂摧;贴地小草,自有雨水滋润。大富大贵人家,自有杀机四伏;草根棘丛阶层,自有逍遥自在。有道万物兴衰皆有数,人世败亡皆有时。数尽气则过,气过运则尽,运尽人则微,人微言则轻,言轻则事不成。朝中无人可提携,山脚下的大树远不及山顶上的茅草能远眺。——罢,罢,你就别听卜可仁的信口开河罢。

太阳走了。

月亮来了。

太阳来了。

月亮走了。

三月,清明到了。平原山川的生命,随着这个节候而到来,山山水水开始现出欣跃。田王村人正打算上坟祭祖。是日夜,天下密雨。密雨过后,田王村人意外地发现,将军山山顶破天荒地长出一片茂密的小树林子。站在远处往山顶上看,山不再是山,而是成为一位头戴盔甲的大将军。消息一人传十、十人传百,村民纷纷前往站定,对着将军山看。看后,一村之人,无不愕然。打从田王两氏第一代高祖田幸均、王理材迁移至南官起,行有二十七代,此瘌头山曾几何时有过这番绿意?如今,突兀间长出如此一片郁郁葱葱的小树来,是祸?是福?是恶?是善?田王两氏的子孙们全跑到田家来询问田长河,田长河啊,此事吉乎凶乎?田长河答,本人眼浊心笨,说不清。王家第二十八代长子名王希品,是好动分子,完全出于本能里好奇,即领三位堂兄带上绳索——凭着一身勇力,首次攀上将军山山顶。达山顶后,只杀上一眼,三人脸色,即全部定格。圆弧形山顶上长出来的居然全是他们从不曾见过的一种小树。王希品努力从峭岩中拔出一棵幼树看,越看越感心惊肉跳。打从他跟着管宗泽学石匠起,爬有二十多年的山,攀有二十多年的树,看有二十多年的石头,居然认不得此树为何树。那树身红得如血。树叶正面呈翠绿,反面呈白色。全叶长有细茸毛。——这叫什么树?——不晓得。——哪来的?——不晓得。——为何此树别地不长,专长在将军山上?——我与你一样,是个白木人。何以得知?——是啊,我们全是白木人,见识有限,何以得知?更令人为之称奇的是,此树生命力极强,见风就长,见雨就发。五月高一尺。六月高三尺。七月高四尺。八月一到,整座将军山即浓得化不开。九月一到,怪事再现。所有树叶现红,红得像人身上流出来的血。十月一到,居然一顶放白。风舌横卷,整座将军山即化成一位头戴银盔的大将军。终于至是年十月初九,金家村大学问家金安士至田王村。他至后,屁股不曾坐稳,王希品便跑来问,舅哥,你是读书人,识多见广,将军山山顶长的是什么树?金安士一看,笑,答,将军树。王希品问,何兆?金安士答,古书云,有山出此树者,此地当出大将军。王希品一脸惊异,说,舅哥,照你的话说,我们田王村要出大将军?答,上天之意,只有上天知。我与你皆是草命草心,何以知耶?

即在此年,王氏第二十九代最后一名子孙出世。此子从他步出母门那一天起,王希品即觉他生得与前两子完全不一样。其状如天外来客。连王希品看了都觉不像自己。他体态雄壮、阔额高颡不说,他第一声哭叫,即令田王村人闻之失语。正在熟睡的田长河被此子哭声惊醒,刚挫身坐起。其妻金安芳即一身倦怠从王家归来。——生了?——生了。——多大?——十一斤八两。——天。这是他哭的?——是。全村人都听见了。田长河不语。心想,难道将军山之兆应在此小子身上?

是日,王希品即来至田家。王希品要田长河给他的新生子起名。田长河说,好。一因王希品业已有三子,长子名王国瑞,次子名王国立,三子名王国成。“国”是王氏家族第二十九代人辈分,田长河略为一想,即起名为王国器。三兄弟最后一字合在一起是:“瑞立成器”。

之后不久,田王村第二次出现怪异。这件怪异事,出在田幸均栽在村口的那一棵大樟树上。随着岁月流逝,昔日小樟树今日已成为树中王。论历史,从落地生根起,活有六百余年;论经历,它多灾多难。从它第一次生根起,曾遭受过三十一次雷劈,四十一次火烧。南官所有的树也没有它如此受难,也没有它如此顽强。远了看,树顶圆如皇冠;近了看,树身结瘿如病妇。树干之巨,九后生牵手而不可搂;树冠之大,方圆三百六十五平方尺。由于它活的年代实在太久远,全身长满蕨类。乍一看,这哪是树?分明是一位历尽沧桑的老人。人老成精,树老成神啊。人是树,树是人。树一旦超越时空,何以不是人中偶像?别看它年复一年地坐在村口,不因你对它的伤害而愤怒,不因你对它的无礼而疯狂。轻它,如是;重它,如是;爱它,如是;欺它,亦如是。默然无语。一旦此精此神在人们心目中确立,它早已人树合一:成为生命挣扎中的卫士,精神田园中的守望者,感情世界纵深发展的象征。正因此,这棵大树从它成为村标后,便成为草根阶层的人文俱乐部。女人们爱在这里召开新闻发布会;男人们爱在这里谈天说地;孩子们爱在这里做游戏;后生们爱在这里谈情说爱;老人们爱在这里道古论今。田王村天生而成的地理位置正处于南官河、回龙河、潞河三河交界处。自田王两氏子孙在此定居后,交界口又成为百姓们自择而成的大船埠。凡南官河上东西往来船只,总爱在沿田王村与三角洲岛周边停泊。一停一泊,有意无意让田王村提升成为露天大商店。船一靠埠,待售的商品跟着上岸。上岸后,人们便沿着环河青石板路依次摆开,求物者纷至沓来。看不中的,闪一闪眼便走;看得中的,便在大樟树下席地而坐讨价还钱。或牛、或猪、或水鲜、或农产品、或手艺品——有什么谈什么,卖什么讲什么。谈得了,人们把货物运至樟树脚下来交换;谈不了,一脸和气道声“得罪”,便在樟树脚下分手。田王村里有几个会做生意的精明女人(如田长河的妻子金安芳),见有机可乘,围着大樟树,搭起一溜长棚——或卖饭、或卖菜、或卖开水以及烤糖、烟草、油锁、糕点、老酒。无论为生意为过路,人们总爱就着老树根一坐,喝水、抽烟、扇草帽、刮白话。——这一次的怪异,什么地方都不出,就出在这棵大樟树上。是日,好端端的大樟树脐眼处,兀然裂出个圆咕隆冬的大黑洞。树身出洞,乃是常事,田王村人并不在意。但只过了一月,田王村便接二连三出现异动。那鸡那鹅那鸭那猫那狗那兔,陆续失踪。失踪就失踪,田王村民并不为怪,误以为田王村临山,让山里蹿下来的山猫野兽叼走。然而,他们想搞个水落石出,到底是什么东西前来夺抢?这便顺着踪迹寻找。一找,发现不对头。无血迹,无残羽,总不似回龙山上蹿蹿下来的山猫野兽所为。那么是什么?正在疑虑,金安士领着儿子金明白到田王村给他姐姐金安芳送山货。山货送到后,父子俩想回返。田长河不肯。田长河说,你们从金家村翻山越岭来到这里,一夜不宿,抬腿便走,金家人知道了会怎么看?是我田长河小器,还是我与你有矛盾?金安士一听,占理,决定留住一夜。那时,金明白年仅三岁,人长得帅气不说,两眼明如漆点。大人们在屋里说话,他独自一人彳亍至大樟树下。偶尔俯身,见树身有一洞,洞中现红云。出于孩提式的好奇,探头张望。金明白见洞内点有四盏绿灯,极为好玩,便伸手捕捉四盏绿灯。哪知此四盏绿灯,似灯非灯,却是两条巨蛇之双眼。令人为之惊诧的是,此二巨蛇吃狗吃猫吃鹅吃鸡吃鸭——吃村子里所有它能吞得下的活物,却极通人性。面对着如此一位纯情赤子,双蛇摆出来的态度极为友善。金明白伸手摸它、触它、碰它,它伏首,任其触、摸、碰。金明白觉得好玩,掂手"嘀嘀"喊它出洞亮相。双蛇居然蠕动巨躯蜿蜒而出。这一当众亮相,让田王村人为之一片惊叹。双蛇非常蛇,而是一对夫妻蛇。小者为公,大者为母。阳光下银鳞闪烁蔚为壮观。金明白似与此双蛇有天缘,不怕不说,反倒骑上公蛇,大呼小叫,活似一位出征大将军。金明白骑着白公蛇蜿蜒三十尺,正赶上王希品从海王村回来去田家看金安士。见他小外甥坐着大白蛇驱驰,差一点吓得尿了裤子。王希品一惊一乍大喊大叫，引得周围大樟树居住的数十户田王村人前来观看。一见两条巨白蛇盘踞在大樟树脚下，无不脸色惨白。他们奔家抄起铧锹锄头，一哄而上，即想动手。正在此节骨眼上，田长河与金安士闻声赶至。那金安士可不是旁人哪。一因其先祖金颉成曾出任过南宋王朝镇国大将军，官至二品；二因其高祖金休白曾护赵氏皇子出逃福建，最后跳海殉国；三因金氏子孙历朝为官者众。别的姑且不论，就他们金家一村，御制牌坊就立有三座。一门子弟尽是读书种子。直至乾隆八年，因文字狱，金氏一门连损八人后，才家道中落。尽管金安士本人学富五车，由于上天不眷，三次大举，皆因失风，才以平民之身在家馆课徒。他一见此情此景，即挺身而出，力阻村民不可动粗。村民问：为何？金安士答，一、此双蛇源出海王村蛇蟠山。随船往来，才落户至田王村。蛇乃小龙也，岂可伤害？二、此双蛇为夫妻蛇。既为夫妻蛇者，仍从畜道脱胎换骨至人道，凡夫俗子岂可亵渎？三、白蛇者非常蛇。为蛇皆是蛇王蛇后；为人皆是人王人精。上帝爱子坠于人间，自有天意，只是我们肉眼凡胎不可预知。四、蛇乃仁义之虫，知恩必报，知仇必还。定是王家子孙有恩于它，前来还报。村民们说，照此理，得让它在此安家？金安士答，然。有缘千里来相会，无缘见面不相识。它来此定有其缘分，岂可相恶？我们为人子者，总不能做《白蛇传》里的法海吧？《白蛇传》里的法海？——此故事田王村村民实在熟悉不过。哪个田王氏子孙不知白蛇娘娘为报救命之恩，爱上许仙，化为女身以身还报？哪个不知法海多事，令此对情人悲歌长嗟？哪个不知恶有恶报、善有善报，上帝最后让法海变为蟹肚脐？村民们都觉得金安士言之成理。是啊，是啊，我们田王氏子孙，素以行善积德为家训，岂可如此作恶？于是，杀气全收，和煦重现。几百号人打成围墙，看着金明白与两条白蟒一起戏耍。白蟒滚、爬、盘、缠。他们耍到极致时，居然头与头拢在一起相亲。一直玩到金明白浑身散架，这才伸出小手，拍了一拍公蛇之头说，朋友嗳，我累了，不想玩了。你走吧。说完，金明白即从白蛇身上溜下。此两条大白蟒似懂人语，双双含首，扭身潜入洞中。

自此，田王村人对这对夫妻蛇态度现出根本性变化。他们不是恐惧，而是顶礼膜拜。他们不是讨嫌，而是喜欢。这一顶礼膜拜、这一喜欢，那蛇、那人、那世界便跟着失去原有本真。消息传开后，十里长街人即将此对夫妻蛇视为神灵。闻讯而来者，无不围着大樟树开始祭祀。或点香上烛求护，或摆供品求佑。白天，夫妻蛇藏匿于洞，千呼万唤不见影；子夜，即双双蜒出洞外，照单全收。——一人传十，十人传百，于是，说法越传越多，越传越神。一说此二蛇原本是海王村蛇蟠山中的蛇帝与蛇后，因田王村人抢占它们的领地，无处藏身，即跑至田王村接受供奉；一说此二蛇业已修炼封仙，乃是一方神圣，你向它们求什么，它们即能给什么；一说，此二蛇乃上天下凡之神蛇，因田王两氏子孙有恩于它们，迟早要投生于田王子孙并在日后结为夫妻。尤其是南官巨富谢东潮（此人乃谢皇后与谢百超之后人），膝下有女无子，不知是何人给其妻子出一主意，说，你去田王村求一下蛇夫蛇妻吧。这两条白蛇不是凡蛇，而是神蛇，心眼极好。若是你诚心诚意求它们，兴许它们会赐你谢家一个好儿子。是啊是啊，谢家打从出了一个皇后后，不知因何原因，一直十世单传。我如果不给谢家生出个儿子来，偌大一个谢王府日后交付于谁？谢家女人心一动，即挑个黄道吉日，携有一百三十六只蛋——十里长街人传说白蛇最爱吃蛋——来至田王村村口的那棵大樟树脚下。她先是上香跪拜，后是向这对夫妻蛇说出自己的心愿。说起来此事极奇，她求完后当夜，即做有一怪梦。梦见一浑身穿白的女子——其貌很像珍藏于家中的谢皇后的画像——飘至她面前，对她说，放心吧，你要的孩子，我会给你，但是男是女得听从天定。我只能告诉你，你要的那孩子将与田家孩子同在蛇年蛇月蛇日生。虽然当不得南官府的真王，却也当得南官府亚王。谢氏家族已享尽富贵荣华，若是多求，过犹不及，日后，降临者必是大灾大难。谢东潮妻蓦然惊醒，不知此事是真是假，只是不敢声张，悄然以待。

七夕那日，情况急转直下。午后初时尚晴空万里，未时天象突变。先是乌云密布若翻江倒海，后是重云下坠似与地合。接之，九龙之象腾空跃起。空气不再甜爽，黑恶中夹带血腥。气质敏感者一闻即吐。此景此象行有一刻，大樟树先是树身痉挛，后是枝叶纷落。田王两氏子孙从第一代高祖在此登陆起，二十八代间，何时见过此类异景？村民们人人吓得心惊肉跳。他们不知上天要发何威、要行何暴。关门罗窗后，女子吓得躲在男子身后，孩子吓得死抱住父母大腿不放，老人惧得扑地乱拜。此种天象，捱至下午申时，土地即始震颤，气流即始汹涌。先是一道闪电撕裂天空，周边山林原野现白；后是巨雷在人们头上盘旋不断开炸。九个炸雷过后，天昏了，地黑了，水浑了，山摇了。村民们吓得蛰伏一角，不敢喘气。黑风黑雨，延绵至次日卯时。天晴了。地稳了。水清了。山秀了。血腥气也缓缓消散了。略带有甜意的山风，顺河面回归至田王村了。田王两氏子孙们这才鼓足勇气打开柴门。他们不约而同集结于大樟树下。一个可怕之象，令他们丢魂落魄。好一棵六百多年树龄的大樟树啊，再一次遭受劫难：树身被天雷一分为二。一树好枝好叶被雷击得七零八落。两条夫妻大白蛇双双被击毙，肥软的身躯流出洞外。

田长河一看，天意如是，还有何说？只好来个全村总动员。他喊起十六个男子，拿来各种家生，突勇上前，将这对盘踞足有十一年的白蛇夫妻从树洞里拉出，前呼后拥，抬至回龙山脚。经田长河细为踏勘，选中一块背山风水好地，挖坑筑坟，将此对夫妻蛇掩埋。掩埋是掩埋了，但田王氏子孙们的心仍现惶恐。这对夫妻蛇是何等善良之夫妻蛇啊，上天为何下雷将它们劈死？是上天瞎了眼善恶不分呢，还是秘中有不可知之隐情？正当村民不断谈论此一话题时，金安士即在金家村对外正式发话。金安士说，人是蛇，蛇是人。这对夫妻蛇，命中注定要投生转世为人身。若干年后，此两人兴许还要拯田王两氏子孙于火坑。此话一出，非同小可。田王两氏子孙无不心惊肉跳。——这是怎么回事呐？难道田王两氏子孙要有大灾大难？难道它们真的要投生于田王两氏前来拯救我们？

夫妻蛇事件很快烟消云散，健忘的人们很快被生活中无穷的繁琐而淹没。

田王村村口那棵大樟树，尽管让天雷一分为二，可生命之根毕竟鲜活——它再一次怒绽新芽。

巳年巳月巳日巳时终于来临。一切正如金安士所料，十里长街有一对男女同时出生。前一刻出生的是田长河的独生子。他步出母门后，显得极为安详。田长河从接生婆手中接过一看，此子头大身小，双目如晶，两手生有横纹。一看即知不是寻常之人，心中大喜。头上包着布帕的金安芳挣扎着从床上坐起。别看她现在只是田王村一农妇，然而却曾是金氏家族的大家闺秀，从小随其父兄读书不少，极懂“世道人生”四字。她捋了一把散落于额前的乱发，问，生辰八字四柱全占蛇，莫非他真的是我弟说的那条公蛇所变？是吉是凶？田长河答，吉。管他是什么变的呢。老祖宗在那本《人生警语》里有一言说得极明——凡我田家人子孙，一不求福，二不强为。凡上天所赐，须面对、接受、放下。出龙就养龙，出蛇就养蛇。田长河前两个生的清一色是女儿，按惯例，女孩不从辈，田长河就给长女起名田如梅，次女起名田如蕙。老三是儿子，当然要从辈，田长河即给他定名为田兴业。

后一刻出生的，是谢东潮的最后一女。此女步出母门后，几乎与田兴业一样，一直闭目安睡。当接生婆把她抱给谢东潮时，她突然开目，光闪如电，嘴角微抿，对其父嘿笑。谢东潮顿时心中发甜，伸手轻拨襁褓细察，见此女之英容之笑貌与画中的谢皇后同出一范。谢东潮看毕，心旌摇荡。他无法说清二十八代前谢皇后的相貌为何会重现在他的四女身上？他抬腿便往卜可仁家走去。是时，卜可仁老父卜良能已去世，卜可仁儿子卜无意年刚五龄。谢东潮进卜家门时，卜可仁正抱着卜无意坐在腿上学书法，见谢东潮一脸仓皇，即放下儿子起身迎候。——是不是你家生下个女公子了？——是啊，是啊。——可是巳日巳时出生？——是啊，是啊。——祝贺祝贺。——老弟啊，问题是她怎么长得与六百多年前的谢皇后一个模样啊。——这可怪了。——所以来找你。——想让我给她算命？——是啊。卜可仁拿过纸，写好她的出生时辰，派好四柱，提笔正要开算，儿子卜无意即抗声说，爸，你不用算了，我给她算好了，我也能算。卜可仁放笔说，好，那你说说看。卜无意答，此支生辰八字有个名字叫做五蛇登堂，占有者必大贵。只因四柱组合与谢明心不同，得不到天时地利，当不得真皇后。卜可仁问，哪她能当得什么？卜无意说，从天象推，只能当个亚皇后。——中国命相中的四柱组合，乃一大发明，其推演之法实在太复杂，非才子不可析之，即使江湖高手，须得细排长推，才可有准。一个小毛孩，何以能如此出口成章？卜可仁笑，不信，拿过纸，提笔即将此女生辰八字中的天干地支一一开列，一综合一分析，果然如是。谢东潮心里想，有“王”，总比没“王”好，因小女容貌与谢明心同范，便在“明心者道清”五字中拆出两字，给她起名为“谢道清”。

田王两家开始浮出水面。

田长河一家，老大田如梅，三分似母，七分似父，不仅体魄健壮，而且生性刚烈，村人管她叫“花木兰”。平日田中有活就下田，无活，则好临窗独坐，或读书或写字。开口说话，不如南官一般女子，一口吴侬软语，而是硬绷如铁，亮如洪钟。田王村村民见她一身男子模样，好打趣，说，这丫头，该是个男儿身才对，只是跑得太快将下面那东西跑丢了。老二田如蕙，七分似母，三分似父，长得小巧玲珑。天生不爱读书爱女红。她是田家第一号能工巧匠，不仅织得一手好布，还打得一手好席。她所织之布，十里长街人管它叫“兰花布”，花样繁多不说，还质地坚挺，即使放在木盆里泡上三天、搓上三天、捶上三天，亦不倒锋。她所打的草席，十里长街人管它叫“兰花席”，成品后拿来在阳光下试照，席面绢光锃亮不说，席内还藏有无数样子极为优美的小兰花。尤其令南官人叹为观止的是，她所打之席，出梅时一不生虫、二不长毛。是时，此二工艺品即成为南官名牌，出售的价格比他人高出三四倍。平日里，只要田长河家绢机一响，田王村村民即生无限感慨，说，这小女子啊，是不是天上织女下凡？至于当家女人金安芳呢，更不用提了。她是官宦人家教育出来的女子。她既有着山里女人的全部美德，又有着书香门第的矜持。十三岁跟族人学得一手好刺绣，十四岁学得一手裁缝。平日里足不出户，给十里长街将出阁的女孩子绣花。十七岁嫁至田家后，正式开门接活。她还画得一手好画，接活后所做第一事，就是把田家中堂打扮得像个美术展览馆。凡她设计的百花图与服饰样，全都高挂墙上，让前来求活的闺阁小姐们挑。一时间三门、温岭、临海三地的女人，全跑到她家求做服装。就她一人赚来的钱，远远超过开木材行的夫君田长河。她白天管理业务和家务，夜间还教子女识字读书学画。她还亲自带领二女在三水泾口环岛中心划出一块长方形土地，搭上猪栏，养上三口大肥猪；开出九畦菜地，让田家一年到头不再上街购菜。

王家呢，不知何故，一直命运多舛。南官一带，打从谢氏做了皇后，一度时期，光榜上有名的进士就有四十有八。至明朝，因方孝孺事件，朱棣灭方氏十族，南官文士一夜死有三百余人，读书种子尽绝，此后呈现一百三十多年的文化大萧条。这一文化大萧条，十里长街反倒涌出三多：经商多、从武多、学艺多。经商，是为赚钱；从武，是为防身；学艺，是为不饿饭。“卖天卖地，不可卖艺”，早已在灾难中成为南官人的生存法则与信条。从永乐十八年起，十里长街周边方圆三百里崛起一百零三个专业村。打钉的，叫“打钉黄村”；做桶的，叫“河西桶村”；当木匠的，叫“木匠倪村”；织网的，叫“新网村”；从染的叫“苏家染”。就连侥幸活下来的艾氏一门，也逃至观音乡从事织布业。南官全地一百零三个手艺村中，极有名气的是管前村。打从管家的高祖管济民战死沙场后，管家后人对天盟誓，只准后代子孙学石艺，不准读书做官。此后管氏子孙只知埋头学艺，不再问津于仕途，至第二十八代，家传石艺达到顶峰。他们可以把山上的石头，切成薄片盖房，磨成平板铺地，剖直成直柱当梁，刻成各种飞禽走兽用来装饰。由于王家田少人多，王希品十八岁起，便与他的终生好友管春生一起，登堂入室，拜一代名师管宗泽学艺。一因年轻,一因聪明,一因能干,管宗泽对他俩恩爱有加,视如己出。两人一块学艺、一块吃饭、一块睡觉、一块上山开石,一块顶着烈日琢石,一块披着星星回家,形影不离,情感弥笃。别看当石匠干的是粗活,实质上是一门全武行的民间艺术。一画二磨三凿,刀刀见血,差一点都称不得高手,尤其雕刻飞禽走兽、花草虫鱼,眼、嘴、爪三部,多一锤不行,少一锤难到位,略一疏忽,便会前功尽弃。王希品、管春生三年苦打苦熬,终于凭着才智与努力,成为一代高手。管春生十九岁结婚,二十一岁得一子起名管中明。就在这年的三月三,管宗泽接到一笔特别业务——十里长街金谷寺要造两座露天巨佛,一尊曰释迦牟尼,一尊曰观世音。别看这两尊石菩萨价钱不菲,但工艺要求极高。像高须两丈三,可搬可运,须行组装法,非行家里手绝不敢问津。管宗泽是南官石行名师,玩石艺六十余年,心中有底,但苦于没有理想的石材。这石材一要成块,二要肌理顺茬,三要石色滋润,四要质地细腻,经得起锉、磨、剔、刮。契约签毕后,师徒三人背上行囊,四处寻找。走遍南官九脉三仓,但可用之才不多,不是粒子太粗,便是线材戗茬。管宗泽想来想去,无有他法,还得重开新仓。三月初九,师徒三人再次起程。这次师徒三人走得极远,从回龙山寻至括苍岭,从括苍岭寻至神仙居,从神仙居寻至赤霞岭,再从赤霞岭寻至麻狸岭。风餐露宿,走了一整月。直到四月初九,终于在黄岩焦坑乡丫鬟岩山找到一处大石仓。敲下石块一看,质地细腻,色泽青白,石纹平和有致、肌理紧凑,乃天下一等好石材,可惜石材所生位置极险,全是悬崖峭壁,难以开采。管春生提议让师父雇些不怕死的外路佬前来开岩,但此言一出,即遭王希品强烈反对。王希品说,他们一不在行,二不心细,三为钱急于求成。开此石者,命悬一线,万一有个三长两短,何以对得起他们?既然如此,那就自己动手。当日,他们找到择日先生,挑下一个黄道吉日。日子到后,兄弟二人即下山购祭品。购得后,兄弟二人即上山,至丫髻岩,摆上祭品,双双跪倒:一拜山神,二祭土地,三谢四方神圣。放过开山爆竹后,兄弟二人即披挂上阵。

第一天平安无事。

第二天功效立见。

第三天一口气连采下三块巨材。管宗泽下沟一看石材质地，欢喜异常。

第七天，是上山采石的最后一天，只要他们采下菩萨头部的石材，即告圆满。也许过于高兴，也许干得过于顺手，也许兄弟二人有点得意忘形，第七次下悬崖时，两人全忘了最后一次作细节上的检查。结果在采下最后一块石材后，因用力过猛，吊在管春生后背的麻绳突然出现断裂。采石时为安全起见，绑在两人身上的保险绳共有两根：一根系背，与崖上松树相连；一根捆腰，与对方相联结。管春生背上那根绳子一崩断，身子即刻下坠失控。他身体的分量，全集中于王希品背上那根小绳。按理，这也无妨，只要王希品攀住别的树，即可立解倒悬，但问题是王希品伸手攀援时，因心慌意乱，一脚踩滑，重心再次下跌。这一跌，不要紧啊，崖顶上的松树因根浅土松连根拔起，连人带树一起下坠。那丫鬟岩是南官府首屈一指的风景名山，山势极为险峻，石壁上多长有横树。兄弟双双坠至半山腰，被一棵斜出的横树拦腰阻截，二人顿时变成半空中摇晃的两个大铁秤砣。管春生吓得面如土色，王希品惧得胆战心惊。恐怖中王希品忙抓住身边一棵小树稳身。往上看，绝壁擎天；往下看，雷鸣深渊。在这种关键时刻，唯一的办法，就是攀住石棱等待师父前来救援。然而，上帝若要灭人，又有何法可想？管春生看准一处新支点后，企图攀援，不料再一次失手。这一失手，石壁松动，泥砂纷落。两人顿时变成两只小蜘蛛悬于空中直打晃。凌空直目，山鸟盘旋；抬头环顾，风声漱耳。真是绝地凄凉，叫天天不应、叫地地不灵。管春生倒无所谓，王希品却悲从心生，禁不住失声长叹说，兄弟啊，看来今日你我是非死不可了。好赖你有妻有子，算不得绝后。可我，至今还不知女人是何种滋味！管春生听后，内心好一阵发憷，想起平日间，二人情同手足。为人子者当以仁义为先，为兄长者当以孝悌为首。岂可让小弟死后无子？管春生抬头细作观望，见所挂之树虽已起根,尚未离隙。他是个山精,他明白,二人中只要有一人下去,另一人便可得存。生死极地中,南官人独有的勇气与胆略涌上心头。管春生想,人生横直难逃一死,莫不如活下一个算他一个。于是,他仰脸对王希品说,阿弟,你听着,既然我是你哥,为哥的岂可令小弟无后?若是阿弟日后有命在世,万望照顾我老母与妻儿。言毕,猛掣利刀,甩身一挥,斩断后背上的小麻绳。绳子一断,管春生即化成一只黑鹫翔下山去。王希品亲眼看到管春生一头栽倒于巨石顶,张开四肢,化成了一动不动的一个“大”字。

王希品整颗心出现大震颤,那无法遏制的泪水顺着他的脸颊刷刷往下淌。

王希品一直在山腰中困了四个多时辰,终于让前来送饭的师傅管宗泽发现。管宗泽知道坏了人,忙下山唤起三十余人。一直忙到月亮平山,才将王希品捞上山顶。救王希品的人都说大难不死必有后福,但他却因失去一生中最好的朋友而失声痛哭。就在埋葬管春生的那天,王希品跪在他的坟前,当众明誓说,老天爷,我请你在天明鉴:我王希品要报此救命之恩。

两尊佛像终于打造完工。

王希品告别师父下山。

王希品回到田王村。就在这天夜里,他把他的终极打算告诉了田长河。田长河举双手赞成。三日后,王希品娶管春生之妻为妻。七日后,王希品迎管春生老母、儿子至田王村。九日后,王希品为养家活口,决定不再玩石,而是改行去海王村捕鱼晒盐。十日后,田长河与金安芳举行婚礼。五年后,王希品与管春生的妻子接二连三生下了三个儿子。田长河将王希品所生的三个儿子分别起名为国瑞、国立、国成。田长河一连生下两个女儿,起名如梅、如蕙。由于田王两家相去不远,六个孩子一在他们面前出现,王希品就高兴,田长河就快活。田如蕙刚满月那天,王希品带着他的长义子管中明从海王村赶回田王村吃酒。酒过三巡,王希品一脸得意,借着涌上心头的酒力对田长河说,阿弟,我有四子,你有两女,我与你干脆亲上加亲吧。到那时，我们两家有手力了，干脆在河岛内造它一座三如九明堂，起名田王府，那该多好啊。田长河心下一动，并不言语。金安芳插话说，儿大不由父，船大不由橹。只怕世事由天不由人啊。王希品点了一下头，是啊，是啊，那就走一步看一步吧。

山青了，又黄了。

水浊了，又青了。

时间发表正式声明——王希品与田长河想合建田王府的打算，因经济实力不达标，最终变成一张空头支票。兄弟二人所生的子女，由于生活环境不同，处世坐标不同，人品性格不同，爱好不同，全向不同方向伸延。王希品由于长年累月在海上浪迹，与他打交道的不是海盗，便是走私贩子，四个儿子同在此等环境中熏陶，越来越彰显出特有的匪性与狼性。

田长河好与士人结游，只要有闲，不是棋琴便是书画。“谈笑有鸿儒，往来无白丁”，一家人益显温文尔雅、风流倜傥。两家人活似几何学里的两条平行直线，再也找不到共同交叉点。

太阳落了，又升起了。

潮水涨了，又退下了。

王国器长大了。

田兴业长大了。

十里长街人再度沉思了：上天究竟想要干什么呢？田王两氏第二十九代最后两个子孙怎么成了同一枚银币的正反两面？是啊，是啊，田王两家生下的这两个儿子不同点实在是太多了。

王国器身如黑炭，面如白瓠。田兴业身如松柏，眼如夜星。王国器一顿饭能吃下一笼屉大馒头。田兴业人吃鼠食，每餐饭只是蜻蜓点水。王国器天生就不是一块读书料。若是让他弄枪舞棒，心情比鸭子见水还快活；一旦逼他读书，如同令他走入地狱。九岁时，迫于田长河的压力，王国器捏着鼻子前去上学。读不到五日，即将书往旮旯里一扔，身子一扭便往外走。田长河拦住说，国器啊，我们田王两家祖上全是做大官的。你若是不读书，今后怎么能有大出息？

王国器说，阿叔啊，这年头，谁的拳头硬就得管谁叫老大；我读那些"子乎者也"有什么用？田兴业命中注定似乎为文而生。从他出娘肚皮那天起，最大的欲望即是读书。三岁起，见字起舞。八岁时，田长河想给他开蒙，便坐下教他读《千字文》、《百家姓》、《人生警语》。父子俩相对坐有三月，田兴业即大皱眉头，现一脸不屑。田长河问，儿子啊，你怎么不读了啊？田兴业答，爸啊，我说的话你可别不高兴啊。你给我读的这三本书，好是好，只是内容太浅。——老祖宗的《人生警语》何以言浅？——爸啊，祖上之书子孙不可妄议。——你说何妨？田兴业说，论画，老祖宗之画价值连城；论学问，老祖宗之言不过拾人牙慧。全书唯有五言尚有新意。田长河大疑，问田兴业，是何五言？田兴业立起立背五言，一字不差。田长河大惊，儿子所背，正是他读到四十三岁时，才知此五言尚有新意。小子居然开卷便明。他不是个天才又是什么呢？九岁送私塾。十岁学《论语》。十一岁学《大学》、《中庸》。半年一过，均倒背如流。十三岁，田兴业提请私塾老师给他讲《易经》。私塾老师答，孩子啊，我文根太浅。《易经》博大精深，老夫讲不得也。——先生啊，何人会讲《易经》？——只有你娘舅金安士能讲《易经》啊。——好，那我上娘舅家去请他讲《易经》。私塾先生初以为他只是说着玩玩，哪知第二日早，他即背着个小包囊，顺南官河岸往他娘舅家走去，直至上灯时才至娘舅家。金安士正在给儿子金明白准备出国留学行装。见田兴业独来，讶问，你来我处何事呀？答，我跟你学《易经》。金明白说，你才多大呀，就想学《易经》？田兴业答，有志不在年高，空活徒有百岁。罗成十八岁为国相，我业已十三，有何不可？金安士心下大异，想，莫非此小子真是白蛇化身？既然如是，我当娘舅的，为何不教？好，我教。于是，留下田兴业。金明白一出门，他便给田兴业坐堂开讲。一讲便讲了三个月。讲毕，金安士问，你悟到什么？田兴业答，娘舅，此书怕非是文王囚时所作吧。你认为何人作？——上天所作。——何出此言？田兴业说，天下事尽在其中。凡夫俗子何以能为？金安士一听，惊得差点一头踣地。而王国器呢，一天到晚流流宕宕——不是跟人学武术，便是学鸡飞狗跳、爬墙挖壁。十四岁时，居然勒死郑家看门大狗，提它至将军山菩提庵，请一帮玩伴煮狗肉。佛门净地，岂能让这几个不知天高地厚的小蟊贼在此胡作非为？做佛事回来的两老尼，见一地杯盘狼藉，熏得当时即呕了一地清水。两老尼跑至田王村找田长河。她们站在田长河面前，什么话也不说，只要田长河随她们上庵堂里看一看。田长河不知就里，只得前往。去了一看，当下即明。——何人所为？——只有你们王家出的绿壳土匪才敢如是。他人何敢？田长河气得浑身打哆嗦。赔了两个老尼一笔钱后，即派两后生将王国器从回龙山脚押回来。田长河想动家法，又怕背后他人说闲话，只好令他跪于堂前反省。田长河说，就你这种胡作非为的样子，不是土匪又是什么？王国器说，阿叔啊，当个土匪，人见人怕有何不可？与其让我忍气吞声，莫不如让他人狂詈怒骂。而田兴业一天到晚沉醉于文墨之中。十三岁半，金安士应邀出任十里长街文昌书院山长。田兴业跟着他娘舅回来吵着要进文昌书院读书。金安芳考虑经济的承受力有问题，说，此书院乃是贵族子弟书院，非草根阶层所能承受。田兴业亢声说，不吃苦中苦，何为人上人？金安芳一听，说不上是喜还是忧，叹说，天哪，这小子哪像十三岁的孩子？王国器力大如牛。十五岁那年，为显本事，当着村里村外三百多人的面，头顶石稻臼过河。至河那岸后，摘下头上顶着的石稻臼还心不跳气不喘，看得岸上那三百多位看客脸上结成铁饼。十里长街人说，他哪是王国器呀，他是李元霸第二、项羽再生！田兴业天生少气薄力。平日里手不能提，肩不能挑。就是走路，他也是小心翼翼，生怕把道上的小蚂蚁踩死。十四岁那年，田家做七月半。兄弟两人同坐一桌吃饭。不知因何出现争执。王国器说，乱世出英雄。就你，手无缚鸡之力，不让他们摘下脑袋当尿壶，我算灾。田兴业说，你呀你，别吹。今后若是没我衬着你，就你这种横草乱做的样子，死都不知道怎么死。是时，金安士正主座上坐，听到他小哥俩这种对话，一脸惊异，便问田兴业，此话怎讲？田兴业答，将不在勇而在智，兵不在多而在精。武功可得天下而不可治天下;匹夫之勇可做功狗不可做功人。金安士听罢,捻胡不语。心中暗叹,兄弟二人高下分矣。

正值清末,天下大乱。由于南官地理上的天然屏障,自然成了土匪海盗结山据海之地。海上有海盗,山上有土匪。据《南官志》载,那时,海盗自不必论,横贯于回龙、括苍山的土匪,往少里说也有一百三十多部。天台有天台部,仙居有仙居部,永嘉有永嘉部,南官有南官部。凡占山为王之匪,均由三种人组成:一是失土农民。这类人下无立锥上无片瓦,不仅断了财道还断了粮道,只好铤而走险,学一百零八将聚义。二是无业游民。这类人横直爷爷不疼、外婆不爱,与其生不如死,莫不如当绿壳,要死要活来个痛快。三是被清政府一直通缉的所谓拳匪(义和团、红灯照)。这类人,为保大清国、为驱洋人,出生入死,结果大清国过河拆桥、卸磨杀驴,反诬他们图谋不轨而横加屠宰。他们人生的最后一点希望化为泡影后,心即随之发横,便纷纷上山落草,快意人生。在南官的"绿壳"诸部,大者上百,少者五十,各自据山为王,划地分疆。打击目标只有两类人:一是暴发户,二是政府官员。王国器十九时,辖十里长街方圆百里的"绿壳"是黄岩部。此部虽然名头很大,高举旗帜说是"替天行道",实质与黑社会毫无区别。所作之事只有三要,要粮、要钱、要女人。有?好!东西到,我放人。没有?对不起,我撕票。为让有钱有势人家出真血,所出行为极为过激;不是割下票人耳朵就是削下票人鼻子,再用红纸包上送至大户人家,逼人家拿钱赎人。那时,盘踞在黄岩一带的土匪大头目姓万名五魁。其祖即是谢皇后那朝的兵部尚书万荣。别看他们家早先权倾一时、名赫朝野,但六百多年来,一代不如一代,到了他这一代却早已成了另类。他原本是黄岩拳教头,曾在南官县衙门谋事与县正堂交情颇好。别看他生性豪放、视金钱如粪土,但他最大的柔软处,即是容不得有人在他头上戴绿帽子。在县衙三年,因其妻与县正堂有私,案发后,情绪激昂不可自控,一怒中拔刀相向,学武松来个血溅鸳鸯楼。冲入衙门,一夜间手刃十八人。杀人偿命,乃千古定律。男女私通,说到底是道德问题;

杀人越货，可是冲破了法律底线。南官府四处张榜捉拿万五魁。天网恢恢，疏而不漏，万五魁如何受得了官府此等密捕？绝望之下，不如反戈一击，破釜沉舟。于是，他拉起一帮乌合之众，占据莲花山，摇身一变，成为危害地方的一大豪匪。有理没理，以武力论生死。打得赢，黄金、元宝、白米加大肉；打不赢，一头蹿进山林——你走你的阳关道，我走我的独木桥。那时，大清帝为了维护最后的统治，正在作垂死挣扎；而孙中山正领着一批有志之士武装起义。新老生命在交替中生死肉搏。数尽之命，如癌灶之扩散，连行步之力尚且乌有，还有何力腾出军队对付低烧？天时地利人和三者全得，南官的土匪们越聚越稠。——十六岁，王国器随其父出海；十七岁，做水手；十八岁，做船长；十九岁，因陆上土匪老抢粮，王希品为保证海王村人吃喝，让王国器做运输大队长，专门押粮。此年九九重阳节，王国器率八名王氏族弟驶船回田王村运粮，到家时，正赶上十里长街举行一年一度的大庙会。庙会结集点，即东狱庙。东狱庙正前方临南官河处有一处大广场，可纳万人。庙会一开，南官六县之人全往这里涌，场面十分壮观。或踩高跷；或闹湖船；或戴起假面扮水仙、扮白蛇娘娘、扮青蛇、扮法海；或载歌载舞，滚龙灯舞狮子——大街小巷一片人声鼎沸。

就在此日，万五魁亲自下山踩点。他这次下山，主要攻击目标是郑增益家开的荣宝阁。他至文昌桥时，偶遇一位长得天姿国色的妙龄女郎。此女身如摇柳，目如点漆，垂辫如蛇，白肤如乳。打从万五魁落草后，过身之女难以计数，胖、瘦、疯、稳、甜、涩、幽、浪，均尝了个天昏地黑，独不曾品尝过如此古典式女子。他与她只是擦肩一过，即令他两目拔直。他随之跟进。一跟进，至谢家五凤楼。万五魁立耳打听，知此女子即是谢家三小姐。喜。想，如此妩媚女人，若不令为我做野皇后，生下一堆龙子龙孙，岂不是让我白当一回山大王？主意一定，万五魁便掉头回山。别看万五魁是个无恶不作的绿壳，爱就是爱，恨就是恨，不藏也不匿，真刀真枪与你明干。回山后，即拿笔伏案给谢家写了一帖：

谢东潮岳父大人台鉴：

请您老人家务必在×月×日，把你家三小姐梳洗打扮好。我万五魁明人不做暗事，看中你们家老三。我要娶她做压寨夫人。若是不允或损伤她半根头毛，我即把你谢家五凤楼夷为平地。

万五魁

万五魁写后，细看一遍。字虽不好，却真诚。遂朝信封淬上一口唾沫，封好帖子，令贴身一小喽啰送至谢王府。太阳一落，谢家佣人即在门缝处看到这副帖子。打开一看，唬得魂魄飞散，飞身交至大管家。大管家看后，浑身肌肉叫紧，即呈献主人谢东潮。谢东潮拿起帖子一看，手脚即打锔。他们谢家打从南宋时出了皇后之后，承蒙圣恩，一直在南官当着大"浮头鱼"。虽二十八代间再无显赫，但也是十里长街惟一的富贵人家。谢东潮一共生有四女。前三女，个个有沉鱼落雁之容；唯独巳年巳月巳日巳时生的老四谢道清，脸上长有一块黑痣状如一幅黑色中国地图。从后背看，她是亭亭玉立一少女，可心可目；从正面看，云山雾罩，让人怎么看心里怎么难受。前三女，人见人爱，十五岁一过，相亲之人便踏破谢家大门；独有她年过十八，一直无人问津，成为名副其实的"狗不理"。上天给了她不幸的同时，也赐给她超乎常人的大本事。她为人聪明绝顶。（谢家人说，只有谢皇后才可与她比肩。）琴棋书画，无所不能。由于破相，她从不参加公众集会。谢道清从十三岁起，几乎大门不出、二门不迈。她几乎把所有精力都用在学习上。谢家多书，她忙里偷闲，一本接一本地阅读。遇着可心之书，即点灯焚香，坐观细读，手不释卷，直到两眼看得发酸发痛。十六岁那年，正赶端午。李文达约下几位同窗好友至五凤楼小聚。谢道清因家中无事，坐于闺房中弹琴。自娱自乐的一曲《高山流水》从绣窗里款款流出，指法娴熟，意气高扬。坐在堂上品茶的文豪李文达一听即发呆。李文达问，此曲何人所弹？答，小女。李文达说，东潮，你家有福了！谢东潮问，何出此言？李文达答，你听，指间铩铩有气，音音皆稳，旨在天马行空，极有大家风范。谢东潮说，得了吧，我这女儿还有大家风范！连看都不能看。李文达极为讶异，问，为何？谢东潮是个爽心之人，并不隐瞒，即让佣人上楼把四小姐请下楼来与伯伯见面。李文达一看，更为愕然。此女之相皆清贵，独独脸上画有地图。——令谢东潮难以忘怀的是谢道清十六岁那年，她一时兴至，提笔画了一幅《岁寒四友》，作为生日礼物献与父亲。谢东潮细观此画，豪放、雄健而有风骨。当日即携此画至石旷处请他为之装裱。石旷，据说是石涛之后。因不满朝廷恶作，举家流宕至南官，开此一店，以装裱字画度日。石旷见此画，当日情绪拔张；细看落款，内著“天心”二字，一时想不起此人是何处名家。初一细读，字画中运笔极有女风；再略加品尝，画者善用意象，刚中有柔；再往深究，如银珠落盘，圆润稳重。其题签，师法颜真卿，又于九成宫碑帖中撷其精要，熟中生巧，行云流水，自成一体。所画之竹，秀中有逸，逸中有稳，稳中有蕴；那两棵相依的老松，笔笔有根，圆润蕴藉中透有官阁气。那一百零八朵相簇拥的花，朵朵巧夺天工。——此画好否？——好。——何人所作？——家中小女。——明心皇后去有多少年？——六百多年了吧。——天地转换自有其数，怕是谢皇后之英灵再世。——此话怎讲？——东潮兄啊，你所生此女决非凡品。虽比不得谢明心，但日后定能大贵。但谢东潮总是似信非信。

谢家打从谢明心当上皇后起，在南官行有二十九代，一直平安生受，几时曾遇此等大事、恶事、横事？此信一至，一家悚然鹤立。三小姐哭得像根泪烛。她哽咽着对家人说，一个出皇后人家的女儿，怎可做“绿壳”的压寨夫人？谢东潮想打，怕打不过；不想打，舍不得小女自投匪窟。正在两难之际，谢道清上前一步对父说，爸啊，你莫怕，有人可解得此难。谢东潮问，谁？谢道清答，田王村王国器。——他？——是啊。平日里，你们谁也不拿他当回事。这等危难，唯有他能解救。谢东潮听后，蓦然想起若干年前，卜可仁曾亲口对他说过，“将军青，南官兴”，安南官者必此人。谢家大难临头，何不去求他一助？谢东潮说，船到桥门自会直。既然老四有此意，我想，也可。是日，午，谢东潮携礼品至田王村王家。他一入王家大院，恰遇王氏子弟全从海王村归来。至中门，便见王国立。谢东潮问，国立，你阿弟在家吗？王国立答：喏，在葡萄架下躺着。谢东潮抬头看，卜可仁之言有理啊。此王国器确是人中野龙。是时，他正袒腹于榻上睡觉，鼾声隆隆如雷。王国立上前喊醒王国器，说，起来，起来，谢先生找你呢。王国器开眼见是谢东潮，翻身跃起，问，谢老先生，你找我有事？谢东潮即将三女无意惹祸一事与王国器说。王国器问，此小子居然敢当面下帖？——是。——好哇。你只管睡你的安稳觉。兵来将挡，水来土掩。一切有我！谢东潮即谢，告退回家。

万五魁迎娶队伍到达。别看这万五魁是南官赫赫有名的大土匪，却是位来去明白的大丈夫。是日下午，他身着长袍马褂、胸佩红花、头插状元翅，率一百三十多位喽啰，敲锣打鼓，前往谢家大院迎亲。队伍欢天喜地至卖芝桥，一抬头，即见王国器叉腿抄手立于桥头。善者不来，来者不善。打前锋的万五魁，一看王国器所摆之阵势，勒缰壮胆喝问，小子，你是瞎了眼呐，还是吃了豹子胆？敢挡爷的道？王国器说，是啊是啊，我就想挡你的道。——我与你井水不犯河水，干吗给我添乱？——你知道你想娶的这个女人是谁的吗？——我他娘的才不管是谁的呐，只要我万五魁看中，我就得要。王国器说，这得看她丈夫同意不同意。万五魁大惊，问，你是她丈夫？王国器笑答，是。万五魁说，就你这猴样，还能娶上谢家的女儿做妻子？别做梦吃绿豆芽！万五魁手一挥手说，小的们，你们听着，这野小子准是骨头痒了找打。给我上！一声令下，百位喽啰蜂拥而上，举武器乱砍乱捌。哪知这王国器简直是山精木妖，力可排山，伸手只一搂——那样子很像牛吃草——早把戳过来的枪械一卷，齐着往下压，咧喇一声大响，所有枪尖均被压断。万五魁一看，这可不得了，这山还有那山高，强中还有强中手，我他娘的人走时运马走膘，兔子倒霉遇老雕。今儿可是倒了血霉，遇着个戗茬之人了。好汉不吃眼前亏，万五魁当即翻身下马，屈腿单跪对王国器说，老勿死有眼无珠，请兄弟高抬贵手。就这一下，既简洁且明快。万五魁压寨夫人没讨成，最后反倒与王国器结拜为义兄弟，并与王国器定下一项条款：兔子不吃窝边草；要下手，就向官府下手，莫令平头百姓妻离子散，家破人亡。

田兴业呢，成了南官文人崇拜之偶像。之所以如是，与十里长街的一号人物李文达有着直接关系。这李文达可不是常人。溯其源，乃南宋小王朝兵部尚书李际洲之第二十八代孙。他曾经三起三落，在大清同治一朝，出任过户部侍郎。在位八年，因年事渐高，内廷斗争惨烈，怕命不保，遂辞官告老，定居于十里长街。他见十里长街虽是商贾重镇，店面栉比，富可敌国，但无有一所书院，学子读书需步行三十里至黄岩九峰清献书院。文者，国之魂；化者，心之本；思者，民之魂。若是文化与思想出现断层，魂无所系，心无所安，挣下万座金山又有何用？于是他出巨款在十里长街正中点——磨石桥处，购下一块土地，造出一座文昌书院。那文昌书院凭河坐南朝北，呈国字形。正前门临主街，正后门临南官河。前八间为课堂；后八间为生舍。左三间是藏书楼，右三间是书画棋琴辅导室。后三间临水出挂为厨房加餐厅。正中间三层为中堂，名曰奎星楼；正对奎星楼，开有一长方形道地，内四角种有梅、兰、竹、菊岁寒四友。为增书院之庄严与神圣，李文达着意在正大门处造有两道影壁，安有两座雕像：一曰文奎星。他双目暴突，右手举笔，左手持卷，现钦点状元之模样。二曰孔子课书图。孔子一脸祥慈，正力行其“有教无类”。入口处，立有一面刚从西洋进口的大镜，镜上有李文达的亲笔题词，“行必端，容必庄，言必慎，师必敬，学必新”。为使文昌书院能有个可持续发展，李文达煞费苦心，前后两次出头组织十里长街大户集资得白银二千五百两——他家没有这么多钱——购置土地三百亩，以其田所出之谷，作为聘请山长（书院讲学者）的工资和维修书院的费用，并亲自来到金家村聘请金安士为书院山长。这座文昌书院打从落成之日起，就成了十里长街的文化中心。正式开院那年，刚当上大清国最后一任监察御史的杨晨，曾提笔写过一诗：

杰阁峥嵘傍斗杓，
使君当日此停轺。
双峰山映三汊水，
十里街分五道桥。
经学静轩传世业，
儒宗云海树风标。
我来花外扶筇立，
喜听书声满绮寮。

田兴业十八岁那年，十里长街不知出于何因，十三大行业的百年老店忽起一心，想要集体装修门面。是年三月初春，郑增益忽发奇想说，我们是不是每家来一副楹联，请石旷等书画名家写出，黑底金字刻入门柱，给我们所开之老店加点文化气息？初一看，此举似乎附庸风雅，内底里却有着十里长街商家首次集体打出文化品牌的心愿。是时，南官有个民间组织叫南官商会，旨在与外国人、与官府打交道，有个集体商量处。南官商会设于谢王府，会长谢东潮。郑增益至谢王府与谢东潮一说，谢东潮快活，爽然答说，好，好。早该如是。若不如是，外地佬老说我们十里长街商人个个都是只认得钱的空壳蟹。放心，此事包在我身上。但实施时，有一节点，令他大伤脑筋。请谁来做？外人？不行！这些大官大学问家，学问好是好，润笔要得太高！就这百两十两银子，何以能糊得住他们的大嘴？要写，就让本地人写。是啊，是啊，十里长街不是有官有才子吗？何必外来的和尚好念经。十里长街谁最有学问？李文达有学问！杨晨有学问！是啊，是啊，若不是，一个汉人何以能当上大清国的侍郎，当上监察御史？走，走，干吗本地佛不请，淘登外地佛？于是，谢东潮即与郑增益一起，率本地商家们购些礼品，前呼后拥至李文达家。他们到时，李文达正好在后花园弄花侍草。谢东潮进去后，先是一一向李文达介绍，后是说明来意。李文达一听，一脸阳光，舞两手说，此举好极，此举好极。起码一点，别让外来做生意者小瞧我们。是啊是啊，我们虽是做生意的，见钱眼开，也得做出点文化品位。李文达一答应，谢东潮们放下手中的东西，抱拳辞出。李文达接任务后，捻着胡须想有七八天。几乎所有上联均想出，续下联时，即发觉自己年老智衰、江郎才尽，无法续出好对。勉强交差，并无不可，但为文者，自有为文之人之讲究，凡对联，需刀刀见血，字字见工，最好下极人事，上泣鬼神。一旦有一字失工，落下话柄，即令后人耻笑，岂不是悔青肠子？不交，也不行，一朝元老，老脸塌倒，无法下台。正在两头为难之际，李文达独生女李雅香来至后花园。她见老父冥思苦想，出于好奇，即至悬联前观看。

大亨粮店：谷乃国之宝

三星乐器店：白雪阳春传雅曲

中桥刻字店：六书传四海

下洋殿废品场：吾岂肯得新忘旧

俞家镜店：但愿得来共心照

石浜砺灰场：练尽阴阳出火坑

大同药房：神州到处有亲人，不论生地熟地

中桥大戏台：为名忙，为利忙，忙里偷闲看场戏

李雅香问，爸，你愁什么？李文达抬头见是女儿，“喔”了一声，即将犯愁之事与女儿说。别看李雅香是闺阁千金，足不出户，却有主见，说，爸，有道是众人拾柴火焰高。文昌书院里有那么多读书种子，你为何不启动他们的聪明才智？李文达说，只是有些难处。——有什么难处呐？——怕是这些学子们不尽心啊。——重赏之下必有勇夫。——我拿什么赏？——钱！——俗。李雅香笑说，爸，你想高雅，还能办不到？李文达说，有何高招？李雅香一开口，李文达吓了一跳。李雅香居然提出一个新思路，叫“李府临阵招亲”。李雅香说，此举一出，我看那些学子上不上！李雅香自小随父亲走南闯北，汤显祖《牡丹亭》之类早已深入骨髓，“落难公子中状

元，私订终身后花园”，早已成为她心目中的一种渴望。李雅香樱桃小口一开，李文达瞬时腻出一身油汗。——你何可出此等下策？——爸，此非下策，古今有之。——婚姻是人之终身大事。岂可临阵招亲？万一中标者，是个面目丑陋的穷学生咋办？——爸，此言谬矣。你想，文昌书院是何等书院？南官贵族书院也。凡能入此书院读书者原本就不穷；答得上此对者，定非无能的纨绔子弟。若能对成天下绝对，不论他穷与不穷，定是云中之龙。您若趁机将我许配与他，有何不可？

李雅香此一点拔，让李文达顿时犯傻。是啊是啊我李文达真他娘的老糊涂了我咋就没想到女儿业已长大成人了是啊是啊男婚女嫁乃是天定之人伦我李文达何以能让她做杜丽娘第二是啊是啊十三娘十四爹她今年刚过十七啊正是出阁为他人妇之时是啊是啊这几年老夫不就因她的婚姻问题而大伤脑筋吗是啊是啊选个有钱商人我怕一屋铜臭会让女儿之身长出“白孚”选个带兵打仗的我怕生性粗鲁不知怜香惜玉选个官宦人家我怕官宦都无好子得陇望蜀三年一过便变烂狗屎选个平常雅士怕的是资质平庸运命背乖日后成不得顶梁柱。男女婚姻是无法回炉的一次性消费啊。我这个当父亲的怎能轻易出牌？女儿之言虽让他背中生刺，但细细一品，又不无道理。文昌书院学子有几人是穷人？若真有人将他所出之对对成绝对，此学子岂非天下奇才？再说，招亲时可将门槛抬高些，给李雅香留些余地。门槛一抬高，择与不择的主动权还不全在李文达手里？

三日后，南官四大书院山长同时在各大书院正壁贴出大广告，上书“招亲榜”三个大字。下面一段文字可立此存照。

> 一、凡学子能把对联全对上并中选者，文达公决定将独生女李雅香嫁与此生。二、凡对上其中一条或多条者，奖品官银一锭至二锭。三、凡所对之联，须经文达公本人携四书院山长及本县才子当众封名参评。不得弄虚作假、偷梁换柱。四、凡

参评者须是南官四大书院学子，无婚姻史。五、所有下联须当场拟作，当场封名，待选中后当众公布。

招亲榜的起草者是老谋深算的杨晨，他还提笔附加上一条：取中之士，只要年龄相当，不论相貌，但须俟本人取得功名后方可完婚。

游戏规则已定，震动了南官文昌书院、临海文渊书院、黄岩九峰书院、温岭文炳书院。三日后，一千三百名学子全来一显身手。这些学子，五分之三是中等人家子弟，五分之一是中下等人家子弟，五分之一是富贵人家子弟。穷也好，富也罢，哪个不想当李家的乘龙快婿？——李家是什么人家啊？南官赫赫有名的官宦人家。李雅香是什么人哪？南官有名的八美人之一。洞房花烛夜，金榜题名时，何人不想？若不是如此，中国的麻将里，何以有发（发财）、洞（女人）、束（书）、万（钱）？——这便是崇拜荣华、崇拜权力的遗传基因！出榜只三日，这些学子全将自己精心锤炼而得的下联拿出，前去应对。

时间一到，李文达与金安士果然偕另三位山长与十三位才俊前来评对。糊着的信封拆开，所有答卷当众一一亮相。评委们坐于奎星楼，反复比对。经过严格筛选与评议、推敲，最后，他们把锁定的对联正式张榜公布如下：

大亨粮店：谷乃国之宝，民以食为天。

三星乐器店：白雪阳春传雅曲，高山流水觅知音。

中桥刻字店：六书传四海，一刻值千金。

下洋殿废品店：吾岂肯得新忘旧，君何妨以有易无。

俞家镜店：但愿得来共心照，自然看去眼同明。

石浜砺灰场：炼尽阴阳出火坑，留得青白在人间。

大同药店：神州到处有亲人，不论生地熟地；春风来时尽着花，不管藿香木香。

中桥大戏台：为名忙为利忙忙里偷闲望场戏；谋衣苦谋食苦苦

中作乐解心宽。

所有评委一致认为，上述皆是绝对、佳对。连李文达本人，也捻着胡须大叹说，后生可畏，后生可畏，真是沉舟侧畔千帆过，病树前头万木春！——既然所有九条下对业已确认，即令开封。这一开封，金安士傻了，李文达傻了，三位山长与十三才俊全傻了。所中下对，居然全是田兴业一人所撰！——真的？——真的，真的，文达公，一点也不假啊。——这不可能啊。一个人若是能对上一两条便是高手了，何以包圆？——文达公啊，上天昭昭，这可是作不得假的啊。恰在此时，金安士笑着对李文达说，这真是天命所属，非人力所能为。也许田王村那个学子田兴业与你们家的李雅香命中注定有一番姻缘吧。李文达听罢，既激动又犹豫。激动的是天外有天，人中有人；说不定李雅香确是命中注定要嫁此人。若不是如此，一个千金小姐何以出如此怪招让自已自投罗网？犹豫的是，此事太出乎人的意外。现在，他只不知撰联学人的品相如何，即令金安士唤出他的亲外甥与他见面。金安士抬头一叫，田兴业即信步来至李文达面前作揖答礼。李文达瞪大两眼细为观察，既欢喜又不欢喜。——说欢喜，观其头角，彰显五岳；观其两目，精光逼人；观其眉，蕴含磅礴；观其鼻，孤峰高峻。说不欢喜，个子太矮，地阁显薄。可是人之一生，哪有事事如意的？做人也罢，做事也罢，我们只求得一个半称心，便可称大成。我老夫若是人心不足蛇吞象，那可就不知好歹了。李文达即俯身盘问田兴业身世。田兴业一一作答。这一作答，让李文达快活异常。他万万没想到，其高祖是与他的高祖同朝为官的吏部尚书田金辅。李文达想，既然天意如是，不趁热打铁，更等何时？事情一结束，当日即央金安士为媒人，将李雅香的生庚八字用红纸包了，送往田家。金安士至他姐家一说，田长河欢喜万分，当日装束一新，与妻舅一起亲自去李府登门道谢。一派欢言后，双方约定，明年正是大比之年，让田兴业去参加乡试。一旦考中举人，即返家完婚。定毕后，李文达即出两百两银子，送与田长河，作为田兴业赴考的盘缠。

第三章 起兵造反

距今一百多年前的中国，一片风生水起。此年，田兴业之母金安芳去世。是时正值十月金秋，她光着脚下到自家荸荠田里挖荸荠，还没挖出八个荸荠来，只觉脚板处让什么小东西给咬了一口，火辣辣的痛。金安芳俯身细看，发现咬她的是一条身段不大、头上长有一对小角的小青蛇。她一时头脑发懵。搞不清这是一条什么蛇。金安芳打算先去溪边把脚上的泥土洗尽，拿刀放出黑血，割下头发勒死大腿根以防毒血上冲，再敷上七叶一枝花解毒。她怎么也没想到，这条小青蛇不是平常之蛇，而是一条头上长出犄角的小蛇王。它正在田里交配，误以为挖荸荠的金安芳要伤害它，先下手为强，咬了她一口。哪知蛇王的毒不是一般的毒，极其凶险。没等她将绾好的头发拆开，进入血管的蛇毒即开始发作，当时即令她一头栽倒溪边。正在山上壅橘的田长河与田如梅，一见金安芳突然倒地，不知发生何事，忙颠着两腿冲下山来。待到父女二人立于金安芳面前时，金安芳早已脸黑如炭、气息奄奄。田长河一把背起她就要往蛇医处跑。金安芳极其艰难地作出拒绝，说，来不及了啊，夫君。我只有一言想对你说。——你说，你说。——你可得给我记牢了。今后，千万不可让田氏子孙迎娶我金氏女子。田长河听罢，毛发皆竖，天哪，这是什么话哪，自己儿子还没结婚呢，怎么讲起孙子来了？他误以为金安芳是毒火攻心，神经上出现倒错，他还是想与田如梅一起将金安芳背至山下。然而，令他们心下大恸的是，金安芳说完这话就咽气了。

是日，田氏家族一片哀号。

金安芳入葬于田家村田氏公墓。

此后，田王村再次出现一件意想不到的怪事——那只一直供奉于田王两氏家庙中的圣柜，突然不翼而飞。飞往哪里？不知。此柜可不是一般的木柜啊，是谢皇后亲手赐予田王两氏的皇家圣柜！在人们心中，正因有这只圣柜镇村，田王两氏子孙们方能在南官这块土地上顺利繁衍至第二十九代；正因有此圣柜镇村，田王两氏子孙们才拥有土地，拥有阳光，拥有河塘，拥有大山，渐成十里长街一大旺族。当看祠堂的庙祝带着三位村民，一身风火跑进田家告诉田长河时，正在给妻子做头七的田长河两道目光当时即成弓弦。——我祖上留下的十幅画呢？——在。——只是圣柜没了？——是。——为何？——不知。正说着，金安士从文昌书院回来。他一来要拜祭其姐，二来，李文达给杨晨写有一信让他带给田兴业去省城赶考时用。金安士一进田家大门，见他姐夫一脸积垢，问，姐夫，又出何事？田长河即把祠堂里所放的大圣柜不翼而飞一事说了一遍。金安士听后深感蹊跷。——里头装有东西？——什么也没有。名是圣柜，实不成矩。似棺非棺，似箱非箱。因谢皇后所赐，又曾救过田王两家性命，故搁在家庙里供奉，至今有六百多年。早不失，晚不失，为什么偏在这个时候失？——你是不是认为此事有不祥之兆？——是啊。金安芳死前没头没脑说了那些话；如今好好的圣柜又不知去向。兴业过几天就要赶考，怎不叫人心里七上八下？——姐夫啊，莫作此等想。天下之物皆有其数。失者有时，存者也有时。如果田家命中注定要出大事，就让他出大事。是祸躲不过啊。——别的我倒不怕，我怕的是兴业与李家一事动静闹得这么大；万一他考不上，我这张老脸往哪搁呀？——姐夫，你说这话就不对了。我金某人读遍四书五经，只得十六字：生死有命，顺其自然，大道无术，永不占有。兴业是我一手调教出来的。你不知，我知。就算他中不得举，也决非庸常之辈。——何以见得？——想当初，卜可仁说过何话？——将军青，出国精。——大樟树下白蟒被击，何人蛇年蛇月蛇日蛇时生？——我家是兴业，谢家是道清。——我想啊，无论天下有何异变，能叱咤风云以安田王村者必此二人。说不定日后真有夫妻缘分。只是眼下不可多言罢了。田长河说，你阿姐说田氏子孙日后不可迎娶金氏女子是何意？金安士答，船到桥门自会直，何用老大多吃力。天命叵测，顺天应命者何必多虑？

是年，韩春琦突至田家大院。这韩春琦可不是一般人物。其父其祖均是上海乃至全国有名的面粉商。别说他有家财百万，就他手下三个面粉厂的工人，即有三千六百名。他与十里长街田氏一族一无亲二无故，为何来至田家？为画。别看他西装革履，打扮得活像个十里洋场阔少，却是江南第一画痴。说不清他从何处见过田金辅的画作《皇后出巡图》，只是一观，两目即被活活套死。三年前，他四处翻查田氏一族历史，得知画者田金辅是江西九江人，便从十六铺上船，溯长江至九江，然后“掘地”搜寻。一搜寻，得知田氏子孙早在元初就举族迁至南官，老村唯剩百座祖坟，每至清明，田氏一族总派代表回老家祭祖。于是，他坐船顺江回上海。至上海后，歇有两日，得知南官海门张连胜办起振东海运公司，有船可达南官，即从十里铺下船至浙江海门。至海门后，再坐河轮至南官十里长街。至十里长街后，即入住三水泾口驿站。天亮后，即打听田氏子孙所在村落，至田王村找田兴业。刚入田家，正遇田兴业收拾行囊准备赶考。——先生，您找谁？——阿拉找田兴业。——我就是。有何事？韩春琦即将他此次来的目的与田兴业说。——什么？你找了我们田家一整年？——是啊，是啊。——就为我家祖上的画？——是啊，是啊。田兴业既感动，又无法，只得对韩春琦说，先生，您的精神很让我感动，但我们田家有家规，此画只许传承，不可出卖。我是田氏嫡传第二十九代子孙，怎可违祖制卖给你呢？韩春琦说，买卖不成仁义在。我只是有一事相求，不知允否？——说，说。您说。——可否容我一观？——这有何难？祖上并不曾下话不让别人看哪。田兴业连说“好，好，请先生稍等”，即放下手中活，迎韩春琦至中堂落座。田兴业端来一条凳子，站上，踮脚，将他父亲刚从庙里拿回藏于佛龛处的祖上十幅画全部拿下，轻掸灰尘，放至书案前。韩春琦真是个识画的主啊。他净手，焚香，跪拜。待所有程序做完，这才让田兴业将画一一展开。每展一轴，韩春琦看一轴，每看一轴，便惊呼好画、好画，不得了、不得了。当田兴业展到最后两轴——《万里河山图》和《皇后出巡图》时，韩春琦两眼开始下铁碇。田兴业瞅他那出神的样子，仿佛那心那神全在画幅中遨游。直到田兴业连喊三声先生，你醒醒，这才把韩春琦的灵魂从画面中拉出。——小田先生，一幅也不卖？——不卖，不卖。——那好，己所不欲，勿施于人。只是有一言相告，若有一天，你们田家想出手其中的任何一幅，可否先由着我？田兴业确被他的这种罕见精诚所感动，说，你是我祖上之知音。天下难得。若是田家出手此画，岂有不由你之理？韩春琦大喜，说，好，好。我们兄弟一言为定。

三日后，韩春琦坐船回上海。临走前，韩春琦再次来至田家，要求田兴业再把那十幅画重新打开，让他再欣赏一眼。田兴业应允，再次取画令他细看。韩春琦复净手、焚香、跪拜，逐幅细观，一直看到离开船时间不远了，才与田兴业拜别。人已走至大樟树底下，韩春琦忽然想起什么，再次拐回，给田兴业写下他家在上海的地址。韩春琦说，小田兄弟啊，此生能得你祖上一画，死亦闭眼矣。

十月十三日，王国器惹出了大事。是日，午，王希品正与王家四兄弟在船上休息。南官盐税官郝骨董，一个长得牛头马高的家伙，带着三十多个士兵风风火火冲进海王村，直扑王氏海上走私船。一冲进船舱，郝骨董便一眼看到放在船舱里的一百多包盐。盐历来是国家垄断的商品。从唐朝起，南官即设有盐官盐兵。凡走私盐者，重则杀头，轻则流放。郝骨董做梦也没想到，一家出海的渔船里，居然藏有上百包盐，大为震怒，提刀即入舱内，大吼，起来，起来，统统起来！王希品问，干什么？郝骨董骂，老不死，我用不着你开口说话。你们中间谁他娘的是老大？王希品即从人群中透起，答，我是老大。郝骨董问，这是什么？王希品答，盐。郝骨董问，你不知走私盐以犯国法？王希品答，自己晒的盐自己吃，我们犯哪门子法？郝骨董冷笑说，你这是唬谁呐？自己吃，为何放在船里？王希品答，老爷，你想一想啊，我们家在南官哪，盐不放在船上往家里运，我怎么拿？郝骨董歇斯底里狂叫，胡说，胡说，一个小村子，怎能吃这多盐？王希品答，老爷，你有所不知啊，我们田王村人口有八百多人，这点盐还多？郝骨董吼，对你们这些贼骨头，无甚好讲！你们骗了我多少次。这一次铁证如山，还想赖？郝骨董仗着人多势众，根本没把王家子孙们看在眼里，当即下令要将王希品抓走，并没收王家八艘大海船。海王村人啊，有谁不知郝骨董是个货真价实的棺材里手？谁不知他杀人不眨眼？谁不知如以走私罪定性，王氏一门就得家破人亡？王家四兄五弟又是什么人？他们可是山中之狼，林中之兽。兽窜则咬，人穷则反。两股人马即在船上拉开战幕。王氏兄弟一因没有防备，所有武器均在岸上石屋中，二因赤手空拳，终于吃了大亏。肉搏中管中明第一个被杀死。王希品与郝骨董格斗时，身子一转，正好将胸脯正面亮与郝骨董，对方的刀直挺王希品的心窝，一杆烈血突喷而出。郝骨董将刀外抽，王希品顿时身板失重，一头扑到于甲板，血流如注。王氏一后生名王国志者，一看不好，纵身跳海，郝骨董手起刀落（那样子很像后生们冬日里赌劈糖蔗），一道弧光，王国志的身躯当下一分为二。一老一壮一死，余下的王氏子孙全红了眼。与其等死，不如拼个你死我活。不知何人喊了一声，他娘的，拼了。就此一言，狼心虎胆全部泼出，一船王氏子弟奋勇而起，抡篙的抡篙，飞板的飞板，两拨子人即绺成一锅糊糟羹。王氏子孙们毕竟赤手空拳哪，何以是大清国海上巡逻队的对手？只消一刻，海王村六十七人中便死了三十七人。血水相激，半个海面一片通红。好在王国瑞、王国立、王国成兄弟三人生得机灵，抢得一条快船，带着剩下的人扯起风帆顺流便跑。主力一出逃，郝骨董更显其张狂。先令收船，后点火。火一点，好，海王村惨了——田王两氏子孙花了整整二十九代精心构建的中国版巴黎圣母院，全烧作一片白地。连王氏子孙一直望而生畏、顶礼膜拜的蛇蟠山，也被烧成一盆烤蛇羹。

王国瑞、王国立、王国成率着剩下的王氏兄弟，顺着海沿绕个大弯后，即顺风至金清海口，拐头入南官河，逆流去往十里长街。正当他们至南新屿时，在东官河与西官河交界处与王国器的送粮船相遇。王国器一见兄弟们一副惨状，大惊，问，出何事？王氏兄弟们即围上前七嘴八舌一说，王国器那张脸当即变成了金刚脸。——爹死了？——爹死了。——哥死了？——哥死了。——三十七人全死了？——没一个活下。——房子与船全让他们烧了？——烧了，全烧了，连蛇蟠岛的蛇也让他们烧成一山白炭了。别看王国器是时只有二十岁，可他比王家所有子孙都有力量，敢作敢为。那对熠熠发亮的小狼眼射出了凶光。他大喝：回去，回去，你们他娘的全跟我回去。——回去？干什么？——我要看！他妈的连看也不敢看，我当什么武林领袖？王国瑞即掉舵扯帆。两船一路乘风破浪，奔向海王村。

三个时辰后，两船飞至海王村。王国器等上了岸。

王国器站在村口，往半山上一看，便瞠目结舌。二十九代打造出来的石头房子全被捣毁；二十九代修建起来的盐坂全被挖开；二十九代精心构筑的小码头全被拆毁；二十九代苦心打造的十五对大船全被烧成了一堆黑炭；二十九代与他们相濡以沫的蛇蟠岛居然一山成焦炭。尤令王国器惨不忍睹的是他父亲、他哥管中明与三十五位田王村乡亲。两天前，他们还活蹦乱跳，与他比画、与他说话、与他唱戏做小花脸，可现在，全直挺挺倒在地上。他想起与他们一起吃饭、一起睡觉、一起下海捕鱼、一起驶船贩盐、一起看戏、一起谈论女人的情景；想起七岁那年堂哥管中明跳下海，挥刀砍断章鱼的八条腿，把他从海里救出的情景；想起蛇蟠山上那些小蛇常游进他们家的石屋偷吃他们从田王村带来的鸡蛋、鸭蛋时的情景——但这一切的一切，全都顷刻间化成了一团血的泡沫。王国器牙一咬，下令让王氏兄弟拿武器上船。王国瑞吓一跳，问，阿弟，你想干什么呀？王国器答，血债要用血来还。王国器说，阿弟，他手下有兵。王国器答，不用你说，我知道。王国瑞说，阿弟，我们打不过他们。王国器答，你怕死，就别来。王国器此言往下一撂，谁还敢说个不字？王家人有怕死的吗？没有，没有。既然没有，那好，你们就跟着我走。王氏子弟全跟着王国器走。

两艘快船驶到了石塘口。是时，郝骨董的盐务衙门就设在石塘镇。船一靠港，王国器装成若无其事的样子，赤手便奔向盐务衙门。一进衙门，抬头便见院里吊着九个犯抗税罪的汉人与两具歪倒在地的女尸。其中一具女尸年仅十七八，裸着上身，下身还插有一把利刀。面对这副惨状，王国器那颗简单的心再次大抽搐，脸肉不断现出大痉挛。王国器并不言语，只是低头直冲内衙，抱臂劈腿往堂中一站，见郝骨董正与三个同僚围着一张八仙桌吃菜喝酒。郝骨董正纳闷这小子是谁，怎敢不通报就往这里进？王国器问，哪位叫郝骨董？郝骨董答，本官就是。王国器上前一步，一脸平静，盯着郝骨董两眼说，你知不知我叫什么名字？郝骨董横脸说，就你这个汉家杂种，我没必要知道你的小狗名。王国器嗬的一声拉长调门挑衅说，请问一下郝大人，你老人家知不知道南官田王村有人“狗名”就叫王国器？此名一报，郝骨董瞬时失色，两手发颤，筋骨贲张。郝骨董问，你想干什么？王国器向他作个大揖，说，小子只想打听一下郝大人，堂下所绑之人，犯有何罪？——抗税。——墙角死的两个女人也抗税？郝骨董恼羞成怒，吼，这是我的地盘。王国器艺高人胆大，他镇定自如地走到郝骨董面前，一伸手夺下他手中那把刀，手一抡，刀光出圆，站在郝骨董身边的两人应声倒地。王国器收刀，抹血，往郝骨董脸上一弹，正好弹中他的鼻头尖。王国器问，郝大人哪，这是不是天报？郝骨董两腿打战，不敢答话。王国器抻刀直逼他心口，阴着脸说，郝大人哪，日后你如果重新投生为人，我请你记住，这一刀为我爸，这一刀为我哥。言毕，旋风般便是两刀。第一刀透的是郝骨董左胸，第二刀透的是郝骨董右心。两刀一透，郝骨董应声倒地。王国器狂喊，下面三十刀是为我田王村乡亲！即抡刀好一阵狂剁，立时便把郝骨董剁成一堆肉泥。接之，王国器矫健如虎，一头拱进后院，大开杀戒，只三抡便令郝骨董一家七口全部毙命。院外十三个官兵闻声跑来抢救；王国器闪入门后，进来一个剁一个，门口顿时血流成河。杀毕，王国器纵身跳至台门口，第二次叉开两腿，振臂高呼，王氏子孙们，现在不反，还等何时？就这么一喊，原本野性十足的王氏子孙，一下全变成了一群饿狼。

王氏子孙一路旋风卷进石塘海港卫所，一路砍将过去，将卫所里不设防的六十四名清兵全部杀死。血水渗入海中，与海水揉成一块大花糕。半个时辰一过，王氏子孙们冲上战船，一声呐喊，战船即刻起锚，顺着强悍的海风朝金清港驶去。

田兴业起程赶考。这田兴业，一不拜佛、二不烧香、三不算卦看相、四不求梦求卜，摆出一副完全听天由命的样子。王国器出事前三天，当地六位考生相约去十里长街购物。他们路过卜可仁家，此时卜可仁因年老不再坐堂，代之以他的是儿子卜无意。过卜家门时，卜无意正在堂内闭目养神。——兴业兄，我们去卜家测一下字如何？——混沌之世，搞得太清楚，活有何劲？——你不测可以啊，我们可想一测。——你们想测你们就测吧。我不测。——兴业老弟，那你能否陪我们一下？——这有什么不可以的呢，小菜一碟。陪就陪吧。一行六人便往卜无意家进。无意见来主顾，忙起身作揖。——诸位小先生，算命还是测字？——测字。——测什么？——测一测我们一行六人上省城赶考能不能高中。卜无意拿出笔与纸，请他们随喜出字。五人提笔出字。卜无意一一为之解说，其意并不隐晦，只是泛说。大意是眼下大清国国运已尽，火克金，大清国属金，将被烈火所化。天下将有大变。你们此次赴考怕是白落一场空。最后，只剩下站在一边旁观的田兴业。卜无意问，兴业，你不测？田兴业答，不测，不测。五位考生说，要测，要测。要死一块死。你不测算什么回事？田兴业说，测便测，没关系。其时，十里长街人都把卜氏父子奉为仙人。一街之人全说卜无意是诸葛氏之后，深得诸葛氏的精髓；说他学问上通鬼神，下通人事。别看日常田兴业生性随和，毕竟年少气盛，他很想好好考一考卜无意的真才实学。他拿起笔随手在白玻璃上写了个大大的“死”字。田兴业倒要好好看看他这位小时的玩伴对此字作如何解。卜无意的脸先是结冰，而后雨过天晴、阳光灿烂，随即伸手向田兴业讨赏钱。田兴业问，一个死字，何能要得赏钱？卜无意答，兴业啊，你有所不知啊。此死虽是不祥之字，但祸中福所倚，福中祸所伏，却自有吉祥。田兴业说，你说，你说，我听。卜无意说，死字拆开来，上一笔是个“一”字，“一者”是国中“一人”，你必为“国中一人”所看中。“一”字之下是个“夗”字，拆开来看则是“夕”与“巳”。你高升之时，是在一夜间巳时；两字重组，又是鸳鸯的一半，定有大婚之喜。田兴业说，照你这么说，我这次赶考必中举人？卜无意答，从总体看，你当出于生死场，而非考举让你平步青云。田兴业说，卜阿哥，你说这话，可就有点玄了。虽然我田家高祖曾做过朝廷大官，那可是六百多年前的事情了。朝中无人莫做官。还有何人能想起我这根小草根？卜无意说，死字内含凶器，亦有匪意盗心，似乎为“匪”才可出道。田兴业仰脸大笑，说，卜阿哥啊，你该掌嘴了。我手不可缚鸡，脚不敢伤蚁，何能为匪为盗？卜无意噙笑说，天意不可全知。既然是拆字，当以字为论；听不听，率从弟便。这一席话，让十里长街其他五位考生们听得目瞪口呆。若是换个别人，也许他的内心世界早就出现精神大雪崩，但田兴业毕竟是田兴业啊，别看他人长得瘦弱，心理素质却极其稳定。他熟读其祖之《人生警语》，后又从金安士精研《周易》，早知为人之真谛。芸芸众生，上天有谱。若是命中该死，求天求地不管用；若是命中该有，他人想劫难劫走。什么算命测字、怪力乱神，去吧，去吧，不知生焉知死耶？五位同窗问，你去还是不去？田兴业答，为何不去?！岳父既然把钱送上门，我还能不借此机会去省城玩一把？

五名考生因卜无意态度不朗，躺在床上全都睡不着觉。独有田兴业，该吃就吃，该睡就睡。一觉睡到天放亮，这才起身，吃饭，背起行囊，偕五位仁兄往麻狸岭方向走去。

王国器造反事发，让南官最后一任知事黄益理彻夜不能安眠。

王国器这一次可不是小闹，而是大闹。一天里杀掉数十官兵不说，还劫走了二十八艘军船。黄益理深知，大清虽曾出现过康乾盛世，然月圆必亏，终于到了百病丛生、行将就木的日子。但自己毕竟是大清国臣子啊。忠不忠看行动，岂可坐视而不顾？他清楚地知道，田王村王氏一门十个里有九个不是走私便是海盗；田王两氏虽不同谱、不同姓，却是打断骨头连着筋的亲朋好友。他深知南官一地，民风剽悍，自大清成立那年起，就不曾正眼看过满人。他深知大清帝国自庚子赔款起，国力日趋衰竭，民不聊生，怨声载道，只要有一星之火便可燎原。他深知，王国器年纪虽轻，却是南官一府武林领袖，在民众中威望极高，一旦他举旗起事，便会响应者众。他深知，这王国器打十五岁起，便跟父亲兄弟闯荡大海，且早已练就一身好本事，入海乃是海中一霸，入山乃是山中一王。就凭南官眼下这么点人马与他赌斗，不是鸡蛋往石头上碰吗？

黄益理等八位官员经十几次密谋，终于想了个万全之策，计三条：一是即派专员向都督包尔泰求援；二是派重兵三日内包围田王村，抓田王两家数百口为人质，逼王国器就范；三是即派人向宁波水师求援，请宁波水师海上围剿，断王国器义军后路，不准他们与福建、广东等叛民合成一处。行此三条，才可一举歼灭王国器。他们商定后，已是卯时三刻。黄益理亲自动笔写下一份急报，派钱存理之兄钱存鑫快马送往省城。那时南官名义上是东南一隅之大府，隶属于大清帝国版图，说到底一直是个自成一体的独立王国。高山峻岭以黄土岭为中界，左右包拢形成一处天然之八卦图，圈死东西北三向。外出陆路只有一条，非至麻狸岭而不可越；海上之路虽多，有海船便可直达南洋诸地，但那时的南官造船业并不发达，有船也不过是近海小船，何以能穿越大洋里的惊涛骇浪？

田兴业出发了。

钱存鑫出发了。

田兴业快到麻狸岭了。

钱存鑫快到麻狸岭了。麻狸岭是南官唯一的外出陆路通道；麻狸岭廊坊早在六百多年前便是田王村产业。从第一代起，田氏子孙在此廊坊驻守了足足二十九代。这六百多年间，凭着麻狸岭山势的一夫当关、万夫莫开，此处成为兵家必争之地和南官人唯一外出驿站。尽管这座廊坊给南官百姓出行带来了极大便利，但走出这道山岭也非易事。麻狸岭海拔高二千五百米，从山脚至山顶，完整的石阶便有一万八千级。十里长山冈啊，走得人黄胖。一个南官人想徒步离开南官去往外面的大千世界，没点强健体魄，甭想走出山门。

南官总兵钱存鑫平日里好吃花酒，三四年前染上抽大烟恶习，身板随着纵欲过度早已变成一棵糠心萝卜。他顺着盘山小路一步步强挺着往麻狸岭廊坊攀去。眼看快要攀至麻狸岭廊坊，搞不清是不是天意，钱存鑫喝了一口凉山水后，猛一立起，顿觉天昏地黑，引发绞肠痧，一头栽倒在地。在那个缺医少药的年代，小小的绞肠痧能往死里要你一条小命。为防绞肠痧的恶魔随时虐肆，南官人不出远门则已，一出远门，便好结伴而行。少则三人四人，多则十人八人。一旦同伴中有人犯绞肠痧，他们使出唯一的救治之法，便是先用碗茬狠刮患者穴位直至出血，再将患者拖至附近荫凉处，令他喝些藿香汤。待他休息上一两刻钟，便能慢慢康复。钱存鑫倒地后，不一小会，田兴业与他的五位同窗边走边说笑着来了。他们也累得不轻。走至岔道口，见石径边长有一棵大树，树冠广大，便呼朋引类至树下一歇。就这一休息，田兴业一眼看到有匹马浑身透湿，站在涧边不断尥蹄；顺着马身望去，影绰中似有黑长一人影倒于草丛中。田兴业即起身往看。这一看，令田兴业吓了一跳。他失声喊道，人！即夺步上前看，他只一看，脸上五官即现错位。田兴业喊，天，这不是南官总兵钱存鑫吗？五位同窗闻声围来：卧地之人确是总兵钱存鑫。——怎么办？——还有怎么办的？救人哪。田兴业一声令下，救人。五人即刻行动：牵马的牵马、抬人的抬人，七手八脚将钱存鑫抬至廊坊。是时，守廊坊者，正是田兴业堂兄田兴喜。别看这田兴喜长有一脸憨厚相，却是治病救人高手。他们刚把钱存鑫在走廊处放平，田兴喜即上前救治。五位考生，因口内出火，渴得难受，走出门外去下院灭火。田兴喜拿出一牛角,解开钱存鑫衣裳即行刮痧。就此一解衣,南官知事黄益理写给他姐夫浙江总督包尔泰的密信,顷刻间浮出水面。田兴业问,这是什么?田兴喜答,是告急信。田兴业问,告什么急?田兴喜答,不知。田兴业说,你把它拿来与我看。田兴喜即拿此信递与田兴业。田兴业只一看,毛骨悚然。人啊人,是好是坏、是成是败真是有其命啊。世上有多少事,往前看似乎是偶然,往后看无不件件都是必然。天心动漫处,哪一个机缘不是上帝在冥冥中精心操盘?若非田兴业看到此信,王国器不是做了大清帝国的刀下冤鬼,便是逃亡沦为海上大盗。正因老天有意让田兴业看到此信,他不仅救下王国器的这条小命,还让他登上时代的政治舞台,令他们二人一起上演一出武剧。

田兴业读毕全信,骇得心中锐叫,天哪天!天!如此凶险计策,岂不要了田王村人小命?别看田兴业是个白面书生,可他是个天生出将入相的料子。是时,他镇定得如同一位久经沙场的大将军。他探头略作张望,见五位同窗正在外面大道地上看山看景有说有笑。他偷着将此信放还原处,然后轻咬田兴喜耳朵说,哥,此事万不可让他人知道唷。田兴喜一边救治一边答,你放心。田兴业说,我必须即刻回家。田兴喜说,你不是去参加考举吗?田兴业说,什么举人、状元!那天我在卜家测字,卜无意说我根本不会参加什么考举。他说我即使想出山当大官,也得让天下第一人看上才算。田兴喜说,既然如此,那你跑出山来做什么哪?田兴业答,我一是想对岳父有个交代,二是想好好看看省城到底是个什么模样。见一下世面总是好的。这一下好了,全泡汤了。

钱存鑫既犯病,又渴大烟,四肢无力,不得不在麻狸岭廊坊歇下。吃好,睡好,一夜过后,元气回升。天一亮,钱存鑫不敢怠慢,用过早餐后,一边与田兴喜算饭钱与房钱,一边感谢诸位考生与田兴喜的救命之恩。太阳刚一嘬山嘴,他便打马往山下走。钱存鑫一走,田兴业即卧倒在床开始装病。他对五位同窗说,对不起了,我身体不顶事,走不到省城了。你们五位走吧。五位同窗信以为真,片时一过，即与田兴业分手。正当五位同窗兄弟迤逦前行时，田兴业一个打虎跳从床上跳下。田兴业说，阿哥，我走了，你可得多长几个心眼啊。说不定你把守的这个麻狸岭，今后要成为是非之地呢。田兴喜答，你放心吧，我这个人呢，没别的毛病，专好"咬燥柴"。

田兴业转过身便往山下走。这一路走啊，走得脚生风火。田兴业一不知累，二不知饿，三不敢停步。一直走到第二天拂晓，这才敲开王国器家大门。恰在那时，王国器怕自己杀人连累家人，与老大王国瑞偷着回到田王村善后。王家大门砰砰一阵猛敲，两人吓得脸色如土。——谁？——不知。——让我先出去看看。王国器掣刀上前顺门缝往外看，见晨曦中站在门外的不是别人，而是田兴业。他即开门让田兴业往屋里进。——你？——我。——阿叔不是说你去参加乡试吗？——还乡试呢！田王村大祸临头了！——怎么回事？——还怎么回事呢，瞅你干的好事！田兴业即把他如何发现官府向上告急一事和盘托出。王国器的脸色即变成一块大果冻。他一时不知所措，边跳脚，边搓手，说，这如何是好？这如何是好？此时的田兴业，却胸有成竹。——你想不想叫田王村人活？——当然想。——你知道眼下是什么天下？——大清王朝的天下。——错！强盗地痞流氓的天下！豺狼当道之社会！——中国老百姓是何等之百姓？——良民顺民。——错！半奴才之百姓！打蛇要用棒，打狼要用枪。在此等乱世，你做食草动物，只有死；做食肉动物，才有生。王国器急得一头是汗，说，好兄弟，别与我兜圈子了，你说，我怎么对付？田兴业一反过去那种温良恭俭让，阴着脸说，事到如今，你还等什么？等人家上门砍你的头、灭你的族？历史上前有陈胜、吴广，中有刘邦、朱元璋，后有义和拳，他们都能起兵造反，你为什么不能？王国器吓得脸白如霜，说，起兵造反，我不就成了乱民贼子？田兴业说，现在，你一把杀了那么多官兵，抢了那么多兵船，难道还不是乱民贼子？王国器说，起兵容易，打仗难啊。就凭我们这些人马，何以能打得过他们？如果最后结局与艾民起一样，闹个全军覆没，我不成南官的千古罪人了吗？田兴业说，哥，不是我损你，就你这个头脑啊，简直是天生一个猪脑子。想当初，我说你离了我，什么也玩不转，你就不信。艾民起之所以败，是失人、失时、失地。失人，是他手下无高参，且关键一着用错人；失时，是他起兵时大清国尚强大，自己势单力薄；失地，是他的行军路线择得不对，误入天柱峰那条死胡同。现在呢，天时、地利、人和三者皆备，此时不动何时动？王国器说，我一旦起兵，大清王朝灭我田王两家九族怎么办？田兴业问，你不起兵，大清王朝就不灭你九族了？田兴业到底是个读书人，平日里眼观六路，耳听八方，他当即讲起他所知的国家局势。那时中国业已有了民主革命的先行者，名叫孙中山，提出了"驱除鞑虏，恢复中华，创立民国，平均地权"的革命政治纲领。杭州业已成立光复会，出版《杭州白话报》，宣传三民主义。王国器听后，大梦初醒。田兴业说，从天时上说，眼下大清国如同落日，正快速走向死亡。用卜无意的话说，金死火立，当有新天子出。从人和上说，全国纷纷起事，孙中山正号召国民光复中华。凭你在南官武林的威望与能力，只要拉起人马——有枪便是草头王——即可拥有一支属于你的军队。从地利上说，守，可以凭南官天险以观天时；出，可以凭南官地势横扫浙江，即使成不了一路诸侯，也可独立为王。

田兴业描绘的蓝图，尽管对王国器有极大的诱惑力，但王国器毕竟是贩夫走卒，既想不到这么远，也想不到这么多。他有着更多的犹豫。——阿弟啊，不是我前怕狼后怕虎，我只怕偷鸡不成蚀把米，让我们兄弟四人一起丢命，那可就不合算了。田兴业一听，即一脸溅珠，说，你知道朱元璋什么出身？——农民。和尚。——这不就得了？王侯将相宁有种乎，你怎么知道你就不行？你知道，你出生前卜可仁说过什么？——不知。——将军青，出国精。——这句话说的是我？——不说你说谁？有道是，先到者为君，后到者为臣。你如不抢先一步，何以能成大器？人家绍兴一小女子都敢起兵反清，你一个胯下长个东西的大男子，怎么如此缩头鼓脑？——阿弟啊，你先别发火。我只是搞不清，卜可仁说的会不会真的应在我身上？——若不是应在你身上，你何以能头顶稻臼过河？田王两家何以能合而为一？谢皇后所赐之圣柜，何以能落在回龙山脚下？你这个人怎么牵着不走，打着倒退？——你让我起兵可以，但我有个要求。——说。——你必须做我军师。——为何？——没有你我不敢。——箭在弦上，不能不发。你以为我不做你军师？就你这个脑袋简单得像盆浆子，还不让人把你活剁吃了？——你与我三击掌。——击就击！三掌开击。第一掌，王国器说，你不做我军师我不起兵。第二掌，田兴业说，你不听我话，我不干。第三掌，两人同时说，生在一起生，死在一起死；有福同享，有难同当。

兄弟二人既作决定，双双对天对地对祖宗明誓。是时，太阳刚跳出海面，把将军山与回龙山点染得一片如金。老大王国瑞跟着王国器与田兴业来到田王两氏祠堂。他们一起跪倒在祖宗牌位与神像下，焚香告祖，对天起誓说，生为一起生，死为一起死。仪式结束后，兄弟三人同时冲出祠堂大门。这一冲，田王两氏六百多年的沉寂，终于在第二十九代人的青春期被彻底打破。是年十月金秋，田王两氏正式亮出大旗，起兵反清。他们将这支义军，定名为南官国民自卫军。王国器出任指挥总长，田兴业出任指挥部参谋总长。王国瑞、王国立、王国成出任一、二、三团团长。南官义军对外正式发布行动口号——驱除鞑虏，还我中华，还我河山！是日，田兴业以参谋总长身份第一次登台，发表宣言说，南官一地的地理风水是九龙入海，命中注定要出几位大人物。既然上天赐予我们一个大机会，我们何不就势而上，给南官百姓一个安居乐业？

南官与中原一带的民风不一样。这么多外地人跋山涉水来到南官，哪个家族背后，不是对大清帝国有着深仇大恨？有的因失地，有的因文字狱，有的因与“拳匪”通，或与红灯照有瓜葛，有的因杀八国洋人犯有死罪，有的因百日维新失败，有的因与光复会有来往……尤其桐屿柯氏一门啊，因他家柯璜与康有为是好友，藏了三天康有为，被人告密，柯氏一门一百八十二口全被清兵屠戮！他们谁不知成王败寇？谁不知“王侯将相，宁有种乎”？谁不知人道与兽道只差一字？谁不知只有造反才能打破满清贵族的铁板一块，才可让汉家子孙出人头地？谁不知只有暴力才能颠覆现有社会结构，令他们扬眉吐气？知道，这一切他们全知道。只因天时、地利不合，他们满怀的渴望与仇恨全都变成了沙漠里的胡杨种子。如今，机遇终于来临，他们岂有不赶紧暴芽之理？田兴业的行动口号一正式发布，马上变成黄钟大吕之音，让逃难至南官的人群情激奋。真是千里走惊雷啊。先是十人、百人；后是千人、万人，那些“恶民”、“顽民”，鼓噪着源源不断朝田王村涌来。那种疯狂与骚动，让人觉得整个世界都变得满腔激情、金蛇狂舞。

田兴业终于作出决定，卖掉祖上传下的十幅名画。他不这样做实在不行了。人太多，实在太多了。眼下是什么时候啊？生死予夺的关头。此举之成败，不仅决定着成千上万人的生命，还决定着南官百姓的生存环境。他组织起来的这支队伍，现在要什么？一是武器，二是给养。作为参谋总长，他两手捏空拳何以让他们活命？箭在弦上不能不发。就在外面篝火通明、人人疯狂的那天夜里，田兴业独自一人，在房间里踱步，几经踌躇，最后作出决定，出手祖上留下的那几幅名画。次日上午八时，田兴业拾凳而上，从自家神龛里，取下那十幅画作。田兴业打小起，就对这些画爱不释手，尤其《万里河山图》与《皇后出巡图》，在他眼里简直伟大杰作。再说，无此两画，后人何以得知那位名声显赫的谢皇后到底长得什么样子？如今国难、家难当头，他们不起兵，就将束手就擒；手中若无像样的武器，只能成为刀下之鬼。他只有奉出此画作为起事的大本钱。田兴业背着两手围着这十幅画转了三圈，最后打算先出手前三轴。他喊了一声王国成，一直候在门外的王国成即刻走了进来。田兴业捧出前三轴画交与王国成，说，你马上调一只快船，亲自携此画速至上海。按此地址找到上海面粉商韩春琦，将此三画全交与他。你对他说，田兴业只有一个条件，请他务必想尽一切办法，给南官搞到一批枪支弹药；若钱不够，你让他给我先垫付，今后我用画来还。王国成点头示知，即将画打包，背于身上，连夜跑到海门，找上张连胜调上一艘快船，前往上海。

是日，回龙山下人声鼎沸。王国器与田兴业共同举行隆重的祭旗仪式。

义兵人人情绪亢奋。大家一齐动手，杀猪宰羊，祭天拜地。仪式结束，田兴业正式发表文告示神，再行歃血盟誓。一万三千人一起举起拳头，对上天大喊："保境安民，替天行道。有福同享，有祸同当。生为人杰，死为雄鬼！"

过了若干时日，王国成一身湿卤从上海回来。他不仅带回一千多条德造毛瑟枪，还带回三门火炮与韩春琦的一封亲笔信。韩春琦在信中说，无恻隐之心，非人也；无羞恶之心，非人也；无辞让之心，非人也；无是非之心，非人也。五百年必有王者兴，其间必有名世者。兄弟此举，实为中华民族之幸事。光复中华，强我民族，非胸有大志者而不可为。为兄者当鼎力相助。吾家父兄均在上海租界与洋人打交道。日后，你们若还需武器弹药，尽管派人来。

南官义军与清兵在临海桃渚第一次正式交手。站在队伍最前面的王国器，只是一挥手，南官义军即成一台可怕的大石碾，铺天盖地碾将过去。只消半个时辰，包尔泰军即被南官义军碾成一张薄饼。包尔泰只好带三个贴身护卫逃回宁波。

第二次交手在宁海。包尔泰调来的不是步军，而是一千八百多名骑军。他想用铁骑冲乱南官义军阵脚，然后再行分割、围剿。田兴业站在高处只一看，即命王国器带三百六十名士兵，在一片平坦地上挖出三百一十五个陷阱。大清骑兵不知就里，挥鞭掠阵。三分钟不到，只见烟尘四起，骑兵全部坠入陷阱。王国器麾军阻杀，打得敌军只有三分之一逃回到大本营。

南官义军全面控制南官、宁海两地。兵员迅速发展至三万八千人；战船扩至三百艘。

王国器威信有如红日中天。南官政治、军事格局首次出现大颠覆。田兴业见大局初定，为防后患，决定利用南官多渔民、海王村有天然港口的最大便利，习西洋建军之法，组建第一支海上自卫团。

一日，田兴业对王国器说，四阿哥啊，我们不怕一万，只怕万一。

我们想要真正保全自己，只有占尽海上优势，才无后顾之患！田兴业之言，是时的王国器无不言听计从。当即答说，好，小弟，你是我的大军师。我与你有话在先，你叫我做什么，我就做什么。

不日，南官义军海上自卫团便告成立，王国成出任团长。

辛亥革命后，孙中山先生任中华民国临时大总统。田兴业积极响应，正式宣布南官服从民国政府领导。王国器任南官国民政府临时最高军政长官。南官有史以来第一份地方报纸《南官潮》正式面世。田兴业首次在《南官潮》上发表署名文章说，我们要自己管理社会，自己主宰命运；南官天下当是百姓之天下，南官土地当是民众之土地。第一份带有油墨芳香的报纸，飞至文昌书院。金安士接过一读，拍案大叹：此子不俗啊！文章大有气象！

此后多年，中华大地风云变幻，军阀四起，称王称霸。直系军阀孙传芳一度越过仙霞岭，向浙江发展。他任闽浙巡阅使兼浙江军务督理期间，发兵讨伐王国器。王国器问田兴业，怎么办？田兴业答，打。南官一地岂容他人作践？王国器即派王国瑞团至仙居驱逐来敌。王国瑞团团部借设于刘家大院。一日，王国瑞与仙居刘氏三女刘桂英相遇。是时刘桂英年方十八，容貌俊秀。一条长辫在她脑后，不断摇曳。她与王国瑞相见时，即现青春少女特有的媚笑。这一媚笑，唤醒了王国瑞一直沉睡的内心之蛇，他那一颗青春的心出现兽动。王国瑞想出手，但因众目睽睽，只可忍住。三日后，与孙传芳部交火。孙传芳部败退，撤出仙居，转至永嘉。战事一安，田兴业即决定在仙居成立国民临时政府，让仙居百姓自己管理，并令王国瑞至仙居原县衙开会议事。是日上午十时，王国瑞从县衙议事归开来。刚进刘家大院，见院内空无一人，四周安谧，唯有几只蜜蜂兜着一畦玫瑰花翩翩起舞。他四下一观，顿时两眼一片烈火。他看见什么？他看见三姑娘刘桂英正独自一人立于凳上摘桃子。王国器心中一动，悄然立于她身后细赏。他看着刘桂英的腰身在扭动，看着刘桂英的圆屁股在显耀，看着刘桂英的两条黑色长辫在臀部左右摇摆。恰在此时，刘桂英欠身一勾，不经意中闪出胸部半只小酥乳。王国瑞顿时被一道闪电击得双目发眩，全身发麻。一发麻，王国瑞的情感第一次出现大海潮。他突步上前，一把搂定刘桂英软腰。刘桂英吓一跳，张嘴想喊，见搂她的不是别人，却是南官自卫军大团长王国瑞，瞬时转怒为喜，一脸娇喘。刘桂英说，王团长啊，是你哪？你这是干吗呀？王国端说，我的好小妹哪，我那豆腐一直没人磨呐，你不想帮我磨磨？刘桂英脸上即蹿起一场大火，羞得不敢抬头。南官人都明白“磨豆腐”暗指何事。王国瑞是人精，此情此景，早知她对他有意。若是此时不再纵深，猎物岂非在他眼前溜走？他一时胆壮如虎，两手即往她的极地处纵深，刘桂英一身忸怩，说，好哥哥呀，我奶奶还在家里呐。王国瑞咧嘴一笑，拦腰一截，将她抱入自己房内。门一关，这天下便是王国瑞与她二人的天下。两人自然是风生水起。好一阵王氏家传的雄风烈火啊，当时便把刘桂英蒸得全身都变成一块烂熟肉。两人之灵魂同时离开躯壳，化成水汽，开始腾云驾雾。刘桂英一直长在深宅大院，何时尝过如此美味大餐？哪知男女间还有此等风情味？三下出入，便让她双目迷蒙，云山雾罩。男女间此类事不需多，一次便够。部队在仙居驻扎三天，两人沆瀣一气三天。王国瑞天生的力道一次次令她粉身碎骨，一次次让她得以重生。

南官国民自卫军决定回师南官。离城之夜，仙居城内一片莺歌燕舞。百姓全都跑出家门看戏。刘桂英却独自一人躲入厢房哭泣。刘老夫人年事虽高，毕竟是一路摇摆过来的女人。她从孙女的神态中觉出了蹊跷。闺女，你好端端的哭什么？刘桂英泪眼婆娑，只是低头不答。老夫人展目往她床上一看，只见她的绣床上放有一条军用皮带，恍然大悟。——你与王国瑞……？刘桂英点头称是。——磨了几回？——刘桂英不说话。——天天磨？刘桂英点头。——他声明要娶你吗？——没有。——他老家有没有妻子？——不知道。——不知道，你怎可让他上身？你想不想嫁他？刘桂英点点头。老奶奶说，你想嫁他就好。

老夫人拧着那双蕃莳脚走出门去，只一小会工夫，便把小孙女与王国瑞的事全与刘老爷子说了。那刘老爷子，可不是常人，别看年已六十，却极有硬气。不惹他尚好，一旦惹他，怕是刀子架在他脖梗上，他也不买账。听完老太太的陈述，他一声不响走出家门。半个时辰后，老爷子带着他孙女与七八个小后生，怀揣尖刀、头顶香盘，出现在县衙。是时，王国器与田兴业正在县衙里与当地一些头面人物议事。他们一进门，二话不说，对着衙门正中的大匾跪成一排。田兴业忙抢前一步扶起刘老爷子，说，老爷子啊，有话说话，可不能这样啊。刘老爷子不容呛，当着他孙女的面慷慨激昂地把王国瑞的所作所为说个响透。——真的？——若有一言不实，老夫愿天打五雷轰！王国器深知仙居民风——平日里，仙居人不好起誓，一旦起誓，此事必真。王国器一听，火上心头，想，这还叫什么国民自卫军？与土匪有何区别？此时，王国器只想把王国瑞绑将来当众打一百军棍，看他今后还敢偷鸡摸狗！刚想发令，田兴业摇手。王国器问，为何？田兴业答，依我之见，不如来个临阵招亲。

王国器当下便令人去喊王国端。王国瑞步入中堂，一眼便看到脸色苍白的刘桂英。他知东窗事发，不好多讲，只可一言不发，束手立于一旁。王国器问，你打算怎么办？王国瑞说，听凭兄处理。王国器拿过一把刀子，递给刘家老爷子，说，老爷子，只怪我对兄弟管教不严，才惹出这档子事。冤有头债有主，我们听凭您老人家处理。刘老爷子一不接刀、二不理睬，说，我们刘家的规矩是女人须从一而终。破了身再嫁，我对不住他人；让她活守寡，我对不住孙女。——那你说咋办？——嫁鸡随鸡，嫁狗随狗，嫁个扁担抱着走。王国器问王国瑞，你同意不同意？王国瑞点头以示同意。王国器一声大喝，还不向老爷子叩头？王国瑞一听如逢大赦，两膝落地即向刘老爷子叩头。

是年，一支福建地方军阀部队突然从海上进攻南官。南官是块什么土地？可是打着灯笼难找的风水宝地。谁要了南官，就有了经济资源，有了一个独立的王国。这支闽军事先派出八名特工，扮成商人模样，从福建漳州坐货船至金清，再从金清坐船至十里长街，对南官一地军事、经济、民众情况实行全面侦察；等把南官的地理形势及兵力部署全部摸清后，再坐船回漳州。他们得出一个结论：不能从陆路进，否则南官国民自卫军只要在麻狸岭关隘口布下一个营，便让你变成死蟹一只。惟一可行之法，是从海上进。以海王村为登陆点，出其不意、攻其不备，一举拿下南官。

某夜，东海刚一涨潮。闵军两个整编团，顺海流抢入海王村。强行登陆后，第一件事便是封锁海王村，不准一人出走；第二件事是溯河而上，向太平县城进发。太阳刚一露头，闵军开至太平城下。太阳刚起有三杆，总攻发动。是日那个打啊，让多年不曾有过战争的南官太平县人，瞠目结舌。那枪声、炮声有如正月初八商人开市时放的开门炮，打得太平城内外一片乌烟瘴气，整个温黄平原都在脚下瑟瑟发抖。太平县民团奋起抵抗。到太阳顶头时，太平县城终于被攻破，一场可怕的杀戮与掠夺全面开始。三个时辰内，太平县城有一百五十一名男子死于非命，一百八十八名女子遭强奸，一百三十八间店铺被焚毁。下午五时，太平县民团快马飞报至南官大本营。王国器与田兴业正吃饭，接到急报后，马上扔掉饭碗，命王国立率一团人马夤夜出发，前往救援。至太平横峰镇，正与溯河而上的闵军狭路相逢。一交手，王国立一团吃了大亏。南官国民自卫军，一因起兵过急，二因面对人数多出两倍、武器精良且又经过严格训练的闵军，显得力不从心。王国器一看寡不敌众，便想下令撤退。田兴业一脸怒容对王国器吼，你往哪撤？王国器答，放弃太平，固守清江口。田兴业说，你他妈的懂不懂打仗？海王村一丢，他们有了登陆点，太平镇再丢，这不等于打开大门放狼，你还想保南官？王国器说，那你说此仗该咋打？我总不能让兄弟们白白送死吧？田兴业到底是田兴业啊，在此节骨眼上，他那头脑出奇地冷静。他背着手顺河岸的青石板走了两三个来回，两只鹰眼紧盯着成群的游鱼不放。片时一过，他的脸上现出一丝冷笑，说，这只猴子好是好，可惜爬得太高，将自己的红屁股给露出来了。——你有高招？——我要让他们吃不了兜着走。——你说,我听。田兴业即把他的高招和盘托出。王国器恍然大悟,说,你这个家伙呀,真他娘的有两下子,难怪别人老说你是蛇精变的。王国器即在横峰桥脚下的船埠上着手重新部署兵员(后来,横峰桥人管此石叫“将军石”):正面——由王国器本人带领,放弃与闵军主力交锋,且打且退,诱敌至回龙山石棋镇余家村一带。侧翼——由田兴业与王国瑞带领,在横峰山一带设伏,集中兵力,截段割打。殿后——由王国成指挥,率海军从石塘起身,趁潮水上涨时移师至海王村,让“水鬼”们潜海凿沉闵军船只,然后关门打狗,彻底断其补给线。

真是将不在勇而在其智啊。如此一部署,战局即反败为胜。次日凌晨丑时,这一边,王国成团偷入海王村,八十名海鬼手拿家生潜入海中,一举凿沉三十艘闽军战船;接之发起强攻,将一百八十余名敌兵驱至海王村石屋,打得他们举手投降。那一边,田兴业与王国瑞连夜分段切割成功。王国器带兵从北溪回师,杀了个回马枪。这一仗,打得实在不能再漂亮了。天一亮,敌首阎瑞良在红崖脚下被王国器击毙,闵军成了无头之鸟,剩下的八百士兵全部弃械投降。

是年,王国立与余氏女成婚。王国立的婚事,是由王国立两位好友陈老五与柳行进引起的。一日,陈老五与柳行进率五士兵不经意中至余家大院。太平县余滋泉是太平石棋镇一大佬。别看此老头其貌不扬,却是南官天字第一号食品大王,有家财万金。因闵军突袭,一时心慌,偕一家老小潜入坞根,只留老管家看门。陈老五与柳行进翻墙跳进余家账房间后,陈老五一眼即见桌上放有三十一根不及盘点入库的“小黄鱼”(南官人管一寸长的金条为“小黄鱼”)。陈老五虽是行贩出身,但长这么大曾几何时见过这么多“小黄鱼”?他梭眼见院内无人,即对四位弟兄咬耳说,嗨,我们趁机捞一把怎么样?柳行进说,使不得。团长知道了,可要杀头。陈老五说,你不说我不说,他一不长千里眼,二不长顺风耳,何以得知?其中一兵说,对,对。我们来他一把。要不,我们前来当兵做什么?另一兵也跟着说,对,对。老六说得对。过了这个站,可就没那店!第一个出手者是陈老五。陈老五一把抓过六根金条往自己怀里一揣，转过身子即往外走。陈老五是他们四个人的头啊。头一拿，当小兵的还有什么说的呢？于是，你拿，我拿，全跟着拿。这就是当兵吃粮的好处啊。要不，他们干吗把自己的脑袋掖在裤腰带上，跟你王国器玩命？陈老五满以为他们这次捞金做得天衣无缝，然而，令他们做梦也不曾想到的是，隔墙有眼——这位一直躲在暗处的老管家早将他们的一举一动捕捉入眼，只因年老体衰，躲在一隅，不敢声张。太平县局势趋于安定后，王国器、田兴业决定班师南官。田兴业命王国立驻石棋镇抚慰百姓。告示一贴，天下熙宁。余滋泉闻讯遂率一家老小回家。是日，石棋镇举行庆功大宴。设宴地点就在余家大院。王国立身为南官自卫团一团团长，自然成了众星拱月之人。庆功宴一开始，乡绅们鼓掌要"王将军讲讲话"。王国立大喜，上台后，学着田兴业的腔调对全镇乡绅们说，带兵之道呒高深学问，只凭天地良心。爱民者军之基，为公者军之旨，不怕死者军之魂，严守军纪者军之道。为加强讲话的文化内涵，他还当众背出田兴业常说的一句话："苟利国家生死以，岂因祸福避趋之。"发言一结束，众乡绅皆为之侧目。他们做梦也没想到，一介武夫，会说出如此高水平的话来。当即赢得一片掌声。老话说得好：过头酒好吃，过头话难讲。王国立话音刚一落地，余滋泉即拔步上前，抱拳，不阴不阳地说，少将军哪，言虽成理，怕未必行之吧。王国立听得话中有刺，即上前施礼，再学田兴业腔调说，令不行者军必殆，纪不明者军必散。若本团长手下有不范之事，请余先生如实指正，本团长决不手软！余滋泉说，少将军，我可就要对不起您了。余滋泉即将五个士兵冲入他家，如何拿走三十一条"小黄鱼"之事，全部抖搂出来。那时的王国立，虽好打肿脸充胖子，但却为人淳厚。——老人家，果有此事？——一介草民，不敢打诳语。王国立即令随身副官前去调查。一调查，真相大白。副官黑着脸将陈老五他们带至宴会主厅。王国立当众发问，是否确有此事？陈老五答，有。——金条在哪？——在这，一根不少。五人当众坦白，交出金条。王国立气得发疯。他妈的，你们这些小王八蛋,不是瞪着两眼往我眼里上药吗?他牙齿一咬,下令要将这五人全给推出去毙掉。全场乡绅噤若寒蝉。他们怎么也没想到王国立所率军队,纪律如此严明。他们只知为几根金条杀掉五人可惜。想救,又不知怎么救。正在此节骨眼上,余滋泉年方二十的三女儿余雪珍从内房中步出,冲着王国立轻唤一声说:“少将军,刀下留人。”王国立见内中有靓女飘然而出,一时手脚无措。余雪珍袅步上前即对其父说,爸,三十一根金条,能换回五条人命吗?余滋泉深感此事做得过了,一脸尴尬。余雪珍转身问王国立,少将军,为三十来根金条杀五人,军法是否太苛严?这时,在场的大小乡绅全都高声亮嗓说,余小姐言之成理啊。少将军可以作出处罚,但不可因几根金条杀人。命与金不可同日而语。此言一落,整个局面开始活泛。八位年高德昭的老人上前向王国立作揖说,少将军,为民不惜死,乃是南官人的骄子。为区区三十一根金条杀人,其法太苛,不足道啊。王国立原本即不想杀掉两位好友,如今能顺坡下驴,何乐而不为?即当众下令说,从今天起,无论是谁,敢拿百姓一针一线者,毙无赦!宴会一散,王国立回军营;余雪珍上绣楼。但这对年轻男女却在这一夜里都翻来覆去睡不着觉。王国立爱余雪珍之风度与美姿;余雪珍爱王国立之英俊与文雅。什么叫爱情?莫明其妙的感情就叫爱情。仅此一次的见面与对话,便让俩人的情感擦出了火花。三日后,便有媒人穿针引线。十日后,恰是黄道吉日。一艘内河航船满载嫁妆,从石棋镇,直达南官。

第四章　崛起的南官王

一日，田王村人开始集体犯嘀咕。按田王两家的老黄历，原则是相互通婚。王国器与田兴业不曾生时，王希品曾与田长河有协议，老大配老大，老二配老二。结果，王希品一死，田长河年老多病，上天算盘暗中另打。田长河倒无所谓，只说一句，生死有命，富贵在天。田家的三个元老却坐不住了，他们相约来至田家。田家两女见族中三老前来，忙欠身陪入父亲房间。田长河强支病体从床上撑起。三老说，长河哪，王家人失信了，我们奈何？田长河答，儿大不由父，船大不由橹。现在，人家又是团长，又是司令——我也说不准这是什么官——人家既然无心，我们何必苦等呢？田长河停顿片刻，起眼一望站在他面前的两女说，强扭的瓜不甜。你们呢，也别傻老婆等呆汉。我呢，老了，不行了。说不上哪天说走就走了。你们都已长大成人，自己的事情自己拿主意。田长河太累了，他只盼着给自己留点宁静时光。他重新躺下。三个元老退走。田家两个女儿步出父亲房门。田如梅问田如蕙，过去之约全解散，我可要嫁人了，你呢？田如蕙低头弄襟。田如梅问，你的意中人，是老二，还是老三？田如蕙答，老三。田如梅说，如今，他们王氏一门在南官一地独拔头筹，在他们面前闪亮的好女子如过江之鲫；若是他也变心，你咋办？田如蕙说，知人知面难知心，画虎画皮难画骨，只有等他变了再说。田如梅叹说，我们田家人心痴啊。要知今日，何必当初？

是年十二月，田如梅始嫁人。田如梅嫁的是奉化溪口蒋氏堂兄蒋福海。蒋福海是与王氏兄弟一直联手做食盐走私生意的大盐商。

五年前，蒋福海第一次到田家与王希品、管中明谈生意，偶尔至田家见过田如梅。俩人在院内只碰有一面，蒋福海即被这位带有男子性格——既能文亦能武的田家大小姐迷得灵魂出窍。一度时间曾利用一切可利用的机会向田如梅眉目传情。田如梅明知他对她有意，只因“父之信，子不可更”，王家没启口说变，她不敢先背王国瑞。如今，一切尘埃落定。她此时不动还待何时？是日早，蒋福海生意场上的一位朋友，要去奉化溪口，顺便拐至田家看田如梅。入家后，见田如梅，劈头问，我要去奉化见蒋君，有何话要我携带？田如梅答，请稍为一等，我有信。——好。田如梅即转身入房，伏案，提笔给蒋福海写信。信中说：“蒋福海，你听着，若是想娶我，请赶快。若是不想娶我，请听便。七天后，不见人来，我即嫁他人。”写毕，将信封定，加印，交与来人。田如梅说，你人一到溪口，即将此信交蒋福海，不得有误。答，好。我遵命。来人揣信坐船去奉化。七日一过，蒋福海带着十三杠聘礼，快马加鞭来至田王村。进田家门后，蒋福海即在田长河床前下跪。田长河撑身一看，院内一片现红，心中明白。他让田如梅把蒋福海搀起。田长河说，我早知她心中想的是你。既然你来了，大事头圆了。你带她走吧。当夜无话。第二日早，蒋福海要带田如梅走。夫妻双双跪在田长河面前与田长河拜别。蒋福海说，爸啊，我与如梅要走了，你有什么话要嘱咐啊？田长河说，我只告诉你俩一句，你俩往后，能做生意就好好做生意；不能做生意，你就回南官种田，千万别在官场上游戏人生。田如梅问，为什么呀爸？田长河说，官场险恶无常，一脚黄金殿，一脚监牢门。我怕你们今后不得好死。蒋福海说，您老请放心吧。我蒋家祖辈经商，岂有为官从政之理耶？田长河叹说，天命难违啊。我只怕你们一牛入井九牛难拔，人至灾时抽身难。蒋福海与田如梅站在田长河面前默不作声。船老大过来催人，时辰已到，你们走还是不走啊？二人双应一声，走。

田如梅夫妇与她妹妹田如蕙告别。田如蕙送他们俩下船。船一开，田如蕙便一动不动地站在船埠上，任凭着顺河刮来的风拂乱她一头黑发。她站着,站着,一直就这么一动不动地站着,看着那艘迎亲船扯起风帆逆流往西走,一直看它走得很远很远。

田长河终于走至他人生的尽头。田如梅夫妇闻信赶来奔丧。临死前,田长河只是让田如蕙出去一下把李文达与田兴业喊来。李文达与田兴业到后,田长河当着李文达面交给田兴业一黄信封。——爸,里头有什么哪?——儿子,你自己打开看吧。田兴业打开看。只见信封内装有两张尺方的小宣纸。宣纸上,写有两段令人莫明其妙的话。第一张纸上写的是:“最大阴数乘以最大阳数倍以十,即是田王两家子孙脱胎换骨时”;第二张纸写的是:“云散慧灭锦成灰。”田兴业怎么看怎么想,也看不明白想不明白这两段话到底是何意。田兴业问,爸,这两段话是什么意思啊?田长河答,我也说不清。我只知道第一张纸上写的那段话,是田家老祖宗田幸均公说的;第二张纸上写的那段话,是王家老祖宗王理材公临死前坐在大樟树底下写的。只是上代人有话,须一代接着一代往下传。我也说不清祖上是何意,只可遵命传与你。田兴业还想问个水落石出,李文达摆手不让问。李文达说,生者有时,死者有时,成者有时,败者有时。知是不知,不知是知。天机自有数。既然如是,你就等着吧。田长河点头说,是啊,浩浩星汉,天机难明。上天不言,走马以粪。混沌人世,才是不死。田兴业还想问点什么,但田长河已闭目息定。田兴业无法,只好将此黄信封夹入他父亲枕边的那本《人生警语》中。

等葬礼结束,等七七做完,田如梅夫妇便回奉化。田兴业因军务吃紧不得不回大本营。“死者长已矣,他人亦以歌。”活着的人,无论是好是坏,总得活着、总得做事。打从田长河一死,田如梅夫妇一走,向来人声喧哗的田家大院,如今人走楼空,地了场光。临河四间木房里,只剩田如蕙一人。从表面看,她与南官村姑一样,大门不出,二门不进,一直深藏于家做刺绣;实际上,一直咬牙等着另一人,此人便是她同庚发小——老三王国成。王国器起事后,王国成便跟着他弟。起事前一天，王国成上气不接下气跑至田家，偷偷把田如蕙喊到门外，说，说定了，你不嫁老二嫁老三。田如蕙答，好。王国成说，你在家里等着我。田如蕙冷脸说，现在，你当上什么大团长了，还能想着我？王国成指天画地向她起誓，我王国成他妈的要与别的女人胡搅蛮缠，死于刀下！田如蕙吓得忙捂王国成嘴说，成子，你可别胡言乱语。如此讨口谶，会吓我一世。这一走，王国成泥牛入海无消息。田如梅结婚时，他带兵在外，没回来。田长河去世时，王家所有兄弟前来送行，他没回来。田长河入土事告毕，一身重孝的田如蕙，实在有点沉不住气，问他弟，国成怎么不见来？田兴业答，他是海军团团长，带兵船守剑门港，时有外敌来骚扰，他怎么回得来？田如蕙说，照你这么说，非得我去？田兴业说，姐，你别担心好不好。你们俩的心，别人不知我知。你放心好了，海事一安，他一准回来。田兴业不再说，田如蕙不再问。——她信她阿弟的话，只是等。一等，又过去两整月。时间终于挨至转过年的六月十三。天下罡火，地如鏊盘。王国成终于腾出机会从金清回来。王国成与他同胞兄弟最大不同是，他是个性情中人。他心里只装有一个田如蕙。他俩哥娶下别的女人后，田王村人十人中有九人不快，说王氏兄弟不遵父命；独有他会至死不更。是日，他坐着一艘两头尖尖的乌篷快船直达福星桥。船身一靠，他即纵身上岸。至村口，他先站在大樟树下，横扫四周，空无一人，头一拱，便直奔田家大院。一蹦进田家大院，见偌大院子空无一人，心中生懔。正想喊，偶一扫眼，见田如蕙独自一人坐在偏屋里刺绣。王国成心中大喜，即蹑手绕至她背后。由于天酷热，田如蕙穿得极其单薄，早已发育成熟的胴体几乎全裸于外。王国成只是一瞧，便心惊肉跳。天哪天哪这是什么样的女人哪你瞧她那一脸红得如三月桃花那一对小小乳房活似腾跳的兔子你瞧她那一头黑发高束把个白脖漾出深海变成一座浮动的冰山。——王国成天天在海上漂泊，吃的差不多全是高蛋白海鲜，已一年不见女人面。面对田如蕙如此光鲜的姿容，潜在的情欲早已按捺不住。也许是春心萌动、也许是寂寞难熬、也许是惦着远在海上的王国成，恰在此时，田如蕙轻吟起南官有名的一首情歌《摘金杏》：

大姐墙里摘金杏，
有个后生墙外张。
张呀勿用张，
请进墙内吃金杏。
大姐啊，年多少，几时生？
后生啊，年十八，正月十五有月亮。
哎——若要有意夫妻配，
这件大事先问娘。
媒人聘礼讲定当，
十二个月送节不能省。
正月送花粉，
二月上门送瓜秧，
三月清明青团送，
四月黄梅送一筐，
五月米粽并烧酒，
六月西瓜味清凉。
七月秋凉送秋米，
八月红菱月饼情意长，
九月九送茭首，
十月糯米金团甜又香，
十一月送荸荠，
十二月猪腿连蹄髈。
送完十二月，
大红花轿接新娘。

由于地域、文化等原因，南北民歌的调性很不一样。北方民歌多长调,凄幽中夹着苍凉,粗犷中夹着高亢;南方民歌多幽怨,秀灵中带着舒缓与缠绵。很多南官民歌起源于昆曲,所传唱的情歌,无不恰到好处地表现出女性独有的相思之苦。田如蕙这一阵低吟浅唱,怎不令王国成浑身发痒?况且眼下正值夏忙,田王村人能出门的全都出门,能落田的全都落田了。村里村外一片沉寂,唯有知了在树上叫个不停。人之欲火,一旦勾起,便会色胆包天,还讲什么礼与不礼呐?王国成出手如风,一把从背后把田如蕙抱住。田如蕙大吃一惊。——你?——对呀。我。——天哪,你进来,我怎么一点也不知道?——我不是海盗吗?——当心叫别人瞧见。——我才他娘的不管那一套呐。——还没等她缓过神来,王国成两手早已把她圈住,随之浑身大动。田如蕙既惊又怕,既快活又高兴,哆嗦着抗拒。——使不得!使不得!我爸七七刚过呢。——我俩哥,全他娘的别了心,把你爸气得要死。他巴不得我这样呢。——不行,你得明媒正娶!——得了吧。你们田家什么都好,就那个酸劲,让我们哥四个受不了。什么礼也礼的,哪来那么多说道?王国成一只手箍死她的腰,另一只手强行插到她的私处。这一插,不要紧,插了王国成一手湿。王国成龇着牙笑了。就这一下,田如蕙全身变成了一块烧红的焦炭。什么禁忌,什么重孝,什么七七,全抛入金清港口。就着她房间里的那张小榻,他俩便开始大行男女乐事。待事情一结束,田如蕙突然坐在那里拥衣大哭。王国成大惊,说,天哪,如此好事,你哭什么?田如蕙说,我真不知世间情为何物,直教人以死相许!王国成说,你看你,田家的酸劲又来了不是?什么不知世间情为何物?我告诉你,男人说,我快活;女人说,我需要。这么简单的事,一到你们田家人嘴里,就酸倒牙。

田氏大院正式关门。——王国成带着田如蕙坐着快船去剑门港。三日后,王国成与田如蕙的婚礼在战船上隆重举行。

王国器的妻子终于浮出水面。——这女人不是别人,就是谢东潮的四女谢道清。她是十里长街有名的才女。谢家共有姐妹四人，她是最小的一个。她大姐、二姐、三姐，早在四五年前出嫁了。大的连孩子都满地跑了。南官一带自古早婚。十三娘十四爸，三十六岁做爷爷。尤其西部山区，更加讲究娃娃亲。若是两家对心，儿女们落地，双方父母便把亲事敲定。独有谢道清一直过了二十二，终身大事一直成为一辆悬浮列车。人这东西也怪啊，有的越有，没有的越没有。谢东潮长女婿是十里长街昌盛丝绸店大老板，光店面就开有一十三间。二女婿是南官顺昌木材行的大款，一年到头白银黄金像南官河水一样流进流出。三女婿社会地位最低，却也中过举，是大清王朝走至崩溃边缘的最后一届举人，考上也等于白考，想参加殿试都没门子，只得打道回府；后应李文达之请，做了南官文昌书院的山长，步金安士之后，成为南官文化教育界的骄子。就这四女儿谢道清，由于脸上出有一张大地图，加之社会政局不断动荡，谢东潮内中的渴望不得不化成一蓬青烟。初时，他看中田兴业。怎么看，怎么觉得南官全地只有田兴业这小子才可与他女儿谢道清匹配。你想啊，一对男女同年同月同日同时生的，这不是天配姻缘又是什么？出生后一满月，家里人就提醒他，要他向田家提亲。他们的意见是既然两人早晚合一，早定早安，省得夜长梦多。但谢东潮前思后想总觉不妥。你想啊，孩子这么小，就提这事，好像与谢家的门第不符。由于商务繁忙，一拖再拖。这一拖，好了，若干年过去。他做梦也没想到却让李文达这老相公捷足先登。田李两家婚事一挑明，谢家人你不死心也得死心。随着谢东潮年事益高，谢道清婚事自然提上议事日程。大清国倒塌了。科举中举作废了。谢东潮自然不想让他的四女儿当什么一品夫人与皇后了。于是，他有生以来第一次放低门限，只求谢道清能嫁个中上人家便可。然而，令谢东潮惊愕的是，四女儿似乎命中注定在等一个人。

第一个前来踏亲的是临海阜新钱庄赵大人。赵氏一门打从移居南官临海后，凭着从内地带来的资本，一直从事钱庄生意。银铺开得很大，两广两江都开有分行。长子赵孟郡十五岁便去日本讲武堂读书。赵大人什么都不怕，就怕他儿子讨个日本女人为妻，日后生下杂种，令他脸上无光。他一直考虑在南官当地给他找个妻子。媒人上他家对他说，十里长街谢东潮有一女，极奇，巳年巳月巳日巳时生，命格大贵不说，且聪慧有才智，是个天字第一号当家大新妇。赵大人一听心下大动，三日后，坐一条内河快船，即来谢王府看人。进门后，双方先是会话，后是见面。这一见面，让赵大人心下大为不爽——谢道清身段倒无可挑剔，只是那脸上生有一幅黑中带紫的中国大地图。赵大人倒吸一口冷气，想：真是十里山荒，隔壁乱讲。媒妁之言不可全信！我赵氏一门在临海也算得上是颗顶头杨梅，讨个儿新妇是想撑我赵家门面。这么一个“抹抹乌、望外婆”的女子进门，还不让人笑冷屁股？于是，赵大人在谢王府中堂与谢东潮有一搭没一搭地搭讪了几句，便起身告辞。

第二个前来踏亲的是下陶里柳家书生——柳行进之弟柳行才。此后生琴棋书画均好，才名时排田兴业之下，在十里长街是一位颇有名气的情痴。初时，他只不过在裱画师石旷家中见过谢道清装裱的一幅字画，只一看，当时便心身俱醉。说死说活也要娶谢道清，并不止一次对外扬言，若是谢道清不嫁他，他就死在谢家大门口。谢家多少也被柳行才那种精诚所动，尽管谢东潮对他口出恶言略感不爽，既然是媒人上门求亲，也不好满口拒绝，抱着一试心态，同意双方先交换生辰八字。三日后，恰是黄道吉日。柳谢两家同时交换生庚。那时，南官有个不成文的规定，男女双方生辰八字交换后，须放在灶司佛前定凶吉。就在谢家把柳行才的生辰八字放在灶司佛前的那天夜里，柳行才惹了一件大祸。也许是因为他高兴，也许是因为他命中无此女，庚帖一接，他便兴致勃勃地跑到泉井一家读书朋友家里去喝酒。回来时走着走着，那酒一个劲地往他头上涌，涌得他两眼昏花，竟把平稳流淌的南官河水，当成大床铺，很想卧床好好歇歇。结果是，做谢道清的丈夫没做成，反倒让河神一把收了当他的小驸马。他那尸体一直顺水退到金清港，三天后，才在白沙滩上现身。

第三个前来求婚的，是浮排村郎本清的长兄郎本杰。这郎本杰，也称得上一时英雄。他从十三岁起，一直跟他父亲在外征战，年已三十，一直不曾娶亲。当年蔡锷起兵讨袁，他曾出任护国军第一团团长。南官一地少满人，独有浮排村郎氏一门是满人。郎氏一门得益于祖上曾当过大清国都统，家里颇有一点钱财与土地。他衣锦还乡后，第一件事当然是想娶亲。就在他四处让人提亲时，不知从何人嘴里得知，十里长街谢家有个脸上长有地图的丑女，出生时辰十分特别，是巳年巳月巳日巳时，叫四星联珠；书画均好，才德俱佳。他心中一动，执意想娶，即召当地三位名媒，拿出一百块印有袁世凯头像的银元——俗称“袁大头”，放在桌上，对三位媒人说，我才不管人长得好看不好看，男人娶女人是做老婆的，不是当花瓶摆在那里看的。你们要是能给我把这门亲事说妥，我重重有赏。这三位名媒当天即纷纷出马，凭着她们的三寸不烂之舌，向谢家发动轮番攻击。谢东潮一肚子不高兴，但他怕郎氏一门横草乱做，只好勉强应承。同样在双方庚帖下后第三天，郎本杰便像柳行才一样，兴高采烈地去一位朋友家喝酒。喝着，喝着，这个郎本杰突然一个倒栽葱出溜到桌子底下，待朋友把他扶起来看时，这个名重一时的赳赳武夫居然酣然走人了。

连死两位踏亲者，而且死的都是下帖后的第三天，好事的十里长街人顿时沸反盈天，吓人的说法极多。有的说，谢道清是蛇年蛇月蛇日蛇时生的女人，其本性就是一条蛇，除了蛇年蛇月蛇日蛇时生的男人命中注定可配她外，其他所配男子均会被她活活克死；有的说，谢道清命中要么做真王夫人，要么做野王夫人。求婚者若无真王或野王之命，根本别想娶她到家。人嘴本是两张皮啊，什么样的话都好说。于是，那话便越说越多、越搅越稠……谢东潮一听，急得不行，心想，天哪，难道她只能与田兴业相配？这怎么可能呢？人家定的可是李家的李雅香啊。谢道清呢？似乎早胸有成竹，对社会上的种种恶言充耳不闻。每天除把自己关在绣房里舞文弄墨外，院子也不出一步。她越沉得住气，她那三个姐姐就越沉不住气。她们决定做一次说客,一齐来到谢道清房间。老大说,老四啊,外面把你说了个三花四落,你怎么办哪?谢道清莞尔一笑,答,我看中之人,上天不给,我有何法?老大问,你看中谁了?谢道清答,我看中的是与我同年同月同日同时生的那个。老大说,人家有主了,怎么能给你?谢道清说,所以啊,生死有命,富贵在天。天不予之,求之何益?顺其自然吧。

她不紧不慢,现出一脸不屑;那三个姐姐却是一心不平。——男大当婚、女大当嫁。总不能让四妹守在家里当老姑娘呀!大姐想来想去没得辙了,便起身找算命先生去。她曾不知找过多少算命先生,印星、官星、财星、食神,五行八运,一一推演,无不言巳年巳月巳日巳时所生之女是蛇身,不得好果,必有大凶。谢东潮闻之,更为急火攻心。——他们全这么说?——是啊,爸,全这么说。此种命格,若男子,大吉大利;若女子,大煞大凶。谢东潮一咂嘴,深觉此味不正:难道卜家人在那里诓他、骗他?当日,他便至卜家欲问个水落石出。谢东潮一进门,卜无意正在习字。谢东潮问,卜小先生,我女儿刚出生时,你才五岁,便开口说我女儿有大富大贵。可现在,十里长街一街算命先生均说我女儿有大凶。这是为何?卜无意叶的一声一个掩嘴葫芦。——你笑什么?——我笑你俗。——我怎么俗?——万物皆有时,天下皆有主。只是时辰未到,你慌什么?——眼下大清国退出历史舞台,新天子一直不出,到处都是草头王,我女儿做什么一品夫人?你不是诓我又是什么?——什么叫天心难测?这就是天心难测。现在我只能告诉你一点,本年五月初五前后,准有一男子前来你家求亲。此人呢,还是她的临时丈夫。真正的好丈夫得等她过四十九岁后方可成全。——临时丈夫?——对呀。临时丈夫。——谁?——不知。命格如此。我只能照本宣科。你呢,好好把你的家产统起来交给你女儿做嫁妆吧。

谢东潮就这样被卜无意打得落花流水回至家中。——尽管他的肉身安坐不动,其心却一直高悬。他实在是将信将疑。说相信,卜可仁在十里长街号称"南官真人",深得诸葛门真传。祖孙三代在南官从此业多年，不曾骗人诓人妄取一文；说不相信，远的不敢说，就这五月初五，何以会有奇迹出现？真王也罢、野王也罢，毕竟是王。那人到底是谁？既然卜无意让我等，好，我就等。五月五日若无奇迹诞生，我再找你小先生算账。

镇日长闲，阳光多媚。三月清明终于来临。一件不可思议之事终于发生了。这天上午九点，谢东潮带着一家老少前去谢家坟地上坟。一家人手提食盒，有说有笑走进谢家黑树林。一路采花的谢道清，突然发现林子深处放有一口不曾入土的小棺材。谢道清与父亲一说，谢东潮极其吃惊。初时，谢东潮误以为谁家小孩死了，无处可埋，便把孩子的小棺材连土也不封直抛于谢家坟地。——走，走，我们上前看一下。一家三十多口人全朝着发红的林子深处走去。至地方后，细为一看，谢东潮的双目再次穿越六百多年的历史时空。展在他面前的，根本不是什么棺材，而是一口稀珍之宝——阴沉木做成的小柜。粗一看，如同棺材；细一看，非凡间常柜，乃宫廷圣柜。柜样做工考究，柜面铭有龙凤。尤令谢东潮拍案惊奇的有三样：一、龙无角凤无目；二、柜角三面成正角，独有一方成圆角；三、柜身不合朝廷规制，高三，宽三，长七尺有二（古尺寸）。你说它是皇家用物吧，不成体例；说它非皇家用物吧，民用岂敢龙凤同柜？谢道清见家父发怔，说，爸，打开好好看一看吧。谢东潮答，好，打开看一看。一打开，柜内清白如故，樟脑之香略微缭绕。俯身细窥，盖内刻有圣旨一幅。上有诗文一首：

遇清则活，
有和则成；
见慧必死，
求钱必败。

下面便是一串让人莫明其妙的数字：**壹久久久久壹叁**。

这什么意思呐？谢氏一门全部发愣。别看谢氏一门是十里长街大户,三女三婿学问皆好,独有面对这柜内文字,心现一片云山雾罩。谢道清说,爹,这可是我们谢家之物啊。谢东潮问,何以见得?谢道清说,我见过皇后谢明心之字。此乃亲笔。谢东潮问,既是皇家之物,何以流落此处?谢道清答,这有史料记载。想当年,明心皇后垂帘听政。王世广、金颉成为监国大臣。同年命管济民、田金辅、李际洲三人为朝廷重臣。此王家乃国家股肱,皇室心腹,岂无实物往来?此柜也许是谢皇后赐与此王家的皇家用品。谢东潮一听,脸上忽地现出一道明月清风。他想起若干年前在田王村祖庙吃酒时,曾看过田王两家供奉过的柜子,其形其状与此别无二致。谢东潮问,难道这就是田王两家祖传的圣柜?谢道清答,我想必是。谢东潮说,那我们把它抬出林子还给田王村吧。谢道清摇摇头不同意,说,时运之兴衰,乃天命之所为,非人力之可及。物者,生有时,失有时,各有其数。今天,它好端端从田王村祖庙跑至谢家坟地,定是物还原主。还给田王村人做什么?谢东潮说,此是田王两氏祖传圣柜,我们怎可拿它呢?谢道清说,若是如此,可先抬至我们家里。若是田王两家要拿,让他们自己来拿。我们凭什么送货上门?谢东潮三个女婿都说小姨言之成理。“捉地货勿罪过”。我们谢家留下此物也算不得什么坏事。你要拿,自己来拿;你不要,谢家祖上恩赐之物,收了,你们也无话可说。谢东潮一听,众言成理。上完祖坟后,全家人一齐动手,抬了这口圣柜往自己家里走。

圣柜从谢家树林现身的消息,一下传遍十里长街。谢东潮一直把它放在中堂,等着田王两家前来领取;然而,让人费解的是,田王两氏子孙不知何因,仿佛此圣柜与他们无关,放了两个整月,就是不来领取。这可让谢东潮心中有些生怪。

一个月后,一年一度的端午节终于来临。伟大的上天似乎是一架巨型计算机,总把天下之事算得恰到好处。从正月十五开始作事至五月初五,计有一百多天的日子里,一直是南官人最繁忙的季节。上山人忙着开山削山、种番薯、种水果;下山人忙着耙田、平田、拔秧、插秧、摸头遍田;十里长街生意人忙着订货、发货、进货,铺排一年用度；各大村落的手艺人，忙着备料、拣料，组织产品与开通销售渠道；出海人忙着修船、修网、等待渔汛期的到来。一口气不歇干了这么长时间，人也累了，乏了——端午节也顺理成章地步入人间生活的课程表上了。在南官，端午素有“小过年”之称。说花样，全国有什么，南官有什么；全国如何过，南官如何过。若是说南官与全国各地有所区别的话，只有两点：一是家家挂香袋。香袋全由年轻女孩织成，内装樟脑，下垂花穗。小的垂在女孩身上，大的悬在家门口——千姿百态，十分好看。二是家家吃食饼。南官人吃的食饼，分两种：一种叫麦饼，出自西部山区，和面、包上咸菜鲜肉、成饼、放油、平煎，熟后两面焦黄，吃起来香甜可口；另一种叫“麦油毡”，用薄面粉在平底锅上铺摊煎成。再炒上八个好菜，卷成筒，吃时倒上浓肉汁，其味无穷。现在，外国游人把这两种食品称为“中国肯德基”。

这个端午是王国器起事后的第三个端午，南官府所辖六县，在民众自治下，人民生活出现了短暂的平静。南官国民自卫军大小数十头领，一直在南官六县周旋，好不容易俟来此节，十人里有九个都盼着回家过节。别看王国器年轻气盛，却深知人事。是啊，是啊，人都有七情六欲，哪个不想女人，哪个不想吃好？我何必让他们苦守在此？得让手下的伙计们回家好好过一过端午了。这一天大起早，王国器便与田兴业商量。王国器问，我们是否放三天假？田兴业一听有理，说，好。你们全走，我呢，父死，姐嫁。家中横直无人，去也没多大意思，就让我守大本营吧。是日一大早，田兴业以参谋总长身份下令：每连留一人值班外，其余官兵放假三天。命令一出，全军将士一片欢欣。

太阳刚从海面一抬头，三十三位王氏子弟兵（他们全是大本营直属敢死队队员）跟着王国器、王国瑞、王国立回田王村。那时，从临海去十里长街有陆路也有水路。走陆路，翻山越岭没两天到不了十里长街；走水路，只要顺风顺水，当天中午便能到。为能尽快到家与妻子团聚，王国立调来一艘快船，取道灵江前往十里长街。船一到海门口，王国立便向王国器报告一个大消息，说，我们家几年前丢失的那只圣柜现在现身了。王国器听后十分惊诧,在哪?王国立说,在谢家坟地。——怎么跑到他家坟地的?——这我上哪知道?——这可是我们田王两家的圣物啊。你们为什么不要回来?——家里人是想要的。后来听谢家四小姐说,生有时,失有时,万物皆有数。此圣柜现在现身于谢家坟地,这是物还原主。家里人全不敢要了。王国器一听这话不是味,说,这可是我们田王家庙供物,是谢皇后亲赐予田王两家的圣品啊。她又不是田王村的当家媳妇,凭什么不给?——家里人说了,现在田王村是你和田兴业当家,要与不要听凭你俩。王国器一听,定下个心。他要去谢王府,会一会这个脸上长有地图的谢家四小姐。

船顺风又顺水,很快到达十里长街。原本此船走北线,可以直接到田王村船埠;到四水泾后,因他要去谢王府一趟,王国器下令改走南线。快船掉头驶进三水泾口。半个时辰不到,就到谢家埠。船一停泊,王国器便与三个贴身警卫蹭身上岸来至谢王府。王国器两只小狼眼立刻被谢王府所呈现出来的人文景观活活锁定。——这是谢王府?——是,少将军。是南官谢王府。——是不是当年万五魁说什么也要娶老三做压寨夫人的谢家?——是,是,少将军。十里长街就他一家姓谢!面对如此大气派的谢王府,王国器的心当时便现出一股恶搅。为什么会如此?他自己也说不清。他只觉得灵魂深处有一种无法说清的东西与谢家有着千丝万缕的联系。他快步走上谢王府大台阶,伸手敲门。门敲了三下。开。一位上有年岁的大管家出门迎接。他一见门口站着英姿勃发、一身戎装的王国器,骇得脸上肌肉乱跳。人要衣妆佛要金装。现在的王国器再也不是过去在海上走私的王国器,再也不是袒着肚皮在葡萄架下睡觉的王国器。他这一身蓝色红领完全是西方新潮军人最高将领的打扮,让他一身青春亮丽不说,还威武无比。老管家简直无法把眼前的他与昔日的他联系在一起,一时两眼发蒙。老管家问,小先生,你是?王国器上前施礼说,我是王国器。我想与你家主人见一面,烦请通报。那时的王国器,可别看他年轻,他是什么人哪?时势造英雄,他是南官土地上新崛起的、手握重兵、前途无量、号称“霍去病第二”的南官王。那些有钱有势的乡绅，想巴结都巴结不上呢。如今，这位南官“霍去病第二”突然前来登门拜访，谢家岂有不受宠若惊之理？老管家踉跄走出两步，亮声高报：南官自卫军少将军王国器来访！正在内屋品茗的谢东潮一听名报，忙放下紫砂壶，整理衣冠，紧步而出前来迎接。谢东潮抬头只一望，那双老眼顿时泛出八十八朵牡丹花。真是士别三日当刮目相看啊。他实在无法把眼前这位风流倜傥、英俊可人的少将军与昔日天不怕地不怕半流氓半海盗的王国器相重合。是时，他的第一感觉是天上下来一位军神。谢东潮慌忙把王国器迎入内院。

那时的谢王府，可是十里长街闻名的十大人文景观之一。这可是当年谢明心当上皇后，朝廷出资兴建的一座大王府。从它落地生根那年起，存立至今足有六百多年。全院共分三进，每进都有长方形大道地。前后共四排房子，二十四间厢房左右连接。每进正房正面都立有五根雕有凤凰的大木柱；每间厢房都站有对称的六根中柱，并修有超手游廊。所有柱子清一色以大青石作磉。每块石磉都雕有一只凤凰。大小屋梁、牛腿、接榫、沿角，刻有兽头。每处阁板全镂有百花图与百鸟图。所有屋顶，覆盖有非皇族之家不可乱用的琉璃圆瓦；四排主屋顶的灰雕，尽是千姿百态的飞凤。内部结构，更是别具一格，几乎每间房子的内窗外窗都饰有精巧无比的花格。百寿格——用的百寿；青花格——用的百花；万字格——用的百万；百鸟格——用的百鸟。大至老鹰、白鹤、长脚青章；小至麻雀、鹌鹑，全定格着它们的倩影。尤其让王国器叹为观止的是那三处长方形的天井。每一处天井里的装点都匠心别具。第一进种的是岁寒四友——梅、兰、竹、菊；第二进种的是富贵四品——牡丹、马樱、葡萄、万年豆藤；第三进种的是贞洁四草——兰花、玉花、蕙草、夜来香。一院细节，处处散发出女性特有的素雅与高贵。王国器长这么大从不曾进过如此富丽堂皇的人家。当时，他就被这种皇家独有的尊贵击得溃不成军。他内心不由得长叹一声说，做人若有此等排场，我死亦足矣。

谢东潮引王国器来到谢家客厅。落座。王国器坐下一抬头,便看到正堂中悬着谢道清献给其父的水墨画《祝寿图》。那画精工细描,栩栩如生。——可叹哪,可叹!曾代王三日的王世广做梦也没想到,他的后代子孙在延续了二十九代后,居然出现大回炉,只是粗通文墨,连这样的王府这样的文化氛围只是第一次见到。——这是谁画的?——我四女儿哪。——是万五魁强娶的哪个吗?——不。不。那是老三。画这画的是老四。——她好手段哟。——见笑。见笑。只是喜欢,学着涂鸦就是了。女佣茶水一端上,两人开谈。谢东潮问王国器:不知少将军,有何要事来我处?王国器并不拐弯,便把事情原委说了。正当此事得以确证,王国器单刀直入,说,四小姐为何不想还我圣柜啊?谢东潮说,这得让老四自己来回答。于是,谢东潮让老管家把谢道清从绣楼里请下来。

老管家上去了。

谢道清下来了。

王国器目不转睛地盯着一身文素的谢道清。谢道清来到王国器面前道了个万福后,叫了一声"少将军,小女子得罪你了"。就这一声,王国器顿时一脸阳光。那时,王国器十分清楚地听到有个来自星空的冥冥之音在咬着他的耳朵说,王国器啊,王国器,你给我听着,别看她脸上有地图,她就是你的妻子,她就是你的妻子啊。别的姑且不论,起码你与她还有三十年的夫妻运呢。王国器费了九牛二虎之力才把自己粉碎了的肉身重新攒起。王国器说,此圣柜乃田王两氏圣物,不知小姐为何不还?谢道清答:少将军,既是你们田王两家圣物,当入你家庙堂才是,为何落我谢家坟地?王国器说,我说不清。谢道清说,你说不清,我可说得清。——此乃天意。王国器说,何为天意?谢道清答:想当初,你祖上曾帮我谢家祖上孤儿寡母镇坐朝廷,我祖上谢你祖上才有此圣柜;如今,天地往复,轮到物归原主。有何不清?谢道清此言一出,王国器一脸失态。正在此时,王国器亲眼看到放在堂上的那口圣柜,柜内现出一股紫色光芒,逼得他睁不开眼。他即刻起身向谢道清作揖谢罪告辞。

王国器步出谢王府后，直奔卜无意家。那时，卜无意正与他妻子一起在做食饼。屋内一片浓香弥漫。卜无意见王国器大踏步入门，笑说，少将军啊，你是不想娶谢道清做妻子啊？王国器一愣，说，是啊，你怎么知道？卜无意说，你一进门所现之卦象如是啊。——何能如是？——你想啊，你顺着大道过来，正好我家有一瓢清水入锅，合为一义，不是王国器娶道清吗？王国器说，你真能装神使鬼。不过有两件事情很怪，我想问问。——说，说。——一、我到她家与她见面时，耳朵里总有个声音对我说，你娶她吧，你娶她吧，你只有娶下她，你们王家日后才能得大助。二、那只家传圣柜内突然冒出一股紫烟。——好啊。——好什么？——紫烟者，乃紫气东来；耳外有音，乃是天心。天意如是，你还犹豫什么呢？——我是想娶她来着，只有一事，让我为难。——说嘛，说嘛。——我听别人说，这谢家四女，天生克夫之命，相仨死仨，我只怕我会不会成为第四？卜无意说，少将军哪，此言过矣。你不知南官有老话——不是一家人，进不得一家门？想当初，谢明心未做皇后前亦是如此。后来才有成皇后之贵。这便是非常之命才有非常之配。王国器说，如此说来，她之所以嫁不出去，是因为上天让她等着我？卜无意说，早在一年前，谢东潮就让我为她算过命。我就对她说过，此女子虽成不得真王妃，也得成个野王妃。王国器说，照你这么说，我王国器这次起兵，即使成不得真王，也得成个野王？卜无意说，你以为我父所作之“将军青、出国精”乃假语村言？你以为这只圣柜落在谢家坟地不是天意？王国器说，照着你这种说法，我王国器真的是山精所变？卜无意说，是否山精所变，上天之意，小民不敢胡猜。但我可以告诉你一点——非常时代必出非常之人。王国器说，那你给我算算，我到底能成多大事业？卜无意说，眼下乱世当头，变数很大，不可妄评。我的想法只一条，一看天命，二看时运。王国器说，既然她命中注定要成“王之妃”，为何脸上长出个黑地图？卜无意说，少将军，这呢，你又有所不知了。天将赐宝物于将军，若是光彩外露，扰者必多，岂能轻归君手耶？王国器说，我命中注定要娶她？卜无意答，以兄弟之见，若少将军定下娶她，只要请出一人前来调治即可。王国器问，谁？卜无意答是戴学经，其祖上名叫戴营，曾为宫廷医官。就是他调治好谢明心，让谢明心后来有国母之贵。既然谢道清之病与谢明心同，何不让戴学经为之一治？普天之人，一是信命，二是信相，三是信上帝。若不如此，为什么称当朝皇帝叫天子，成功大业叫天成？若不如此，为什么要说"生死有命，富贵在天"？谋事在人，成事在天？卜无意说出来的三言两语，远比田兴业那百句千句还管用。王国器即时立地开悟。王国器第一次认识到，好好的圣柜为什么突然飞至谢家坟地；第一次认识到，谢道清为什么会相仨死仨；第一次认识到，他并非是一般意义的南官王，若干年后，他将与朱元璋、刘邦他们一样成为一方霸主；第一次认识到，一个人的事业、婚姻、皆有天数——是我王国器的，谁也拿不走，不是我王国器的，想求也求不来；第一次认识到，所有的民谣都有隐晦的内涵，只是凡夫俗子无法认清而已。

是日，王国器让他的警卫拿出一两黄金谢过卜无意，转身子便来到李文达家，央李文达为他提亲。李文达似乎早知他会有今天，见面后，并无半点推辞，一口应承。王国器告别李家回到田王村，正是十里长街人大吃食饼、大喝雄黄酒之时。一个时辰过去，李文达吃得食饼，喝得雄黄酒，打着饱嗝，拄着拐杖来到谢东潮家。谢东潮一见李文达来，立刻把他迎进大院。李文达借着脸上那一股酡红，便向谢东潮传达王国器想娶谢道清的意思。谢东潮听后，心里多少有点犹豫。他怕王国器立地称王，日后天下大定，会当上乱臣贼子招来灭族之灾。李文达一听，扬头大笑说，多虑了，兄弟多虑了。有道是人走时运马走膘。以老夫之见，你我两家小女此命应在他们二人身上。你想一想啊，他们三人，出生时天象如何？一是"将军青、出国精"；二是两条白蛇一死，你与田家即在巳年巳月巳日巳时生下一对男女。若不是三命有系，何为如是？约，然后知轻重；度，然后知长短。现在天下大乱，英雄辈出。这两小子，一文一武，小小年纪便拉起这么多人，不是英雄又是什么？奉化蒋氏随孙中山建军起兵，日后定成国中梁柱；南宫艾氏杀南宫正堂黄益理，只身逃至广州，眨眼成孙中山手下将军。临海赵氏原本青红帮首领，因不惜重金资助孙中山，其子赵孟郡从日本归国后即跻身同盟会。此时，你不出帐，怕是机会一失再不回来矣。

别看谢东潮是个做生意人，实质不是纯粹的生意人。他的社会信息来源极广，国家大事无所不知。（况且田兴业编的那张《南宫潮》报纸几乎天天有新报道。）他何不知眼下中国群龙无首，烽火四起，旧朝当死，新朝当立？他何不知大浪淘沙出真金，何不知王国器与田兴业这两小子，器宇非凡，日后定非庸常之辈？谢东潮说，好，此事我听你的，但我须问一下女儿本人。谢东潮立刻让管家上楼把谢道清请下，说是有大事要商量。

老管家上楼了。

谢道清下来了。

谢道清见过李文达。谢东潮把李文达为王国器提媒一事一说，谢道清说，爸，好好放在田王两家庙里的圣柜，突然跑到我们谢家坟地现形，是好是坏总有个说法吧。既然天命如是，小女抗之无益，莫如听天由命吧。谢东潮与李文达一听，谢道清心中自有主见，你我两个老家伙还说什么呢？你想啊，乱世时节什么最重要？不是文化，而是枪杆子！如今，李谢两家有了这么两个手里握有枪杆子的后生之辈，两个老当家岂可不予以支持？

李文达与谢东潮当日共同作出两个决定：一、请戴学经给四小姐治病。什么时候四小姐面目还原，什么时候便给田兴业与王国器举办婚礼。二、李谢两家共同出资，给他俩盖处好房。不管他日后是真王还是野王，结婚没好房总是不行。

谢东潮亲自到戴学经家相请。十里长街戴氏是南宫历史长河里的榜上封神人家。他家高祖正是六百多年前的宫廷医官戴营。二十多代的戴氏血脉流程中，十里长街人无法算清他们家出过多少太医与高手。戴学经爷爷戴和生曾在紫金城内侍奉过慈禧太后。慈禧太后与光绪皇帝相继谢世后，戴和生怕祸及自己，摔下红顶子，掖着一堆宫廷秘方，逸至上海，在法租界开了一家大药店，起名“百草堂”。由于他宫廷医官出身，侍奉过慈禧太后，一下野便成为中医界里一大名牌。那时的名牌与现在完全不一样，现在靠的是传媒不断炒作，那时靠行医者的货真价实和口碑。疑难杂症只要到他手，或用子午流注，或用民间偏方、古方、奇方，他总能让站不起来之人重新站起，让快死之人重新鲜活。为医，从来是立在刀尖上蹈舞的行业，来不得半点虚头巴脑。治死个人，你是一堆臭狗屎；治活个人，便是华佗再世。戴和生在上海救下十三个濒危病人后，即名扬十里洋场。百草堂生意日见兴隆。但好景不长，一日某国驻上海领事刘易斯得病，这家伙一不知自己是什么病，二不知看过多少个西洋医生吃了不少西药总是不见强。在无法走出泥淖的前提下，他只有请手下给他出主意。他手下一个名叫胡海生的老帮办，想起在上海坐堂开店的宫廷医官戴和生，即对刘易斯说，是否派人请一下百草堂的戴和生？刘易斯说，他能治好我的病？胡海生答，能否治好大人的病，我也无法得知，但我可以告诉你，此戴和生非常医，乃中华医界第一国手，您不妨一试。刘易斯一想，中医乃国医，打从神农尝百草至《黄帝内经》起，传有四五千年，活人多矣。这么长的历史进程中，它能传世而不为淘汰，肯定有它存在的道理。于是他便派一班士兵荷枪实弹前往百草堂相请。面对刺刀威逼，手无缚鸡之力的戴和生当然没有他法，只得前往。戴和生一号脉，心下大明：他得的病非常病，按中医病名来讲叫“冒风”。此病是玩女人过多后，男人元阳尽脱，上天对人类的一种警告。天下艳女常让男人销魂，但天下美事尤物又是一把双刃剑。上天赐女人，是为男女生存互补，是为传宗接代，而不是用于狎玩。享受过分者，上天必让其付出沉重代价。面对刘易斯，戴和生知道，他得了不治之症。治亦死，不治亦死。让他下药、下针，往多里说只能延续三五个月的生命。戴和生心里明白，这病治好了，什么都好说；治不好，自己的小命跟着倒霉。为脱身，戴和生心生一招。当着众人的面，他恪尽职守，一脸恭敬地给他开出一贴——既吃不好、也吃不坏的太平方。一步出领事馆，他当夜即作出大决断：扔掉所有家生、房产，带着三个学生与一家老小逃至十里铺南官杨氏开办的轮船公司，坐上海轮，径直前往十里长街投奔李文达。李文达一看来的是他，心中好不高兴，即日腾出自家三间店面，开了一家药房，并亲自给此药房起名为“阜大”。戴和生在阜大坐堂一年多，由于眼力、体力均不济，怕误人子弟，只好待在家里晒太阳，由长子戴为民坐堂。戴为民坐堂有一年零八个月后，一身青春倜傥的长子戴学经从德国海德堡大学学医毕业打道回南官。那年，正赶上南官步入有史以来的第二个鼎盛期：一因南官地处一隅；二因南官国民自卫军虽为军阀但建军宗旨极为明确，一心“保境安民”，深得民心。为躲内地战乱，大批原本在内地做生意办企业的江西人、安徽人等连绵涌入，一时让南官人烟稠密、商客如云。那时南官一地为医者不少，但中西合璧者，唯有戴学经一枝独秀。戴学经回到十里长街，只过了十三天，就在离他父亲阜大药房不远处，靠着南官河购下了一进小三合院，第一个开起一座西式医院，名为“恩泽医局”。真是长江后浪推前浪啊。这戴学经到底是海德堡大学毕业的高材生，无论医术还是眼光，都超出他爷爷和父亲。

是年，临海赵孟郡之妻生子。赵孟郡妻子是个日本女人，腰身只有拱把大。人长得美不胜收，但她的生殖门户实在太窄，孕育着的孩子无法步出母门。分娩那日，痛得这个日本小女人叫黄半角天。赵氏一门乱成一团。他们在临海请的老中医和接生婆，均不能解决实质性问题。正当一筹莫展之时，赵孟郡忽地想起刚从海德堡学医回来的戴学经。他拍拍脑门锐声大叫，天哪，我怎么如此混帐，竟把他给忘了？这赵孟郡也是个怪种，他才不管父亲是否同意，连夜乘一艘快船，来至十里长街请戴学经。赵孟郡到时，天刚放明。戴学经还没起床。赵孟郡站在门外对他一喊叫，戴学经即穿衣爬起。他喊起未婚妻——恩泽医局看护长，带着药箱与手术箱一起坐船赶往临海。至赵家时,正好上午十一点。戴学经连一口水也没喝,便与未婚妻一起步入产房。二人只一诊察,交换几句话,马上明白这个日本女人为什么生不下孩子。戴学经对赵孟郡说,若想母子活命只有一法。——什么法?——剖腹产。别看赵孟郡在日本讲武堂读过书,见过西医,却从不曾听过女人生不了孩子要剖腹产,不禁犯懵,问,怎么个剖腹法?戴学经便把剖腹产手续与过程简单说了一遍。赵孟郡大吃一惊——什么?你让我妻子身子脱光?——是呀,不脱光身子,我怎么剖腹?——手术谁做?——我做。——为什么不叫她做?——她学的是护理,不是临床。——什么叫临床?——动刀子就叫临床。——我妻子的光身子只能让我一个人看,怎么能让你看?戴学经一听就发火,说,你这是什么话?不是我要你妻子脱光身子让我看,而是你妻子不脱光身子我怎么给她取出孩子?戴学经怎么也没想到,一个从日本讲武堂毕业的学生,接受过那么多国外科学理念,回到国内思想还是如一掊腐土。戴学经又急又气,斥责赵孟郡说,你还是在外国读过书的,怎么如此迂腐?我是个外科医生,总得用手术刀划破你妻子肚皮,才能把孩子取出。要不何以称为剖腹产?赵孟郡急出一头大汗,就是不想如此。戴学经扭头就走,他未婚妻一看时不我待,忙上前对赵孟郡比画一下说,不是全脱,只到这儿就可以了。赵孟郡一听,脸肉才开始下耷,说,好。好。但必须我来脱。戴学经大吐一口气说,可以。赵孟郡转身罗紧房门,这便着手脱妻子衣裤。一分钟过后,房门重新打开。赵孟郡闪于一边。戴学经与他未婚妻同时入室。别看赵孟郡这家伙脑瓜子进水,心却极细,给妻子的衣服脱得恰到好处。下部遮了个严丝合缝不说,连那对刚丰起的小乳也让他用被单轻轻遮住。戴学经不再说什么,即与未婚妻一起动手。先是打麻药,后是消毒,再秉手术刀拉开她肚皮,小心翼翼取出足有九重斤、长得虎头虎脑的男娃。正当冲出母门的赵氏长孙接触到人间第一口新鲜空气哇的一声怒哭起来时,这位大军人,什么忌讳全都不顾,一头拱进房门,问,生了个什么?戴学经说,你自己看。赵孟郡接过一看,孩子两腿中间正高顶着一只小酒壶，他高兴得一地乱蹦，叫，哈，我有儿子了，我有儿子了！是日，他即给他的混血头生子起名赵子林。戴学经呢，却一脸如冰，只是与未婚妻细针密线地缝着日本女人的小肚皮。

是年，钱存理从广州回来。打从郏增益一死，钱存理便跟着南官几个位同乡上广东。他到广东后，正好遇着孙中山起义反清，便跟着黄兴、艾雄武他们搞武装暴动。哪知胜利没得上，很多人只得逃亡去了。钱存理只是在广东一带市面上瞎混。吃花酒，逛窑子。三年一过，别的同志致力革命，干得轰轰烈烈，他却什么事业也没混成，反倒把身子活活掏空。他病了，右腹痛得厉害，在广东一带不知吃了多少副草头药，均不见好。逼得没法子，只好坐大海船，回至家中调养。这年十二月，一直在外读新学的儿子钱河清从南京回来，见父亲这种样子，不是个头，即雇一顶小轿子，将他送至恩泽医局。钱河清指名请戴学经看。戴学经当然接受，即让他平躺在诊床上检查。他伸手轻扣肝区，细听很长时间，最后摘下听诊器，偷对钱河清说，依我看哪，你父亲没救了。你呢，最好与你母亲商量一下，这段日子，他想吃什么，就给他买什么吧。钱河清听后，一脸起疑。由于他在外读过新学，接触过一点科学知识，知道德国海德堡大学是一所什么大学，知道戴学经是位什么样的高手；他不敢当面放肆，只是悄声问，我父亲能活多久？戴学经年少气盛、不懂圆滑，实事求是地答，往多说，十天，往少说，七天、八天。尽管戴学经说得一满二绝，但钱河清不信。你想啊，他父亲红头赤额、一脸光鲜，怎么说死便死？是不是你这家伙想让人多花些钱，装神弄鬼吓唬人？回至家后，钱河清即将戴学经下的判决书与他叔父钱存鑫说，钱存鑫大怒。别看钱存鑫现在啥也不是，想当年，他却是前清总兵。就南官一带，他可是有名的粗人、恶人。他何以能信西医这一套？他误认为戴学经这小子为医无德、居心不良，往死里咒他哥哥。当日下午，即率三名大汉，杀气腾腾冲进恩泽医局。当着戴学经面，将恩泽医局外悬的招牌摘下，砸个粉碎。随后，他指着戴学经的鼻子说，就你这种医生，还想在十里长街立足？做梦！戴学经只是将两手抱在胸前，不气亦不恼，一脸柔和地对钱存鑫说，钱先生，你做事何可如此鲁莽？为何不在十三天后再来砸我招牌？钱存鑫一呆，顿觉脸上起火，极难下台，只好佯装恼羞成怒的样子，甩手走人。果不然，第八天，钱存理肝区大痛，号哭至天明；第九天，脸色一片蜡黄；第十二天，无法说话；第十三天，夜，正交子时，钱存鑫两腿一蹬，一命呜呼。

是年，临海大姓何氏何必生之女何衡芜得了怪病，手脚发软、吃什么吐什么不说，还腹部高隆、全身发痛。父母偶尔在她身上碰了一下，她都会杀猪般的号叫。何家人一筹莫展。那时，在临海何赵两氏并称“巾山双雄”。尽管何必生门下有妻妾八人，嫡子庶子九人，但嫡女唯何衡芜一人。何必生视她为掌上明珠。正当何必生走投无路时，大管家出了个主意。大管家说，以我之见，这么熬煎下去，不是个事。我劝你还是亲自去一趟十里长街，请那位洋医生看一看吧。别看这位洋医生，生性很怪，二洋鬼子，但手艺很高，十里长街不知有多少条小命，老中医们救不了，却让他给救下了！何必生早知戴学经是个留洋博士，早知戴学经说好治的病，管包好治，不好治的病，哪怕你说得龙叫，也是必死无疑。尤其戴学经一刀救下赵家长孙赵子林后，赵氏一门无不对戴学经击节称赞。何必生一想，好！我去找他。横直是死马当活马医了！次日，早，何必生坐一艘快船顺灵江驶入南官河，溯流再至十里长街恩泽医局。他一进门，便在门诊房找到戴学经。戴学经问何衡芜得的是什么症？何必生把病症一说。戴学经决定先去面见一下再说，于是当天与他同船赶至临海。戴学经进门后，只与何衡芜一会面，便硬了脸肉问何必生：你想不想治好你家女儿的病？——想。——只有一法可救你女儿。——什么？——你让你的大小姐带个贴身丫环上我恩泽医局住院。何必生问，为何非得到你医局里去救治？戴学经答，此病非常病，若不到我医局内长治，怕你女儿必死无疑。何必生尽管嘴上同意，心中却生大狐疑。别看戴学经是医生，可他毕竟是年轻男子。一个大家闺秀入住医局，接受长期治疗，这让外人听了有何说？戴学经一与他那双老眼对榫，当然读出了某种游移与怀疑；当时便直扎他软肋说,何先生,你不要太起疑心。我是医生,我有未婚妻,医局里有女看护。你如果不相信医生,拉倒;现在便可为你女儿准备棺材。戴学经拎起药箱掉头就走。何必生一看,慌了,忙拦截,作揖说,少先生,且慢,且慢。我同意,我同意就是。戴学经说,同意就好。你现在就送我回去准备。明天一早,你须做好两事:一、用快船将你女儿准时送来;二、带上一个贴身丫环跟班,好照顾她的日常起居。我们医局呒人照看她个人生活。戴学经说得如此决绝,何必生还有什么话说?只好照办。当天下午,何衡芜如期而至。一切入局手续办妥后,戴学经三言两语即把何必生打发走。何必生一离开十里长街,戴学经即走进何小姐病房。他当着丫环的面质问何小姐。——你知道你得的什么病?——不知。——你根本没病,你是有……何小姐那脸瞬时变成熟柿。她想下地给戴学经下跪。戴学经一把扶起,说,何小姐,你千万别这样,我只想问你几个问题。——戴大夫,我那小命全吊在你身上了。你问什么我都实讲。——你是怎么糊弄那么多医生的?——我知道他要请谁,我就叫小丫环先过去给医生送钱。——那你为什么不给我送钱?——我不知道我父亲会去十里长街请你。——你已经这样了,为何死乞白赖瞒着你的父亲?——你有所不知,我父亲为人死要面子。况且他早已将我许配给白水洋蓝大人的儿子。成亲日期还有六个月。一旦知道我有孕,对方一退婚。我的脸面丢尽不说,还不把他活活气死?——男人是谁?——我家表哥。——你表哥是谁?——赵孟郡。——赵孟郡?他不是有个日本妻子吗?——当时,我只是出于好奇,试了一下。没想到——戴学经说,好了。此事到此为止。戴学经即回头摘斤摘两嘱咐丫环说,姑娘,你对谁也不能说。丫环答,瞧你说的,我是小姐的贴身丫环,能说吗?戴学经说,白天,你就在我的院子里多走走。家里来人看你了,你就给我躺在床上装病;若是你妈、你爸碰你,你就叫痛。千万不能让他们靠近。孩子生下后,由我先抚养。日后你日子发顺,回来抱走;若不发顺,我就给你养到底。你是孩子母亲,孩子出生之日,你千万得记住。这是什么医疗方案啊？这可是一救命方案。戴学经话一出口，何衡芜早已激动得热泪盈眶，坐在那里便饮泣起来。一个月后，孩子顺利出生。戴学经的未婚妻一声不响将刚落地的孩子抱走。戴学经给她吃点缩奶药后，再令她在恩泽医局待了十五天，直到她身体完全康复，这才通知何必生说，你女儿现在病好了，你可以用船把她接回去了。何氏一家男女全至恩泽医局看望何衡芜。他们见何衡芜一身白嫩、光彩照人的样子，无不拍手称快。再回头看那医生戴学经呢，身着白大褂，耳挂听诊器，头也不抬地忙着做自己的活。何必生上前问，戴大夫啊，我家女儿得的什么病呀？戴学经答，美尼尔氏综合征。何必生听不懂洋病名，问，什么叫美尼尔氏综合征呀？戴学经答，美尼尔氏综合征，就是美尼尔氏综合征。这是国际病名。你不是医道之人何必多问？何必生一呆，再问，那你给我女儿都用了些什么药呀？戴学经将病历卡在他面前晃了一下，说，喏，全在这儿。你自己看。何必生眯着老花眼，将所谓的病历与药瓶子看了一遍。最终发现，他无法读懂那些花花络络的拉丁字母，只是一心欢喜地把宝贝女儿接走。何衡芜生下的儿子，一直在戴家待了两年。何衡芜结婚后不久，生下第二个儿子。再不久，杭州光复，她丈夫蓝大人被奉化蒋氏所杀。何必生家，开始出现败兆。人一往下道走，一切也不在乎了。何衡芜这才来到戴家，把她与赵孟郡生的儿子领回。长子起名何得志，次子起名为何长春。临走时，何衡芜没钱——她业已不名一文——给戴学经，作为回报，只得与儿子一起给戴学经连磕三个响头。戴学经根本不在乎这一点，只是面无表情地对何衡芜说，你要带走，趁我现在没改变主意立刻带他走。一旦我改变主意，你想带也带不走了。何衡芜没法子，只好带着儿子起身外走。然而令戴学经不敢再看的是，这个何得志哭天哭地地叫戴学经为爸爸。船开走了，那心碎的喊叫声，还在南官河的水面上飘着浮着。

谢东潮来到恩泽医局。他与戴学经一见面便说自己家是十里长街的大户、老户。如今四女儿谢道清要嫁给王国器。王国器要人有人、要貌有貌，我总不能让四女儿与他不相配吧。戴学经问，谁叫你来找我呀？谢东潮便把李文达、卜无意的意见说了一遍。戴学经笑着说，这病，可不是我这个当西医的能解决的。谢东潮说，不是你祖上治好谢明心的病吗？我女儿的病与谢明心的病可是一样啊。戴学经说，我知道我家祖上曾有一本医书刊世，只是不知放到哪里去了。这样吧。今天夜里，我去家里翻翻看。如在，明天我上你家。谢东潮走后，戴学经便回家。他整整翻了一下午，终于在一只老樟木箱中发现此书。次日早，戴学经带着这本老线装书，至谢王府与谢道清见面。他先是上下把谢道清细察了一遍，坐下，号脉；打开老书细看祖上记载下来的医案，再行相较。半个时辰后，他提笔即开出十八副药，对谢东潮说，我恩泽药局没这些药，你上我父亲的阜大药店抓吧。按每副药的不同配置与药引，须如此煎制方可。

谢道清开始为她的美容吃苦药。每吃一次，眉头就皱一次。

李文达、谢东潮与卜无意一起来到田王村选地。一行三人来来回回走了几十遭，最后选中正对村口那处三面环水的河岛上。选定后，卜无意略带着惬意地说，水者，财也；三者，万物之母也。后依回龙，前濒东海；左临将军山，右凭石棋盘。此地虽罡中带煞，但自有二人庚金压阵，当得大贵。只是不可为恶，若为恶，其报必烈。李文达说，求则得之，舍者失之，求有益于得，求在我；求之有道，得之有命，是求无益于道，求在外。人之为生，为善者子孙方可长久。借得此地教子孙为善，岂不更好？

李文达在南官各地张贴招标广告。他有生以来第一次在此类广告上提笔写道，此府非常府，乃类王府。李谢两氏一求品位，二求文炳。只望此府能成十里长街第三座标志性建筑。为此，他在广告中明确提出五点要求：一、所用之材，均由东家全部负责；二、工价双方面议；三、质量须上乘。四、格局仅次谢王府；五、前后分两进，前一进三层需木结构，后一进三层需石结构。厢房另次。为石屋者，不得用木；为木屋者，不得使石。招标广告一经公布，十里长街的木匠与石匠们全浪头样地奔涌而来。一因李谢两氏非寻常人家(南官全地有四大士族,除艾金两氏外),谢李两氏无论在官场还是商场势力极强。二因田兴业与王国器早有“将军青、出国精”与大白蛇投生转世之说,眼下又是南官军阀,主宰着南官百姓的命运。若是国家招安,他们便是南官方国珍第二;若是天出新主投靠新主,他们便是王侯将相;若是什么安也不招,他们落地生根,也必是名副其实一野王。三因此等建筑对于南官工匠们来说,实在有着太多的诱惑。倒不是他们家出的工价如何,而是这座极具传世色彩的王府式建筑。十里长街除谢王两氏外,还有谁能有此手力敢造这样的建筑?人是活的,建筑是死的。人的生命是有限的,但建筑的生命是无限的。物比人长。有道是,雁过留声,人过留名。哪个当石匠、当木匠的名师,不想在自己有生之年留下极品从而名垂青史?

南官石匠第一高手管宗泽出场。

南官木匠第一高手倪季平出场。

田王府正式破土动工。倪季平与管宗泽各自带着人马来到工地。三角洲上顿时一片人欢马闹。这一边是石匠,忙着搬动各种石材,锤子和铁砧不断撞击发出叮当脆响,迸飞的碎石不断溅出火花。那一边是木匠,忙着把粗木移正,斧子、锯子、刨子一齐上,遍地飞射木屑与刨花。

山青了,又黄了。

水浑了,又清了。

十里长街新一幢王府终于顺利完工。正式验收那天,南官全地恰好一片晴空万里,天爽得如同一口湖水。成千上万十里长街人,第一次涌进三水泾口的三角洲上来看新王府。平头百姓们无不被这座巧夺天工的建筑所吸引。这是一幢什么样的建筑啊,与其说是房子,莫如说是一件举世无双的艺术精品。那石屋——从栋到梁,从梁到椽到瓦,全用乳白色石灰石构成。那门那窗全雕着花。喜鹊闹梅、金秋艳菊、丹凤朝阳、猴子摘桃、八仙过海,怎么看怎么感觉这楼不是楼，而是浑个儿用汉白玉刻出来的石雕。那木屋——浑然天成、遍体金黄。连柱下木磉，全用千年老树桩，不仅光滑可鉴，顺着肌理还雕有各色云吞；全楼上下关节处，全用三角铆木接榫；屋内地板以竹代钉联成一体。屋顶处清一色铺有琉璃，怎么看怎么觉得这房好似金铸一般。尤其令人叹为观止的是，那屋沿与格子窗，全雕有各式各样的人物画。有赵子龙单骑救主、关公单刀赴会、七仙女下凡、沉香劈山救母、刘备三顾茅庐。看得十里长街人无不赞不绝口。他们说，这样的房子，唯有鲁班才能造得出来！

验收一结束，李文达立刻派人专请谢道清来新王府。是时，谢道清在戴学经的精心调理下，业已恢复本来面目。脸上紫中带黑的中国地图开始褪尽，同时泛出青春少女特有的那种温润与靓丽。谢道清正与李雅香忙着准备新婚服装，一听是李文达叫她单独前往新王府一趟，不知老人家有何事，即放下手中的针线活，一路款款而来。谢道清一至新王府，便在大门口与李文达相碰。李文达见谢道清如此靓丽，不由从内心深处发出叹息，说，女人啊女人，你命中注定要嫁给谁，没有一点办法啊。若非天意，就你戴学经这几副药，何以能让她如此光鲜可人！谢道清上前向李文达施大礼，问，伯伯，唤侄女来此，不知有何事？李文达说，无他。只想请你来好好看一下新王府。李文达这便领谢道清从前院走起，一间接一间房子地走，一间接一间房子地看。最后，李文达将谢道清偷着带至后楼石屋那一间不为人知的密室前，从口袋里掏出一把特制铜钥匙交给谢道清。——伯伯，这是什么呀？——密室钥匙。——伯伯，为何要造上这间密室？——这是我与你父亲的共同意思。目的只有一个，日后你当家时可在此处放点密物。我与你父呢，只嘱咐你一句话，此密室，除你外，任何人不可得知。——何为如此？李文达沉吟片时说，囡儿啊，直觉告知我与你父，此府真主子非你莫属。谢道清听罢默然。半日后，谢道清才极其勉强地从李文达手中接过钥匙。

田兴业与王国器坐着船从临海回来。李文达与谢东潮同样要他俩去三水泾口看一下刚造好的新王府。一行四人来至新王府。他们同样从前楼看到后楼，从前院看到后院。最后，脚步全停在后楼的拜祖堂前。王国器高兴得得意忘形、手舞足蹈。是啊是啊，还有谁比他更高兴的呢？这一边，新王府造得像一座皇宫；那一边，他妻子谢道清面貌焕然一新。这不是老天让他心想事成又是什么呐？田兴业问，老泰山啊，这房子是你们俩出钱给我们造的？李文达答，是。田兴业问，老泰山啊，何为如是？李文达答，我与你谢叔想了又想，实在没什么可以送你们，唯有造下此屋，才可了我们心愿。田兴业说，此屋好是好，只是花钱太狠。李文达答，钱比命长。况且钱这东西，生不带来，死不带去。与其把钱留下来，让族人们打死人命，莫如一塌子花光，落得清静。谢东潮说，我们老了，没多少时间支配挣来的财富了。我与你老泰山早就想过，即使我们死了，房子死不了，可给后人留个念想。李文达说，人生本是空啊。送钱与人，坑了他不说，还让他落灾，莫如留下实物，让后代子孙可观可赏可用。田兴业说，老泰山啊，此府是按谢王府格局制造？李文达答，没有。没有。物忌大过，事忌太满。我与你叔叔商量过了，只造两进，没造三进。田兴业起身冲他老岳父拜了三拜，说，岳父大人在上，我田兴业，什么也不怕，只怕田王两氏子孙命薄，受不得此等大福。李文达虽服女婿田兴业为人谨慎，但觉得他头脑太冷太峻，所想之事与他年龄不符，心中略感不快，不由得一阵大沉默。正在此时，大石匠管宗泽与大木匠倪季平双双前来，承请大门三院门匾与大门、中堂、拜祖堂的三副楹联。倪季平上前拱手说，现在万事俱备，只欠各处匾额楹联与东西北三处洞门灰塑未雕。你田兴业是南官第一才子，敬请为此三门书楹联与题匾。田兴业推辞说，就我此等白身，何可题联匾？管宗泽说，现在，你是南官名副其实的国民自卫军参谋总长啊，何有白身一说？田兴业答，自封之职，万不可当真。管宗泽说，少将军啊，你此言差矣。天下哪一家皇帝不是自封的？关键看是否担当得起。田兴业说，担当不起啊，我实在是担当不起啊。管宗泽说，你担当不起，为何别人都称你为参谋总长？田兴业答，本人年少才疏，不可做此种万年功德。倪季平笑着说，想当初，你凭着对子娶下李氏大小姐，十里长街谁人不知？田兴业说，自己的头还须别人剃，题了怕他人笑话。王国器一见田兴业一身酸腐样，心里发烦，说，论打仗，你比不了我；论文墨，我一百个绑起来也不及你一个。不就三副对子与三个门匾，有什么了不起？李文达怂恿他说，兴业，题吧，题吧。说实话，就当下，你不题对，也没人题对。田兴业说，我怕题不好啊。李文达说，人是屋，屋是人。人有兴，屋必有兴；人有败，屋必有败。既然王府业已落在你俩名下，你想怎么题就怎么题。有何不可耶？田兴业说，既然岳父大人如此执意，我田兴业只可从命。

田兴业即在新房大厅内，磨墨展纸，挥毫写出三个门匾。东门是“半得”；西门是“守中”；北门是“和安”。然后沉思片时，即兴题出门上三楹联。

大门楹联：

尧舜生，汤武末，桓文净丑，古今来多少角色；
日月灯，江海油，风雷笛鼓，天地间一大戏场。

中堂楹联：

宇内江山如是包括；
人间骨肉同此团圆。

拜祖堂楹联：

读不尽架上书，须时时努力；
办不尽百姓事，须刻刻行善。

三门门匾上题的“半得”、“守中”、“和安”及拜祖堂那副楹联，李文达都赞成,独正大门与正中堂的楹联,略感不爽。李文达说,门口对,乃戏台对。中堂对,乃馄饨对。田兴业答,你方唱罢我上场;只听这边锣鼓响,不知何处是家乡。难道不是人人皆在做戏?况且家就是国,国就是家。家中唯有百菜可容,百味可调,方能和谐,这不是馄饨店又是什么?若是人人把事当戏做,失之不悲,得之不喜,岂不是人中高手?若是家家以中和为味,以宽容为饨皮,人生不就少了那分你死我活的争斗?做人若是能虚己以游世,何人能害我?岳父大人啊,你知做人什么难?与自己的欲望斗争难。你知为婿的现在怕什么?我就怕田王两家之人,一不懂做戏之理,二不懂包馄饨之道。时间一长,面对富贵荣华,将出现自我猎杀。李文达说,言之成理。只是家门对,不可作此类语。田兴业答,岳父大人啊,您知否?持而盈之,不如其已;揣而锐之,不可长保。金玉满堂,莫之能守;富贵而骄,自遗其咎。功成名遂身退,天之道也。既然您老人家一直提倡让我们夹尾巴做人,有何不可呢?田兴业此言一出,李文达哑口无言。是啊是啊,进者为儒,守者为道,退者为佛,天下能得此三者何以能不安?就在这一天,李文达第一次觉得他的女婿的确器宇非凡,其识见远在他人之上;第一次觉得他的女婿虽是年少,但思虑深远非他人可比。于是他略点了一下头,同意以此两对为新王府大门、中门的楹联。

第五章　真王乎，野王乎

王氏三兄弟住进新王府。王国瑞长子出生，田兴业第一次根据王氏祖上排定辈分，给他定名为王曾鑫。王国立长子出生，田兴业第二次根据王氏祖上排定辈分，给他定名为王曾钊。王国成长子出生，田兴业第三次根据王氏祖上排定辈分，给他定名为王曾钫。

王国器与田兴业同时举行结婚大典。田王两氏从第一代高祖王理材、田幸均带着同族子弟逃难到南官，在二十九代人脉延续中，从没出现过今天这样的辉煌。现在，第二十九代子孙不仅成为名副其实的南官王，乔迁新居不说，还当年连生三子。这一下可让他们快活得灵魂出窍、忘乎所以。为了把他们田王两氏的威风与势力推向极致，主事的王氏三兄弟，开始发大狂地忙碌。他们公开接受外道送来的全部贺礼，并且倾巢而出，疯狂甩钱花钱。是日，他们一齐动手，在三角洲上搭起一座极具规模的大戏台子，请来嵊州的蒋家戏班唱他三天戏。他们出大价钱从横街、蓬街、金清三处重镇聘请了手段最好的八对舞狮队，从村前跳到村后，再沿十里长街从镇南跳到镇北。他们出重金请黄岩、鼓屿、横山头三地红、黄、黑三支大舞龙队在新王府门口大舞特舞。十里长街人全都跑来观看舞龙灯。他们下令凡田王村人每家须杀猪杀鸡杀鸭，共杀倒八十口猪、三百只鸡、三百只鸭。他们一下购了八百坛黄酒，令所有前来参加婚礼者喝够喝足。他们请来一百位厨师，搭起一百多个灶台，做他八百桌流水席，令全军士兵与十里长街乡亲吃饱吃好吃出欢乐与豪情。这可是田王村有史以来第一次出现的大浮夸、大张狂，第一次出现的自我膨胀。结婚时辰一到,村前村后无不张灯结彩。八百多位田王氏子孙,人人服装鲜亮,个个脸上光生。瞅着他们的神采,哪里是给田兴业与王国器举行结婚典礼,仿佛要成立南官国来一次隆重的皇帝登基仪式。结婚大典一启动,田王村即现前所未有的疯狂。这一边,鼓乐喧天;那一边,所有前来参加婚宴的人围着桌子又喝又唱又跳,折腾得连他们自己都分不明到底是人是鬼是魔还是妖。这一边,有一百三十七位男子由于喝酒过多而失去理智,一见女人便抱将起来乱啃乱摸;那一边有三十位男子穿起女人的服装,居然跑到戏台上扭扭拧拧开始唱戏。尤其令十里长街人难忘的是在是夜十点钟左右、婚礼达到高潮之际,王氏三兄弟居然拢起一百多位南官乡绅,借着一股酒劲,公开想拥立王国器为南官王。第一个出大丑的是王国瑞,他首先跳上戏台,红着两眼喷着唾沫星子说,我们现在手中有枪,还怕什么?今天,我们就在这里正式宣布成立南官国,让我弟弟来当皇帝,我们哥仨就让我阿弟封我们为东王、南王、北王!第二个出大丑的是王国立,他跟着跳上台,直脖嘶声大喊,我,我,百分之百同意。国号,我都想好了,就叫开,开元!第三个出大丑的是八个田王村人,居然跑至蒋家戏班,讨下一顶上台演戏的大龙袍,疯子样地跑至主坐,一把扯过王国器,不由分说帮着王国器穿好戴好,簇拥他上台,要他当场接受臣民们的跪拜。他们胡闹了整整半个多小时,有人见此丑剧,大为不满,即跑至内室,告知田兴业。田兴业听后,深觉其味不对,即前来制止。田兴业喝说,你们这些不知好歹的家伙,闹什么闹?你们想做袁世凯第二?然而,失去理智的人们,根本没把田兴业的喝问当回事,还要一意孤行、假戏真做。这一下,可把田兴业惹火了。他脸一沉,一声令下,喊来十个卫兵,下令说,你们听着,即刻将这些不知好歹的家伙全部拉下台,泼水,让他们醒醒酒!若不这样,这帮王八蛋还真想让王国器黄袍加身,立地为王!

闹剧被制止了。但这种既体现潜意识又极为真实的人间丑剧,令田兴业既感到痛苦、无奈,又感到恶心、气愤。婚礼一结束,田兴业即携妻子李雅香离开田王府。——上哪?——回老屋。——这是田王两家的大喜日子，你当参谋总长的，别这样扫人家的兴好不好？田兴业说，在你眼里是婚礼，在我眼里是葬礼。李雅香说，你呀你，门匾门联题得挺好的，怎么一到现实，就容不得他们了？田兴业说，你看看，这些家伙，一得意，就不知骨头几斤几两，还想称皇称帝。李雅香说，袁世凯是人，他们也是人哪。中国人哪个没这分心思？你呐，为人就随和些吧。水至清则无鱼，人至察则无徒。别眼里容不得一粒砂子。田兴业说，这叫什么？醉生梦死、胡吃海菜、得意忘形！只有海盗土匪，才会这样！李雅香说，你哪，不能用你自己的学识、眼光去苛求人家。人家是什么？说到底，他们全是斗大的字不识一箩筐的农民。南官百姓中有几人能读得懂你编的那份报纸？田兴业说，他们若是再如此往下折腾，我只怕他们要成为李自成第二。

田兴业的头脑彻底让这场闹剧给泼醒了：如果不立刻采取措施，这支好不容易拉起来的军队，用不着去打敌人，自己就会把自己打倒。他清醒地认识到，自己最大的优点是什么，最大的弱点是什么。别看他一身智慧一身本领，说到底不过是一介书生；他可以当刘伯温，但当不得朱元璋；他可以当张良，但当不得刘邦。眼下南官这支队伍，也只有王国器这种半鬼半魔半土匪半君子的人才能压得住。他与王国器的关系是阴与阳的关系，仿佛一枚铜钱的正反两面。王国器离开他，会毁掉自己；他离开王国器，强力者就会把他活吃掉。别看他身上有过人的智慧与才华，然而这些智慧与才华在强暴面前是什么？说到底不过是无还手之力的妇人孺子啊。面对强盗，你只可用强盗的手段来对付他们，才可让自己得以生存。是日，田兴业终于作出决定，为了能够左右王国器的言行，让这位山大王朝着正确的方向，发挥出最大的效应，必须聘请戴学经、谢道清与卜无意三人为高级参谋。戴学经出过国留过洋，见多识广，在南官一带活人极多，在民众中有极高的威望；谢道清既是十里长街的才女，又是王国器的爱妻，作为一个知识女性天生直觉精准，枕头风一吹，多少能给这匹野马套上笼头；卜无意是算命先生，深得王国器敬重，大事小事都好问他。更为要紧的是，卜无意本人的思想内核，既有王道又有霸道，与田兴业本人的思想极为合拍。是日，田兴业首次将他们三位请到家里来开了个小会，将他内心的担忧全与他们说了。他仨不听则已，一听立刻意识到王氏四兄弟身上存在着的大问题。为保境安民，为让他们慢慢走上正路，为让南官这支有生力量，日后能为国家与民族所用，三人均点头以示同意。戴学经说，我们三个人，能帮就帮他们一把吧。说实话，南官国民自卫军是一匹没有调教好的野马。打造好了，是匹千里驹；打造不好，说不定哪天就与我手里的药棉一样，自身一饱足，便会沉下水底。

王国器的长子出生。谢道清亲自给他起名为王曾铣。

田兴业作出一个决定，拿出祖上传世之作为南官这支队伍补充武器弹药。尽管他心痛得要死，但迫于国内的纷乱政局，他不得不如此。原本，田兴业打算把所有随礼送来的钱财用于办武装，然而做梦也没想到，却让王氏三兄弟瞎折腾一下，折腾得差不多了。田兴业背着两手在家里走了四五个来回，总觉别无选择，最后只留下他心爱的两幅画(《万里河山图》与《皇后出巡图》)而拿出其他所有，让王国成再次去上海找韩春琦。是日，田兴业来至祖庙，祭拜天地祭拜祖宗，向天地、祖宗诉说他作此决定的主要原因。回家后，即伏案给韩春琦写了一信。他在信里说，春琦兄哪，当下军阀对我们南官国民自卫军垂涎已久。如让军阀入驻南官，南官一地生灵涂炭不说，上海、宁波两地在此所建产业皆化为乌有，孙中山先生将少一支生力军。我身为南官国民自卫军参谋总长，别无他择，只可用此笔钱来购置新武器与装备。兄若能尽力相帮，弟将在此深拜。田兴业将信交给王国成。王国成说，阿弟，是不是只剩下最后两轴了？田兴业答，是。王国成说，祖上不是有话，不准我们卖吗？田兴业答，你们花钱如流水，叫我有什么办法？王国成脸一红，不敢多说。

是日，他即带上十三位兄弟，开一条快船，驶向上海。

半个月过去。王国成驶船回来。这一次王国成运回了三千两百支枪、五万发子弹、八门德国火炮与八百发炮弹。田兴业问，韩春琦说什么来着？王国成答，临走前，他只对我说，因战乱，文物收藏价格难起。所拍卖之款项，根本不足以购这么多枪炮。田兴业看了一眼堆在船埠上的那么多武器，惊问：那，这么多家伙是从哪里来的呀？王国成答，全是临海王文庆先生从南洋华侨那里募得款项为我们购置的。田兴业问，什么？是王文庆？是华侨？王国成答，是啊。是啊。一个名叫陈嘉庚的与我交接时，还要我告诉你，他们希望南官国民自卫军能成为一支真正为国为民的军队。

田兴业眼中顿时一亮。

王国器终于听从四位高参的意见，开始重整南官社会的秩序与纲纪。

他对全体官兵说，一个家庭要有一个家庭的样子，一个地方要有一个地方的样子。老是东放一枪、西放一炮，胡吃海菜，对谁都不是件好事。

田兴业为了警示人，特意写了一幅大字高悬于指挥部门口：“天子不仁，不保四海；诸侯不仁，不保社稷；卿大夫不仁，不保宗庙；士庶人不仁，不保四体。”

王国器以总指挥长名义，第一次向全体官兵下达五条禁令——强奸妇女者，斩；抢夺百姓财物者，斩；不听军令者，斩；打人骂人者，当众鞭打三十；偷人财物者，当众鞭打一百。

他下令：在保护好蛇蟠山的基础上，重建海王村，扩大港口建设范围，让海王村成为南官的海军基地与物资基地。并筹来一批重金，通过奉化蒋福海，从日本讲武堂请来两位专职教官，对南官国民自卫军实行全方位的军事训练，让这一支充满军阀、土匪味道的民间军事组织逐步走上正轨。

他下令：南官六县各乡镇统一成立自治组织，定名“长老会”。

只要是民众拥护的德高望重者，无论出身贵贱，均可出任会长，让他们自己处理当地日常政务与民事纠纷。

他下令：改革南官沿袭多年的大清国税收方案，定为“十者取一”。此举一出，南官民众拥护万分。南官人说，得民心者得天下。你王国器如此为人，我们南官百姓就拥护你王国器做一名南官王。

他下令：动员全南官民众疏通南官河，大搞水利建设。为了能让这个计划得以真正落实，他自任南官水利浚通工程总指挥长。这一干，从当年的十一月，干到第二年的阳春三月。南官河一浚通，他即带领民众，沿河种上红桃、绿柳、夹竹桃与马樱花。

他还再筹资金，重修三水泾口船埠，让船埠与河心岛同时成为口岸，一次可容泊船三百艘。

他以南官最高长官名义下令：开放南官所有口岸，允许奉公守法的犹太人与印度商人前来做茶叶与丝绸生意。为化解外国商人与本地商人的矛盾，利用一切可以利用的资源，发展南官经济，他特别敦请余滋泉老先生出任海门港务局主席，专门负责事务管理。

他下令：南官全地统一禁烟。他派出一支特别军队，直接捣毁沿河开设的一百三十三家大烟馆；亲自枪决九位贩大烟的黑社会头目。

他下令：全南官各地必须筹建十三所新学。凡适龄子弟愿意读书者，无论何等出身，父母是否江洋大盗，均可入学。违者酌情发落。

由于王国器谨慎谦虚、清正自守、言听计从，由于田兴业、谢道清、戴学经、卜无意四位高人一意辅佐，全国其他地方硝烟四起，军阀混战，打得你死我活，天花地疯，民不聊生，饿殍遍野，独有南官一隅给点阳光就灿烂，现出蒸蒸日上、欣欣向荣的景象。从地貌上看，南官旧貌换新颜，沿河两岸鲜花似锦，美不胜收，活似一幅展开来的水墨画。从经济上看，有一百三十名犹太人与三十八名印度人在此正式开店收购临海羊岩勾青与步头塘瓷器；三家外国银行在十里长街正式挂牌；八十八位上海民族资本家在此购地办厂；十五座洋教堂在南新屿、下洋殿、南栅、卷桥等地兴建……不管王国器是真王也好，野王也好，他秉政期间的种种大举措，为南官留下了经济、文化、科学文明等方面的种种积淀，多少年后，南官这方土地摇身一变成为改革开放民营经济的发祥地、小商品的策源地之一，并冒出四十一位科学院院士、七十七位民国将军与十三位共产党高级将领。尤其南官后续的七十七姓氏族，历尽艰险，或从海上或从陆上翻过麻狸岭，来到南官。他们这么多年在煎熬中生存、在恐惧中苟活，不知“平安”两字为何状，“幸福”一词为何义，现在，有了王国器这么一个言必信、行必果的南官王，他们终于有了一个难得的生存机会与安宁的生活环境。

南官府迎来了这么多年间的第一个平安年。从腊月二十三起，十里长街的女人们便开始纷纷撸起衣袖准备过大年。她们又是杀鸡，又是宰鸭，又是掐圆，又是包糯米粽子。就在过年气氛浓得化不开时，自发的感恩行动随着这个节日的步步逼近，开始粉墨登场。第一个付诸行动的是临海赵何两氏。由于有王国器的武装力量做支撑，赵何两氏极为顺利地登上了临海县政治的前台，分别当上了临海自治会的正副主席。为进一步加深他们与王国器、田兴业之间的联动关系，做好感情投资，赵何两氏共同作出决定，给新建的田王府正式命名为“南王府”。为表示他们的这片诚意，赵何两氏让一位高手用黄杨木雕成一块题金的大匾额。腊月二十五，他们借着贺年的机会，组织一队人马，坐着船，一路敲锣打鼓，将匾额送至新王府，并将此黄杨木雕大匾高悬于田王府的大门正中。第二个付诸行动的是十三座新学校的校长们。他们为感谢王国器此举令全南官这么多子弟能上学读书，决定让有钱的学生家长每位上交一块银元。银元全部筹得后，即请管宗泽老先生精心打造出一对石狮子与一块上马石。腊月二十六，校长们齐动手，请了五十位民工前呼后拥地将它们运至南王府，并以王爷级规矩，将此两样东西牢牢安放在南王府正门口两侧，以增加南王府的威仪。第三个付诸行动的是十里长街的三百多家商铺。这些大小老板们，为感谢王国器彻底捣毁大烟馆、重修十里长街船埠、浚通南官河河道，让十里长街一年内变成小商品的集散地，令他们的生意越做越红火。尽管王国器与田兴业并不是国家政府正式任命的将军与参谋总长，但他们毕竟是南官人心目中的将军与参谋总长。总商会三位正副会长商量后，决定遵旧制，在南王府门口竖起"文武"两面旗杆，让"将军旗"与"状元旗"在回龙山脚下迎风飘扬。第四个付诸行动的是田王村周边的村民们。他们想啊，若不是有王国器定下"十里收一"这个税收政策，他们何以有这样一个平安富足年？周边十七村的族长们凑在一起商量再三，实在想不出一个能够表示他们真实情感的好方法。最后，他们共同决定，十七村民齐动手，组建红、黄、青三支舞龙队，正月初一时，集体前往南王府舞龙。

这四个行动，可不是一般的行动。这可是当地乡风中的对贡献最大的勋族最高规格的礼遇。腊月二十八，当最后两根旗杆在南王府前竖起时，田兴业与李雅香从奉化田如梅家探亲回来。他俩一走到新王府门口，便见大匾、石狮子、上马石、将军旗、状元旗风情万种地排列在大门口。田兴业极为恼火。这些东西，他不是在腊月初八就正式下令全部拒绝的吗？怎么就在他离家这些天，一应全来了呢？正好田如蕙从新王府内走出，田兴业拦住他姐便问，谁同意他们搞的？田如蕙说，这个新王府当家的是你与王国器，你不在家，总有人同意，他们才敢立。田兴业立觉王国器的骨子里透出一种让他一直恐惧的东西。他掉头至王国器家。正好王国器在家教儿子王曾铣使军刀，一见田兴业脸色严峻，便放下军刀迎将过来。田兴业铸黑着脸开始质询。——这旗杆是你同意他们竖的？——是。——这匾额也是你同意让他们挂的？——是。——这么说，门口这对上马石与石狮子也是你同意他们放的？——是。——我下过命令拒绝的，你不知道？——知道。打人不打脸，说话不揭短。人家一片真心，我们硬给人家漂面，总有点说不过去吧。——哥，你知道不知道，这种行头过去只有谁家配得上？——知道。只有谢家、孙家、杨家、李家。——明知田王两家配不上，那你还受？王国器第一次对田兴业的这种质询与管束感到发烦，放下脸肉说，阿弟，我看你别抱着老黄历不放好不好？现在都什么时候啦？干吗要把那一套封建等级制度看得那么死？田兴业心里有些发懵，说，好兄弟，问题不在于等级不等级，而是我们所做之事配不配！王国器脸上登时一片胡涂乱抹，他亮嗓说，阿弟啊，你要与我论这个，我可就有点不高兴了。我当指挥长这么些年，为南官百姓做了多少好事？凭什么我不该配？别的，我往一边扔不说，若不是有我，就南官三十六股土匪，不把你搅了个天昏地黑？田兴业说，为政者三宝，土地、人民、政事。为人者，不以贫贱有慕于外，不以富贵有动于中。宝珠玉者殃必及身，你怎么连这点道理都不明白？王国器说，他给的是物，不是钱，这又有什么？何必一到你嘴，就小题大做？田兴业的心顿时出现神经式的颤栗：人啊人真是抗不住诱惑啊就这接迭而来的百姓歌颂让你王氏子弟自我意识开始提升就这种阿谀奉承之言让你王氏子弟找不着北就这些暂时出现的威望让你王氏子孙出现自我膨化变了变了在人们的歌功颂德面前你王氏子孙开始卧入霉烂的温床了。田兴业知道，王国器再也不是过去的王国器了，你这个狗头军师如果不赶紧收场，终究这支队伍要成为众叛亲离、祸国殃民的小军阀。是日，田兴业面对这座簇斩全新的南王府发出心懵的长叹，人啊人，什么时候能修成金刚不坏身？

王国瑞变了。他不再是那个勤劳能干的水手长了，而变得非常好吃好喝。只要有人请他喝酒吃饭，不管对象是谁，一准赴宴。并且每一次赴宴无不喝得酩酊大醉。腊月二十三半夜，田兴业从大本营开会回来，提着盏灯笼从福星桥上过。刚一上桥，便发现桥面躺着个人。祭起灯笼一看，正是王国瑞。天哪，他喝得实在太多了。尿了裤子不说，那张脸都成为一枚煮熟的大对虾。

王国立变了。他变得贪婪，越来越知敛钱。腊月十九，土匪万五魁勾结仙居怀沙部，明目张胆袭击百丈村。百丈村村民求王国立出兵保护。王国立居然开价要村民们拿出三百块大洋作抚慰费。村民们说,你们是南官国民自卫军,你们的军饷我们年年交,王指挥长与田参谋长也下过正式文告从此不再要钱,你怎么说加钱就让我们加钱呢?王国立说,这不是别的事,而是与无常打交道。你们安稳了,可我弟兄们的命,说不上哪天就丢了。你们是人,他们也是人哪;你们上有老下有少,他们也上有老下有小。我这个当头的,总不能让他们白白送死吧。百丈村村民没办法,只得挨家挨户敛钱。田兴业得知消息后,极为生气。腊月二十,一大早,他便骑着马找到王国立。田兴业令他把敛来的三百块大洋全部退还百丈村。然而令田兴业做梦也没想到的是,王国立居然一脸不屑地对田兴业说,好啦,大参谋长,大家活着都不容易,你别这样吹毛求疵好不好?天下不是靠你田兴业一人打下来的!此言一出,让田兴业倒吸一口冷气。

王国成变了。他已变得多少让人不敢相信。田兴业让他屯兵海王村后,他一不操练,二不约束,天天让军士们跑马占荒,嬲着戏班子看戏。这还是小事一桩,更匪夷所思的是,他还背着蒋万顺,带了嵊州戏班中一位年方十六的女戏子上船胡嬲。这个消息不知怎的就让田如蕙知道了。田如蕙气得呜呜直哭。一个弱女子,丈夫要花,她有何办法?想来想去,只有找她弟田兴业诉说。好赖她弟是参谋总长啊。田兴业一听,心想,你王国成是我亲姐夫,我的话你总得听一两句吧。当日,即坐着一条快船来到海王村海军基地找到王国成,一见面便批评王国成说,姐夫,国有国格,人有人格,你好歹是海上自卫军的大团长,全体官兵看着你做眼;你为人处世总不能太掉价吧?然而,令田兴业完全没想到的是,王国成根本不拿田兴业的话当话,大言不惭地回敬田兴业说,大参谋长啊,你别管得太宽好不好?天下哪有猫儿不贪腥?哪有老牛不爱吃嫩草?说到底,我只不过是玩一下女人,又没像别的大户人家讨姨太太,有什么了不起?姐夫此言一出,当时便将田兴业气得一脸发青:王国成哪王国成,我算把你们王氏子孙看透了。就你现这种样子,除了当土匪,你还能干什么！

尤其令他揪心的是这支军队最高统帅王国器的变化。正月初一那天，四乡自发组织起来的三支舞龙队准时来新王府拜年。帖子一到，王国器高兴得嘴上开瓢。天刚一发亮，他就从床上爬起，对镜把自己打扮得一片辉煌。舞龙队还在三水泾口与福星桥上转着呢，他们哥四个便坐着四把大交椅在大门口等候了。那天，南王府现出的气势真是创了田王村历史的先河。就十里长街来说，这么多年间，曾几何时有过这样的闹旺场面？先是三台大锣鼓在前面开路，后是三十三支大铁铳在队伍前招摇。那锣鼓敲得震天动地，那铁铳打得一片硝烟四起。三支舞龙队，红的全红，黄的全黄，青的全青，从十里长街正南头起，顺着街往田王村走。三条龙把个整条十里长街闹得沸反盈天。一街里的家门、店门全都打开不说，差不多有一千三百多名大人小孩跟着这三支别具一格的舞龙队耍闹。三条大龙，游啊游的，一直游到巳时，这才迤逦来至南王府门口。三龙一在大门口立定，三位一身胡服打扮的老龙头，齐步上前至台阶处，单腿下跪向王国器行大礼。接着头一昂，扬声高颂："禀南官王千岁千岁千千岁，小民特舞龙以谢恩惠。"原本这不过是套词，无可厚非。但让人们吃惊的是，王国器现出来的情绪却是欢喜非常。当即，他做出了两个让人无法想到的动作：一是摆出小千岁的样子，前走一步，叉腿抱拳对舞龙队示谢说，多谢了，多谢了，本王多谢了。站在门后的谢道清一听，浑身毛骨悚然，当时头便开始发大。二是，命令他三个哥哥即刻进屋，把家里所有维持生活的那一小箱银元全部拿出放在老龙头面前。这还用说吗？王国器分明是要用这一箱银元来谢赏。老龙头还有不高兴之理？三双老眼瞬时发明，嗓音也比往昔妩媚了三十倍。三位老龙头双腿下跪——都是快六十岁的老者——大叩三头之后，这才起立，振臂高喊，愿我王（谢道清心里惊叫：你听，都叫"我王"了！）寿比南山，福如东海！喊毕，甩身摇动手中令旗。三条长龙顿时翩翩起舞：或穿云，或腾空，或潜底，或回游，或裂谷，或散花，或翻斛。半个时辰一过，三龙突停，龙尾轻摇，祥云初

现。十几把胡琴与九支长笛齐奏一阕古曲《天女散花》随浪引吭。三色巨龙头合着音乐节拍开点,三位老龙头同时高歌:

看我龙头高翘起,
愿我南王有福气。
百里行船占鳌头,
高官等做白马骑。

看我龙睛闪金光,
愿我南王寿安康。
逢桥铺路万民爱,
行善积德造佛堂。

看我龙嘴大又大,
愿我南王财四方。
日进斗金富敌国,
五子登科上朝纲。

王国器摆出真南官王的样子,步入舞龙队中,一人发一块银元。银元送毕,三老龙头一挥旗,铁铳再响,锣鼓再喧,三龙来了个“龙潜海底”、“水击长河”,这才欢天喜地退出南王府广场。

他们一走,王国器与他哥仨欢天喜地进门。怀孕不久的谢道清,黑着个脸挺着个肚子跟进内室。门一关,谢道清便与王国器较真。谢道清问,三位老龙头向你单腿下跪时,你为什么不上前把他们扶起?王国器答,我看别的大户人家都这样啊。谢道清问,他仨齐称你为南官王,你为什么不制止?王国器说,我没听清他们在说什么呀?谢道清生气了,说,好哇你,居然耍起赖来。既然你没听清,为什么抱拳答谢时,自称本王?此话一出口,谢道清把王国器逼入死角,刹时令他一脸紫胀、一身狼狈,无地自容。王国器强为反抗说，你对我别这样刻薄好不好？我只不过一时高兴，学做戏人的样子，顺口说上一两句罢了，干吗如此较真？谢道清说，如果你不是我丈夫，我决不较真。谦受益，满招损。天下自毁者，哪个不是由得意忘形始？

南官人开始大拜年。十里长街的春节，有个文化现象非常有趣：正月初一，是家族团聚日，原则上，无事不得去他人家。正月初二，死人结籽日，家里若是有人走了，必须在这天做一场水陆道场，让鬼魂与活人能见上一面。初一、初二一过，互相走动的大拜年开始了。大拜年的形式通常有两种：一种叫私拜，相互走动的全是亲朋好友。只要你提上双包桂圆、荔枝、红枣、核桃去对方家，磕头问安，尽个礼数，便算是正式完事。受方的招待，也颇为简便。穷一点的，泡杯香茶，掰上一两句白话，坐他一小会即可起身走路。远道而来的亲戚，南官的习俗决不简慢，得把家里的好饭好菜好酒，和盘托出，让他们吃饱喝足后再离开家门。第二种叫公拜。一般全由当地穷苦农民组成，说得好听一点是拜年，说得不好听一点是趁着过大年前往富有人家去讨钱。那个时候，十里长街流行的形式主要有两样：一是一男一女对唱“莲花落”。女人拿着百子钱，扮何仙姑；男人拿着道情筒，扮铁拐李；一边拍打，一边挨家挨户地唱。唱的小曲，也不正经，全是调人发笑的玩皮话——

佳节元宵日乍斜，
南官十里起红霞。
上挽白布三千丈，
下挂花灯十万家。
阿娘吩咐女儿听，
街上看灯要小心。
热闹场中多撞浪，
须防脚肚撞乌青。

被拜人家,若是痛快给钱,他们会上前给你鞠个大躬,道一声,“天平地阔,回见”,马上移至别家去;若是你不给,他先是恳求——

人生背后不长眼,
哪知路途有多难。
今日作好明日报,
三更舍施天亮还。

你若是铁公鸡一毛不拔,三唱后还不见给钱,下面开口唱的歌儿,便有点下作了:

背时生意拆桥墙,
哪有你家无人样。
有朝一日天公报,
横倒路死狗吃肠。

你想想啊,大过年的,哪家不图个吉利?哪家希望听讨这种口谶?不等他们依依哇哇唱完,主人家早就把准备施舍的钱拿出来施与他们。至于钱多钱少,他们不嫌。别看他们讨饭,很懂得换位思考。知道家家都有一本难念的经。别得个便宜卖个乖。只要不打白脸,那就得了。

第二种公拜形式是滚狮子。滚狮子的队伍,一般由四人五人组成。一人舞狮头,一人舞狮尾,还有一人手拿铁铃子打着一把大铜叉,一边吆喝,一边引路。跟着尾的那一个,使圆力气,“噔噔”筛着大铜锣。这四五人互相轮换。小户人家他们一般不去,去的往往是那些开有店铺的中等人家。他们同样乞讨,但带有很强的表演性。十里长街南北走向,顺河而开。他们一路蹦一路跳。有时候遇着地方开洋,围观人多,索性尽兴尽致,开始撒欢——或是翻跟斗、或是跳上高桌来个狮子抢绣球、或是在漂亮的女性面前扮个狮子抢人,搔得女人们前俯后仰。别看他们是下人，但讲究职业道德，从不搞突然袭击，而是早下帖子。若是你们家今年年景真的不好，与他们说明白了，他们也决不为难。

谢道清与王国器的矛盾就出在这公拜与私拜上。先说公拜。由于新王府刚建立不久，由于王国器在南官享有很高的威信，由于十里长街人都知道王国器为人慷慨，从腊月二十三他们组建队伍起，他们便一心掂着去一下南王府。腊月二十八，他们陆续派人来下帖。谢道清一是不好拒绝，二是不能拒绝。说白了，他们毕竟全是父老乡亲。同喝一口南官河水，怎可坏了人家一片心意？一接，不要紧，接下一百二十三份。按每家两块大洋算，就得两百六十多块。那时，入住南王府的共有五家。由于没分家，田王两氏子孙共同规定，所有公饷统一上缴谢道清，由谢道清总管以支家用。原本谢道清对此项开支早有打算。滚龙灯那天，王国器一时兴起，把家中银元倾巢而出，让她一时傻眼。当她打开银柜再次清点时，令她大为吃惊的是，柜内只剩下三十块大洋了。这怎么行？谢道清越想越没法子，只好挺着大肚子来到后院石屋，找田兴业夫妇商量。田兴业问，他送了多少？谢道清说，送了三百多块。田兴业说，怎么一下就送这么多？谢道清说，还不是那一声“南官王”让他懵了头？田兴业说，是啊。是的啊，他们全是穷人，他们之所以奔我们来，就是想借机发上一点利市。大年过的，不送他们，怎么说得过去？这样吧，我出去一下。田兴业立刻来到岳父家。一刻钟后，他怀揣三百块大洋将它们交给谢道清。谢道清正在分封包钱，一脸风光的王国器不知从何处回到家里。一见谢道清在封银，问，哪来这么多钱？谢道清说，我让田兴业从他岳父家拿来的。——做什么？——明天来拜年不少。——你打算给他们多少啊？谢道清答，一家两块。王国器一脸不爽，说，都是些大贫，给一块就够了，干吗给两块？谢道清几乎不相信自己的耳朵，说，方才你叫他们什么？叫他们大贫？王国器说，怎么啦，我说错了吗？他们不是大贫是什么？谢道清一听，嘴里两排好牙击得咯咯直响。谢道清讥讽王国器说，我的南官王啊，你可别撂下棍子打花子。起兵前你是什么人？说到底不过是个海盗土匪。你以为你真的是南官王？就你眼下这种嘴脸，说不上哪年哪月，我与唱“莲花落”的一样，跟着你讨饭呢！王国器一听谢道清是话不是话，是脸不是脸，吓得再也不敢多说什么。

初四至初八，私拜活动正式启动。前来给王国器拜年的乡绅实在数不胜数。先有过帖子的是一百三十四家，没有过帖子的还不知有多少。不少人明面上空着手来，到了南王府后，坐下一出手，便是上千块的一张大银票。别看谢道清年纪很轻，到底大户出身，从小读的书也多。心想，天哪，这哪里是什么大拜年，分明是一种结交行为。天下之人皆为利来皆为利往。你这个王国器身上如果没有半点油水可沾，他们凭什么往你身上下注？别看这一张张银票，在谢道清眼里可是钓她丈夫这条金鳌的大钓饵！她忘不了与王国器结婚那年，她从田兴业手里接过田金辅写的那本《人生警语》，只是用心一读，正中间有三段话让她至今记忆犹新：一是“天下无有一处钱无血，天下无有一处钱无阱；得其一者必赔其三，得其三者必赔其命”。二是“英雄难过者三关——曰财，二曰色，三曰权。别看这三样东西，如此令人诱惑；然色是刮骨钢刀，钱是穿肠毒药，权是人生奈何桥”。三是“钱不可多，多必生害；权不可重，重必自绝其身；色不可多，多必自毁其魄”。是啊是啊，我怎么能让我丈夫毁在这些嗡嗡乱叫的苍蝇手里呢？谢道清的头脑极为清醒。正月初四一大早，她便把王氏三位住在南王府的亲妯娌叫到拜祖堂，开了一个小会。谢道清把所有送来的礼单，一一展开来给她们看，要她们表态。谢道清说，姐妹们，你们说怎么办哪？三妯娌答，现在你是南王府的当家人，你说了算。谢道清说，收他人钱财，就得为他人消灾。我不想我们家里的四个男人让一个钱字给熏成白脸狼。田如蕙说，过去我们家四个男人，个个苦得要死，他们都不来送；现在，他们全来送，麒麟无宝不落地啊。表面上是给我们送钱，背地里是要我们男人的命呢。刘桂英与余雪珍全点头同意。三个妯娌一点头表示同意，谢道清杀出来的手势便十分蝎虎。她下出一道禁令：把南王府四扇大门全部关死，所有前来拜年的外客一律不予接待。四扇大门，是让这位说了算的“新王妃”给关死了；但后门，却让王国器这位野王给打开了。你想啊，这些前来送礼的人都是些什么人？全是十里长街的人精！他们前来送礼，还不是投其所好，求得王国器对他们的特别保护？你谢道清不收，可以；我不送到你面前行不行？这些无孔不入的家伙把头一掉，直接送到王国器的大本营里去。令谢道清做梦也不曾想到的是，王国器居然一分不拉——照单全收。这下可把谢道清气坏了。是日，谢道清挺着个大肚径直来到大本营。她与王国器一见面，三言两语便把王国器逼入死角。——你收了？——收了。——拿人手软，吃人嘴短。我们做人当以清白传家，你何以能如此收别人大礼？——你怎么也和田兴业这个书腐一个腔调？不就那么一丁点东西吗，有什么了不得？用得着如此大惊小怪？——天下酒无好酒，菜无好菜。——行啦，你别念起咒来没个完。我现在是南官最高军政首长，与他们天天打交道。就为这么一点礼，驳了他们面子，往后让我与他们如何相见？

正月初八，田兴业与李雅香去谢家过上八，王国瑞去仙居，王国立去太平，王国成与田如蕙去金清。整个新王府只剩下王国器夫妇与儿子王曾铣。是日，南王府突然来了一个黑胖子。谢道清问他是谁？答，我是孙大帅派来的使者，有军事上的要紧事找少将军商量。谢道清虽是女流之辈，却知“军事”两字要紧，即将这位黑胖子迎入大客厅，与王国器见面。王国器与这位黑胖子足足密谈了一个多小时。谢道清亲眼看到，临走前，黑胖男子从口袋里掏出一张红黑相间的纸片交给王国器。王国器看了一眼，收下，即起身将他送走。尽管谢道清没进会客厅一步，不知他们密谈什么，但她十分关注他们的一举一动。谢道清从这人与王国器不断的互动中得知，他是南官浮排村郎白玉的儿子郎本清。王国器送走他一回来，谢道清便闪入客厅。谢道清问，来者为谁？王国器不敢正眼看谢道清，只是答了一声：使者。谢道清说，我知道是使者。我要你说出他是哪方面的使者，叫什么名！王国器迟疑片刻，勉强说出他的名字。——他的主子是谁？——是孙传芳。——他派使节找你做什么？——交个朋友。——如今世界到处行丛林法则，就你这个野王，还能有朋友？——他现在一直对我们虎视眈眈，我得罪他也不太好。——礼品在哪？——在我这里。——拿来让我看。王国器没有法子，只得硬着头皮把一张银票掏出来。谢道清拿过一看，是去往郑家钱庄换取的大额银票，一万块的银票。谢道清问，你打算怎么处理这么大的一笔重礼？王国器说，他说是与我交个朋友，给我置家产。谢道清说，天下没有白吃的饭。做政治生意者，如果无利可图能往你身上投资？想当初你刚起事时，旗下那么多人，军饷一时解决不了，田兴业找郑家只借三千块大洋，说定一月还，郑家骂田兴业不务正业，还说，什么不好当，给这种半人半匪的人当参谋总长，早晚要被人拉出去杀头。硬是一个铜板都不借。逼得田兴业卖了画，才把义旗竖将起来。现在，他凭什么一下子送你这么多？王国器牙痛般地呻吟着说，哎呀呀，我的好妻子哪，你管你的南王府，我管我的南官国民自卫军，你别这么事事多心好不好？谢道清说，既然如此，那你收吧。我只劝你一句，别让铁铗子打着你。

田兴业的女儿出生了。这可是一个完全从他范子里倒出的女孩子。她那长相，既富态又典雅。面对这个新生女儿，田兴业心里说不出有多高兴。他独自一人在书房里想了又想，最后作出一个决定，将他的头生女起名为田文君。名字定下后，他走进产房，把女儿的名字告诉李雅香。李雅香感到此名字有些普通，说，什么不好起呢，偏要起个文君呐？田兴业答，文者，辈也。——我知道。关键是那个君字。——你知道，中国什么都不缺，缺就缺有文化品位的真君子。如果国人素质人人如孔子所倡之君子，我们国家怕早就该成为世界第一强国。——只是与卓文君同名不好。——有什么不好？——她那个丈夫司马相如，是个什么东西？骗，拍，全来，纯粹是个大流氓。我每次读《汉书》，一看到这段记载心里就恶心。今后，她长大成人，如果找了一个与司马相如一样的男子，还不把你我活活气死？——男子好坏，有女子一半。一个好女子可造就一个好男子。一个坏女子可毁掉一个好男子。我的想法与你不一样。在我眼里，真正救了坏男子的是卓文君！

田兴业与王国器再次出现大分歧。这次大分歧，关键结点在于郎本清送给王国器的那一万块银元归属上。田兴业一直不知王国器与这孙传芳的使者有这么一段交往。直到谢道清把此事告诉他后，他才觉大事不妙。自暴者，不可与有言也；自弃者，不可与有为也。田兴业为人最大的特点是清澈，眼里容不得一星砂灰。他连夜跑到大本营找王国器。此时王国器正与陈老五、柳行进这几个下级军官坐在一起说事。田兴业一进来，陈老五、柳行进见他脸色不好，知是有事，即起身走出大本营。田兴业毛着脸质问王国器。王国器倒也不遮掩，坦承确有其事。田兴业问，银票呢？王国器答，在我手里。田兴业问，你打算怎么处理？答，朋友间交往，非公事，你说我该如何处理？田兴业说，什么？非公事？你说得轻巧、吃根灯草。他为何不送大贫，不送草民，却要送你？王国器一时语塞。田兴业说，阿哥啊，你听我一言吧。这钱绝非什么好钱。要么你把这钱一分不少全部归公；要么你一分不少全退还人家。王国器说，阿弟，你别与我老婆一样，认死理好不好？他们亲口对我说了，这是个人来往，与别人不搭介。田兴业说，怎么会是与你个人来往呢？如果你不是南官国民自卫军总指挥长，如果你手下没那么多精兵强将，他们能给你？王国器一时沉默。田兴业仰脸长叹说，王国器哪王国器，圣人终不为大，故能成其大。你如果真想做个南官王，那你就得清正廉洁，与民共行时艰；若你想拿自己小命开玩笑，那你就尽管借机中饱私囊。中国之国情历来不患寡而患不均。你若把此钱归为己有，不众叛亲离，你拿脚底打我耳光！王国器低头不语。田兴业两道毒光往王国器脸上猛地一击，说，阿哥啊，你听着，养生者不足以当大事，唯送死者可当大事。多少帝王将相、英雄豪杰，皆败在“色财”二字上。我当阿弟的，一不想你在财赂面前堕落；二不想让我跟着你成为南官历史罪人，让南官后代子孙把我钉在耻辱柱上；三不想白瞎你父母为你起这好名字。既然你成不了国之大器，我亦无可奈何。自今天起，我与你分道扬镳吧。

田兴业向大本营正式提交了辞呈。是日，田兴业偕妻子李雅香与女儿田文君离开新王府。谢道清得知消息后气得全身直打战。她再次挺着肚子至王国瑞团部找王国瑞。王国瑞正与三个军士坐在那里打麻将。王国瑞一听，牌墙一推，耳朵便开始高立。他不敢相信这是真的。——为什么呀？——问你兄弟去！——弟妹，你说怎么办？——你们想死，还想活？——怎么不想活呢？——想活，你们哥几个就得把他请回来。我告诉你，论武力，他十个不顶你一个；论谋略，你们十个不顶他一个。王国瑞虽然对田兴业事无巨细的严管死束非常讨厌，可他毕竟心中有杆秤。说到底，他们王氏兄弟四人文不及张良，武不及韩信。他们之所以能成为南官一王，全靠田兴业智多识广。不说他卖了祖上那么多画购来武器让他们成为精兵强将，哪一次打仗不得益于他的运筹帷幄？在他眼里，田兴业可是南官国民军的诸葛亮、刘伯温！一旦他弃他们而走，南官国民自卫军如何往下走，可就难说了。——你们请还是不请？——请，必须请。——那你还不快去？王国瑞起身就跑。

半个时辰后，王国端与王国立同时出现在田兴业家里。田兴业正坐在老家那间临水木屋里抱着牙牙学语的女儿。田兴业冷着脸，眼风都不往他俩身上瞟。王国瑞说，阿弟，你与国器怎么啦？田兴业说，你问国器去。王国瑞说，你可是我们的主心骨哪。田兴业说，主心骨是你家老四，不是我。王国瑞说，我们田王两氏从来不分家。有事，好商量嘛，为何撂挑不干？田兴业说，不是我撂挑不干，只是我太累了，想好好歇一歇。王国瑞、王国立越看越不对头，细再抠问，田兴业就是不吐一字。两人陷入一片云山雾罩，只得双双跑至大本营问王国器。王国瑞问，你们两人到底惹出什么事？阿弟居然不想当参谋总长？王国器同样一脸沉默。王国瑞、王国立有点火。

王国瑞说，你们两个大头一掰开，我们好不容易拉起来的队伍还不散伙？

南官国民自卫军第一次出现思想大混乱。不知从何方传出个无厘头的大谣言，说王国器以一万两黄金的价码把南官连同国民自卫军一起卖给了孙传芳。正出于此，田兴业与王国器掰脸了。这个无厘头消息一传，南官自卫军一片哗然。尽管一千个人参军有一千条心，但有一条心却是永远相同：南官的土地是南官人的土地。南官不是正式对外宣布独立了吗？我们就得自己来管理。外地佬凭什么跑到这里来指手画脚？他娘的，你王国器表面上看是个人，背后也是个见钱眼开的狗东西，居然一万两黄金就把我们当牲口卖了？这只乌鸦的黑翅膀这么一呼扇，整个南官国民自卫军里一片草木皆兵。形势突然变得极为严峻：有三百多位南官士兵要求回家，八百多名士兵齐着站在大本营门口要求王国器出来澄清事实。是日上午十点钟，二十三位中层军官（他们全是打仗的好手。若干年后，其中有八位先后当上国民党的高级将领）全跑到王国器面前，问王国器，这到底是怎么回事？王国器答，这是谣言，没一句是真的。他们不相信，说，既然不是真的，田参谋总长为什么金盆洗手？王国器答，干与不干，是他个人的自由。牛不喝水我不能强按头。二十三位军官吼着说：既然田参谋长不干，我们也不干。王国器一听，极为恼火，问，为什么？他们答，我们与你实话实说，就你那个生性与脑筋，让我们跟着你打仗，我们心里不托底！这二十三位中层军官也不是个好东西，撂下这话，气哼哼转过身子便走。这一走，把王国器气得全身都发麻。他手底下的将领们情绪如此激昂、对田兴业如此信赖，完全出乎他意料。正在此节骨眼上，郎本清出现在他面前。

郎本清走进王国器大本营，屁股刚一落座，便直奔主题。他说的话几乎与社会上流传的一样：收编南官国民第一自卫军，接管南官府。这一下子让王国器傻了眼。王国器问，你们凭什么收编我？答，凭钱。王国器问，凭钱？你们给我们钱了吗？答，当然啊。那一万块银票,不就是大帅给你的吗?你王国器既然收了钱财,自然得听我们调配。王国器说,这么说来,你今天来,目的是想与我商量接收南官的具体时间表了?答,是啊,是啊,还是你少将军聪明绝顶。我今天来就是这个意思。王国器说,就这么一点好处,让我王国器交权交枪交人马交地盘?郎本清答,不,不。我们大帅开口了,要我转告你,我们决不会亏待你。王国器问,你们能给我什么好处呢?郎本清答,一、所有中层军官官升一级,奖黄金百两;二、你王国器的兄弟奖黄金一千两,官升两级;三、你王国器奖黄金五千两并出任本军副司令。若是今后命中有幸能赢得中华,你王国器可出任陆军总长,其余三兄弟可据军功酌情奖赏。王国器说,如果我不同意呢?郎本清说,那可就对不起喽。

话全明撂在这里了。不想听也得听,不想办也得办。他是对王国器下战书来了。此时中华大地上大小军阀拥兵自重,各自为政。南官这块肥肉自然也成了他们垂涎的对象。尽管王国器没读过多少书,但他并不是窝窝囊囊的"白木人"。他心里当然明白,如果这个时候与孙传芳翻脸,无论军力、装备、经济实力,都绝非他的对手。南官充其量只有小小六个县。王国器手下满打满算只有三个团。论武器,南官国民自卫军手中一半是汉阳造、一半是毛瑟枪。——看来,南官一夜间出了这么大的谣言,全是你们放出来的?——是。——这么说,想吃掉我的计划你们早就策划好了?——是。如果少将军您真的敬酒不吃罚酒,我们没有别的法子,只好打。——那你们为什么过去不明说现在却明说?结果,这个家伙说出来的话让王国器吓了一大跳。郎本清说,我们大帅不怕你。就怕你身后两个人。王国器问,谁?答,一个是田兴业,一个是戴学经。王国器问,你们为什么不怕我而怕他们俩?答,在我们大帅眼里,你王国器不过是当年的越王勾践;而田兴业是当年的范蠡,戴学经是当年的文仲。王国器说,如果我不同意呢?答,与你实话实说吧。你王国器,同意,什么都好说;不同意,我们现在出兵就打。一直打到你们全军覆没为止。王国器装成心中犹豫的样子,问,你们现在就让我答复？郎本清答，给你五天时间。

郎本清把这些话一撂下，身子一扭便往外走。走到门口时，郎本清说，少将军，五天后，我们就来接管地盘。你同意也得如此；不同意，也得如此。你好好想想，免得南官血流成河。王国器坐在那里傻眼了。他怎么也没想到，一万块银票的事，竟会发展成这样！这可怎么办？就他手下这点人马与他们拼？这天，王国器第一次明白：什么叫吃人嘴短，拿人手软；谢道清与田兴业为什么要他拿这一笔钱充作军饷；田兴业在他面前为什么情绪会如此激烈，不仅提出辞呈还骂他是个山大王！钱，王国器倒是一分没花（谢道清不准他花），摆在他面前的关键问题是，他王国器对此事如何作出抉择？同意呢，还是不同意？同意，他王国器只有将南官地盘与他拉起的这支队伍拱手让人，至于他本人前途则十分难说，也许会封个小官当当，也许落个死无葬身之地；不同意，他如何打得过对手？想过去，南官国民自卫军所有重大决策，全让田兴业与戴学经两人给做主，打从他与田兴业为收钱一事闹翻后，田兴业甩手不管不说，连戴学经也开始与他疏远了。他那三个哥哥呢，一个成了喝酒糊涂，一个只认钱叫爹，一个一见长头发女人，便撵得一地冒烟，三人中哪个能跳起来为他撑上半爿天？

这时，谢道清挺着肚子神色安详地走进他的办公室。她早已听到了王国器与郎本清的对话。谢道清说，他们不就怕你三人抱团吗？那你为何不请田兴业回来？王国器不语。谢道清说，你是不是放不下你那个臭架子？王国器不语。谢道清说，这么说，你是想做勾践了？王国器终于开口，说，人家看不起我。谢道清说，是他看不起你，还是你让别人奉承了几句脾气见长？是他不想帮你呢，还是你的贪婪心让他看透了你的骨头？我今天与你说句老实话吧，我父亲当初看中的不是你而是他。就你这种气度、这种胸怀，何以做得真王？你就好好想一想吧。王国器问，那你说，我该怎么办？谢道清答，家乱赖长子，国危赖忠臣。他们不是怕田兴业与戴学经吗？我与你一起去请他回来。两人决定当天一起去请田兴业。

田兴业从别的渠道得知直系军阀想吃掉南官国民自卫军的消息。他长叹一声，即刻让人去恩泽医局，请戴学经到他家来一趟。戴学经闻讯后，即来至田家。两颗头一焊上，即对南官国民自卫军自身存在着的问题一一作了解剖。两人你一条，我一条，半天一过，居然在纸上开列出二十四条。他们细细作了分析，前二十条，好说，都是用心用力便可克服的小问题；唯独后面四条，却是这支队伍无法克服的顽疾：一是这支军队缺少一个明确的政治纲领，明面上是一支军队，说到底是乌合之众。二是这支队伍缺少一位政治素质高、气量大、胸襟阔、志向坚定、不屈不挠、敢于杀伐的政治领袖，就王国器眼下这样子，在船上可以当个好水手长，但当不了舵手，根本不可能驾驶这一艘大轮船闯过大洋。三是这支队伍的基本军官全由田王两氏的亲族与南官一带的杂民、游民组成。这些人只可共患难，不可共富贵。在险恶环境里尚可团结一致，一旦功成名就，便会出现结党、分裂。只有把他们交给一位有眼光、有能力、有政治才能的强权统帅，才有可能让这些人脱胎换骨。四是上千年传下来的皇权意识与土匪意识，早已融入他们的血液。皇权意识，势必导致他们人人以我为中心；土匪情结，势必导致他们贪得无厌、不择手段。这四条犹如顽疾，能随时瓦解队伍斗志。即使历史的机遇让他们成了气候，最后结局也会与李自成的大顺政权一样，自己打倒自己，最后落得兵败如山倒。田兴业列完后放下笔，情绪有些激动。田兴业说，人最难斗的不是他人，而是自己。在你死我活的残酷生存环境中，为了共同利益，这四方面的缺陷一直潜藏深底，而一旦胜利到来，便会浮出水面。你想啊，登高者必自卑，行远者必自迩。王国器连这么一点银元都能动心，何以能成大业？戴学经说，有人行。田兴业问，谁？戴学经答，你。田兴业说，不行啊，不行。学经兄啊，我田某人，最清楚我能干什么，不能干什么。我有出智之能，却无杀伐之功。至于眼下，若不赶紧作出生死抉择，别说别人猎杀了他，不出三年，他们就会自己猎杀自己。戴学经问，你的意思是想让他们有个归属？田兴业答，是啊，是啊，我的好兄弟。本人之所以请你到我这里来,正是这个意思。你想啊,山大王终归是山大王。打开中国历史看看,有几个山大王有好下场的?如果我不想个法子,让他归之正统,在这个弱肉强食的世界,还有他路?戴学经问,你想让这支部队归于何方势力?田兴业说,这就是我一直困惑的问题啊。选择对了,日后他必成国家有功之臣;选择错了,一棋不慎,满盘皆输,最后只能上山当绿壳,下海当海盗。戴学经说,眼下中国起来的风云人物可有七八个啊。田兴业说,从王国器起事那年起,我就一直在研究他们。张作霖是绿林好汉,想做东北王;冯玉祥有品无才,可进山修道;阎锡山是个土皇帝,雄视不得全中国;孙传芳呢,别看他眼前兵多将广,不过是山间一莽夫而已,胸无点墨,内无权谋,只可为将不可为帅。这些人说得好听一点,招摇过市,过眼烟云;说不好听一点,只想自己坐朝当皇帝。恕我直言,可担当国责者,只有两个党:一个是国民党,一个是共产党。我觉得孙中山先生有两点很值得关注:一是他提出来的政治纲领,其三民主义很能唤起民众之心,也十分符合中国国情与历史发展潮流。二是他的忍辱负重、谦退恭让、牺牲自我、平等博爱、宽容自省,大具领袖风范。就他本人来说,人品很好,只是他领导的这个党存有内部隐患,从组建那天起,打下的地基就不坚牢。戴学经问,给个理由。田兴业说,理由只有一点,他靠的是有钱人,不是靠无钱人。有钱人与无钱人完全不一样。无钱人九人长一心;有钱人一人长九心。只要有钱人入伙,日后必为利而合、为利而分,何以能风雨同舟、同心同德?戴学经问,那共产党呢?田兴业答,共产党提出的政治口号十分诱人:解放全中国劳苦大众,实现马克思提出的共产主义,比国民党的政治理念还要先进。但关键的问题是,中国这么大,人这么多,凭着几本刊物喊一两句口号,能解决问题?打开中国历史好好看看,推翻政权,如果没有军队介入,哪朝哪代能解决问题?戴学经问,那这两个党,你到底打算投哪个?一支军队总不能脚踩两只船啊。田兴业说,共产党在湖南、江西一带农村闹得挺凶。大浪淘沙,就看上天的选择,如果天择共产党,它目前的领袖人物必须得换。现在不见天意,前途未卜,我们也不能靠死。眼下唯一可靠的政党只能是国民党。不管怎么说，国民党在朝，共产党在野；国民党是正统，共产党尚不被国人所认可。戴学经说，我是个医生，向来不问政事、国事，但你主编的那个《南官潮》与南官新学郏国立校长主办的《南官评论》，我天天看。如果要我跟你实话实说，我的基本倾向与你一样。我觉得孙先生提出的联俄联共，贴近中国实际。田兴业说，中国毕竟是中国，学法国工人搞几场学生运动、工人运动，便想去掉几千年历史重负，是很难的。

两人坐在那里一边喝茶一边商量，一个时辰过后，终于统一了一个意见：要投靠还是投靠孙中山与他领导的国民党稳当。再说田兴业的亲姐夫蒋福海的堂弟蒋介石一直身在国民党高层，是个中坚人物，日后前途不可估量。如果南官国民自卫军投靠民国政府，好赖不说，核心高层中有个政治靠山，多少能给他们带来好处。至于国民党与共产党今后谁能统一中国，得看民择、天择。说到底我们这些肉眼凡胎，额头既然无二郎神杨戬的第三只眼，又怎知冥冥天机？做人做事，也只可走一步看一步，走一步算一步。

两人刚把意见统一好，谢道清与王国器相携走进田家。谢道清毕竟是谢道清，她太知道如何处理这对哥俩的矛盾了。她首先走上一步，把那张高额银票放在田兴业面前，对王国器说，你还不向兄弟赔个不是？王国器腆着脸说，阿弟，我知错了。你们就让我这一回吧。眼下非常时期，你们都是高手，救一救这支队伍吧。田兴业问，他们是不是要挟你了？王国器点一下头。田兴业问，那个家伙到底怎么要挟你？王国器便如是这般说了一遍。田兴业说，他们不是与你交朋友，给你钱，一是在试水，看你有没有意志；二是在离间，想叫你众叛亲离；三是在引诱，想叫你上钩，然后一锤子砸碎你脑壳。只要你一死，蛇无头不行，他们便可轻取南官这块肥肉。王国器说，我现在就把钱退还他。田兴业说，还？没那么容易。这帮王八蛋送来的银元，有哪一块来自好道。送上门的肥肉，岂有不要之理？王国器说，我总不能言而无信吧？田兴业答，为大人者，言不必信，行不必果,惟义所在。想以诈取,必以诈还。与这些强盗还讲什么信与不信。王国器问,那我下一步如何走?田兴业答,开会。明天就召集中层官员开会。由你当众宣布把此钱作为南官国民自卫军军饷。王国器说,他们攻打我们怎么办?田兴业说,难道我们是死人?我们为什么不能联手打他?王国器问,我们与谁联手?田兴业说,他不就怕我们与民国政府的蒋氏联手吗?这一回,我们就好好与民国政府的蒋氏联一联。王国器一脸大惊失色,说,阿弟,与他们一联手,我还能说了算吗?戴学经忙站起来说,你看看你,你的意识还是有问题不是?我们这支部队名头上是南官国民自卫军,实质上不比万五魁的山匪强多少。我的意思呢,与你阿弟的想法一个样,识时务者为俊杰。莫如学一下艾雄武,趁早投奔民国政府麾下。日后功成,你们也好讨个出身。王国器说,眼下孙中山的国民党政府军队,不也让军阀打得头破血流吗?田兴业说,不能以一时得失决定取向,以一时失利论英雄。我的总体看法是,孙中山与国民党最终要一统中国河山。别的姑且不说,就他提出来的那个民族、民权、民生三大政治主张,中国老百姓哪个不实心实意地欢迎与拥护?戴学经说,我的意见与兴业一样。队伍是你王国器拉起来的,听不听全在于你。田兴业说,做人如积薪,后来者居上。现在,孙中山先生苦苦挣扎,蒋先生四处奔波。如果我们兵分海陆两路,开往南方,与艾雄武部会合,解国民党燃眉之急,我想啊,即使你成不了蒋介石这样的人物,起码也与艾雄武一样,成为国民政府中一员大将。王国器说,我们一旦起营拔寨,南官一地不全拱手让与他人了?田兴业说,不失焉能有得?

那时,南官政治局面十分宽松。除却《南官潮》不说,南官中学、临海中学与民间团体办的报纸,往少里说也有十几种。这些民间团体,大都宣传孙中山与国民党的三民主义。好看报纸的谢道清,当然对中国政治局势有些了解。正当王国器一脸狐疑时,谢道清说,田兴业与戴学经说得对,要走,就投靠民国政府,千万别当草莽英雄。有道是大浪淘沙,三国归晋。时势定生死。现在不走,后悔莫及。眼看着可以完全做下决定,但王国器说到底眼光短浅、心存犹豫。他站着想了足足半个多小时,才开口说,这可是一件天大的事情,闹不好会军心浮动。还是让我好好想想。田兴业、戴学经相互对视了一眼,同意给王国器一点时间,让他好好想想。想好了,再开会统一做决定也不迟。

夫妻二人离开田家后,王国器一路无语。作为这支队伍的最高统帅,王国器的心确是七上八下的。他心存三怕:一怕归了国民政府,今后人马不准让他说了算,事事让他人掣肘;二怕一旦离开南官本土,他便成为漂泊的浮萍,再也不能在这块土地上称王称霸;三怕一上阵便替国民党去打仗,怕好不容易拉起的队伍被打光。王国器走到南王府大门口,刚要进门,突然收住脚步。谢道清问,你干么呀?王国器答,我要让卜无意给我算一下命。谢道清说,你这个人真是的!他们两位高手,把你的前途分析得一清二楚,你还算哪门子命?王国器说,不。我非得让他给我好好算一算。想当初,就他说我能为王的,今天我倒要好好问他一下!王国器扔下谢道清,掉头越过福星桥,快步走向东狱庙,只一小会,便来到卜无意家。卜无意正坐在香几前读《周易》,见王国器走进家门,忙放下书本,起迎,说,少将军啊,多时不见来,是否又遇难决之事了?王国器点了点头。卜无意说,好啊,那你就开口说吧。我洗耳恭听。——你关心国家大事吗?——国之民所系,何以不关心?——孙中山是真龙天子吗?——天机不可泄。——我是真龙天子吗?——否。——那我能成为什么?——实话实说?——实话实说!——好。搞好了是南官一野王。——搞不好呢?——南官一山大王。——那你父亲当初为什么说,“将军青,出国精”。——我父亲说得没错啊,将军山是什么山?只是个将军山,非天子山啊。所谓“国精”,只是“国之精”,非“天之精”。我父亲并无一言有谬。王国器听罢有些悲哀,说,照你这么多,我这个人这一辈子真就没有当真龙天子的命了?卜无意一听脸色大变,半天过后,血色才慢慢上浮。卜无意说,少将军,国自有运,天自有道,人自有命。人之欲望岂可过高?王国器说,我面临三岔道,你要我往哪条道上走?卜无意说,以我之见,哪条也不忙走。先保住自己的实力，以观其变。人啊人，往往就是这种样子啊——真正谋士之言，他听不进去，一个天下大事不甚了解的算命先生之言，却成为他行动的最后决策。王国器一想，是啊，是啊，我干吗有稳不得稳，弹涂钻竹棍？从卜无意家一回来，王国器牙根一咬作出一个决定：我他妈的谁也不靠。既然我命中做野王，就守土以待做到底。

第二日，早，田兴业来到王国器家。他要王国器立刻召开中层军官会议，统一思想后，立刻兵分两路。田兴业说，先到者为君，后到者为臣。你只有立刻带着军队与艾雄武部汇合，才可能成为真正的国家栋梁。然而让田兴业怎么也没想到的是，他与戴学经精心构筑的计划，却让一位微不足道的算命先生给击落得粉碎。王国器最后还是拒绝与政府军队合兵的建议，并煞有介事地对田兴业说，阿弟，我认真想过了，一是我王国器当不了真龙天子，二来我王国器也不知哪位是真龙天子，盲目与国民政府军队合兵于我无益。我想我还是死守住南官这块土地，等待日后有机会再说。王国器的优柔寡断与反复无常，让田兴业脸色发紫，浑身打战，却又无可奈何。别看他手无缚鸡之力，但他深知历史就是胜者王侯败者贼，政治说白了就是人生最大的博弈，看你关键时刻站的队列是对还是错，良机一旦失去就不会再来。无论从亲属伦理上考虑，还是从朋友关系上考虑，田兴业的确是一心一意为王国器的个人安危着想，一心一意想让他俩一手创建起来的这支地方武装有个最好的归宿，让他那些士兵走上正规道路——即使日后死在沙场也有个为国捐躯的好名声。田兴业确实不想让南官这块土地重新上演艾民起起义的那段惨痛历史。是时，田兴业心里十分明白，如果他公开跳出来与王国器闹分裂，只要他站在旗下挥一下手，南官国民自卫军中就会有二千三百人跟着自己走；但他心里同样十分明白，这种局面一旦出现，他们最后的结局会极为尴尬。想来想去，田兴业只有一事不明，一个堂堂的参谋总长之言王国器他不听，一个小小算命先生之言，他反倒听了！难道这就是王国器的宿命？

第六章　生 死 抉 择

田兴业从王国器家走出来。他最后的决定，随着前行的步伐变得坚定不移。回到家后，他一言不发，所做的第一件事，便是伏案给王国器写了一封《劝国器兄投靠国民政府书》。田兴业在这封信里，首次拿他与他的溪口亲属蒋介石先生作比较。田兴业说，就你现在身上所展现的历史局限、文化局限、性格局限，命中注定你不管何时何地都成不了真王；而能成为真王的却是这位蒋介石先生。别看你与他同为浙江人，他家在奉化溪口，你家在南官田王村，两地相隔只有两百里地，可他有着你完全做不到的三大过人处：一是为事业成功能委曲求全；二是为事业成功敢冒生死之险；三是为事业成功不计眼前之得失。尤其在孙中山孤立无援的时候，他能挺身而出与先生站在一起，非大智者不能为也。论勇，你无蒋氏之狠；论智，你无蒋氏之精；论谋，你无蒋氏之忍；论目光，你无蒋氏之远大；论胸怀，你无蒋氏之礼贤下士；论才具，你无蒋氏之善驾驭。若干年后，雄视中国者定是此人。就凭你王国器现在的鼠目寸光，何以虎踞南官！英雄之出处，关时运之盛衰，行天命之所为，非人力之可及。你既有无此命，我也不再勉强，你走你的阳关道，我走我的独木桥。田兴业写完这些后，笔头一转，首次以挖苦的口吻批评王国器：通过种种迹象，我业已把你看透。说到底你骨子里所有的，不过是农民意识、草寇情结、皇权思想。说到底你不过是个山大王。如果你不趁机改变一下你的灵魂与思想，改变你对时局的错误判断，一味如此优柔寡断、患得患失，我敢断言，你迟早要成为他人的刀下之鬼。田兴业写完后，签下名字，封好口，递给正在奶孩子的李雅香，让她把此信直接送给谢道清，然后转身进屋收拾东西。李雅香见田兴业要出远门，大为吃惊。——你上哪？——我上溪口。——想干么呀？——我得拯救这支队伍。再不去，怕是来不及了。——就你一人去？——对。就我一人去。你对谁都别说。——谢道清也不告诉？——不告诉。田兴业说完，拿起小包囊，头也不回走出门外。李雅香深知她丈夫的眼光不同寻常，不敢多管，只得抱着女儿站在门口看着田兴业下船。她看他坐着的那条船拉起风帆，顺着南官河往西北去。她看他坐的那条船在南官河的最东端拐了一个弯，再也看不见影。

李雅香揣着那封信来到南王府，一进门，就见谢道清正在抚摸着肚子与肚里的孩子自说自话。李雅香把信递给谢道清。谢道清问，什么？——田兴业给王国器的信。——自家兄弟写什么信？——我不知道，你看吧。谢道清打开信一看，田兴业对王国器的精准分析使她佩服得五体投地。说实话，打从她嫁到王家与田兴业有所接触那天起，她无不是处处被田兴业展现出来的才华与独到的眼光所折服。李雅香抱着孩子一走，她立刻跑到大本营，把田兴业写的这封信给王国器看。王国器一看完田兴业写的信，那颗大头跟着耷拉下来。——我真的如此？——真的如此。一点小小成功便让你衡不准自己到底有几斤几两。我请你听我一言，你如果再一意孤行，跟着你也得死无葬身之地。——那你说我怎么办？——开会，开会。让大家讨论。形成个一致意见。王国器一想有理。是啊是啊，这样的大事情我为什么要捂着闷着，不让大家知道呢？让大家发表发表一下看法也好。是日，上午十时。王国器正式下命令，让王国瑞、王国立、王国成与南官国民自卫军中的八大金刚（营长）前来大本营开会。人一到齐，王国器让谢道清当众把田兴业写给他的信读了一遍。（田兴业写的好多字，他不认识。）信一读完，王国器说，到底是走与不走，我没了主意。事关今后大家个人前程。今天请大家把话摊开。你们如同意田兴业意见，我们立刻带你们去广州与艾雄武兵汇合。王国器话刚一落地，即全场大哗。农民毕竟是农民啊，他们只看一个老婆两间房，哪知天外有天、山外有山？哪有读书人的这等全局眼光？结果呢，王国瑞、王国立、王国成与手下八大金刚表达出来的情绪完全出乎谢道清意外。王国瑞说，我们投了国民政府有什么好处？这不是挢被头讨屁吃？王国立说，在南官别人听我们的；我们投了他们就得听人家的。我干吗有土皇帝不做，做别人家的三孙子？一营营长柳行进说，我们他娘的哪个地方也不去。要做就做能说了算的山大王。大丈夫男子汉，说了不算，活着有什么劲？二营营长陈老五说，我才他娘不愿替他们做嫁衣裳呢。人怎么活着都是一世。凭什么让我们送死，却让那个姓孙的家伙坐金銮殿？谢道清极力引导说，天不可有二日，国不可有双君。千口之家一人做主。非其君者不事，非其民者不使。你们现在不找个强有力的政治靠山，等到他们强大以后，他人床榻岂容你在身边鼾睡？王国成当场反驳他弟媳说，弟媳啊，什么革命不革命，我才不相信他们说的那一套哄人的鬼话呢。人不为己，天诛地灭。手中有枪就是草头王。我们现在有船有兵，兵来将挡，水来土掩。这年月谁怕谁？王国瑞说，弟媳啊，你也别拿田兴业那话当圣旨。人各有志。牛不吃水不能强按头。我的意见呢，迟落航船早上岸，还是走一步看一步吧。王国成说，弟媳啊，我们不能听着地蚕叫就不种稻啊。人生在世图的是什么？不就图个荣华富贵做个人上人吗？要解救全中国平民百姓，就他们这几个鸟人能解救得了吗？这不是大娘头白日做春梦？陈老五说，他要走，让他带走。我可不走。我今年二十五六，好不容易娶了房老婆，她那味我还没吃出个好来呢，就让我去替孙中山打仗替他们当炮灰？他甭忖！王国器说，你们不能这样说话。万一他手下那两三千人全吵着要跟田兴业走，我们怎么办？王国瑞说，阿弟，我们怕什么呀？我们手下还不是也有三四千人吗？王国器说，万一他们联起手来打我们怎么办？王国立说，怕什么呀怕？进入南官府只有三处关口。一是麻狸岭，二是九狼山，三是海王村，只要我、国瑞、国成带着人马在关口上一守，哪一支军队敢贸然进来？困着没醒鲜！

王国立的这一言提醒了王国器。王国器心想，是啊，是啊，这三处关隘，乃是一夫当关、万夫莫开的地方，只要我派下重兵守住关隘，就凭他们这几个鸟人能打进来？就在此时，王国器主意立决，若是你田兴业真的要带兵去广东，就让他带兵走，我他娘的不走。这里是我们的山，我们的地，我们为什么土皇帝不当，去做别的狗卵子？会一散，谢道清便去找田兴业。田兴业不在家。谢道清问李雅香，他去哪啦？李雅香说，不知道。——什么时候出去的？——不晓得。谢道清没有办法，只得挺着肚子来到戴学经家。戴学经一看她挺着个大肚前来，吓了一跳。——快生了吧。——快了。——那你还走什么呀？——这事我不与你说不行啊。这便把王国器他们开会作出的最后决定，全与戴学经说。戴学经一听，长叹一声说，一切不出兴业所料啊。什么叫农民，这就叫农民！谢道清说，我可不想做个绿壳婆子。你是个读过大书的人，你总不能眼看着让他们走上绝路啊。戴学经说，不想走绝路，法子是有。只要田兴业一出马，就能马到成功。谢道清问，什么法子？戴学经笑着把田兴业与他商量过的事情对她说了。谢道清说，这么说，兴业走了？戴学经答，是，走了。但你不能与王国器他们说。谢道清说，我才不与他说呢。人家好赖是个正式政府啊，一个自命的南官国民自卫军指挥长，算个什么呢？戴学经说，问题就在这儿啊，这一法叫“兵临城下，强迫招安”。多少有点敬酒不吃吃罚酒的味道。谢道清说，这总比言不正名不顺强吧。

王国器第二个儿子顺利出生。谢道清把他起名叫王曾镇。她之所以择上这个名字，当然有她的精心考虑：一因从金旁，与长子“铣”配成一对；二因她是女流之辈，得让她生下来的这个儿子长大成人后好好镇一镇他老子。

田兴业终于从溪口回来，带着一身的杀气。与他一起回来的，有他的大姐田如梅、大姐夫蒋福海，还有一位中国现代史上重量级人物、刚崛起的新政治明星：时任中国陆军军官学校校长与国民党武装力量总司令的蒋介石。在他们四人的身后——那条去往麻狸岭的山路上，浙江第一师的精锐士兵正排成一字长蛇沿着山间道路朝南官方向开进。是夜子时，冷冰的月亮挂在山垭口上，山野里一片白霜。这支队伍悄然无声地潜入麻狸岭廊坊。麻狸岭南官自卫军一个连的士兵正躺在暖被褥里睡着大觉。有的人在不断磨牙，有的人在闷声放屁，有的人正在嘟哝着谁也听不清的梦话。第一个进入麻狸岭廊坊的不是别人，正是田兴业。田兴业极为小心地屈起手指敲开堂兄田兴喜房门。田兴喜以为有客商进驻，光膀子爬起开门。昏黄的火篾照光焰一塌下，一头汗水的田兴业浮了出来。田兴喜骇一跳，脱口喊，你？田兴业答，对。我。田兴喜说，你上哪去了？急得王国器派人到处找你。田兴业答，我上我姐家去了。田兴喜问，你是不是饿坏了？我给你整点吃的。田兴业拒绝，问，今天谁在这里守山？田兴喜答，大金刚陈老五。田兴业问，人呢？田兴喜答，全在房间里睡觉。田兴业说，那好，你什么也不要管。田兴业走出廊坊。黑暗中，田兴业挥了一下手。先头部队抽身潜入。只是一瞬间，即将麻狸岭廊坊围了个水泄不通。这支队伍的动作如此快捷，顿时让田兴喜目瞪口呆。睡得正香的陈老五一脸迷怔，不知发生何事。听得有人大喊小叫，直觉觉出有什么事，忙抖着身子从床上爬起。他刚一抬头，即看到一位一身穿着亮丽的女军人拿着一把德国手枪顶住他头部。凭着松明映出来的一股红光，陈老五顺枪口往上方一挑，天哪，田如梅！他吓得魂飞魄散。即在此时，田兴业闪身而出。陈老五一见田兴业沉着个脸，忙结巴着问，参谋长，你、你、你这是干什么呀？田兴业说，不干什么。我只是不想让你们全部当土匪。田兴业一声令下，国民革命军的官兵们一拥而上。好一阵稀里哗啦作响。南官国民自卫军士兵手中的一百多杆毛瑟枪全被下掉。陈老五吓得魂不附体，大着舌头问，参谋长，你，你，你想枪毙我？田兴业摇头说，不，穿好衣服，跟着大部队下山。到南官，你什么都明白了。田如梅出门即对所有南官国民自卫军士兵大喊：国民革命军一个营人马自动留下，其余带他们走。

三十分钟一过，国民革命军队伍再次悄无声息地向南官府进发。

浙江第一师开进了南官府。是日，早，沉睡中苏醒过来的十里长街人打开家门、店门时，即被一种从不曾见到过的新景象惊得魂飞魄散。他们看到了什么？他们看到街上插满了从不曾见过的青天白日旗；看到了满街全是国民革命军的军人；看到了南官国民自卫军的三个大军营全被荷枪实弹的国民革命军士兵包围；看到了数不清的黑枪口正对着每一处交通要道；看到了田兴业、田如梅、蒋福海正簇拥着一位气宇轩昂的青年男子，大踏步走向南官国民自卫军的大本营。田兴业他们终于来到了南官国民自卫军总指挥部，浑然不觉的王国器还赖在床上睡觉。田兴业彬彬有礼地走至卫兵前。守卫士兵一见是参谋长，举手向他敬礼。——指挥长在吗？——在。——干什么？——睡觉。——你去通报一下。——怎么报？——你告诉他，田参谋长回来了，带来三个要紧客人想要与他见面。卫兵一看田如梅那一身打扮完全是个现代版的花木兰，知道情况有变，急跑进大本营通报。王国器一听，一个鹞子翻身爬起。——在哪？——在门外。——哪仨是谁？——另外两人我根本不认得。我只晓得有个女将军是田如梅。——田如梅？女将军？她怎么当起将军来？——这我上哪知道哟。王国器跳下床，光着脚丫便往门外跑。恰在此时，田兴业、田如梅、蒋福海与蒋介石全沉着脸走向指挥部。王国器一抬头便看见腰里别双枪的田如梅，一头硬发顿时起立，失口道，天哪，这不是大姐与大姐夫吗？蒋福海迎将上来。王国器一脸惊诧，问，你们怎么也穿上军装了？蒋福海笑说，你不也是玩上枪了吗？王国器说，我是被逼的。蒋福海答，我与你一样。王国器一看他俩现出的气度，极为吃惊，转头问田兴业，这些天，我一直找不着你。我以为你跑到广州去找艾雄武他们去了——

原来,你是找你姐夫他们去了。田兴业说,是啊。我之所以回来,只有一个目的——我在信里早就对你说过了,我不想让我的好兄弟当野王。蒋介石说,当什么野王哪?要当,就上我的中国国民革命军里来当真王。田兴业即把蒋介石介绍给王国器,说,我们之间的关系,这里就用不着多介绍。这位就是我在信里跟你说过的蒋介石先生,字中正,溪口人,现任国民革命军总司令、国民革命军陆军军官学校校长。蒋介石主动与王国器握手。两双手只一相握,四道闪着的目光即焊死在一起。蒋介石身上所呈现出来的气魄与威风瞬时把王国器慑得魂飞魄散。王国器真是个见小人讲大话、见大人勿讲话的人,在蒋面前显得语无伦次。——你们还站着做什么?快,快,进来坐。王国器即吩咐他身边的卫兵上茶。

宾主分次坐定,曲目正式开场。蒋介石操着浓重的乡音,以亲属加同乡的身份向王国器展开政治攻势。他说,孙先生的政治主张,是天下最好的主张。民族,就是赶走帝国主义,打倒军阀,还我中华;民权主义,就是人人政治平等、人格平等;民生主义,就是让老百姓的基本生活得以保障。现在,先生的政治主张已深入民心。此次我来南官,意在收编你们南官国民自卫军,实现北伐,统一中国,以求国泰民安。你们南官府的历史,我比较清楚。自唐朝开元起,南官民众大小起义有六十多次,最早的是袁盔,最近的是艾民起,规模最大的是方国珍,时间最长的是金满。这些人哪个不曾叱咤风云?然而一因无明确之政治纲领,二因无坚定之信仰,三因无严格之军纪,所有起义几乎没有一个有好下场。势力最大的元末明初方国珍,本来完全可以结集队伍攻入都城,可他不打,最后不得不屈从于朱元璋。虽官至江浙行省左丞相衢国公,但最后还是死于非命。就前期起义反清的艾民起,为将不能说不骁勇,为人不能说不无私,但因一无正确的政治纲领,二无唤醒百姓之能力,三因孤军作战,最后六百多人不得不跳崖自尽。我呢,与南官田、王两家都是亲戚,不希望与你兵戎相见。作为亲戚,我蒋某人希望你王国器识时务者为俊杰。整编军队,效劳国家,日后自有你的荣华富贵。你有许多优点：果敢、坚毅、勇猛、顽强，但你也有天生的软肋与局限。一个有远见之人，何以能见钱眼开？一个有胸怀之人，何以连参谋长的话都听不进去？一个有军事才能的人，决不会凭匹夫之勇只想守南官之一隅？王国器试问，如果我不接受招安呢？蒋介石答，那我可就对不起你喽。王国器再试问，我要是接受招安呢？蒋介石说，那就好办喽。这叫做你敬我一尺，我还你一丈。我可以保证你成为真正的南官王。王国器又一想，说，那你能不能容我现在出门找个朋友商量一下？蒋介石想拦，田兴业使个眼色。蒋介石会意，挥手说，走吧，走吧，你找什么人商量都可以。王国器抬腿走出大本营。他一走，蒋介石问田兴业，你为何让我放他走？田兴业答，你放心好了，他一准是去找卜无意。蒋介石问，卜无意是什么人？田兴业答，一个算命先生。蒋介石笑，这家伙如此相信算命先生？田兴业说，是。这就是他的局限。

果然，王国器走出大门，一路小跑来至东狱庙直奔卜无意家。卜无意正坐在堂屋中闭目养神，见王国器来，忙立起迎接。——少将军，有事？王国器这就把方才发生的事全与卜无意说了。卜无意一听，心中大动。——与田兴业、田如梅一起来的这位后生是蒋介石？——是。——那你快投诚。机不可失，时不再来。此人是不是真龙天子，我不敢肯定，但肯定能大富大贵。——这可是真的？——你放心吧，绝不会有错。王国器悬着的心顿时下坠。

田兴业他们正坐在大本营内等着，王国器走进大门。蒋抬起头问，王将军，你定下主意了？王国器说，别的，我全同意，只是附加一条，不知您能否同意？蒋笑问，什么？王国器略作忸怩状说，日后，你能不能让我的妻子与如梅姐一样，封个官职讨个出身？田兴业哑然失笑。他简直有点想不明白，这个王国器为什么会提出如此愚蠢的条件？蒋介石似乎很懂人心，问，她现在你南官自卫军中任何职呢？王国器答，参谋。蒋介石仰脸大笑说，可以，可以。如梅是什么，今后她可以是什么。——如梅姐现在是什么官？——总司令部副官。——多大官？巡抚一级，还是总督一级？——这不好类比。——我姐夫蒋福海什么官？——师长。——我田弟呢？——他？还没正式投诚于我呢。——如果投诚于你了呢？——我想叫他随我走，任总司令参谋部副官。——那算不算将军？——我想叫他当将军，他就能当将军。——你手下的将军与过去戏里的大将军是不是一样？田如梅见王国器的问话越来越蠢，有些不耐烦，说，阿弟，现在是现在，过去是过去。眼下我们兵临城下，就想让你好好做个真王，别做野王。你干嘛弹涂钻竹棍，有稳不得稳？王国器点了一下头。

王国器下达命令：三大团长、八大金刚与田兴业部的八个主要军官全上大本营来开会。王国瑞来了。王国成来了。王国立来了。八大金刚来了。田兴业部的八名军官全来了。

双方谈判正式开始。王国器同意整编，并正式开列了若干要求。蒋介石当即回答了四条：一、师级建制。任命王国器为师长。以下类推。日后再据功另行晋升或封赏。二、现部队兵员，原则上可以不动，但军人自有军纪，团长以上军事长官必须服从总司令部统一调配。三、从整编日起，全体官兵必须完全服从党国政令军令。如有违反，将受军法制裁。四、所有军费开支均由政府负责，不得自行筹措。王氏四兄弟当场表示同意。

王国器任国民革命军第二十九军第九师师长。蒋福海任第九师副师长兼参谋长。田兴业跟他去陆军总司令部工作，职位另定。王国瑞、王国立、王国成等团长、副团长即刻带蒋的手令去黄埔军校培训，具体职务等结业后另行统一调配。

消息传遍全南官。南官所有官兵家属人人高兴得发了疯。这些官兵，不再是师出无名的草寇，不再是自封的野王，不再是受人歧视的非正规军队。尤其仙居的刘家与太平石棋镇的余家，所有人丁皆高兴得欢蹦乱跳。他们原本只怕自己的女儿名不正言不顺，变成绿壳婆子！现在，一切名正言顺了。他们再也无此担心了。也许有人精心组织，也许完全出于自发，蒋介石的决定刚一宣布，有人当场就放起一连串大花炮来。这一放，有如得了传染病，十里长街所有商铺全都放起花炮来。到处是震耳欲聋的声响，到处弥漫着紫色烟云，到处飘散着硫黄的烟气，到处躺满花炮的粉碎性残骸。

刚出任师长的王国器陪着蒋介石漫游十里长街。别看溪口与南官相距并不遥远，蒋介石毕竟第一次来到这里。是时，正是正月十五，十里长街开始闹元宵。蒋介石一走进十里长街，即被满街高挂的花灯所痴迷。他看到卖布店高挂着布机灯，茶叶店高挂着茶壶灯，饭店高挂着小二灯，水鲜海鲜行高挂着鲤鱼灯，古玩行高挂着如意灯，粮行高挂着五谷灯，十字街口高挂着百花灯，文昌书院高挂着八宝灯。看完花灯后，王国器陪蒋来至谢王府。蒋仔细察看这座谢皇后在位时建起来的五凤楼，仔细看了谢道清未出阁时所画的那幅画作。谢东潮为表示对蒋的深深敬意，特意精心制作一碗南官特产"糊糟羹"，端上来请蒋品尝。蒋介石吃完色香味一应俱全的糊糟羹，心情极为快活，当场泼墨挥笔写下一首小诗：

一样糟羹绺不同，
或甜或咸看乡风，
红丝红枣浇头满，
一锅糟羹也撑红。

谢道清也内心快活，挥毫画下一幅《虎视河山图》，题词钤印后亲手赠与蒋介石。蒋介石细读一遍《虎视河山图》，一觉吉利，二生感慨，回头对王国器说，王国器哪王国器，你若真当绿壳，可就辜负你岳父这个家世，辜负你这位好妻子喽。

蒋介石开始视察南官这方山水土地。作为一个刚崛起的中国政治明星，他不放一枪一弹完成了对南官自卫军的收编，内心颇为快慰，由此而兴致百倍。是日，他第一次登上人峰，鸟瞰人烟稠密、瓦屋连脊的十里长街；第一次登上回龙山的祭天台，望着大太阳冉冉从东海升起把整个海面染得一片通红；他第一次登上剑门峰，望着大海尽头大潮一片奔涌，令天边横出一条白练；第一次在南官平原的田间小路上穿行，深闻草木灰堆燃烧后发出的阵阵芬芳；第一次站在南官河边，看着大浮桥一开一闭，那景致极有江南水乡风情；第一次沿着南官河的青石板步入邮亭街，看着南官河的流水；第一次站在福星桥头，看到那座刚建起不久的大戏台与那座巧夺天工的皇花楼。最后，蒋介石缓步来至气势恢宏的南王府门前。——好一处大院啊。是你与田兴业出资建的？——不。不。是我家岳父与田兴业岳父出钱建的。——孙传芳给你的钱呢？——充军饷了。——你恨不恨田兴业啊？——起先恨。恨他狗咬耗子多管闲事；现在，不恨了。——为什么？——打着骨头连着筋，兄弟毕竟是兄弟，他一心为我好。若不是他，我哪能在您手下当师长？——你能这样想，我就放心了。蒋介石的目光停在大门口那副镂木嵌金的门联上：

尧舜生，汤武末，桓文净丑，古今来多少角色；
日月灯，江海油，风雷笛鼓，天地间一大戏场。

至中堂，看到第二副楹联：

宇内江山如是包括；
人间骨肉同此团圆。

蒋介石问，此两联何人所作？——田兴业。——这家伙真是个才子。把戏台与馄饨店的对联用到府上来了。蒋介石转身把目光最后锁定在高悬于大门口的大匾额上。——南王府？谁给你们起的名？——本地乡绅们。这匾就是他们送的。——看来，你在南官口碑不错哪。——只不过为乡亲做了点事。——别的都好，就“南王府”这个名字不好。从古至今,当南王的没有一个有好下场。改个名吧。——那就请蒋总司令赐名赐字吧。蒋介石很高兴,应了一声,好。王国器即命卫士进内房取出文房四宝,并在左厢房那张长方桌上铺定。蒋介石上前拿笔写下三字“亚王府”,下署“蒋中正题”。蒋介石放下笔,转身,面对那座起伏腾跃的回龙山忽有所思。蒋笑问,我小时就听别人说过,南官府有座山风水极好,命中注定要出真龙天子,指的是哪座山?王国器答,就对面那山。我也听上代人说,不过让朱元璋给谋掉了。问,“将军青,出国精”指的哪座?王国器朝远处一指说,喏,就那一座。蒋介石看了一眼。那山形确有点像古代的大将军。蒋笑说,国器哪,你现在当上师长了,也算是个将军了。是不是应了此谶?王国器一脸紫胀,说,不,不,总司令,您别取笑我了。我不过一介绿壳,岂敢称王?蒋说,我倒想问一下,田兴业当初让你出兵广州,你为什么不听?王国器答,总司令,你别取笑我了,我只是不想离开故土。蒋问,你是不是认为当绿壳,比当政府官员好?王国器老实回答,是呀,是呀。当绿壳,自己说了算。打得过就打,打不过就跑。一旦招安,就怕你们变着法子吃我。蒋介石听了,笑得很甜,说,嗯,你说的倒是个大实话。

蒋介石专程来看谢道清。从田家论,蒋与王国器多少算得上有亲属关系。打从与谢道清见面后,直觉就告诉他,这个女人不寻常。他总觉得这个女人身上散发着一种令他一时无法说清的东西。无论素质、气度、文化涵养和家庭出身,她都与王国器成反比。这样的女子应当嫁给田兴业才对。他怎么也搞不明白,命运之神到底在冥冥中作出如何算计,却让她嫁给王国器这样的莽夫与山大王。蒋介石到后一放下礼物,便点名要与王国器长子王曾铣见上一面。谢道清即将王曾铣唤出。这一见面不要紧,王家第一个少年将军注定要在他手中诞生,那是后话。王曾铣身上呈现的那种睿力合一的特质,令蒋介石深叹。尤其王曾铣那双长得与他母亲完全相同的丹凤眼,瞧人时所现出的两道精光灼灼如电。蒋介石当时心中就想,王氏一门，谁是真正的将军？不是别人，就他，就他才会是真正的将军呐。

蒋介石的目光没一点错。这王曾铣确是王家众多子女中出类拔萃的一个。别看他年少，其神其貌七分类母三分类父。但他身上天生的猎杀力道，早在孩提时便表现得淋漓尽致。五岁那年八月十六夜，他与王曾鑫、王曾钊、王曾钫等一大帮孩子在一起耍玩。玩着玩着，不知哪个孩子起的头，想要赌胜。赌胜的内容并不复杂，谁敢越过后山艾家大坟场到牛马庙，把放在香案上的宣德炉搬到这里，他们就给他磕头管他叫爷。艾家坟场就是当年艾民起与八百壮士集体跳崖后尸体的埋葬地。后来，凡南官府犯有死罪者，均拉到此地开刀问斩。横死夭死者，也在此随意下葬。白天，棺材白露；夜间，九头鸟悲号，鬼火浮游。这种令人发指之地，大白天大人过此尚且有点胆怯，一个年仅五岁的孩子何敢？然而，王曾铣就敢。是夜，他不仅独自一人穿过这片坟地至牛马庙，而且一不做二不休，干脆躺在牛马庙里的蒲团上睡了一大觉。这一睡，睡得极死，睡得天塌地陷都不知道。眼看快至半夜，孩子们左等右等不见他回来，全吓毛了。王曾鑫、王曾钊、王曾钫跑回南王府跺脚大喊大叫。赶巧那日王国瑞、王国立、王国成三个大男人在家。他们一听，慌了。王家三个妯娌，误认为王曾铣遇到不测——不是叫那些跑下山来的“狗头虎”（那时南官一带多狗头虎。山里一缺食，它们往往成群结队跑下山来抢吃。十里长街有不少孩子丧在它们嘴里）吃了，就是遇着什么歹人。她们又是吵嚷，又是搓手，急得说不出话来。谢道清倒显得极为冷静，她过去对王国瑞说，还是请你们三个当伯伯的出头找一下他吧。王国瑞应声“好”后，即率村里十三名男子，点火把，抄家伙，一字长蛇，顺着林间小路直往前找。

他们找到艾氏牛马庙。十几个大男子举火把走进庙门，全都站在那里发傻。天，这小家伙居然躺在蒲团上睡得正香呢！

王曾铣九岁那年，早就把谢道清教的《三字经》与《增广贤文》背得倒菜籽落坛。谢道清虽是十里长街名才女，毕竟自学成才，学识有限。为让他学有所成,谢道清决定将他送至南官新学去读书。是时,南官第一所辛亥革命时开办起来的新学设在文昌书院。从田王村到文昌书院,足有八里路。正中间,有一处约三里方圆的杂树林子。此杂树林子是公众地,一多坟,二多强盗,谋财害命的事常有发生。但这处林子是去往十里长街的必经之路。不走,得绕弯;一绕,就得大半天。正出于此,肖王村、小谢村、田王村去文昌书院读书的孩子,皆结伴而行,往往早上一起去,下午一起回。独有这王曾铣,天马行空独往独来。家里怕王曾铣出意外,让谢道清派个人来回接送。谢道清不同意。在她眼里,只要儿子的所作所为不冲出社会规范的道德底线与良心底线,一切由他自己去。用她的话说,我能生其身,不能保其世。孩子太过宠爱,难成才;孩子太过娇贵,定败家。反正他长大成人后,迟早要独自面对生活。他三个哥哥家中均安排家人接送,独有王曾铣一人独自行动,佩上他父亲送与他的生日礼物——一把军刀上学下学,即使刮风、下雨、落雪,也不例外。

离这林子不远,约三五里处,是南官有名的莲花山,山上宿有万五魁与他手下的五十余名强盗。离文昌书院不远,十里长街有一浪荡子,姓邱,不知其名。他天生头上只有六七根毛,十里长街人管他叫邱三毛。此邱三毛,是一地方烂头,天生有四大嗜好:一是好敲三和——敲三和时,下的赌注很大,一次便是十块银元。二是好打麻将——一台和倒,没有五十块银元下不来。三是好与别人斗蟋蟀——每一次赌斗输赢约大洋上百块。四是喜纳花会——输了,付不起钱,他倒地放赖。你要剁手指头,就让你剁手指头。赢了,他将钱一卷,拔腿走人。走得脱了,一头拱进十里长街最腐败处,一掷千金,胡吃海花。是年十二月十三,邱三毛前往押花会。押花会前,这家伙曾做一梦,梦见一位白胡老人送他一朵白梅花。梦醒,邱三毛想,这可是财神爷托给他的好梦,让他明天把赌注全押于白梅花上,一倍四十,一个时辰内就能大发横财。他高兴了一夜。天亮后,邱三毛即去沙埠花会场。到后,孤注一掷,把全部家当押在一朵白梅花上。结果是,"青龙、白虎、玄武、勾陈……"一阵狂叫乱喊后(四周群山都在他们的呼喊中嗡嗡作响)，花会开筒时间到了。鸽子飞来，庄家开牌。开出来的不是白梅花，而是画得与白梅花差不多的白荷花。就这一下，邱三毛倒了大血霉。全部生活费用让此股狂风卷得片羽不剩。钱，钱，钱！人生在世，什么都可无，就不可无钱。钱是人养命之根。大丈夫不可一日无权，小丈夫不可一日无钱。邱三毛是小丈夫，手中何以能无钱？他这就开始为掏登钱而大绞脑汁。是夜，邱三毛恍惚中梦见他家地板下喷出一道白光。他不知听何人说过，地板缝中若有白光冒出，板下准藏有金银财宝。他翻身爬起，点灯，抡锄，四下刨掘。三个时辰一过，家里所有铺着的地板都被掘开了。因他所作所为太过疯狂，父母留给他的那间老房子，犹如上了年岁的老人，哪能受得如此非人折腾？轰隆巨响中，房子瘫痪在地！邱三毛的梦开始正式苏醒了：别说有什么黄白物，再这么下去，怕只有死路一条。此事刚完，邱三毛不知听何人说，西山有座宰相坟，躺在坟里的宰相名黄旷。他死时，嘴里含有皇帝赐予的一颗夜明珠，价值连城。左右两手还捏有两只金元宝。邱三毛知此信息后，再次鬼迷心窍，心想，怪不得盗王坟的人那么多，坟里有好货。于是，连夜拿锄头、镐头去西山掘黄氏家祖坟。结果呢，三镐头刚下去，溅出的一两点火星便让黄氏守山者发觉。黄氏子孙见有人胆大包天，盗王坟居然盗至他们黄家人头上，这还得了？便筛起大锣，一边筛，一边喊，有人盗王坟！有人盗王坟！那时，黄氏子孙在橘林里守山的壮汉有数十位，听得，全抄家伙赶来，对邱三毛作八向包抄。一包抄，便将他撵至山角，逼得他进退无门，只好束手就擒。——这可是人家之祖坟！八大罪中第一罪！你这个臭小子什么不能干，居然盗挖他人祖坟！这还能饶你？于是将邱三毛捆定高悬于树，往死里打。一打，打得他贼死。直到他苦苦讨饶，黄氏子孙这才放他。那时的邱三毛，运气背顶，背得连喝口凉水都塞牙。

他不是人。他是一条无家可归的狗。

就在出事前夜，邱三毛在南官金谷寺碰见他的多年赌友钱存鑫。一个时代的转换，总得有被时代遗弃者。别看钱存鑫前清时当过南官总兵，朝代一变，他的身份跟着变。不是变好，而是变成十里长街出名的蔫种、坏种。钱存鑫为人极凶、极恶，鬼点子多。物以类聚，人以群分。两人平日间两头辐辏，一起死嬲。钱存鑫见邱三毛饿得浑身无力，问，你他妈的几天没吃东西了？答，三天。钱存鑫说，好，你跟我来。我付账。这便把邱三毛带至五洞桥早餐店吃油条、吃豆浆。吃得，喝足，人始畅快。钱存鑫说，三毛，你想不想钱？——咋个不想？眼圈都烂了。——我有个办法，能叫你一夜发财。——天下还有这等好事？——当然。——说与我听。——南官全地谁是有钱大户？——还用你说。南王府王家兄弟。——谁家大户家小孩，无人看护，敢穿越此树林至文昌书院读书？——嗨，王国器的儿子王曾铣。——是呀。我们何不学他父亲，当一次土匪，将王曾铣绑上一票？让王国器这小王八犊子送我们一点钱？——不行，不行，人家是什么？国民自卫军指挥长，手下人多着呢。——这哪，你有所不知。我们是什么？是人头发丛里的一粒虱子，与他单打独斗，他兵最多，也白搭。——不行，不行，杀小人一事，我不干。——我们又不是真杀小人，不过吓唬一下。有什么了不起？——我们不杀他，万一这小子把我认出来怎么办？——嘿，嘿，你咋这么不开窍？活人还能叫尿憋死？——你我找上一两顶鬼脸往头上戴，这么大的孩子，还不被吓个半死？

邱三毛那脑子原本就是一盆糨糊。人一旦手中无钱，岂能不铤而走险？邱三毛想，对啊，我为什么不试他一下呢？邱三毛应声说“好”。当日下午，他俩先上戏班借了两个假面行头，再携上家伙，一前一后潜入树林。正值初冬，天日极短。文昌书院放学时间较晚。王曾铣的堂哥早已让家人接走。独有王曾铣一人一直待在学校里做完作业，才背书囊，挟军刀，一路蹦跳着回家。刚走至林子中心，邱三毛与钱存鑫即头戴假面蹦将出来。他俩纵身想擒王曾铣。哪知王曾铣从小跟陈老五学过岳家拳，身骨极为灵活，不但不怕他们，还干脆与他俩玩起猫捉迷藏的游戏。他们往左一扑，王曾铣往右一闪；他们往右一拱，王曾铣抽身便退；三两下没逮着，钱存鑫便大叫，邱三毛，你他妈死人还是活人？九岁的孩子逮不住，我们的钱不全泡汤了？王曾铣一听，什么？这两个家伙是想拿他作赌注？这还了得？劲一涌，放开本事与他们耍玩。两个该死的家伙，说不上是粗心大意，还是命中注定，他们根本不知，站在面前的这孩子，可不是一般的孩子，而是一只山林里吃人不吐骨的狼。王曾铣先退出去三步，送给对方一个错误信号，让对方误以为怕他，身子不由自己主正面朝王曾铣一亮。就此一亮，王曾铣抡起军刀开挺。一因此军刀是日本货，刀口极薄极快；二因钱存鑫、邱三毛他们俩身上穿的衣服极其单薄；三因这小子学过刀术，第一刀便力透钱存鑫衣衫，直达胸膛。可怜的钱存鑫，当了这么多年大清国总兵，最后，却死在一个九岁的孩子手里。他哼都来不及哼上一声，便一头栽倒在地。王曾铣的第二刀，不由分说，直逼邱三毛。王曾铣一直无法说清他手上这把刀击中了邱三毛何处，只知邱三毛的血顺着槽口井喷。邱三毛一声大叫，同样栽倒在地上。王曾铣连杀两人。这可不是闹着玩的。然而此子奇就奇在这里，他根本不知害怕。他们一倒地，王曾铣上前，用刀尖挑开面具，一看，是两个上了年岁的大人。王曾铣朝两具尸体啐上一口，说，两个狗东西，还想拿我换钱，做梦！一耸肩，背上书包，直奔南官府自首。别看那时王国器是南官自卫军总指挥长，是货真价实的南官王，但他与长老会之间的权力划分非常明确。地方政务，王国器一律不干涉。李文达因年事过高，下任，继承者为邵清长。邵清长是个前清进士。他正在吃饭，见王曾铣一身是血走进，吓得当即将嘴里的饭喷了出来。邵清长问，你不是王曾铣吗？王曾铣答，是。——你来干什么？——我来自首。邵清长大惊，一个小孩子家自首什么？王曾铣答，报告老爷子，我杀了两个大人。——什么？两个大人？在何处？——在我上学路过的林子里。——为何杀他们？——他俩想抓我换钱！让我一刀一个全给杀啦！邵清长既信又不信。说信，他身上有血迹；说不信，一个九岁的孩子怎能对付得了两个大人？便当即带了三位警员，让王曾铣领路，前往杂树林子验尸。他们至林子深处，一看那两张粘在血泊中的假面，什么都明白了。是这两个家伙图谋不轨，想绑王曾铣做肉票，反倒被年仅九岁的孩子杀死。这种死是不光彩的死，当然白死。邵清长即带王曾铣至南王府，一边将王曾铣交还谢道清，一边向她交代现场考察结果。谢道清听后又惊又惧。惊的是，王曾铣胆略才具超群，有杀伐之能；惧的是，会水者常死于水，会武者常死于武。树大招风风撼树。这小子长大后，如果再杀人不眨眼，最后定会害掉自己。三日后，南官自治会正式对外宣布，此两人罪有应得，自取灭亡。王曾铣因年少无知，无罪开释。尽管如是，谢道清还是觉得儿子做得太过。她从父亲家里要出一笔钱，购下两具棺材，央人将他俩抬进林子埋了；同时给了钱存鑫妻子一笔抚恤金。

蒋介石与田如梅论起来是叔嫂，按田王同宗排，王曾铣得管他叫叔。谢道清让王曾铣叫，王曾铣上前叫叔。蒋介石一时心花怒放。蒋问田如梅，就他九岁那年连杀两人？田如梅答，是。蒋掂手让王曾铣过来，说，孩子，你过来，让我好好瞧你。王曾铣的双目与蒋的双目一对接，蒋突然从王曾铣明如皂荚的眸子里读出了他一直渴望得到的那股精气神——这股精气神，在他的亲属后人中均不多见。他让王曾铣将两手伸出，令他看。蒋介石俯身瞅，极其清楚地看到王曾铣左右两手皆是断掌。蒋介石虽没学过看相，但他读过古人写的《手鉴》。《手鉴》一书云："凡断掌者，必是军中杀手，日后勇冠三军遂成大器。"真是"踏破铁鞋无处觅，得来全不费工夫"！蒋欠身问谢道清，嫂夫人，不知此子能否容我带走？谢道清说，你想带他做什么呀？蒋即把他对王曾铣的打算全盘托出。谢道清听罢，心喜。这可是天赐良机啊，有何不可呢？即刻应承。

王国器开始带着他的大部队向杭州方向开拔。是日，他们现出来的气象与过去是多么的不一样啊。全军雄赳赳、气昂昂，一路引吭高歌：

打倒列强，
打倒列强，

除军阀，除军阀，
努力国民革命，
努力国民革命，
齐奋斗！

嘹亮的歌声响彻南官的山川。

临走之日，田兴业与李雅香告别。至家后，他先抱起女儿亲吻了一下，从神龛里拿出祖传的最后两轴画交与李雅香。——这是干什么呀？——你给我经管起来。一因国家战事纷起。有道是乱世人不如太平犬，我说不上这次出门是死是生。二因现在不是过去。过去我是山大王，想如何便如何，现在是站在人家屋檐底下，不矮也得矮半截。三因官场乃是非、凶险之地。孩子太小，我不想带你去受这份活罪。这两幅画，一幅是《万里河山图》，一幅是《皇后出巡图》，全是祖上留下的杰作，价值连城。现在全交与你。你千万千万得记住，要保住它。如果不是家中出现九死一生，万万不可轻易出手。李雅香听罢，噙泪点头。

蒋介石、田如梅、田兴业、王氏三兄弟及王曾铣终于出发。田王两氏待在家里的子孙们全前来送行。他们一登上那艘去往金清的大木船，便启航。岸上的女人全站在那里哭。哭得最狠的是李雅香。她抱着田文君，泪水就像断了线的珠子。

一路顺风到达宁波后，蒋介石所做的第一件事就是将王曾铣交与一位次日起程去美国办事的亲信。他将亲信叫到一边，嘱咐说，这是个不可多得的孩子，你到美国后，先令他上一所普通中学学习，解决英语会话问题。中学读完后，即送他上美国的军校。亲信问，上哪所？蒋答，就上西点军校。亲信说，何不送他去苏联上伏龙芝军事学院？蒋答，我已答应赵孟郡儿子赵子林去伏龙芝军事学院。我不想让我手下的将领们今后全盘俄化。

北伐战争时，王国器师在长江中下游一带游弋，伺机与孙传芳部交战。一日，两军在南京城东北正面相遇，战斗逐步陷入胶着状态，非常惨烈。就在这关键时刻，王国器身先士卒，出奇兵抄了敌方后路。他光着个大膀子，抡着一把大刀片子奋勇砍杀，愈战愈勇。只见他身如铁塔，动如电掣，领着上千士兵直插敌阵后背，锐不可挡。那一千多把军刀同时祭起，形如闪电，吓得敌兵如同排浪般四下闪开。至战斗胜利，王国器已无一处人样，周身是血。

此时的田兴业，公务之余，勤读潮流书刊，并开始不断写作，发表文章，表达对这个世界的诸多看法。比如他在一篇议论基督教的文章中说，无论西教国教，其义皆出一体，是为爱。爱是人类生存、发展的重要前提。人类若没有爱，世界上的一切将被人类自己所毁灭。我们现在所处的世界，是个充满灵性的世界。你爱它，它就爱你；你恨它，它就恨你。基督教精神所包含的崇高的牺牲精神、伟大的宽容精神和平等的博爱精神，是人类和谐相处的重要支点。

田兴业在另一篇文章中说，中国人的文化与外国人的文化差异极大，这与地域、人种、生存状态、几千年历史文化遗留有着直接关系。有权者，贵；无位者，贱——官本位已深入国民的潜意识。中国人喜欢叫自己“蚁民”、“平头百姓”、“草民”。说什么，“雷打大江边，不差沙蟹独条命”。自己作践自己，自己轻看自己，自己不承认自身的价值。神与佛，在国人眼中，是至高无上的。即使编出个孙悟空，能腾云万里，会七十二变化，最终还是逃不出如来佛爷的手掌。而西人呢，其思其想，恰与我们相反。他们尊重的是人本，看重的是自身。古希腊神话中的人不但与天神斗，还可与天神谈恋爱、结婚、繁殖后代。人有神的能力，神有人的毛病。人就是神，神就是人。东西两种文化，一个是被动与自然保持平衡，顺其生势；一个是主动索要自然，让自然为人服务。如果在我们中国能把这两种文化结合起来，我们的社会就会变成另一种样子。

中原大战时，田如梅任国民革命军的一名军需官。她时常带着副手提双枪，四处催钱催粮。地方官员一见此女人来，无不吓得身出白毛。她对玩忽职守者往往严惩不贷。一次，她至保定火车站检查军备车运行情况，见早该发出的军列仍停而不开，当场大怒，上前质询押运官。——你们站长呢？——不知。——我命令下了三天了，他怎敢违抗？——人家的官比我大。我催了七次，他就不理，我有何法？田如梅火上心头，即手提两盒子枪直冲火车站调度室。一进门，见站长与手下两位副职正搂着三位年轻女子喝花酒。田如梅前往一步，将枪顶住他的额头，说，我签发的命令，你看到了吗？对方吓得脸色如土，答，看到。田如梅问，前方将士，要吃要喝要药品，你知道不知道？——知道。——知道？为何迟迟不发车？答，我调不开线。田如梅说，是这样的啊。好。我看你能否给我调出线来。田如梅一扣扳机，子弹即从他眉心穿入，此人一头栽地，吓得他的两位副职也同时软塌在地。

是年，王国瑞奉命狙击阎锡山两个团。那一仗在赤霞岭开打。王国瑞身先士卒，一直带着先锋队冲锋在前，打得阎锡山两个团狼狈不堪。大战一结束，王国瑞突然叫声“啊呀”，栽倒在地不省人事。救护兵吓一跳，忙冲上前去，剪开他结满血痂的衣服。四个救护兵齐把王国瑞抬下山。正好蒋介石亲至前线视察。蒋上前一步看，见王国瑞几乎变成血人，连脸上是何表情都无法看清。蒋问，他是谁？答，团长，王国瑞。蒋问，是不是南官的王国瑞？答，是。蒋打开他的被子看，叹说，敢打仗、会打仗的，还是南官兵啊。

国民党军十万兵力对中央苏区发动第一次围剿。一日，王国立团向工农红军发动进攻，两军打得极其激烈。子弹有如飞蝗。赵孟郡亲临前线督战。他怎么也不相信他率领的军队对付不了一撮蟊贼。他一次又一次命令王国立的先锋团发动强攻。王国立说，军座，你有所不知啊，别看这些毛子兵武器装备差，可他们心齐着呢，个个打起仗来不要命，很不好惹。赵孟郡说，你别长他人志气，灭自己威风好不好？王国立没有他法，只好再次带着先锋团前冲。结果是，上去一次，败回一次。面对阵地上横七竖八的尸体，王国立心痛如刀扎。仗不能再这样打下去了。再这样打，手下的兄弟可要活活拼光了。他要求撤兵：你再不下令撤兵，先锋团的弟兄们会被共军全部打光。赵孟郡说，战场上哪有不死人？他正想重新组织军队再次发动强攻，在此节骨眼上，一颗迫击炮弹直扎指挥所而来。王国立大叫，军座，当心！腾地跃起，舍身扑向赵孟郡，将他捺倒在地。巨响中，指挥所顿时被炸成瓜子片。赵孟郡本人毫发无损，王国立却让弹片削去了左手，一头倒地，鲜血直流。

“九一八”后，中国政局开始变得越来越复杂。国民党内的投降势力认为中国无法对抗日本帝国。他们主张投降，与日本“共荣”。国民党爱国将领则主张放下国共两党的争斗，联起手来一致对外。他们说，国民党与共产党之争，是兄弟之争，与日本人之争，则是敌我之争，事关亡国、亡族。面对国民党内部两股政治势力的争斗，蒋自有主张。他的主导思想十分明确：日本侵略军必须打，但不能现在打。他主张“攘外必须先安内”。是年，蒋作出决定：加紧消灭瑞金一带的中国工农红军和共产党领导的红色政权。

田王两家第二十九代子孙的政治吉月期终于来临。田兴业被任命为最高统帅部侍从室副主任；王国器继续担任第二十六军中将军长兼第九师师长；蒋福海被任命为第十二六军副军长兼宁波要塞中将司令官；王国瑞、王国立分别被任命为第十三、十五旅少将旅长；王国成被任命为海军少将第二舰队指挥长。自孙中山起兵起，至蒋介石执政期间，南官共有一百零八位军人出任中国国民革命军军官。其中中将九人，少将六十八人，其余全是校级军官。

第七章　吉月，凶月

好消息传至南官，十里长街人人喜出望外。南官人说不出有多骄傲。是时，南官人无不得意洋洋地对外地人说，从现在起，我们南官人可以腰里横着扁担，走遍全中国喽！

南官人高兴得太早了。他们不知道，在复杂的政治斗争中，往往没有一成不变的朋友，没有一成不变的敌人。就在田王子孙人人得意忘形之际，悲剧的种子也开始萌芽。

第一个感到田王两家要出事的是谢东潮。那时，谢东潮业已老得不能再老。他一生中极爱的女儿只有谢道清。他怕死后，前三个女儿个个如破马张飞，赌抢活夺，一身书呆子气的谢道清却什么也捞不到。一日，谢东潮突发奇想：我何不趁现在，把属于谢道清名下的那份家产，全部放入她的圣柜中，央人日后交与谢道清呢？万一她哪天遇到意外，也可解燃眉之急。他想定后，即在当夜子时，从床上爬起。是时，谢王府内一片安静，唯有不知名的几只夜鸟从谢王府上空悄然越过。谢东潮光脚下地，秉烛步入内室。他轻打开那只一直安放在他房内的圣柜；随后，开箱倒柜，把早在三年前就分好了的、差不多有大半箱柜的金银器皿、银元珠宝全部放入圣柜中。放好后，谢东潮刚一转身，只听啪的一声大响，圣柜大盖自动闭合。谢东潮想重新打开，奇怪的是，无论他如何费力，再也不能打开柜盖。谢东潮急得直搓手。就在这似梦非梦之时，谢东潮亲眼看到谢明心皇后穿着一身宫服，带着数十名服饰豪华的宫女，一脸威仪出现在他面前。谢东潮大骇，忙要跪拜，谢明心轻一抬手，启动极有磁性的语音对他说，都是自家亲人，用不着行此大礼。她略一停顿，即手指圣柜说，东潮啊，此柜开合自有灵性。关上后，你就别再强行打开。我们谢氏一门行有七十二代，气数将尽。欠人命者需还命，欠人血者需还血；我谢氏一门，欠他们实在太多，你就将它交给谢道清，让她还我谢氏一门欠王田两氏的血债吧。谢东潮问，我谢氏子孙向来与人无求、与世无争，何有还血债之说？谢皇后答，天机不可泄。我只能告诉你，天下之事皆有数。数尽则机尽，机尽则性尽，性尽则命尽，何必多问？谢东潮抬头还想再问，谢明心人影早已不知去向。谢东潮轻揉两眼，定睛再看，一无所有，只有他本人尚一动不动跪在地上。这只圣柜呢，依然亮在他面前。谢东潮开始发懵。他搞不清这到底是梦幻还是现实。天亮了，谢东潮起来了。谢东潮连饭也不吃，就直奔卜无意家。卜无意刚从床上爬起，正着盥洗，见谢东潮丢魂落魄，便问他出了何事，怎么这么早就来了？谢东潮即把昨夜里发生的怪事全说与卜无意听。卜无意听后，长叹说，我早知此柜非常柜，诚然如是。盛极必衰，否极泰来。数起则业起，数尽则业尽。万复归零。谢老爷子啊，你还是听从天意吧。既然是谢皇后梦中显圣，笃定有她的道理。你我皆凡夫俗子，怎能知其堂奥？

第二个感到田王两家要出事的是李文达。同在此夜，李文达突然做了三个怪梦。第一个梦，他看到他与谢东潮精心打造的亚王府一片阴森如地狱。一个男人（很像王国器）与一个女人（很像皇花楼的妓女严芳），抱着一个不长手不长脚，一身刚毛的孩子走进亚王府深处。人影刚一融入，亚王府前木楼内就冒出一团火，接着火越烧越大，以至火光冲天，只一会工夫，便把这座精心打造的亚王府烧作一片白地。第二个梦，他亲眼看到爱婿田兴业似乎正在举行大婚典礼。他怎么看到新娘不像是他亲生女儿李雅香，而是王国器的妻子谢道清。李文达只觉心里打大锛。天，这是怎么回事哪？难道田兴业与谢道清真的是大樟树下的两条白蛇变的？难道这个谢道清今后将要取代他女儿真与田兴业成婚？第三个梦，更是蹊跷。他杖策出游回到十里长街后，却发现怎么找也找不到自己的家。立在他眼前的这所大院明明是属于他的李府大院,然而大门口两根大柱子上却悬着两块大招牌,显有红字白底的当代政府机关名称。他看到他外孙女田文君已长大成人,腰里别着一支手枪,头上戴着一顶他从没见过的八角帽,正意气风发地从他家院子里走出来。李文达刚想上去打听,却发现他的宝贝外孙女,轻如一缕柴烟,笑着在他面前消失了。这三个怪梦把他这颗老心搅得一阵阵发惶。天一亮,他同样拄着拐棍来到卜无意家。卜无意刚送走谢东潮,打算坐下吃饭,见李文达到,放下饭碗起身相迎。卜无意说,老人家,你怎么这么早就来了啊?李文达放下拐杖,坐在他面前,便把他连做的三个梦说与卜无意听。李文达说,是不是我们谢氏所有房产要归于他人?卜无意答,可能。李文达说,是不是我女儿要早死,田兴业最后要与谢道清结婚?卜无意答,天意难料。李文达说,是不是我与谢东潮花大力气造起来的亚王府最终要毁灭?卜无意说,谢老爷子呀,你可是读大书出来的人。岂不知天有其心,人有其命?岂不知人不可将钱财带入棺材,钱财却能把人带入棺材?以在下之见,您老人家还是别管今后发生什么事,你还是多管一点当下吧。是日,李文达决定做一件他人生中最后要做的事:为他唯一最爱的外孙女打造一只价值连城的钻石戒指。

为深入了解时局,知彼知己,受蒋委托,田兴业大量搜集毛泽东的著作,计划写一份有关毛泽东的研究报告。他放下手头全部琐碎工作,调动人力物力,搜集相关资料。十余天后,诸种毛氏著作,如《中国社会各阶级的分析》、《湖南农民运动考察报告》、《中国的红色政权为什么能够存在》、《井冈山的斗争》、《关于纠正党内的错误思想》等,毛氏不同时期的三张照片、八件书法作品,外加一封毛氏书信,全都放在了田兴业的案头。田兴业特意在办公室门口挂上“免打扰”三字招牌,开始聚精会神研读毛氏著作。这一研究,吓了田兴业三跳:

第一吓:毛氏之书法。他祖上田金辅曾在《人生警言》中明确指出，“书乃情之所透，命之潜藏，情之衔行，愫之品相，若知其人，观其字便可知一二。”毛氏书法，可不是一般的书法，前期尚且蹈矩，中期便现与众不同：天马行空里夹带唯我独尊，不拘一格中渗透着独往独来，圆润透剔里夹带着勃勃杀机，狂放不羁中收含着内敛与城府，飞扬奔放里现出三分包容，独具创新中夹带着刚柔相济。拿蒋氏书法与之相较，田兴业心中不免带着一点无奈的叹息，无论是气魄、内涵还是力度，皆逊毛一筹。

第二吓：毛氏之相。田兴业偷将毛蒋两氏之相作了一下精心比对，发现蒋氏虽五岳朝天，眉目清奇，但地阁不丰，远非守疆之主；而毛氏其人虽瘦，骨骼中却渗着人主之雄，眉宇间包容天地灵秀。

第三吓：毛氏著作中的思想方略。尤其对农村对国情国民之了解，远非蒋氏所能及。当田兴业把所有收集来的毛氏著作读完后，他激动得浑身打战。在他眼里，当今世界有两人最了解中国：一是鲁迅，二是毛泽东。鲁迅最大的本事是洞悉国人的劣根性，毛泽东最大的本事是洞悉中国农民阶层与中国国情。他偷着把毛的治国理念、民本思想与蒋作一下比对。田兴业更为之惊讶，他觉得现在这个在井冈山的毛泽东，本身就是一粒可以燎原的星星之火！起码在四个根本性的问题上，他与蒋氏有重大区别：一、政治基础不同。毛的政治理论建筑基础是中国的无产阶级，蒋的政治理论建筑基础是中国的有产阶级。二、建军理念不同。毛的建军理念是人民军队由人民来建设，而蒋氏的建军理念是一切为国民党政府、政权所用。三、政治纲领不同。毛的政治纲领是为平民百姓服务，蒋的政治纲领是为有钱人服务。毛的手段是打击土豪劣绅，让土地归农会，让耕者有其田，建立颠覆性的新政权，实施新管理、新政策、新实验，解决几千年来中国一直不曾解决的土地问题。这样的政权，老百姓岂有不爱戴之理？四、官兵的利益分配完全不同。蒋的军队中军官吃空饷成风，毛的军队中即使剩下一点伙食尾子也是官兵同享。除上述种种以外，共产党与国民党很大的区别在于，共产党讲的是为民众服务、解放全人类、打击资本结集，让政府官员走向平民化，而国民党行的是官僚化、贵族化、资本结集化，少数人就可以垄断整个国家的经济命脉。毛泽东与共产党通过土地革命，将赋予中国一个全新的政治结构与经济结构，一旦取得全面胜利，按毛的治国理念构建新的社会制度，不但国家资源容易控制、容易管理，而且治理国家的行政阶层也容易与底层平民直接沟通。这样的土地革命，势必让中国出现新力量、新个性。这一切的一切，正是旧瓶装新酒的蒋氏政权无法做到的。

田兴业说到底——与他自己所认识的一样——不过是个读书人。他不是政治家，更不是铁腕政客。他想，既然我是蒋氏王朝中的一员，又是蒋的亲属，是亲三分向，我总不能不对蒋说真心话吧。于是，他花了三整天时间，亲自动笔，形成一个郑重其事的文本。在文中，他把蒋与毛的政治理念一一进行比对，最后，最后提请蒋无论在路线、组织、政策上，都应向毛靠拢。他的观点一经正式提出，即遭到蒋的严厉驳斥。是日，蒋把田兴业叫来，当面斥责：你的这个想法，实在是太幼稚，太情绪化，太不懂中国国情了……田兴业听后，只能对天扼腕长叹。此次受批之后，他的内心世界第一次出现大变化。

是年，南京一家报纸，对蒋专打共产党、拒不北上抗日极为不满，公开批评他之所以如此完全是出于他的政治野心，没有考虑到国家利益、民族利益，与国父孙中山先生提出的联俄、联共政治遗志相违背。文章说，蒋的封建王朝意识步步上升，这不是在救中国，而是想搞独裁。很快，这家报纸就被封掉。报馆被封一事，传至田兴业的耳朵。田兴业怎么想怎么觉得不对头，怎么看怎么觉得此事处理不妥。当晚，他即伏案上书。他认为作为一位圣君，当虚怀若谷，着力创建出一个全新的中国，怎能在言论上封民众之口？书一上，蒋心中不快，觉得田兴业书生气实在太重。虽没喊他前来当面斥责，却在批复里说，此言虽成理，但国权未稳，一放便乱，不可如是。有同僚事后对田兴业叹息说，先生哪，有道是伴君如伴虎，龙有逆鳞，触之必怒！长此以往，怕先生不得好处矣。田兴业答，君有错，臣不谏是为不忠。天下有道，以道殉身；天下无道，以身殉道。我田兴业起于一白身草芥，死无憾事。

王曾铣奉命从美国带着两个德国教官与一个美国教官回来。是日，王曾铣与蒋见面。面对蒋，他立正挺胸，行了一个极标准的美国军礼，然后亮嗓喊：报告最高司令长官阁下，上尉王曾铣向您报到等候命令！蒋介石放睛一看，真是士别三日当刮目相看。这小子完全变成了另一个人。身材高挑不说，身板健壮如铁，那眼那嘴那身段与他母亲同出一范，而一举手一投足无不类其父；尤其让蒋为之动心的是其气如山中老虎，那两只眼，明如闪电。蒋介石亲自给王曾铣端了条椅子，让他坐下。王曾铣谢过后，即挺胸坐下。蒋问，你回家看过令堂没有？答，没有。蒋问，为何不去看望？答，忠孝不可两全。叔叔没有发话，为侄不敢。蒋说，赵子林在俄国一待，就带了个俄国女人回来，你为什么不给我带个外国姑娘回来？王答，叔叔，天下未平，小子何敢谈婚论娶？蒋问，你想去何处工作？王曾铣答，报告总司令，军人以服从为天职，一切听从总司令安排。蒋说，我想叫你与你带来的三位外国教官，负责军官培训可否？王曾铣敬礼答，报告总司令，上尉王曾铣愿意完成国家交付之使命。

决定田兴业一生命运的一件大事，不可避免地发生了。是日下午刚至五时，田兴业偶尔来至机要室，意外发现一份绝密电文。电文中清楚地向蒋报告说，田兴业老家南官一带共产党活动极为猖獗。现已查明，南官一带共产党共有一百三十三名地下党员，并在南官回龙山金家村成立南官中共特委。田兴业完全是出于本能上的一种关心，俯身细看。这一细看，可不要紧，顿时令田兴业倒吸了一口冷气。在长长的黑名单中，他亲眼看到上榜第一名的是郑家大少爷留洋博士郑国立；上榜第二名的是恩泽医局院长戴学经；上榜第三名是燕京大学毕业生南官中学副校长钱河清（下面还有一对括弧，说钱河清曾投诚我党）；上榜第十五名的居然是他的亲生女儿，至今还在南官中学读书的田文君。接下来的一百二十九名,很多是田兴业熟悉的亲朋好友,其中有一人还是他的堂小舅子。田兴业深知蒋的为人与政治手段——他决不会允许共产党在他的后院点起熊熊大火。是时,田兴业几乎没有半点犹豫,拿起笔匆匆将黑名单抄录了一份。田兴业潜回寓所,在凳子上一坐,开始犯愁。如何救他们?发电报?不能!邮局寄?即使寄到,也是小老佛娘下半夜。自己去?不行。他是什么人哪?一旦无故出走,岂不是此地无银三百两?想来想去,田兴业想起一人。此人便是一直协助他工作的三等秘书伍大为。伍大为,南官临海人,三年前,在临海省立第六中学毕业,一心想学俄国大作家高尔基。毕业后,只在家里待了七天,即从临海起程徒步流荡至南京。至南京后,先是租下一处亭子间,接着开始伏案日夜写作。他一心想写出一部震动全国、震动世界的大作品。然而天不遂人愿,心想事不成,伍大为所写的小说、散文、诗歌,不知何因,报纸、杂志的编辑们全看不中。投寄的稿子一篇篇全石沉大海。作家当不上不说,他还找不到工作;他食不果腹,日夜不安,好些次饿倒在南京街头。一日,田兴业走出寓所散步,刚至门口处,饿得实在不行的伍大为蹁过身子来,伸手向田兴业讨点钱想买点东西填肚。田兴业一听他的口音,问,你是南官何地人?答,临海人。田兴业说,为何至此?伍大为为人老实,即把自己上南京来的原因全说与田兴业。田兴业见他面目清秀,谈吐不俗;山不亲水亲,水不亲人亲,毕竟是同乡人,岂有不帮之理?一时动下恻隐之心。当日,他先给伍大为一点钱,让他解决眼前生活窘境,后帮他找到一份工作。在伍大为工作期间,田兴业细加观察,又发现他为人极其厚道,平时从不多言;再看他写得一手好小楷,想自己眼下正好缺个抄写文字的帮手,何不叫他来呢?三天后,田兴业问,你愿不愿意上我这儿来工作?伍大为说,您是我的恩人,我何不想到您身边工作?只怕先生看不上我。田兴业说,我这个办公室可不是一般的办公室,一切全是军队化的管理。伍大为说,您就放心吧。只要让我有口饭吃,什么样的管理,我都能适应。

伍大为一口应承,田兴业还有什么话说呢?他让他为他搜集材料,为他缮写文件。就在两天前,伍大为忽然一脸戚容站在田兴业面前,对田兴业说,我很长时间没回家了,想回趟家看看老母,能否请上半个月假?田兴业原本是个大孝子,心想,是啊,人皆有父母,何不让他回家一趟,再说还可趁机把这封信递出去!夜十点,田兴业将伍大为叫到寓所,偷偷将他得知的情况说与伍大为。——我到南官后交给谁?——恩泽医局院长戴学经。——放心吧。我保证完成任务。——这可是关系到一百多条生命的大事。你一要快速,二要谨慎。——您放心吧,我伍大为若是完不成这个任务,提头来见。

伍大为连夜起程。他取道长兴,转道至金华,再至南官,一路顺畅。至南官后,伍大为即偷偷至恩泽医局找到戴学经。戴学经打开密信一看,全身发紧,脸色黑愀愀的。戴学经说,你先找个地方歇着,我去去就来。戴学经找到南官特委书记郑国立。郑国立接过密信看后,倒吸了一口冷气,天,这还了得!当即想办法力争在最短时间内通知所有列入黑名单的人员全部转移至南官山区与刚成立不久的红十三军汇合。事情至此,当十分圆满;但令人意想不到的是,伍大为不知何因,十里长街有那么多旅店不去住,却偏偏入住与亚王府相毗邻的皇花楼。那片三角洲原先只是一片苦楝树与松树林子,亚王府的建造,令周围土地与水脉行情随之看涨。南官正式对外宣布独立那年,王国器因军资暂缺,四面筹措,南官名媛徐沅与嵊州蒋家戏班班主蒋万顺趁机出资援军,征得王国器同意,在亚王府东南向傍河处顺河岸建了两大建筑:一是皇花楼,供往来客商消费与住宿;二是蒋家戏台子,供蒋氏戏班在南官长期演出。王国器这一同意,歪打正着,令这块三角洲,出现意想不到的经济效应与文化效应。论经济效应,亚王府周边的河道与村落闹旺得堪称十里长街第二。每逢三八开市,南官河面上船只如梭,此处一片人山人海。黑夜一到,皇花楼内有性消费,可解性饥渴,三角洲内有蒋家戏班子可供文化消费,生意人的身心与耳目得以愉悦。

太阳一擦山,伍大为任务业已完成。戴学经临走前给伍大为一笔钱,让他赶紧回家,莫在此处多逗留。就这笔赏钱,成了一块烫手山芋,让伍大为内心世界拱起一圈莫明其妙的变化。他居然不想马上雇船回临海看母亲,却想在皇花楼里过上一夜,好好看看十里长街的夜景,消受一下本乡本土的夜生活。这多些日子,他一直在田兴业身边工作,好是好,生活有保障,可一直过着单身男子的禁欲生活。田兴业对下属要求极严,伍大为根本不敢到南京青楼里闻一闻女人的气息。伍大为在临海读书时,不止一次听别人说过,十里长街皇花楼的女人数南官第一。他想,既然来至此地,何不趁机享受一下?心一动,便忘记了田兴业出门前对他的种种告诫。太阳下山后,他即来到皇花楼下榻。为显示国民政府军人的威风,他不仅穿上刚颁发不久的那套校官服,还把上司配发的那把黑色小手枪佩在腰头。

伍大为一身光彩飘进皇花楼,引起了一位特别人士的高度关注。此人名叫樊川。对外,他的职务是皇花楼食宿部领班,实际上是戴笠系统(此时尚未成立"军统")的一个特务小头目。他的主要任务是监视本地军政要员与往来旅客,并通过此途径刺探南官共产党地下活动情况及其内部秘密情报。伍大为全副武装出现在皇花楼,职业上的直觉告诉他,此人来得绝不寻常。伍大为把住宿安排妥当后,下楼吃饭。至饭厅后,他拣了一处紧靠南官河的临窗位置坐下。刚一落座,樊川便出现在他面前。樊川问,长官,您要什么?伍大为答,红烧肉。如有上好糯米老酒,给我端一壶。樊川"喏"了一声。片时一过,饭菜全好,樊川亲自端上。他一边忙着给伍大为布菜,一边套话。——长官,听口音,您不是十里长街人?——是。——宁波?——不是。——何方?——临海。——长官军衔不小,何处当官?——嗨,说出来,别吓着你。——说说看。——南京国民党军事委员会。——天哪。长官是天子身边人?——是啊。军事委员会侍从室。——这么说,你认识十里长街田兴业?——他?我熟着呢。老上司。樊川脸肉起揪,职业的本能再次告诉他,这个伍大为来十里长街定有要事,他决心把伍大为来此的真实目的搞清,说,我呢,就是田家的亲戚,今日与你相见真是人生缘分。长官所有花销,一律归我。于是,樊川一边加大菜码,一边陪伍大为喝酒。伍大为在田兴业身边工作多年,生活清苦,曾几何时如此纵情吃喝过?三杯一落肚,伍大为便昏头夹死脑了。樊川问,长官来南官做什么呀?伍大为答,有事。樊川问,有什么事呀?伍大为答,国家机密,不能告你。樊川灵机一动,挥手,喊过一位妓女,要她把伍大为搀上楼,好好服务一下。妓女问,爷,钱怎么算哪。樊川答,你放心好了,我来付。妓女听得有人付钱,还有什么不好?即搀伍大为上楼。伍大为一上楼,樊川即潜入伍大为房间,打开他的公文包看。内除几个零星小钱外,不见有何特别。再验伍大为身份证明,确是田兴业手下一文职人员。

就在伍大为与皇花楼妓女纠缠得天昏地黑的时候,戴笠系统终于接到蒋的复电。此案涉及南官国民党将领中多名族亲,而眼下正是用人之际,蒋怕军心有变,颇感棘手,压了七天。最后想出一个两全其美之法,才下令复电说:事关党国命运,事关大后方安全。无论涉及何人,一律秘密逮捕。捕后押解南京,不准随意杀伐。复电一到,戴笠系统在南官的特务即采取了统一行动。然而这一出手,结果却全扑了个空。这咋回事?怎么如是齐着走掉?肯定有人走漏风声!若排除戴笠系统内部人员,走漏风声者,定在中央高层。正在此时,樊川把伍大为来南官一事向组织作了汇报。看来,此事完全可能与田兴业有关。在南官一带,除田兴业和黄岩的林蔚(时任侍从室主任)外,无人能接触如此高层的大机密。戴笠系统为将此事搞个水落石出,当即下令抓捕伍大为。

伍大为被捕获。开始时,伍大为表现得很有骨头,怎么问他也不肯说。当四条大汉将他绑上老虎凳,第一块砖头刚一垫上,他便吓得尿了裤子。在一连串的引诱与威逼下,他终于把田兴业派他来送信一事倾囊而出。审问的结果,被电告给了蒋本人。蒋获悉后毛发皆竖,当即叫来田兴业。——是你提供的?——是。——为何这样？——虎毒不食子，是亲三分向。我总不能让我一生中唯一的女儿和好友，落入戴大人手中。——你一下子放了那么多共匪，不是坏了党国大事吗？——我知我犯了党纪国法，但我做不到大义灭亲。这与过去我让你来收南官军是同出一义。好汉一人做事一人当，要杀要剐听便。只求你们法外开恩放了伍大为，此事与他无关。田兴业说完，头也不回走回自己办公室，拿笔在墙上题诗一首：

时危见臣节，
世乱识忠良。
投躯报明主，
身死为国殇。

题毕，投笔于桌，闭目坐等。

蒋做梦也没想到田兴业会如此痛快应承一切，他反倒觉得田兴业非庸常之辈，为人敢做敢当、有情有义、有胆有决。田兴业触犯天条，论罪当杀，然而岂能一杀了之！放？这样才智过人的人，岂可放走？万一被他好友戴学经与他女儿一把拉到共产党那边，得有多少南官人跟着他走？

田兴业被实行永久性软禁。

戴笠系统派人至南官亚王府，谎称田兴业病重，令李雅香起程去南京。李雅香一看大门口站了八个兵，多少明白田兴业出事了。李雅香表现很镇静。她对八个兵说，你们能否给我一点时间，让我处理一下家事？答，可以。李雅香即转身从神龛中拿出两轴田兴业临走时交给她的画，转手交给管家王国鹏。李雅香对王国鹏说，如果我女儿来了，你把画交给她；如果她来不了，你无论如何得把这两轴画亲手交给谢道清。这可是田兴业的命根子。王国鹏点一点头。王国鹏一走，李雅香请求去娘家与老父告别。李雅香泪眼婆娑地站在李文达面前，说，爸，我走了，文君只好拜托您了。李文达看她身后跟着八个全副武装的兵，全明白了。他似乎对田兴业的结局早有预料，只是轻声说，走吧，走吧，我们李家人一不求福、二不躲祸。至于文君，你放心，只要我这个老不死有口气在，不会撒手不管。

李雅香一行上了船。

李雅香到达南京。

李雅香终于在一处位于深山、专门关押特别政治犯的监狱里与田兴业见面。自此，田兴业夫妇在人们的视线中消失。别说是蒋的叔伯兄嫂、后勤大总管少将田如梅不知道，就连蒋的堂兄弟、宁波要塞司令蒋福海也不知道，更别说是王国器本人。

王国器出事了。王国器这次出事，与他极为相知的两个女人有关。

一个女人是皇花楼主徐沅。这徐沅，湖南人，十一岁那年随父母到南官。其父徐可卿，清光绪二十八年进士。先做过湖南某县正堂，后调至南官做大清国最后第二任县知事。别看徐可卿中过进士，一因出身寒门，家无定产，二因书生意气极足，不知钻营，三因天性懦弱——别的人官是越做越大，他却外放至离他老家“十万八千里”、须翻山越岭才能到达的南官来了。徐可卿天性忧郁，至南官后，又水土不服，加之民变不断，日子一直过得并不安生。至南官后第二年，妻子得病。先是吃不下一粒米，后是浑身无力。是时，戴学经爷爷戴和生刚在南官坐堂行医，为治徐可卿妻子之病，不知用了多少正方偏方，全不管用。十一月寒风乍起，徐可卿妻终于将身上元气消耗殆尽，闭目走人。她一走，徐可卿的灵魂便跟着走了，做什么事都打不起精神，整天独自枯坐，或翻书，散步。徐可卿越如是，越是压不住南官那些茬子。那些武弁，个个如狼似虎，馒头大如蒸笼。高兴时，给他动一动；不高兴时，撅个嘴巴能拴头大叫驴。他们欺负徐可卿不懂经济，就在背后大做手脚。三年一过，南官库藏隐患浮出水面，税库官银出缺白银三千两。南官府主官一听南官县税库出缺，即派总兵钱存鑫等一干人前来查账。钱存鑫来后，只一清算，便知是内部人所为。他下定决心，要将此事搞清。有道是大难临头各自飞。面对此情此景,衙门上下全往徐可卿一人身上推。尽管钱存鑫心知,徐可卿不过一介书生,连只地上爬的老鼠也不敢打,何以能出此蠢事?是时,他只企望徐可卿能给他一点好处,他才愿替徐可卿说上一两句好话,以了结此案。哪知徐可卿一贫如洗,哪里能掏登这么些银子来填此黑洞?面对如此劫难和无奈,死亡之神不得不启动另一把钥匙。是夜,徐可卿面对桌上一盏孤灯,越冥思苦想,越觉得自己做人窝囊。一直想至小鸡叫头遍,徐可卿才写下一份绝命书,再拿过一绳往梁上一甩,做下活套,头往套里一钻,脚一蹬,即把自己悬了。徐可卿这一悬,一了百了,可他的亲生女徐沅跟着倒入血霉。在小民眼里,她父亲是朝廷命官;从朝廷往下看,她父亲不过是区区一菜籽官,在与不在有何异?徐沅打开她父亲唯一的随身之箱,箱内除了一本《论语》、一块砚台、一块徽墨外,只有二十七个铜板。如此一贫如洗,南官府商会会长谢东潮实在看不下去,说,不管徐可卿为南官县做没做过大事好事,毕竟来我们南官为官一场。上头不拿他当盘菜,我们不能不拿他当盘菜。是日,谢东潮出钱为徐可卿购下一具棺材,雇了九人将徐可卿抬至南官衙后门。下殓时,谢东潮为徐可卿办了一套大红绸做成的缎被殓装。徐沅一看,说什么也不同意。徐沅说,我父亲一生没用过此等缎被,我若用了,老父在阴曹地府也不得安生。谢东潮一听,不再强求,只好由她用她老父从老家带来的旧布被将父亲下殓。

旧官一死,新官须到,徐沅不能再在衙门后院住了。是时,摆在徐沅面前的是个两难境地:回湖南,山高水远,一个单身弱女,身无分文,何以能凭着两只小脚穿越千山万水?住在这里,孤雁一只,生活问题何以解决?想来想去,只有去找万五魁。当初,万五魁与她父亲亲如一人。徐沅盼着他能伸手帮她一把,令她万没想到,人一走茶就凉。一个谁也用不着的小女子,凡势利者,谁敢粘此血泡?徐沅一去,就碰大钉子。万五魁将家门闭得极死,任凭她如何呼唤,只是不理。正在徐沅上天无路、入地无门时,十里长街青楼里一位名叫贺金凤的妈子来找徐沅。是时,十里长街多妓女。十里长街的妓女大致可分为三类：一类叫楼女。为楼女者要求极高，一要其貌如仙，其娇如花，二要会吹拉弹唱，作画赋诗。这一类楼女，一般船家商贾不会染指，唯有那些当红的达官显贵，才敢独上高楼。二类叫船女。对船女无有他求，只求其通大纲，便可坐船接客。主事者挑上其貌可人者为招牌，几个人共同出资雇游船一艘，将此船精心打点成画舫。船头船尾挂上大小两盏红灯笼，作为标志性广告。接客女子或两或仨，在船头上一站，不断向商家男子搔首弄姿做活体美女广告。掌舵的一般是老者，撑篙走船的一般是后生，做炊做杂的一般是老年妇女，外出跑腿、拉客，集采办于一身的一般是自称"当家"的中年男子。大凡进不了楼女的商客男子，全好这种船。只要他们肯出一定的钱财，规定时间内人船归己。付钱登船后，老大抡篙轻为一点，船便缓离水岸，顺南官河水流轻漾。想看风景了，端上把红木太师椅在船头一坐，边嗑瓜子边呷茶边看风景；想听小曲了，唤出二三花女，或琵琶、或洞箫，吹弹些江南小曲与你听。听着，听着，兴致来了，不必多言语，略一使眼色，被你挑中的女子即可与你共拥入舱。纱窗一闭，鸦雀无声。即可脱衣解带，颠鸾倒凤。云雨一毕，船便回返；岸一靠，即启身走人。第三类叫屋女。凡屋女者要求更低。此类女子，男性主顾往往对她们无有更高的要求。只要她其貌不恶、下体正常，均可入册。此类屋女的主要客户，或是成年累月在外做生意的小商小贩，或是讨不起老婆的单身汉。只要这类男子闪身进门，鸨儿便会笑着相迎。略略交谈一两句，她便令内屋所藏女子倾巢而出，列队任你选挑。无论你挑中什么人，均可砍价。价钱一定，一手交钱，一手交货。房门一关，即可放手撒野。一旦撒野够了，便须走人。多留一时，鸨儿便会出面干涉，按时向你算账。

贺金凤一找到徐沅，即刻开腔。她对徐沅说，徐小姐啊，眼下我那楼里正出缺，你愿不愿去啊？若是愿去，吃香喝辣不说，攒金攒银少不了。初时，徐沅多少有点驴死不倒架。青楼是她去的地方吗？不，不。不管父亲过去做过什么，他活着时有多窝囊，可他毕竟是进士出身，是知县；知县家的小姐，何以能入此畜道？尽管如此，贺金凤毕竟是贺金凤,话说得虽不比玉液琼浆,却也不同凡响。贺金凤说,我的好囡儿啊,我也知此种活儿下道。但做人为了什么?不就图个活着?人在这世道活都活不下去了,还讲什么礼义廉耻?眼下为草民者生计维难,你这个傻闺女不想个法子自己救自己,谁来救你?这一说,倒把徐沅说醒了。徐沅想,是啊,我为什么不借此赚足盘缠,日后好运父母棺椁回湖南?——我可以去,但我有要求。——你说,你说。——我可以卖艺、卖唱,但不卖身。——好,好,我的好囡儿,这没关系,老娘答应你。于是徐沅去了。但徐沅毕竟是闺秀,太不了解人性与人心。她不知人之性,天生就有堕落基因。白布入靛缸,岂有它色?人心如恶魔,若给一指,即要全身。就在徐沅去后的第七日夜里,她正在鼾睡,楼里两个姐妹偷潜入房,用力按住她的手脚,扒下裤子,令喝得酩酊大醉、孔武有力的总兵钱存鑫,结结实实破了她一回身子。玉洁冰清一旦被污,便如一双粘上淤泥的新鞋,再无珍惜之感。既然作为年轻女子最为宝贵的东西都让臭男人给掠走了,她还要这身破皮囊做什么?此后,徐沅再也不在乎什么了。一不做,二不休,干脆上头、绞面,放开手脚大甩。这一大甩,好,徐沅变得有过之无不及。在享受到从不曾享受过的大欢喜后,徐沅终于明白为什么会有那么多女人心甘情愿沦落在此的真实原因。原来天老爷赐予她的这么点东西,不光是为生殖,还有更大的功能,它是征服男人、牵引男人的牛鼻绳啊。一个女人完全可以利用与生俱来的这点东西,令那些有钱有势的男人狗一样围着她直打转;她完全可以利用上天赐予她的这点宝物,一步步吸干男人身上蕴藏的全部精血。尤令徐沅骇然的是,她利用这种方法赚钱,远比他父亲当知县来钱还容易。她毕竟是七品县太爷的遗孤啊,毕竟是读过书、学过琴棋书画的妓女啊,怎与一般妓女处于同一档次?坐堂不到半年,徐沅名气大震。她所在的这座青楼因她而长发其祥,她本人也由此而名扬南官。南官各地有钱有势的男人,差一点把这座青楼的门槛踩平。她本人,再也不是洁身自好的徐沅,温顺善良的徐沅;在腐烂的粪坑里,她渐渐变得蚂蟥般贪婪、独狼般凶狠、野狐般狡猾、五步蛇般穷追不舍。只要来者是贪官污吏，她就凭这副姿色与练就的那套硬功，无不把他们藏在躯壳内的膏油一一榨干。

二十八岁一过，徐沅朗然开悟。她发现自己挣的是青春钱，吃的是青春饭。过了此村再无分店。于是，她比往日更阴损，更刁钻，更敲骨吸髓。男人如不下重金，连门缝都不为你开。三十岁一过，徐沅发现自己的品相开始残败，决定见好便收。于是，她舍下一笔巨金，在十里长街陈泰胡同内购下一座既临河又临街的四合小院，开始过起隐姓埋名的日子。她把凭色相赚来的钱毫不犹豫地花在自己身上。吃的菜，十分讲究，讲究得连每一片青菜叶子都得用刷子精心刷过。所住之房，每天必须有人为它精心擦洗。别的姑且都不论，就她家里那位长工，每天从南官河里替她挑水，徐沅只吃前一桶，不吃一后桶——她怕此长工一不小心放了个屁污了桶水。尽管她有数不清的金银财宝，尽管达官显贵们一直对她另眼高看，但她内心中一直有着大隐痛。这便是岁月不饶人，她日益见老。徐沅心中明白，妓女场上除肉体与金钱交易外，根本不存在男人与女人的情感问题。来性了，爹呀、妈呀、肉呀、亲亲呀，又麻又酥地叫；三把劲一过，穿起裤子走人，与他哪怕狭路再相逢，也叫不出你老大贵姓。南官自古至今，不知有多少名妓最后无不因枝枯叶败，沦落为沿街乞讨的“大贫”，最后倒在路廊头上死掉。是时，徐沅是何等渴望有个贴肉贴身的干女儿出现在她面前。这一来可服侍她至老，二可让她赚来的财富有个交代。正当她心有愁肠千千结之时，与王国器紧密相连的第二个女子在她的面前出现了。

这个女子名叫严冬花。她原本是南官螺洋村一位普通农家姑娘。父亲名叫严富春，祖祖辈辈以种柑橘为生。母亲名叫伍菊英，一直为财主做佣。别看她家家境贫困，但母亲伍菊英的容貌却是出类拔萃。正因如此，她母亲与螺洋的孙、李、钱三大姓官人，背地里一直有着无法说清的瓜葛。自从她父母结婚那年起，她父亲一直背着“绿乌龟”的大名。严冬花刚满十三岁时，南官不明不白飘来一场瘟疫。看不见的细菌,却能战胜看得见的所有人。螺洋乡周围五十里方圆,生不如死的草民们一批接一批倒地。她家来不及往西部山区逃,父亲首先染病倒下。三天一过,母亲也跟着倒下。双亲一倒,她便变成一只孤雏。别看她孑身一人,但她的生命力却极为顽强。为生存,她挑灯夜绣,专做些枕头花鞋之类,上十里长街换些柴米油盐度日。是年六月廿八,严冬花在卖芝桥桥头卖刺绣,遇到一群恶少。为首者名叫牟祥生。此家伙是十里长街颇有名气的花花公子。凭着他父亲牟正启曾在军阀孙传芳手下做过事,拉下虎皮做大旗。是日,严冬花刚在卖芝桥头一块小空地上摆下小摊,恰逢牟祥生带着一帮子小流氓从卖芝桥头过。牟祥生偶间回头,见此小女子虽衣服破烂,面部却如出水芙蓉,秀色可餐。他这便左右开弓黐上严冬花。严冬花走到哪里,此小子即咬至哪里,光天化日之下口出浪语、大动手脚。严冬花何以斗得过此等恶皮烂狗?没法子,只好拔腿兔逃。她一逃,这些家伙便借机鼓噪,穷追猛打。严冬花逃至陈泰胡同,眼看恶少们快要撵上,偶见右侧街面有座高屋大院,台门半虚半掩,便急不择路,一头拱入。就此一头拱入,令严冬花彻底改变了她的人生轨迹。是时,徐沅正在院内散步,见一小女子夺门而入,不知出了何事,便踱出门来一看,原来是牟祥生这帮恶少,正在门外探头探脑。徐沅当然明白个中缘由。她叉手于台阶之上,对他们喝道,哪个狗杂种,敢在我家门前撒野?别看牟祥生是个下流坯子,却知好歹。他深知陈泰胡同之徐沅可不是一般人,此女人上通下达,人脉资源极为丰富。我干嘛有稳不得稳,弹涂钻竹棍?他一伸舌头,溜了。徐沅看他走远,转身关闭大门,将吓得半死的严冬花从黑暗处拎出,扳正身子——这一看,令徐沅大喜过望。徐沅本是风月场上的高手,无论男女,只一入目便可深入肌理。恍惚中,她怎么看怎么觉得此女即是二十年前的自己。——你叫什么?——严冬花。——家中还有何人?严冬花即把家中不幸说与她听。徐沅问,你单身一人,靠此业为生?严冬花咬唇点头。徐沅问,既然你家没什么人,我也没子女,你愿不愿意做我干女儿?严冬花其性类母,为人极能讨巧，更何况眼下她正处于窘境。既然十里长街第一富婆想认她为干女儿，有何不可？严冬花当即跪倒在地，连给徐沅磕了三个响头。徐沅一把将她扶起，领她入屋。自此日起，徐沅给她起了一个好听的名字叫严芳。自此日起，严芳的人生出现了九十度大转弯。徐沅开始教她读书、写字、作画、弹琴、唱曲，教她接待客人的各种礼仪。徐沅一直教严芳至十七岁。就在田王两家的新王府落成后不久，徐沅来至王国器家。她对王国器提出一个要求，要他把戏台东边那块临水空地出让与她起屋。她愿出资为他购买三百石军粮。是时，王国器正因无钱购置军粮，急火攻心，听了徐沅的话，兴奋溢于言表。西头靠河岸那块空地，空着也是空着，让她盖幢房子，有何不可？王国器一口答应。双方即签协议。协议签订后，徐沅将她所积钱财倾囊而出，再次请来南官木匠高手倪季平。

徐沅将倪季平带到那块空地上，对他说，老师头，我只有三点要求：一、本楼日后是南官规模最大、规格最高的好饭店，所有式样须按娱乐业形式打造；二、此楼须是你一生中的第二个经典作品；三、其形其状须与新王府相称——新王府为雄，此楼为雌。对于一般工匠，造此等建筑是个大难题。你想啊，一幢房子，怎么分出雌雄？但倪季平毕竟是倪季平，无此本事，他也叫不得南官木匠王。他亲自画图纸，亲自督工。三月后，楼建成：八开间，呈放射性宝塔形；上下计四层，越往高处楼间越少；正中间有豪华楼梯顺一根合抱粗大的柏柱盘旋而上；每层楼都装有绣阁花窗，楼角悬有风铃，顺河小风轻轻一吹，悬着的铜铃便会叮当发响。与南王府一比，一个方正，一个浑圆；一个粗犷，一个精致；一个如顶天立地的大男子，一个如玉树临风的少女；一个如帝王刚武有力，一个如公主风韵实足！徐沅给此楼正式定名为皇花楼。

是年，皇花楼正式开张营运，徐沅亲自出马当老板。

是年，严芳正式坐台。流光溢彩的严芳一亮相，便在十里长街掀起一股风暴。是年三月三，严芳应金谷寺住持谷道春所请，为金谷寺立玉佛一事做募捐活动。她手捧琵琶坐定，掂起玉指启口小唱

“小方青哦，苦相思，挑灯夜读食不思……”结果曲未尽，便引来一场大骚动。不知从何处跑来一百多位后生，非要上台一睹芳容；你争我夺，结果导致围台十三节木栅被攀断，一大堆人从高台上摔下，其中十二人摔成骨折。是年五月初四，太平富家子弟郝伯英携行囊去上海教会大学读书，路过十里长街，在文昌书院与几位学友小聚。有一同窗名叫夏不奇，不知从何处搞来一幅严芳画的《美人芭蕉图》——破败蕉叶下，有个美人手拿团扇，作痛苦憔悴状。上题小诗一首：

昨夜寒雨击芭蕉，
支离破碎魂飘摇。
终日沉醉梦幻中，
不知何处觅仙桃。

郝伯英一见，凡心大恸，问何人所作？夏不奇说，乃本地名妓严芳所作。——严芳有如此文才，何作此种营生？——天下蚁命，各不相同。鸭饮春水，冷暖自知。郝伯英当场击节长叹，才女，才女，为何沦落于烟花柳巷？这家伙也真是个绝代花痴，当日即定下不去上海读书了，干脆在皇花楼包下一房间要见严芳。是时，皇花楼正成为富人们一掷千金的销金窟，严芳正被民国时期涌现的新贵们团团包围。就他这个只知子乎者也的小小读书人，何以得见她？半月一过，郝伯英神颠魂倒，茶饭不思，终于一头病倒。仆从一看小主人要情死皇花楼了，如何是好？连夜雇下一条小船，将他送回太平。郝伯英到家后，愈发思念，不久便骨瘦如柴。家里人不知情请了医生，总不见好。郝伯英强支着病躯，提笔给严芳写了一信，说，只要你能与我为妻，我一死也心甘。家里人见花痴到了这般地步，只得派人到皇花楼给严芳送信。严芳听罢来由，读了信，心中顿时瓜裂，问，他现在何处？家人答，在太平家里。——可有船？——有。——走。严芳即卸浓妆，找来土花布衣，打扮成下人模样，坐快船至郝伯英家。可怜的郝伯英啊，此时早已变成一条即将干涸而死的小鱼儿，歪倒在床。

严芳现身时，郝伯英误以为是他家下女佣。——你是谁呀？——我是严芳。——别哄我了。——我哄你做什么呢？我真是严芳。——不，不，严芳乃七仙女下凡，怎么会有此等蠢样？严芳即提笔书诗一首：

幻非幻来真非真，
多少红颜白骨精。
打开坟头红棺见，
生死何求一夜情。

郝伯英读罢此诗，再看那烂熟于心的笔迹，才知这位下人打扮的女子果真是严芳，当即捧定她两只手号哭，哽噎说，今日我能见你一面，不枉活此一世……他那双手越掐越紧，越掐越深。严芳骇得全身起皮，忙抹脱他两只手说，郝先生，听我一言吧，真非真、幻非幻，我不过是春风一过桃花梦，逢场作戏而已，何必拿脓疮当乳酥？她正想拿出五十块银元给他治病，令她惊愕的是，这位郝伯英居然当她的面，瞪大两眼咽下了最后一口气。

王国器正式投诚国民党那年，与皇花楼主徐沅第二次见面。陪蒋游南官那日，他来得略有点早，即在皇花楼茶室内等候。徐沅走过来陪话。就这一陪话，徐沅打开了她久藏于心的话匣。她与王国器谈起她老父，谈起她久不曾回去的湖南老家，谈起那条湍淌不息的沅水，谈起老家那座孤零的吊脚楼，谈起老家那漫山遍野的树林，谈起去往她家那条湿漉漉的盘山小路与运来运去的一山浓雾，当然也谈起令她牵肠挂肚的牵船号子。这一切的一切，对她来说，仿佛都是梦幻中的遥远世界。最后，她恳求王国器能否帮她一个忙？王国器问，你想叫我帮你什么？徐沅即把她想将老父老母的灵柩运回老家择地安葬一事说了出来。徐沅噙泪对王国器说，此地非家中故土，家父家母葬此于心何安？别看王国器是莽夫，毕竟是孝子。听后，心中大恸，一口应承。北伐战争与中原大战结束后，王国器被正式任命为中将军长，从野王摇身一变为真王。真王有了政治集团的大力支撑，自然大不一样。蒋不想让他的嫡系部队即刻开往前线剿共。这么一来，王国器就有了短暂的清闲。部队安置妥当后，他即打道回府与谢道清见面。刚一到家，谢道清便说，你应人之请，何可食言啊？王国器想不起应过何人之请。谢道清说，你不是答应过徐沅，将她父母的遗骨运回湖南老家吗？王国器这才恍然大悟。

是年三月，王国器帮徐沅起出父母骨殖，装入小柩，派十八名贴身士兵，运至湖南老家，择地安葬。安葬后，王国器请人为她父母立下一碑。诸事一毕，再携徐沅，坐船回至南官。正出于此种感恩情结，王国器成了徐沅唯一的异性知己，谢道清则成了徐沅的座上宾，两女人以姐妹相称。

是年八月十六，王国器再次回来探亲。徐沅得知王国器归来，心中大喜，信手写下一帖让小厮交与谢道清，请他们去她家赏月。盛情难却，王国器与谢道清一同前往。是夜，徐沅令严芳出来作陪。王国器夫妇第一次与严芳长谈。严芳的艳容与才情首先迷倒的不是王国器，而是谢道清。两个女人对月赋诗，着手比试。谢道清读罢严芳写的一首绝句，拍案叫绝，当下认定此女非凡女，而是天赐才女。一个女子有才、有貌、年轻，可塑性极强，谢道清很想叫严芳离开风月场。王国器与徐沅一个因公事、一个因店事离开后，只剩下了谢道清与严芳。谢道清摘下一枝刚开的桂花，放在鼻下一嗅，说，小小妹，你如此有才情，为何进入此等风月场？严芳不答。谢道清说，我出面给你找个男人如何？严芳仰脸长叹说，姐，我已今非昔比。开弓没有回头箭，放缰之马不可再配鞍座。我已过惯这种奢华的生活，怕是难守清贫、难守妇道了。何必再去坑害良家男子？谢道清抬头看了她一眼，见她伸出的手指如同玉笋(这样的手怎能经得起烟熏火燎?)，一身华彩如此撩人眼目(这样的身躯怎能穿重布粗衫?)，再看她一脸脂粉铅华，何以能熬得住良家妇女的劳作和寂寞？谢道清这才恍然大悟，徐沅为何拒绝回家，严芳为何拒绝嫁人。她们早已步入氤氲云端，怎能脚踏实地回到冷峻且残酷的地面？是夜，谢道清暗中叹息，惜哉，惜哉，布已染皂，不可返白矣！

只要是人，都有缺点和优点，都有软肋或致命伤。一个女人长得国色天香既是天赐的财富，往往也是天赐的祸根。就在田兴业被秘密囚禁这年，十里长街浮排村的郎本清，凭着一身腾挪功夫，摇身一变为南官国民政府主席，即将走马上任。从外表看，这位老帅哥脸朗如月、目如夜星，实质上却是个心毒如蝎的老鹰隼。出于应酬，王国器在南京饭店请了他一桌酒。这家伙当年替孙传芳招降王国器，让王国器赖走那么多银元，至今衔恨在心。时空多变，如今虽然两人同朝为官，但他对王国器总是恨之入骨。上饭桌后，三杯酒下肚，郎本清便大论起人的命相。他说，人生遭际全是命中注定。有的人命中注定是个奴才，当不了野王；有的人命中注定是个土匪，最终还是个绿壳。孙猴子蹦来跳去，还是出不了如来佛爷的手心。别看王国器出身农民，没多少文化底子，敲鼓听声，说话听音，却听得出郎本清那话的弦外之音。王国器心中不快，顺嘴顶他一句，说，这么说来，郎先生也是命中注定给别人当奴才的命喽？王国器这句不经意的话，令他俩的裂隙更为明显。郎本清觉得自己一时失言，露出个红脸屁股让对方取笑，禁不住羞恼，一张白脸顿时变成酱肝。他怒容满面，拂袖而去。拂袖而去就拂袖而去吧，王国器背景厚硬，人强马壮，当然不把他这个地方主席放在眼里。大家不欢而散。

是年，郎本清至南官正式上任。

郎本清装腔作势至十里长街视察。

郎本清听到皇花楼当家名妓严芳的美名与才名。别看这家伙早已结婚，可天生花心不死。到任后第十日，便暗下决心，要好好会会这位闻名南官的名妓。美者，人之所求；色者，人之所欲。这是人之常情，本来无可厚非。也许严芳不想与官场之人纠缠，也许严芳一见他那张阴幽的小白脸便心中发憷，也许有王国器一家在背后支撑，她自我感觉水涨船高。总之后人无法断清严芳当时究竟出于何因，当郎本清要求与她相见并把他的名刺拿来交与严芳时，严芳却露出一脸不屑，随手拿起一支细管狼毫在名刺上批下一行小诗：

三十河东三十西，
命运消长不自期。
先生本是磊君子，
浊女身污何可嬉。

这话虽无伤大雅，但多少夹有讥讽与恃才傲物。就这一首小诗，让郎本清毒刺螫心。郎本清在严芳面前受挫原本是件微不足道的小事，但那些见缝下蛆之人出口的话，就没那么好听了。是夜，何衡芜之子县党部副主委何得志便在他身后紧着给他上眼药。何得志说，这位坐台婊子严芳，之所以不把你主席大人放在眼里，根本原因就在于王国器在背后作靠山。郎本清问，他们两家关系很好？何得志答，好，好，好得像一个人。郎本清问，王国器与她有无风流韵事？何得志答，你这话说的，近水楼台先得月嘛。若是不好，三水泾口这块宝地，何以能让她们盖上这么大的一座皇花楼？何得志特意把关于皇花楼与亚王府雌雄相对一事说将出来。——你想啊，连两家的房子都如此安排，何谈其他呢？尽管那时何得志这些话，如恶箭穿心，让郎本清心头滴血，但，郎本清毕竟是从政之人。他太知道王氏一门的分量，太知道田王两氏的势力与社会地位。有道是八尺高的汉子在人家屋檐下，不低头也得低头。他没有法子，只好把这耻辱咽入肚中。

是年，蒋介石在与共产党的军事纷争中屡战屡败，思想意识上出现一次反思。他一方面囚禁田兴业，考虑到影响，对此严密封锁；另一方面，他又觉得田兴业眼光独到，唯有他敢在他面前说真话，唯有他不与他阳奉阴违。自古忠言逆耳。若再不照田兴业的意见整饬政纪，杜绝政界、军界官员的贪污腐化堕落，他费尽九牛二虎之力精心构建起来的国民政府，最终也许会毁于一旦。为解决党国内部的腐败问题,专门的全国整饬委员会成立了。

郎本清时来运转,被任命为整饬委员会特派员,主管江浙两省官吏。命下之日,郎本清双目红艳如炬。他高兴得在房间里走来走去,不断搓着手,连说了十三声好,这下可大出一口恶气了。

是年七月十四日,郎本清携何得志走马上任。他出手如风,阴狠刁毒,凡不顺他眼、不顺他心的,一律往下收拾。最后,他把目光锁定在王国器身上。他才不相信王国器这小子没一点贪污,没一点受贿!他要财务交出全部账目,但无论怎么查,公款方面王国器不曾有半点差错。最后,郎本清终于想起他在南官时,何得志与他说过的那一句话,那便是严芳与王国器有着难以言清的风流韵事。当夜十一点,郎本清即把何得志召至他面前。郎本清问,王国器是否真与严芳有染?何得志说,若是无染,一个小婊子何以敢目空一切?郎本清问,我怎么能把他这段事抓出来?何得志说,哪还不容易?把严芳抓起来,一审便结。郎本清答,好。就这一声“好”,特别缉查组一行十人来到了十里长街。他们如狼似虎般冲进皇花楼,一把抓起严芳。郎本清心想,只要你严芳一供出与王国器有染——整饬令中就有政府、军队官员严禁嫖妓一说——我就不怕你王国器这小子不倒台。不由分说,他先下令将严芳关入监牢,后亲自开堂过审。郎本清面对这位天姿国色的小女子,只问一个问题,王国器经常到你那里去干什么?你们之间究竟有什么来往?严芳呢,并不是傻帽,她当然明白郎本清的真实用心。什么叫“子系中山狼,得志便猖狂”?这就是啊。一个小人物手中一旦拥有权力,他还有什么事不敢作为的?然而郎本清实在小看了这位严芳。别看严芳肉身虽贱为婊子,为人处世却自有她的良心底线与道德底线。你这个郎本清不就想利用我来打倒王国器吗?这不行。天下无有不死之人。早死晚死我无所谓;作为一个人我绝不能恩将仇报,无端陷害他人。她当场拒绝作伪证。严芳声色俱厉地对郎本清说,王国器从来没有与她上过床,也从未在皇花楼花过一分钱。尤其让郎本清接受不了的是,越是审问,严芳表现出来的态度越是强烈。不但拒绝在所有证词上签字，还骂他是一只披着人皮、吃不吐骨的狼，是天下第一伪君子。——你之所以如此刻毒地折磨我，就因我上次拒绝与你见面的缘故。这一反击，可不得了，郎本清心头鲜血淋漓。严芳此言刚一落地，郎本清即恼羞成怒。别看他平日里口中称善，实则心如蛇毒，当即下严令对严芳用刑。用的不是小刑、中刑，而是大刑，欲将严芳的尊严彻底摧个粉碎。他必须令此女子如狗一样跪在他面前求饶。是夜，他在何得志的协助下，把那些本不当用在女人身上的刑罚全用在严芳身上。先用铁钳拔她的指甲，让严芳一次次痛得昏死过去；再将瓷碗敲碎铺地，裸开严芳双膝让她跪在上面，半小时一过，血流成溪。这还不算，郎本清居然启用了一种名叫“教尔阴”的刑罚（天哪，只有这种无耻之徒，才能想出如此下流的刑罚来）！他亲自动手把严芳裤子扒光，先用灯头把阴毛燃尽，再用细绳勒住阴根，让何得志抡起竹片朝阴部用力批打。此刑既下流，又无耻，还残忍。三下一过，严芳痛得叫黄半角天。然而，令十里长街几十万人后来为之动容的，是严芳的品格啊。别看她是个弱不禁风的妓女，她那骨头、她那意志却非一般男人可及。不管郎本清与何得志两人如何折磨，严芳就是不肯签字。凌晨两点，严芳从昏迷中苏醒过来后，哆嗦着右手提起毛笔，在认罪书上颤抖着写下一首诗：

严芳虽贱尚有骨，
何污君子一世名。
三尺头上有神明，
作恶多端自毙命。

这诗一递到郎本清手中，顿时让郎本清胆战心惊。

严芳被捕，身在长兴的王国器一直不知。也许上天有眼，恰在此日，王国器接总司令之命，令他大力纠集地方武装力量。王国器想到了万五魁。于是他前来南官打算正式收编万五魁。回到南官那天夜里，王国器正坐在亚王府中，徐沅上气不接下气地跑了进来。

王国器问，出了什么事如此慌张？徐沅这便把刚发生不久的事全向王国器报告。徐沅说，如果我不是从王国鹏嘴里得知你回来，我正想去长兴找你呢。王国器一听，两眼如炬。岂有此理！他当即率八位士兵冲进南官政府，正赶上郎本清面对严芳的诗，浑身发锈，不知作何收场。郎本清一见王国器率八位士兵出现在他面前，吓得从椅子上滑下来。郎本清哆嗦着问，你、你、你想干什么？王国器峻脸反问，你为什么要抓严芳？郎本清答，我奉总统之命行事！王国器问，蒋总统什么时候下令让你抓严芳了？郎本清一时语塞。王国器大吼，有没有？郎本清答，没有！王国器问，没有？你为何抓？因为她不让你这个王八蛋上床是不是？郎本清舌头第二次出现打结。王国器一声大喝，老乌龟！你想置我于死地？你他娘望错人了。随后，夺步上前，朝着郎本清的当胸猛地擂上一拳。就这一拳，擂得郎本清五脏震荡，满口喷血，身子板摇了三摇，一头栽倒在地，吓得何得志拔腿便往外跑。王国器砸锁开牢，把折磨得只剩一张皮的严芳救出来，让他的警卫即刻将她送回皇花楼。

是年，徐沅正式宣布皇花楼关门。关了门后的当天，徐沅与严芳双双来到亚王府。母女二人来亚王府只有两个目的：一是感谢王国器救命之恩，二是她们打算远离浊世。面对遍体鳞伤、脸如土色的严芳，王国器心痛得发抽，只是无言以对。半日后，王国器才对她俩长叹说，两条腿的人比四条腿的畜生更可恶。我手中有枪，他们也敢胡作非为；你们手无寸铁之人，何以能对付得了这些豺狼？谢道清轻拢严芳那单薄的身子说，寂寞帘拢双燕飞，春寒惊梦雨霏霏。无情最是长江水，只送行人不送归。人生如斯，你们俩走吧，走吧，还是走吧。盘回于险流恶滩，终有失足之时。严芳听后，眼泪双流，下拜说，此生不能侍奉将军，来生再报。随后起身与徐沅一起离开了亚王府。

是年，徐沅与严芳卖掉了皇花楼和所有值钱的东西。两人当众散尽钱财，郑重对十里长街人发出声明：从此不再步入红尘。

是年，徐沅与严芳只带了一点随身衣服走了。去往哪里？十里长街无人知道。人们只知道她俩在金谷寺逗留了一天,第二天便跟一位名叫无明大师的尼姑走了。

生死只隔一纸,王国器这一拳闯了大祸——三天之后,被擂中要害的郎本清一命呜呼。是时,王国器手下二将陈老五与柳行进,动员王国器带南官本部人马上山落草。陈老五说,与其坐以待毙,不如三十六计走为上计。但两人的提议遭到王国器一票否决。王国器说,好男儿,生有气,死有骨,要的是有一个担当。既能自作,便能自受。眼下国难当头,我岂可上山落草?

王国器确已做好随时偿命的打算。然而,什么叫命运?你不想要,偏给;你想要,偏不给。不以人的意志为转移的人事,便是命运。出乎王国器意料的是,命运最后下的指令却与他的想法完全相悖。郎本清敲骨吃髓的整饬,本就激起了很多政要的愤怒;此次秘审严芳,肆无忌惮地滥用酷刑,正好给了他们话柄。王国器这一拳,正好出了堵在他们心口的恶气。

第八章 英雄气短

王国器为报蒋不杀之恩，亲自送王曾鑫、王曾钊、王曾钫与他的二儿子王曾镇去中央陆军军官学校读书。田如蕙舍不得他们走。田如蕙对王国器说，好男不当兵，好铁不打钉。一家这么多子弟，全部成为军人，上前线打仗，最后打得一个不剩怎么办？王国器说，没有蒋总司令，就没有我王氏一门之今日。如今国难当头，党国之人岂可不为党国出力？

西安发生兵谏。蒋迫于各种力量，不得不取消先剿共后抗日的主张。国共两党终于坐下来谈判。多灾多难的中国终于迎来国共两党的第二次合作。

王曾铣被任命为特别旅少将旅长，王国器再次任命为第六军中将军长兼第六师师长、蒋福海为第六军中将副军长兼宁波要塞司令，田如梅为中将军需部部长，王国瑞为少将军需部次长，王国志为少将副军长兼二十七师长，王国成为福州海军基地第二舰队少将副司令员兼中正号旗舰舰长。表面上看，他们的军衔没多大改变，但手中的权力却比过去大。消息传至田兴业处，正在病中的田兴业发出长叹。李雅香说，别人高兴，你总叹息，这是怎么啦？田兴业答，天之道犹张弓：高者抑之，下者举之；有余者损之，不足者补之。高山底下必有深谷；大福来临必有奇祸。一块海绵吸足水后，必然会自动沉入海底。

刘桂英接王国瑞信，即日起程。

余雪珍接王国立信，即日起程。

田如蕙接王国成信，即日起程。临走时，田如蕙对谢道清说，阿妹，你什么时候去王国器哪儿？谢道清说，她俩走了，你也走；我再这么一走，亚王府这么大的地方，你让我交谁管啊？

其时，日本凭借日益增长的军事实力与明治维新带来的综合国力，为一揽子解决日本岛国资源危机与经济困境，一而再、再而三地发动战争，企图一举把中国、苏联的远东地区与东南亚地区全部纳入日本版图，从而建立一个属于日本的东亚大帝国。后来，日本军队发动了七七卢沟桥事变。二十九路军将士奋起抵抗。佟麟阁将军壮烈殉国。蒋介石发表谈话：任何国家不得侵犯中国主权与领土之完整；冀察行政组织不容任何不合法之改变；中央所派地方官吏不能任人要求撤换；第二十九军现在所驻地区不能受任何约束。中国共产党提出反对日本进攻、团结一切可以团结的力量组成统一战线，共同将日军赶出中国，让这个古老民族真正意义上达到独立、自由、民主，让全国的老百姓过上真正的人的生活。是年，血与火、刀与剑、生与死，共同谱写出中国历史的壮歌。然而，那时的中国毕竟不是现在的中国。那时的中国无论国力、兵力，还是科学技术、军事装备，与日军相比，差距实在太大了。战争打的是什么？打的是国力与后勤，打的是武装与科学。

上海失陷。太原失陷。南京失陷。南京，中国平民三十万无辜被杀。杀时，日军还举行砍头大比赛。

田兴业随蒋移至重庆。转移途中，他极为偶然地看到两则重要材料：一是毛泽东近照与毛泽东写的词《沁园春·雪》；二是一位名叫斯诺的外国大记者写的文章。这位斯诺在他的文章中说，共产党政府开始在陕甘宁边区试行建立人民政府。为实现真正的人民民主，共产党在人民政权中一直实行三三制原则：三分之一是中共党员，三分之一是左派进步分子，三分之一是民主人士。他说他亲眼看到毛领导下的共产党政权高层官员无不厉行廉政政治：毛本人住在极为简陋的小窑洞里，穿的是打补丁的衣服，吃的是红小米饭与辣椒土豆丝；周恩来这么大一个官，睡的是一处普通型的小土炕；彭德怀这么大一个大将军，穿的衣服居然是用敌人的降落帆做成的；林伯渠这么大一个共产党官员，戴的那副眼镜居然断了一条腿，还用细麻绳把眼镜架联结起来。他说，共产党的高级官员月饷只有银元一元，作曲家冼星海的月薪达十元大洋，是共产党高级领导人的十倍。他说他到过共产党的红军大学，那里的学员差不多全是共产党军队的高级将领，可他们穿着士兵的衣服，吃的也与士兵一个样。更为重要的是他们事事为百姓着想，还在陕北分田分地。田兴业放下报纸，对着李雅香叹息：真龙天子出矣。就在他到达重庆的那一天夜里，田兴业决定最后一次给蒋写信。他提笔在信中写道：谁以信义昭天下，天下民心必属谁；谁能只见公仆不见官，上下坚忍卓绝，谁就能在这个国家与民族中立于不败之地。古今中外只有一个公例：凡政权若要垮台，并非反对派的势力有多强有多大，而在于它自身出现的腐败与倒错，最后导致彻底的大崩溃。信一如往故寄上，但最终是泥牛入海无消息。从此，田兴业不再顾问政治，不再给蒋写信。他开始全面地、精心地研究佛经与圣经。是时，他什么也不去想了，只渴望能用佛经、圣经的教义来解脱他人生中最大的苦恼。

王氏一门终于出大事了。

第一个出事的是老大王国瑞。这位曾以捕鱼为业的军人，可以经得住失败，却经不住到手的权力与胜利。在金钱与权力双重来临之际，他开始变得忘乎所以。既然蒋介石考虑到你伤残严重，无法带兵打仗，让你出任军需部次长——手中实际权力仅次于田如梅—— 那你就好好干吧。即使你想贪赃枉法，吮上一口即走，也许还有个好交代。然而人性的贪婪与权力的无人制约，一下子令他的私欲得以膨胀。他再也不是过去的王国瑞，他越来越变得如同一条嗜血的蚂蟥。这一边，他拼命克扣军饷；那一边，他利用手中权力在缅甸大做棉花、军火生意。这一边,他在成都、重庆两地拼命购置房地产;那一边,他却趁国难民难家难纳妾享乐。尤其令刘桂英忍无可忍的是,他居然将军事机密出卖给汪伪政府。这是什么?这可是汉奸的作为哪。刘桂英做梦也没想到她一心爱恋着的丈夫会在权力面前变成这样。开始,她行的是苦劝术;后来,她发现她的苦劝反倒变成两人的结怨点。他不仅不听她的劝说,还把几个妖冶的小妾怂恿起来与她斗。别看她是个女人,可她也有做女人的尊严。在无可奈何花落去的情况下,她别无选择,只好只身携上一只小包,坐着轮船行了七天七夜,从九江起身,至芜湖、宣城、临安,最后逃回仙居老家。自此,她以泪洗面,再也不肯走出仙居一步。天下没有包得住的火。有人将王国瑞背地里偷着做军火生意,并将军事机密泄给汪伪政府一事,报告给了蒋介石。蒋闻之心惊,实在有点不敢相信,但鉴于证据确凿,他实在无话可说。蒋介石到底是蒋介石,他太知道什么叫政治,太知道眼下国内战事纷乱,后院起火会给他带来什么样的麻烦,太知道王氏家族的血缘情结是任何政治理念不可取代的。然而,他决不允许王国瑞吃里爬外与他娘的死对头汪伪政权合作。是日,蒋给戴笠下了一道密令:秘密处死王国瑞。就在蒋的密令下达后的这一天夜里,喝多了一点酒的王国瑞,晃着身子从他的一个小妾的房里走出。走至一桥边,一颗不知从何处飞来的子弹,正好击中他的眉心。王国瑞身子摇了三摇,最后如一只米袋,沉甸甸地栽倒于河岸。次日,报纸上即宣布一条消息,说,王国瑞为国捐躯,追授中将军衔。

第二个出问题的是老二王国立。由于王氏家族的自我无限膨胀,潜伏在内心深处的魔鬼,开始挣脱意志的牢笼,肆无忌惮地冲向物欲世界。人生不过是过眼烟云啊人生不过是一场空梦啊人生在世有权不用过期作废啊人不为己天诛地灭啊做人说不上哪天战死在沙场莫如趁活着好好享受啊人生过了这个村可就没那个店了啊——如此颓废的人生价值观,一直在国军中弥漫。这种价值观一旦统帅他们的思想,潜藏于灵魂深处的魔鬼与邪恶就开始左右他们的行为。那时,王国立虽然身为政府军独立师的一大师长,但他既不抓训练,又不整顿部队,反而拼命追逐女人：部队开到哪里,女人就要到哪里。每次出征打仗前,他所做的第一件事,就是先找个女人与他来那种事;完事后,再决定出兵打仗。他不止一次对手下军官们说,你们也去找个女人玩玩吧。一旦被打死,连个女人味都没闻着,实在太可惜。南京保卫战失利后,王国立部队开往武汉。此时嵊州蒋家戏班新班主蒋和三也率着他的戏班子至武汉。——那蒋和三可不是别人,正是十里长街蒋家老戏班班主蒋万顺的儿子。别看蒋和三年纪很轻,却是浙江梨园中的一怪。明面上,他是个血性男子,然其容其貌却长得完全像个女人：柳叶眉儿凤凰眼,希腊鼻子瓜子脸;樱桃小嘴流水肩,开口一唱嗲嗲甜;细腰一拧飘风柳,白腿一亮似米团。——这些姑且好说,演员嘛,而尤令那些粉丝们为之倾倒的则有三样：一是他那双手,既纤细又爽白,胖乎乎的手背上嵌有十个可爱小圆窝;二是他那笑,与他亲妹蒋凤春同出一范,烂漫中夹缠着三分天真;三是二十多岁的男子人,下巴壳却不长一根胡子。有道是男人无胡不成相,天下哪有没胡子的男人?然而令人不可解的是,就他没有。若不是他脖子上长有喉结、胸脯平板、卡巴裆中有个东西在那里吊着,谁能把他当成一个男子人?他一化妆,别说是外人,就连同戏班的,时常也把他亲哥妹俩搞混。上帝的造物啊,实在是精美绝伦!往往社会上需要什么,上帝便会挖空心思造出什么。当官的天生就当官,打仗的天生就打仗,搞科学的天生就搞科学,做戏的天生就会做戏。这位蒋和三命中注定就是天生的大戏子。自他出生那日起,他父亲蒋万顺抱起他只是一看,便爽朗大笑,说,天哪!这娃子哪里是个男儿?纯粹是个女孩!看来,天老爷让我们蒋家出名角了。后来的事实,果然如是。三岁,蒋和三便能咿咿呀呀唱小曲;五岁,便能跟大人们学戏角,而且唱什么像什么、演什么是什么。浙江嵊州自古是中国有名的戏曲之乡。演戏,早已成为当地农村百姓最佳的谋生手段。姓唐的叫唐家班;姓何的叫何家班;姓蒋的叫蒋家班。每年年底,同姓村落,除些老弱病残在家外,所有精壮族人全组成戏班倾巢出动。能走村则走村,能串镇则串镇,能上大码头则上大码头。一直至农忙关田,这才集体打道回府务农。他们以家族为单位,身背行头,走遍千山万水,睡遍天下庙堂,吃遍天下五谷杂粮。既然以戏为生,就得有看家本领。族内人须从小培养两种人才:一叫“戏种”。凡为戏种者,须是戏班内第一高手。知调(调性)、知目(故事)、知乐(各种各样的乐器)、知角(各种各样的角色)、知唱(各种唱腔)、知作(表演的动作),拿得起放得下;上台能不能夺人眼球,要看他要出来的两把刷子。二是“戏娘”。凡为戏娘者,须是本族中精心筛选出来的第一号大美女。不光人长得风情万种,还懂得如何使手腕勾引住当地大腕,利用自身一切可利用之优势为戏班子开路,每临一地,便施出浑身解数,能傍大款便傍大款,能傍大官便傍大官,求得本戏班子在当地演出时三阳开泰、逢凶化吉。

蒋和三是蒋家戏班中的天生“戏种”。十三岁,随父走江湖。十四岁,随父上场跑龙套。十五岁,把三十三本大戏戏文背得倒菜籽落坛。十六岁,便成为“梨园一绝”。尤其让同行们为之兴叹的本事有两样:一是水袖。一般演员舞水袖,只舞三尺,他可舞九尺;不舞则已,一舞习习生风,令人目不暇接。二是会耍牙(在牙齿内安有锋利小牙刀。剧情需要时,嘴一张,牙刀发出一片寒光闪烁)。一般演员只会耍两对,他会耍四对。十九岁,他随父登台献艺,第一出唱的是《杀子报》,仿佛一夜间便在临海、宁波、桐庐、富阳一带唱红。二十一岁,蒋万顺因年老,不再出班,就让他与妹妹蒋凤春联手接管蒋家戏班。就在兄妹二人正式接班这一年,抗日战争在中国土地上全面爆发。那时有个相当动人的口号,叫做“一寸河山一寸血,十万青年十万军”,在这种爱国大号召的激励下,全国各地涌出大批热血青年前仆后继冲上战场。蒋和三天生是人精,见此等名利双收好机会,何不趁机出手?是年,他在蒋家戏班基础上,拉起南官、之江两地的八位名伶,共同组建成一个抗日流动剧团,借着慰劳抗日将士之名,一路轰轰烈烈演将下去。保卫大上海时,他在上海演;上海失陷，他在南京演。南京失陷，日本军队对中国人实行大屠杀，激起他一腔爱国义愤，便死心塌地加入了抗日救国队伍，干脆依附国民政府浙江文化部门上前线演出。就在这次抗日救国的大巡演出中，蒋和三首次打破女子一统越剧天下的格局，把昆剧、沪剧、越剧、黄梅戏、京剧等各种优秀剧曲与南官本地独有的“莲花落”有机结合起来，创造出自成一体的南嵊乱弹，并着手推行男女同台。京剧唱腔太高亢，黄梅戏唱腔太平坦，越剧唱腔太阴柔，而他所创的乱弹，恰恰弥补了原越剧之先天不足。由他与他妹妹蒋凤春担纲的《劈山救母》，第一次在九江上演，便打出一片河汉灿烂。尤其是他亲妹蒋凤春女扮男装演出的那个沉香啊，显得既淘气又玲珑可爱，出场一亮相便赢得满堂彩。部队中有不少浙江兵——蒋家戏班那口浓重的乡音，赢得了他们的大喜欢。于是，一个非常特殊的现象出现了：浙江军打到哪里，蒋家戏班子便跟着演到哪里，名副其实地成为政府军队中的一支民间文工团。

武汉保卫战一打响，王国立独立师再次开往前线。这一仗，打得可惨了，王国立一个整编师上去，打到最后只剩下一个营。别看王国立这家伙好色，但在战场上确是一位勇将，一直咬着牙齿坚挺。打到最后只剩下一百三十一人，王国立才接到命令，让他撤出战场。战争的残酷与血腥，不仅摧毁了人们依赖的家园，还让这些从战场上活下来的士兵出现可怕的心理变态。军队一旦失去信仰，失去人性，就会变得非常可怕。无论从战场上下来的，还是没有上战场的政府军队——从军官到士兵，到处弥漫着醉生梦死的情绪。尤其当他们看到方才还活蹦乱跳的友人同道，转瞬间变成垒积如山的尸体时，这种生不如死的情绪，更是让他们的内心世界出现疯狂与错乱。朝不保夕，变成他们心目中的集体无意识。什么爱军爱民，什么为国为家，这些行动口号早已被他们抛至九霄云外。军官们能克扣军饷的便克扣军饷，能包养女人的便包养女人。有的军官天天喝花酒；有的官员居然包养女人达数十位。军官尚且如是，至于那些活下来的士兵们，更是胡作非为。既然这世界是没有希望的世界，我不趁活着作乱做什么呐？正出于此，从前线撤下来的国军士兵，恶作之事不断发生。

王国立撤下战场之日，蒋和三慰问团即接到国民政府文化部门通知，要他带戏班子前去慰问王国立的独立师。国民政府那位管文化的官员对蒋和三说，这个师的师长也是浙江人，是个有功之臣。一个师的人马，打得只剩下一百来个。你们的任务呢，就是要好好慰问一下他们。蒋家戏班从蒋万顺当班主那天起一直与十里长街王氏有密切联系，当初蒋家戏班在南官一带因有王国器撑腰，得了不少实惠；于是，蒋和三兴高采烈地带着戏班去了王国立师的军营大操场。坐在临时戏台下看戏的士兵有的缺了一条腿，拄着拐棍，有的少了一只胳膊，另一只还高高吊起，有的头上缠满绷带只露出一只眼睛，有的脸上血迹没有拭尽嘴角上还挂有一道凝血。至于穿的衣服，更是不成样子，无不百孔千疮。蒋和三上台演的第一个节目便是《劈山救母》。他妹妹蒋凤春演沉香，他演沉香母亲。王国立就坐在台下第一排。由于老观念在作祟，王国立认为唱戏的全是一帮女子。蒋和三上台后，一甩袖，一扭腰，美目流盼，风流妖娆劲道，顿时令王国立灵魂出窍。他现在要什么？什么都不要。他要女人。他那个妻子余雪珍，因战乱、父亲余滋泉病死、家中缺人，回石棋镇去了，此后他一直独守空房。战争把什么都摧毁掉了，却没有把他内在的这种本能摧毁掉，反倒产生器张之攻势。王国立自己也说不清为什么，这个一直潜藏着的精灵要跑出来作妖。每次大战来临，他的内心总会出现毁灭性的恐怖。有个声音老是对他高叫，王国立啊王国立，万一你与你儿子全被打死了，你怎么办？想个法子留下一两个后人吧，我王国立可不能绝后啊。是的，是的，我得寻个国难夫人！不然，我会后悔一辈子！此时，那个一直在台上演武生的妹妹蒋凤春他没看中，反倒把这个男扮女装的蒋和三看中了。戏还没完，他就从口袋里摸出两根金条与一只从日本军官尸体上扒下来的大金戒指与自己的一张名片，让勤务兵给正在台上演得如醉如痴的蒋和三送去。

戏一下场，蒋和三回到后台，戏班总管便把王国立的盘子端上来交给蒋和三。是时，他手下的伙计们说不出有多高兴；你看，王师长到底是浙江人，一下子给我们拿了这么多钱！别看蒋和三是一代名角，却是个跑遍码头，吃尽甜酸苦辣的人；一瞧送来的这些宝贝，便明白盘中含义。蒋和三笑着说，兄弟姐妹们，他哪里是给我戏班子钱哪！他是想要娶我呢！大伙一听，咧着嘴巴子乐。——嘿，嘿，枪对枪，棒对棒，阳对阳，怎么娶？——可不是吗，他把我当成女的了。——那怎么办？——不要紧哪，我自有办法。戏一结束，人们忙着收拾东西。蒋和三连妆也不卸，即来到王国立师部。王国立前脚刚一迈进师部大门，蒋和三后脚赶到。进师部大门后，蒋和三学着女人腔调，冲着王国立道个万福，再娇声嗲气地喊上一声，王长官，你好，小人来了。王国立一看，脸一仰哈哈大笑，说，好，好。你这个家伙好聪明。蒋和三问，不知长官叫小的做甚？王国立说，我是个粗人。做事好开门见山。我想叫你做我一两天国难夫人。蒋和三答，长官，我可做不得你的临时国难夫人。王国立问，为何？难道你有丈夫？蒋和三答，非也。王国立再问，你有情人？蒋和三答，非也。王国立两眼睁得又圆又大，说，这非也，那非也，为何？蒋和三这才像说相声一样抖开包袱，说，回长官话，本人非女身，乃是男儿也。王国立压根儿不相信，说，冲你这副扮相，怎么会是男人？蒋和三说，我知道长官不会相信，所以我只能当着长官的面打开西瓜看生熟。蒋和三即令王国立身边的两个警卫离开，转身屏门。门一屏，蒋和三当着王国立的面三两把褪下裤子。这一褪不要紧呵，那根精神饱满的圆金条赫然在目！王国立仔细一瞧，顿时笑得两眼生水。王国立跷起大拇指说，绝，太绝，真他妈的太绝！

王国立决定与蒋和三结成义兄弟。王国立说，我这一辈子有你这样一位能假乱真的兄弟是我王国立的福分。蒋和三呢，也很看重王国立这种不怕死、敢打敢冲、敢做敢当的男子汉精神，当即打算把他的亲妹子蒋凤春许给他做妾。蒋和三说，你们南宫王氏一门，将星闪耀，我一个戏子人家，能与你们王氏结上这门亲事，也是打着灯笼找不着的大好事。蒋和三、王国立正商量着找个合适时机让他妹妹与王国立见上一面。就在此时,蒋家戏班大管家上气不接下气地跑来向他俩报告,有一帮不知从何处来的国民党兵,冲进他们下榻的旅馆,要戏班子里的全部女戏子陪他们睡觉。其中有三个北方兵,十分蛮横,进了门便指名要蒋凤春,现在正在那里缠着嬲着呢。这可是王国立的防区哪,哪个王八蛋敢在他的地盘里下蛆?——哪一部分的?——不知道。有官有兵,个个全红着眼。——走!我他妈的好好会会他们。王国立一挥手,率一班士兵前往。到了戏班下榻的玉壶春饭店,眼前的景象让王国立全身打战。只见所有的行头被砸得粉碎,一帮士兵蝗虫一样围着七八个女戏子胡乱动手。尤其蒋和三的亲妹蒋凤春,早让这些士兵强行褪下裤子,就着一张春凳便要轮奸。这哪里是人哪?分明是一群疯狗!王国立眼中岂能容得这粒砂子!在我太岁头上动土,你不是找死你想干什么?他气得鼻孔喷烟,掏出手枪便朝一位正在脱裤的校官开上一枪,只一下,便把这位校官放倒在地。人一放倒,肇事的士兵们全都开枪了。这一开枪,全乱了套。不知从何处飞来一颗子弹,正好击中王国立眉心。这位显赫一时的国民党将领,共产党军队的子弹炮弹没要了他的命,日本人的子弹炮弹没要了他的命,却叫自己所栖身的国民党军队士兵用乱枪打死了。

王国立一倒地,乱兵们冲上去一看,是位将军;再一打听,他竟是蒋介石的亲信国民党中将王国器军长的亲哥,铁军少将军王曾铣的二伯,国民党军事委员会侍从室副主任中将田兴业的堂兄,知道这下捅了马蜂窝了。不知中间哪位军官振臂高呼说,闯了这么大的祸,还不走,等着枪毙?乱兵们一听,打了个唿哨,拎起武器便跑得没了影。

此事,震动了国民党高层。是时,蒋介石正在武汉坐镇指挥。他一听,命侍从室主任林蔚出面,把蒋和三与蒋凤春偷着找来见了一面。蒋一边踱步一边问,你也姓蒋?——对,姓蒋。——老家什么地方?——嵊州。——这么说,你我差不多是同乡了?——是。

是不远。——蒋姓原本一家。你这个蒋姓,怎么在嵊州?——为学戏。——你怎么想起把你妹子嫁给王国立?——他是人中豪杰,我服。——豪杰是豪杰,只是身上匪气太重。——匪气不重,何以能替您打江山?蒋和三此言一出,击中蒋介石的心坎。蒋介石一下子想起匪气不重至今还囚禁在狱的田兴业,想起他当初如何帮他收罗王氏一门的事,想起他往日对王氏族人的总体评价,想起他俩在皇花楼抵足而眠时说过的话,想起他在囚禁中的上书,一股无法说清的酸水瞬时涌上心头。一个为亲生女儿为朋友可牺牲自己的人,虽坏了党纪国法,但像他这样直谏犯颜、敢担当的人,又有几个?——你妹子与王国立成婚了吗?——没有。——我有个友人,夫妇双双病重,女儿年幼无知,被共产党利用,一直在共产党那边与我作对。眼下身边缺人照顾,我想请你妹妹帮我照料一下他们如何?——你是一国之主,如今国难当头,我蒋和三说到底不过是个戏子,有何不可?

蒋介石让林蔚取出两百块大洋给蒋和三作为川资,并命蒋和三立刻带着他的戏班绕道回家。蒋和三一走,蒋介石即命人带蒋凤春前往田兴业囚禁处,让她服侍田兴业夫妇。是年,蒋凤春年仅十六。

第三个出问题的是王国成。王国成这一次出的问题,是在一位名叫海蒂的印度姑娘身上。杭州失陷后,王国成的舰队秘密开往舟山一带,日夜不停地在舟山一带海域巡逻,一旦发现日本军舰敢入侵舟山、宁波海域,即准备与日军决一死战。王国器怕谢道清一个人在南官出什么意外,即派人来南官送谢道清到田如蕙临时安在宁波的家。谢道清到宁波半个月不到,一直神出鬼没的王国鹏,突然来到宁波出现在她们面前。王国鹏走进田如蕙家,对谢道清说:李雅香临走时交给他两轴画,说她如能活着回来就交还给她,如果不能活着回来,就让他把画交给她女儿田文君;如果田文君也不回来,就让我把这两幅画交给你。现在,这么长时间了,李雅香一直没回来,田文君呢,也看不到她的影子;亚王府如今空无一人;我的处境也越来越不妙,这两轴画一直让我这么带着,怕是凶多吉少。想来想去,没有别的法子,只好交给你。谢道清问,你到底在做什么呢?王国鹏不答。谢道清再问,田文君到底在干什么?王国鹏还是不答。谢道清说,你这也不答,哪也不答,难道你是共产党的?王国鹏说,嫂子,你别瞎猜了。我是小民一个,生死不由己。你好歹树大根深,有军队保护。你与我所处的环境完全不一样。人家临走前拜托的事情,我得当个事。一旦出现意外,不好交代。谢道清问,李雅香一直没回来,是不是田兴业出什么事了?王国鹏答,不知道,我真的全不知道。谢道清还想问田文君的消息,但王国鹏早已放下他背着的两轴画,头也不回地走了。谢道清、田如蕙一直送他到门口。一出门口,发现王国鹏并非一人来,外面还有八个一身山里人打扮的男子紧随其后。其中一人还戴着一副圆眼镜。田如蕙一看心里发惊,说,阿妹,王国鹏一定是共产党。——何以见得?——那个戴眼镜的后生,是个共产党的官。——别瞎猜了。——我看过政府悬的榜,说是什么游击支队的支队长,跟他长得一样。谢道清并没往心里去。她拿着画进门后,把画放在桌上,第一次极其小心地打开画轴看。这一看,让谢道清非常吃惊。天哪,这两轴画可是绝代精品哪!谢道清打小时起,就听别人对她说过,田家高祖曾给田氏子孙留有十幅名画。田氏祖上下有严命,不准出售此画。但因起事救人,田兴业不得不卖去其中八幅。现在剩下这两幅乃是田家传世之宝。如今乱世,万一这两轴名画落到东洋小鬼子手里,她岂不成了千古罪人?

谢道清跟田如蕙商量说,我们回南官吧。田如蕙问,现在就走?谢道清答,是。田如蕙问,为什么呀?谢道清说,你想啊,男人们全在前线打仗了,我们两个女人待在宁波,整天无所事事,有什么意思?再加上我怎么也住不惯这里。田如蕙说,我也住不惯。人生地不熟,听不懂宁波话,吃不惯宁波菜。谢道清说,再加上我父亲年老多病,身边无人照顾,在这里心总不稳。外面龙窝不如家里狗窝。田如蕙一听有理,是啊,是啊,为什么不走呢?整个宁波港人山人海的全是兵，有什么虾头？远不如南官清静。她们俩一商量停当，当日下午，就给王国成留了一信，坐了船回南官。等王国成回来补给养时，回家中一看，谢道清与田如蕙已走了三日。

她们俩一走，宁波的临时寓所里，就只剩下王国成一人。能干的男人，其性也强。尤其王国成，天天待在军舰里，吃的都是海鲜，性要求远比别的兵种的军人强。出海时，上有军令如山，军纪如铁；下有海浪威胁，战事缠身，性命之力全集中在死与活的一个节点上；一旦归港补充弹药、给养，这些活着上岸的军官，全成了急不可耐的疯狗，有妻子的找妻子，没妻子的找情人。士兵没这等优越条件，只好押出所有军饷发了狂地往妓院里跑。——这就是为什么军港一直多妓院的主要原因。别看那时，田如蕙因年龄问题，渐渐变成了一堆豆腐渣，但在王国成本人，却是涛声依旧。回宁波寓居，一落闲，什么都受得了，唯独身边没女人让他受不了。田如蕙在，他惧内，多少能收敛一点。现在，田如蕙与弟妹一走，他瞬间变成没了紧箍咒的孙悟空，开始六神无主。就在田如蕙与谢道清相携走后的第七天，一位名叫海蒂的印度女子突然闯入王国成的视线。海蒂到底是何许人？这么多年间，十里长街人一直说法不一。一说，她父亲出身高贵，属婆罗门种姓，是个走南闯北的生意人。母亲死得很早。她十三岁跟父亲辗转来中国做丝绸生意。抗日战争一爆发，父亲的货船在海上走，不巧碰上日本军舰，日军误把他这只商船当成军用船，朝船发了一枚鱼雷相逼，她父亲和船全拱手送与海龙王做了人情。而她这只孤雏便被扔在了宁波港。她得知消息后，由于悲痛，由于流落他乡，天天站在军港码头对着大海啼哭。一日，军舰靠港补给，王国成下舰后往自己寓所走，便见一印度女子在码头上对着大海跪拜，哭声特别凄惨。他心中极其不忍，上前俯身打问，您是何方姑娘，为何在这里如此啼哭？海蒂用半通不通的汉语将她家父所遭之不幸全说与王国成。大凡人都有恻隐之心；大凡男人都会怜香惜玉。海蒂的一痛哭、一诉说，勾动了王国成怜香惜玉这根弦。王国成细观此女，年方十八，天生丽质，心中一动，试着探问，你是不是愿意与我住在一起？是时，海蒂正渴望着能找到一位海上军人把她送回印度老家。一见来者是海军将军，大喜过望，当下一口应承。王国成并不犹豫，一翻手便让她成为他身边唯一的战地小情人。二说，这位海蒂从王国成上任那年起，便一直在宁波军港军人俱乐部里服务，当的是酒吧招待。由于田如蕙的缺席，让王国成这匹狂奔之马失去了笼头；于是，放纵心智，移情别恋。做人什么最难呢？拒绝金钱与女色最难！每次军舰出海完成任务回来靠港补给，他一人待得实在无聊，天天只身去军人俱乐部酒吧里喝酒。每次去，每次都是这位海蒂出面招待。三招待四招待，两人开始眉目传情。南官人在男女问题上从来勇往直前。既然你对我有意，我若放过，岂不成了天大的傻子？于是，王国成出手如风一般将她俘获。她顺其自然地成了王国器的编外夫人。

这位印度女子不仅秀色可餐，而且能歌善舞。她天性浮浪，既喜欢中国军人也喜欢外国军人。是时，王国成舰队里有一位来自美国的军事顾问，名叫布赖恩·克罗齐。他与王曾铣曾是同班学友，只是年长王曾铣五岁。他从军校毕业后，当年便被分配至美国海军部工作。这家伙人长得帅气不说，身上的才能也不低。但最大的一个问题是，这位克罗齐是个种族主义者。他看得起任何白人，就看不起黑人与黄种人。在西点军校读书时，他与王曾铣之间的斗争一直不断。他几次公开挑衅王曾铣，王曾铣几次恨不得宰他小命。王曾铣回国后不久，他被美国海军派遣至中国，出任海军顾问。从来到舰队那日起，他一直看不起国民党官兵。他在不同场合不止一次说，印度人是蚂蚁，日本人是蜜蜂，中国人却是令人讨厌的苍蝇。打从他到中正舰后，他与王国成就如同关在一只笼里的两只老虎，动不动便怒目相向。日本舰队载着陆战队侵袭上海时，王国成的舰队在福州，他想带舰队从后路包抄日舰与之决一死战。克罗齐说死说活就是不同意，说，中国海军绝对打不得日本海军，他不想白白与你们这些垃圾兵一起死在海里。王国成打心眼里看不起这个美国大兵，说他贪生怕死，天下第一号懦夫；克罗齐打心眼里也看不起王国成，说他未经正规训练，是个名副其实的中国式海盗。克罗齐刚来中正舰时，王国成出于道义给他配了个厨师，专为他做西餐。因厨师不太熟悉西方人的口味，煎蛋时，一不小心，火候略过，煎得略老。克罗齐当场大发脾气，骂中国厨师是只肮脏的猪不说，还抡起盘子往厨师头顶上扣。正好此情此景让王国成撞了个正着。王国成大怒，拔出水手刀，把刀尖对准克罗齐喉管怒吼，美国佬，你他妈给我听着点！这里可是中国土地，不是他妈的美利坚。你他妈的想在这里待着，你就老老实实待着；不想待了，就给我滚！克罗齐正想发作，一见王国成两眼发绿，活似非洲草原上的狼，吓得屁滚尿流，夹着尾巴走了。

中正舰与别的军舰不一样——从军官到后勤，从水手长到一般士兵，差不多全出身于南官海上的渔民。他们只听王国成一人命令。克罗齐虽是美国顾问，南官士兵决不买账。中国人这种整体性蔑视目光，令克罗齐极为恼火。有一次，克罗齐喝多点威士忌，一脸溅珠开口骂王国成不是海军将领，而是地道的加勒比海海盗，骂中国海军根本不是什么海军，而是一群没有教养的海匪。王国成只因考虑到中美关系，才咬牙切齿不对他的挑衅作回应。结果呢，这家伙蹬鼻子上脸，误以为王国成不敢惹他，越骂越来劲，居然抡起皮带抽打王国成的警卫，打得王国成的警卫一脸是血。这下可把王国成惹恼了。王国成前冲一步骂道，你这个家伙，如此不知好歹！让了你，还他娘的在我面前逞能！看来我不让你尝尝南官海盗的厉害你是不知马王爷长八只眼了。他杀着眼逼问克罗齐，洋鬼子，你他娘的是不是想打架？克罗齐正想显一显他的西方拳术，掉头摆出一副架势，扑身便来攻击王国成。西方拳术讲的是直面攻击，东方功夫讲的是巧力借力。王国成从小就会打九宫拳，十三岁那年，他就已经是南官的武林高手。克罗齐刚一出手，便让王国成逮个正着，借着力，一把颠起克罗齐大头朝下栽入海中，差点把他活活淹死。

克罗齐是个天生地就的花花公子。全舰队的官兵，谁都无法说清，这位山姆大叔是通过何种手段粘上王国成心爱的小情人的。中国的婚姻观与美国的婚姻观，无论过去还是现在，总不能在同一个圆上重合。外国人允许男人有情人，允许女人有情夫，中国人却不行。数千年的文化遗产一直让中国男子把他的女人当成他最大的私有财产。凡中国男子，本人可在外面胡吃海菜，却不允许自己的女人除了他之外还有情人。特别是海蒂与王国成正式同居后，无论他的同僚还是士兵，都认为海蒂不再是天天面对大海哭泣的印度姑娘，而是王国成将军的爱妾与禁脔。海蒂本人呢，恰与王国成思想完全相反。她只想凭借自己的色相保护自己，让自己能顺利回至印度。她之所以委身于王国成，并不出于对王国成有什么真心的爱。她盼着坐中国军舰回福州，再容她设法取道越南回印度。然而令她大为失望的是，中国军队的上峰一直没有下达让王国成的舰队回福州的命令。王国成与海蒂相处时间越久，其味越醇，爱她的情感越深，根本不想放她走；他甚至突发奇想，想叫海蒂为他生个聪明绝顶的混血儿。此前，王国成曾先后三次对海蒂说，我什么都不想，我就想要我王氏家族中有个带有印度血统的后代。那位山姆大叔呢，别看他空挂着美国顾问大名，然而，他的机动性能远比王国成好。他完全有可能趁回国机会把她辗转送回新德里。正由于此，海蒂决定铤而走险。明面里，她是王国成的小情人，背地里却一直向那位山姆大叔打飞眼。一个长得国色天香的婆罗门种姓女子想要俘虏一个美国男子，当然是手到擒来。这位山姆大叔呢，早在她成为王国成小情人时，就已被海蒂的姿色所迷怔，只因王国成这位海上猎手，在他眼里太强大、太可怕——克罗齐一直管王国成叫“大白鲨”——令他无法与海蒂接近，只能望洋兴叹。如今，海蒂主动对他暗送秋波，岂有礼让之理？克罗齐一上钩，海蒂即在两个男人中间打时间差。王国成在家，她一心一意侍奉王国成；王国成一走，她便一心一意侍奉克罗齐。天下没有不透风的墙啊。这种性“给养”，终于让王国成的贴身警卫得知消息。想想吧，在中国，哪有一个贴身警卫不帮主子的？

终于有一日，警卫把海蒂与克罗齐通奸一事告诉了王国成。——哥,那个海蒂,你是想娶她做妾呢,还是仅与她耍玩?——我当然想娶她做妾。——有人想往你头上戴绿帽子怎么办?——老虎驾车谁敢?——哥,有人敢。——谁?——美国佬。——谁说的?——我说的。方才我就看到他溜到你家去了。——什么?王国成原本想下令出海巡航,这一下,出海巡航命令,他也不下了。他都已经登上军舰了,却下令回港。泊港后,一下舰,即往自己家里跑。王国成至家,一见家门紧闭,火冒三丈,一时性起,咣的一脚踹开家门。这一踹,悲剧不可避免地发生了。王国成亲眼看到一直是他睡的大床上,有两种肤色截然不同的肉体,绳子般地死死绞织在一起。他那个小情人由于得到极度的快感,发出不可压制的呻吟。王国成两眼马上现出可怕的五彩。他顿时感到目眩身摇。王国成可不是一位将军头上能跑马的人物啊。他前跨一步,一把抢过放在桌上的水手刀,穿纱破帐,直挺而进,这把水手刀的位置,最后定在克罗齐的大白背上。这一定位,可不是伤残性定位,而是死亡性定位。王国成下的力气太大,水手刀一下子刺透了克罗齐的肉体。刀身一拔,血成井喷。王国成一把翻过克罗齐,人已断气,两腿中的肉柱还在高挺。光着身子的海蒂吓成一只大刺猬。她做梦也没想到,一位中国将领为她一个女子,敢于一刀结果一个美国军官。她满以为红了眼的王国成也会杀她,忙对王国成说,我肚子里有你的孩子了。王国成岩着脸说,就你这样的婊子,说得清这孩子是他妈的谁下的种?趁我现在还念着一点旧情,不想杀你,你赶紧给我走人!海蒂一看王国成的脸,越来越如腌酱菜,明白无论她再说什么都无济于事了。吓得忙穿上衣服,收拾起属于她的那一点东西,转身就离开。

中正舰全体南官官兵全都来到王国成寓舍,纷乱着嘴给王国成出各种解脱的馊主意。一个说,我们就说这个美国顾问死于他杀。王国成摇头拒绝,说,纸包不住火。真的就是真的,假的就是假的。我王国成长这么大,下作之事不少,但我不说谎话。一个斗胆说,我们驾舰投奔共产党。王国成摇头说,你们可以这样做,我可不能这样做。我王氏一门与蒋氏一门是至亲义属,为人当以仁义二字当头,岂可受人荣华富贵而背主作窃?就在这种生死抉择的关键时刻,王国成表现出了南官人独有的一种平静。王国成说,我若不是跟着我阿弟起兵,若不是我阿弟让我投靠国民党,我王国成在南官往多里说不过是个走私贩子。好汉一人做事一人当。我知道如何处理这件事。你们该干什么就干什么吧。南官官兵们一听,全明白,一个接一个地上前给他敬礼,一个接一个地悄然退走。他们一走,王国成即把房门关死。他伏案提笔给蒋介石写了一信(那几个字全由田如蕙亲手教会)。他第一次在信中不称蒋为委员长、总司令、校长,而称他为“兄弟”。他先是详细地向他报告为什么要杀死美国顾问克罗齐的全部过程,最后,这样写道:

> 我是个男人,是我的女人,我就决不会允许这个美国王八蛋来染指。我知道我这个作为完全鼓(辜)舞(负)了您的希望,但我不想在我自己脸上蓬(蒙)丑(羞)。好汉一人做事一人当,现在,我以自杀谢天下,只恳请兄弟对我作阵亡将士处理。

王国成写完信后,再给全舰南官官兵写了一封短信,要求他的兄弟们千万别把他的尸体运回南官老家。他说他是凭着大海起家的,就让他回归大海吧。这两封信一写完,王国成即拔出手枪,对准自己的太阳穴开了一枪。手枪一落,肉身一头栽倒在地。

南官籍官兵对王国成的这种自裁方式并不感到意外。他们仿佛早就知道王国成会如此处理自己。是日,他们在军港大码头上自动排成三排,为王国成举行了隆重的海葬仪式。

王国成的死讯终于辗转传至亚王府。田如蕙闻讯后哭成一个泪人。她想带几人上宁波去找那印度女人算账,但当家女人谢道清并不同意。谢道清说,人生祸事有多少不是自作自受?能怨谁呢?你就别惹这个事了。田如蕙细一想,觉得有理——事实不正如此吗？

南官人，谁都知道王国成这种死法，实在太不值得，但又有什么办法。他是好汉还是孬汉？是命中注定，还是自我作孽？说不清。说不清就让它说不清吧。人们说，过一阵子后，谁也不会再提了；王国成就像南官河面上的飘浮物，在人眼前漂过，漂过也就漂过了。

为阻止冈村宁次的日本军队向内地深入，王曾铣的中国第一旅被下令投放南昌战场。

王曾铣受命组建中国第一旅时，蒋介石曾传他到官邸面授机宜。蒋对王曾铣说出两条他考虑弥久的想法：一、除了旅级三位主官由他统一派遣外，团以下官兵须经统一严格考核，能用者就用，不能用者，决不滥竽充数。二、全旅长官和士兵无论长相、谈吐、体能、智能，都必须是佼佼者。蒋紧握着王曾铣的手推心置腹地说，你要好好为我训练这支队伍。你手下这一千九百多人，从表面上看，与其他军队没什么区别，但实质上是一支干部教导旅。

党国如此重用，王曾铣当然义不容辞。任命一下，他便全身心投入工作。连田如梅前来为他说媒，都遭到他的拒绝。王曾铣对田如梅说，大姑妈，你就等我把仗打完，再提婚事好不好？田如梅一听有理，只好回去。是时，王曾铣为完成总司令交与他的使命，和三位外国教官设定了八个考核课题，从九个军中精心挑选出一千九百八十六名士官，然后按西点训练军人的课目，开始全方位训练。经一年多秘密集训，蒋与陈诚下达检阅令。是日，王曾铣显得何等之英武啊！他完全以一种崭新的姿态出现在蒋氏夫妇与陈诚夫妇面前。你看他：立如岩，行如电，声如钟。每个动作，规范而标准，无不彰显出军人的盖世勇力与磅礴气势，彰显出不可超越的军威。正当蒋登上高台，欲下达检阅令时，王曾铣一身飒爽跨步上前，举手敬礼向蒋发出朗声的报告，请求最高统帅下令检阅。蒋轻挥一下手，部队正式开始接受检阅。这支队伍在王曾铣的指令下，瞬间化成山，化成海，化成一块带有毛刺的钢铁，化成一座牢不可破的长城。王曾铣手一挥，群山漂移；脚一跺，山河崩溃；声一喊，天地失色；枪一举，地动山摇。那股精、气、神，彻底征服了这位中国军人的最高统帅。

蒋亲自走下台来，从每一排士兵面前走过。蒋往左看，成一条直线；往右看，刀锋直逼锐角；往前看，人人黝黑饱满、精干，装备与军容整齐划一；往后看，脚稳身定，力敌万钧，泰山崩于脚下而不撼摇。王曾铣小小年纪，居然有如此管理素质与领导能力，在如此短的时间里，就将这支一千九百多人的队伍，训练成密不透风、钢浇铁铸的大方阵。面对闪闪发亮的钢盔，面对对角成一线的队形，面对动人心魄的声声口令，蒋身心俱醉。在蒋的感觉中，这支军队完全可以与日本、德国的精锐之师相媲美。蒋接二连三地说“好”，再次上台，将“中国第一旅”的军旗，授予王曾铣。

作为政治家，蒋心里比谁都清楚，只要你是人，就有多面性与两重性。任何一种性格都有优点与缺点。懦弱之人的优点是凡事推让、厚重稳当，缺点是胆小怕事，缺少决断力。凶残之人的缺点是人见人怕，但优点是小人不敢蹬鼻子上脸。会水之人常死于水，精明之人常败于精明。实事求是说，蒋比谢道清还了解王曾铣，他知道王曾铣是中国军中为数不多的军事天才——倔强、果断、敢管、敢杀。但他天生一双断掌，命中注定不够柔性、不会外圆内方，这将成为他人生最为致命的弱点。普天之下，唯一有韧长者方才久长，唯有绕指之钢才是纯正好钢。为了给王曾铣配上个好副手，蒋绞尽脑汁。他与第三战区司令长官陈诚想了又想，最后决定将与王曾铣同衔同职同资同历但年长他十岁的赵子林，调至王曾铣身边任副旅长。蒋作此决定，自然有他极其周密的打算。这位赵子林，不是别人，而是蒋氏铁杆同门赵孟郡的儿子。赵孟郡，其父原是青红帮头目，曾在蒋氏当政前帮他组建过军队，为他爬上高位出过大力。赵孟郡本人呢，又是他在东京振武学堂读书时的校友。想当初，赵孟郡带着赵子林来溪口给蒋介石拜年时，蒋介石一眼看出这个小子有过人的灵透劲，当天便打定主意，要将他培养成战将。赵子林二十三岁那年，蒋通过各种关系，将他送至苏联伏龙芝军事学院就读。

有道是知人知面难知心，画虎画皮难画骨。尽管蒋非常了解王曾铣，但他并不真正了解赵子林。初一看，赵子林为人天性厚重，彬彬有礼，见了比他军衔高的长官，无不垂手而立作谦虚状；每开口说话，一口吴侬软语如夜莺，让人听了特为舒服。实质上，他与其父同出一范，是个潜藏不露的野心家与阴谋家。如果拿他与王曾铣相较，一个外露，一个内敛；一个直率，一个拐弯；一个忠诚，一个阴险。当赵子林从父亲嘴里得知，蒋要成立中国第一旅时，他即感受到中国第一旅的分量。是时，他多么想出任中国第一旅的旅长啊。对他来说，这个职位实在有着太多的诱惑。他何尝不知，出任中国第一旅旅长将意味着什么。有日，他与父亲一起坐在办公室里，几经分析，总觉得这个职位非他莫属。为达到此目的，父子两人双双出击，打通了多少关节。然而结果却大出意外——蒋却任命了足足少赵子林十岁的王曾铣！消息一到，赵子林气得差点吐血。王曾铣晋升少将旅长，成为国民党军队中年纪最轻的将领。赵子林觉得王曾铣这小子夺尽他的风头，两眼开始不断擦火。然而嫉妒管嫉妒，恨管恨，蒋是一国之主，他想捧谁就可以捧谁，想抬谁就可以抬谁。你一个当属下的，胳膊拧不过大腿，又何法？左右无奈中，赵子林只好咬牙忍受。在主官与副官的配备上，蒋只考虑到他俩是同乡、同道，生性一和、一刚，完全可以搭配成功，却不料，正因此，这两位国民党年轻的将领将拉开人生悲剧的序幕。

囚禁中的田兴业，得知了这个安排，心中打了个冷战。直觉告知他，两兽同关一笼，必将出现猎杀。原本他起誓不再给蒋上书。出于忠君意识，田兴业强支起病躯再次秉笔写信。他劝蒋立刻收回成命，不可作出此等人事安排。他措辞极为有力、尖锐，直指人心。田兴业写道，中国人自古以来，就有当鸡头不当牛尾的土匪情结。如今你作出如此任命，等于把两头杀伤力正旺的丛林狼同关入一只铁笼。两人一是脾气不能相投，二是生性分野，迟早会酿出大祸。赵子林其面如羊，其心如豺，加上赵孟郡本人虽为党国高官但为人阴险毒辣、睚眦必报，怕是二虎相争，必有一伤。蒋细读田兴业的上书后,即对侍从室主任林蔚说,田之忠诚可嘉,但他只知其一,不知其二。此两人,一个受的美国教育,一个受的苏联教育;我把他俩捆绑一起,完全可以取长补短。再加上,正副职之间出一点小矛盾并不是一件坏事,只要可控制的范围内,挫一挫这两个将军的锐气,让他俩变得更加纯熟,岂不是更好?再说,他们俩分开来起用,说到底不过是个时间问题。人不亲水亲,水不亲山亲。他俩一是同乡、二是同道、三是父辈关系密切,放开手让他俩闹,又能闹到什么地方去?对于蒋的主意不更,林蔚叹惜。

明面上,赵子林接受了这个任命,但上任后,却把内心中所有的怨气与绝望,全都抛撒在与他无冤无仇的王曾铣身上。他想,若不是有你这么一个混账王八蛋,这个职务不是我赵子林的又是谁的?他上任后,一不紧密配合王曾铣工作,二不管事,反倒挖空心思,把《孙子兵法》中的三十六计全部抖落出来对付王曾铣。他想把王曾铣赶走。

每天出操,他说不来就不来;每天军训,他说不参加就可以不参加。每次上课,他干脆晾起来给王曾铣看。有一次旅部班子正开着会,商讨着如何对付日本军队进攻的战术问题。赵子林一只手拿着一块狗肉,一只手拿着一瓶酒,样子活像俄国旧军官,一边喝,一边吐,一边还坐在那里男不男、女不女地骂骂咧咧。这一切都令王曾铣如刺扎眼,一身不爽,恨不得一刀把他宰了,但人家是副旅长,你总得给他颜面。别看王曾铣是西点军校的毕业生,别看他回国后一心效忠党国,别看他内心世界有着很大的抱负,别看他一心想在中国建立一支举世闻名的铁军,但别忘了,一个凡人是无法揪着自己的头发离开地面的。说到底,他不过是一旅之长,面对高层官僚机构,面对橡皮碉堡,面对他说了不算的人事安排,王曾铣既无奈又恼火。他先后三次给蒋上书,说明自己在军事干部配备上的观点。他说,一支军队的成与败,全在军令一致、官兵团结,以及军官优势互补、互相协调、身先士卒上。赵子林作为副职,为人天性阴损、诡计多多、刚愎自用、肆无忌惮、不可一世。如果他再如此无事生非,随意掣肘、鼓动分裂，这将对第一旅的战斗力直接带来重大影响。不出麻烦则千好万好，一旦惹出麻烦，便玉石俱焚。除此外，王曾铣还在信中第一次带着一点恳求的口气对蒋说，如果最高统帅部真的信得过他，真的想把这支军队建成中国一等铁军，敦请给他派一位生性厚道、上点年岁的副职来。但他的三次上书一直没有得到回应。是蒋现在因战事太忙，无暇顾及，还是想以此磨炼一下王曾铣的意志？……王曾铣无法知道。一日，王曾铣接到姑姑田如梅派员送来的一个大信封。王曾铣打开一看，里面只装有一本书，是老子的《道德经》。书中夹有一信，田如梅在信中只写了几句极简单的话：

> 你在国外多年，接受的全是西方那一套教育。东西两方毕竟是东西两方，无论内涵还是外延，均不可同日而语。作为一名年轻的党国将领，姑姑什么话也不想与你多说，只望你好好读读这本书，你就知道如何带兵，如何处理人际关系，如何对待眼前发生的一切。

一本老子的《道德经》，不同角度的阅读带来的效果完全不一样。阴谋家看到的是计谋，政治家看到的是方略，道德家看到的是忍让，阴阳家看到的是变化，军事家看到的是计谋。田如梅给他此书的目的，是让他懂得一点中国的文化特点，让他和为贵、忍为高，做事别咄咄逼人。

自此日起，王曾铣开始改换面孔——不做声响地让着赵子林，看着他，等着他。有不少事王曾铣是和尚吃海蛳，却装成假不知。比如，赵子林在公开场合说，王曾铣根本不是一块当旅长的料子，早晚要把队伍给毁了。别人把赵子林的话，一一学给王曾铣听，王曾铣听后，只是一笑，摆摆手不予理会。比如，赵子林分管军饷与后勤，上任不久后，即开始利用手中权力挪用公款喝花酒，被宪兵队发现，宪兵队长下手要抓，王曾铣摇摇头不让宪兵队长抓。比如，赵子林克扣士兵军饷并利用军饷在外养小蜜，有人连篇累牍地举报，王曾铣只是把这些举报材料全部收起不再过问。比如赵子林在旅部拉起三五位铁哥们，煽阴风点鬼火，王曾铣手下兄弟们要反击，他只是劝手下兄弟们忍让。王曾铣越是如此，一正一反收到的效果越强烈。他手下的副官与团长们实在是无法忍受。他们无不被赵子林这种无端的挑衅气得浑身打战。他们只是搞不明白，你王曾铣要本事有本事，要人脉有人脉，要血气有血气，干嘛在赵子林面前显得如此软弱与窝囊？

终于有一日，旅里的团长团副们不约而同全跑到旅部来找他了。一个说，他朝中有人，你朝中也有人；他父亲是军长，你父亲也是军长；他父亲是中将，你父亲也是中将；他是伏龙芝军事学院毕业生，你是美国西点高材生。你凭什么如此让着他？一个说，你实在是太有点软弱了，你这么容他、让他，往后你这兵怎么带？这仗怎么打？王曾铣只是一往故我地还他们一笑说，西谚有言，脚下的血泡都是自己打的。他要这么做，我又有什么办法？

这话最后传到赵子林耳朵里，这只假俄国熊一听便发笑，怎么样，我告诉你们，他不敢管我就是不敢管我。赵子林越以为王曾铣怕他，越得意忘形，越不知天高地厚。其实赵子林实在太不了解王曾铣——王曾铣虽是一只头角还没长全的狼崽，但狼崽毕竟是狼崽。赵子林一得意忘形，便开始为所欲为，居然将本旅三分之一军饷克扣下来用以倒卖黄金。王曾铣装作什么事也不曾发生，一天到晚与士兵们摸爬滚打，但不少精明的军官们多少从王曾铣微抿的嘴角里看到了杀机。

南昌大会战前夕，赵子林手下一位名叫贺子古的副官，偷着对赵子林说，子林兄哪，你可要当心哪。——怎么啦？——别看王曾铣年轻，他毕竟是西点军校毕业的啊。——你也认为他比我强？——不，不。我的意思是，蒋校长如此看重他肯定有他的道理。——有什么道理？说到底他不过是蒋家的亲属而已。——我看这家伙狼目、鹰鼻，印堂间漾有杀气，你可大意不得！赵子林重搡了他一把，大着舌头说，你不睁眼看看，我父亲是什么？他敢惹我？

在我眼里，他说到底不过是只小蚂蚁，只要我伸出一只手指头一捻，他就得送命。赵子林说完这话，得意洋洋地一甩手走了。贺子古叹息着说，吹吧，吹吧！不知天高地厚的家伙，吹吧！看谁捻谁啊！

王曾铣越来越隐忍。

赵子林越来越张狂。

王曾铣一次次被他逼入死角。

赵子林一次次将自己的尾巴翘上天。

一日上午五时，王曾铣接到战区命令：立刻出击切断日军河上补给线。王曾铣这只从南官山林里蹿出的狼崽，终于看到时机成熟了。他令赵子林带一个团前往大雁岭阻击日军一个师团。此去当然凶多吉少，弄不好还会血本无归。在此关键时刻，赵子林终于现出了他贪生怕死的虚伪嘴脸，他以种种理由拒绝带兵出击。最后，赵子林没声好气地对王曾铣说，要打你自己去打。王曾铣冷脸问，你不是一个天才的军事家吗？怎么不会打？赵子林说，我说过了，要打你自己去打。王曾铣问，你真的不去？赵子林答，真的不去。王曾铣说，这可是军令。赵子林说，什么军令不军令，对我来说，只不过是你放了个屁！赵子林此言刚一落地，王曾铣飓的站起，双目倒立，一脸杀气，忽作高声问手下八位宪兵：一个军人在抗战时贪污军饷，军法当如何处理？——杀无赦！—— 一个副职不服主官指挥，军法当如何处置？——杀无赦！—— 一个军人国难当头，临阵脱逃，军法当作何处理？——杀无赦!!！王曾铣脸色突然大变，手一挥，令：你们还愣着干什么？把他拉出去毙了！他的手下，早因赵子林克扣军饷对他恨之入骨，一看主帅下令，那还用说，一把就将赵子林搡了出去。赵子林简直不敢相信眼下发生的全是真的，还以为王曾铣这小子与他要着玩呢。当他发现这一切全是真的时，他想喊“救我一救”，但一切为时已晚。八位宪兵手中早已枪响，八颗子弹辐辏于他的胸脯。赵子林一声不吭栽倒在地，血从胸口喷涌而出，一直流到军旗旗杆底下。是时，第一旅参谋长名叫易超，也是南官人，他做梦也没想到，事情会发生如此突变。易超咬王曾铣的耳朵说，旅长，他可是赵军长的儿子。王曾铣答，我他妈的还是总统侄子呢。易超说，我只怕你祸患不远。王曾铣答，让我窝囊我做不到。大不了一命兑一命。

王曾铣命令全旅袭击敌人的坦克团。他率兵潜于中山谷，采取夹击之术，打掉前后两辆坦克，再来个中间开花，一下让二十三辆坦克变成废铁。第二次，他拦截日本兵船，拦江而歼，一顿排炮打掉日军三十艘兵船粮船，打得整个江面全漂浮着碎船板与日军尸体。第三次，他下令袭击大田师团，与美国教官联手，令他手下全扮成日本军，直捣大田宿营地，来了个内中开花，打得大田师团死伤一千九百人，当场击毙日本两个将官，八个佐官，而王曾铣旅伤亡较少。在当时整个南昌敌我双方混战的战局中，王曾铣的第一旅一胜再胜，让中国军队上下为之一振。

第一旅不出手则已，一出手便击毙两个日本将官；一个小小旅长敢于当众枪决委员长任命的副旅长——这是常人之举吗？非，非！此人不是天生战争之才便是人间一鬼王。两件事几乎同时震动朝野。所有报纸，无不对王曾铣褒奖有加，批评赵子林罪有应得。王曾铣呢，得胜归来的当日，即令手下的宪兵队把自己五花大绑起来，听候发落。就在这天，相当感人的一幕出现了：全旅官兵集体保驾护航、集体向上级说明王曾铣为什么要枪毙赵子林。官兵们历数赵子林该死的罪状。最后王曾铣只被削去少将军衔，依然保留旅长职务。明面上蒋介石把王曾铣骂了个狗血喷头，但背地里，他对王曾铣欣赏得不得了。他对侍从室主任林蔚说，只有这样的人，才是党国的真正栋梁，才可堪当大任。就赵子林这样的败类，死上八个、九个我也不心痛。

迫于当时中国政局，迫于新闻媒体的一边倒，迫于蒋介石对王曾铣的器重，迫于王氏家族身居高位，手握重兵，赵孟郡这只老狐狸，深懂牙齿打落和血吞的道理。表面上，他若无其事，亲自提笔给委员长写有一信，说，我儿被杀是咎由自取。王曾铣是党国不可多得的将才，吾子死有余辜。望委员长千万不要削其军衔，应当对他有所晋升才是。实际上，赵孟郡不过是在政治上放了一个烟幕弹；杀子之仇，却在他心中扎下了毒根。就在赵孟郡埋葬儿子的那日上午九点，他当着儿子的尸体焚香割指立下血誓说，骑着毛驴看唱本，你王氏一门走着瞧吧，我赵某人，不报此仇，誓不为人！

王曾铣确是一位天下难得的将才。他精心研究共产党的游击战术，从二月至三月间，纵横穿插、浑水摸鱼，歼敌三千八百人，吓得日军一听到王曾铣的第一旅无不胆战心惊。不少国民党元老，干脆称王曾铣为小薛岳。他越打越爱打，越打越来劲，但他怎么也没有料到他背后的那条毒蛇，正躲在洞穴口，随时窥视着能一枪置他于死地的最后机会。

第九章　名将之败

南昌会战，是一场什么样的战场啊，敌我双方全都成了绞肉机。包围与反包围，切割与反切割。敌中有我，我中有敌。往往仅为一座高地，一处屏障，双方投重兵反复争夺，打得血流成河，尸体遍野。

戴学经应召为随军医生，带着八个外科医生与护士到王国器第六军第六师。王国器与戴学经一见面，便朗声大笑起来，你怎么来了？戴学经答，国家有难，匹夫有责，我怎么就不能来？王国器说，真是“不是一家人，不入一家门”，我做梦也想不到你会到我这个第六师来。戴学经说，国共大合作嘛，我为何不可前来合作一下？

王国器接到命令，让其第六师与赵孟郡军不惜一切代价死守九江，拦截日本增援部队，不准日军前进一步。作为一名中国军人，王国器当然知道什么可为、什么不可为，知道什么叫做精诚合作、一致对外。面对敢于蹂躏自己土地的入侵者，只要你是中国军人，如果不为本民族的最高利益而献身，那便是天大的罪孽！

是日，王国器第六师与日本增援部队开始殊死较量。这一仗打得苦呀。穷凶极恶的日军在王国器军的顽强抵抗之下，完全丧失人性、丧失理智。正面进攻拿不下王国器这只拦路虎，居然派出三十多架飞机，向王国器阵地投下大量毒气弹。王国器亲眼看到他的侄儿王曾鑫与他手下八位士兵龇牙咧嘴搅在一起，身上的皮肤只要用手轻轻一触便会树皮一样往下掉；他亲眼看到三分钟前还是欢蹦乱跳的三百多匹战马，口吐白沫、浑身抽搐，最后不得不跪倒在地，七窍流红；他亲眼看到半小时前尚热闹非凡的前沿阵地，现在却变得如同太空般的死寂,所有士兵都荷着枪死了,或站或倒;他亲眼看到原本一片生机盎然的八个村庄,现在却尸体横陈,不见一丝人气。作为一军之长,王国器第一次觉得科学带给人类的不是利益而是灾难;第一次觉得人的生命在这种特别的武器面前显得多么无奈;第一次觉得人类是如此渺小,生命是如此脆弱;第一次觉得现代化战争比冷兵器战争更显残酷、更显无情;第一次感觉到国家的自私与民族的自私所带来的灾难是何其深重,人类如果再这样演变下去,这个人类生存的家园里还能剩下谁?——就在这次惨绝人寰的毒气战里,第六师中有一个整编团完全失去战斗力,第六师的兵员只剩下了两个团。没有一点办法,王国器只好带着他最后的两个团与日本增援部队打成胶着战。进了,又退了;退了,又进了。双方士兵的尸体都可以当作防守工事,脚下的鲜血几乎让面前的战场变成了沼泽地。

王国器咬着牙坚持了三整天。最终,第六师只剩下三个营的兵力。头上有日本飞机不断地轰炸,正前方日军如蝗虫般压来。如果没有部队前来增援,王国器部就得全军覆没。这位从不求人的硬汉,终于挺不住骨架子了。就在胶着战再次开打的那一天上午,王国器用尽全力打退日军的第三十八次进攻后,发电详细向第九战区司令长官薛岳报告全军将士的英勇与壮烈,请求薛岳派兵前来增援。薛岳即命赵孟郡军出兵增援。就在此关键时刻,这位老谋深算的赵孟郡终于设定计谋开始公报私仇。赵孟郡看完第九战区司令长官薛岳下达的增援令,一脸奸笑说,对不起了,老兄,以牙还牙,以血还血;这是南官人的法则。面对着薛长官的增援令,赵孟郡的复电诚恳且执著,他说他的军队已向王国器军方向运动,只因日军队阻击的兵力实在太强,他手下士兵损失惨重,一时无法向王国器军准时靠拢。他对王国器回电说,他们军正在努力向你军靠拢,只望你军坚持再坚持。真实的情况是,他手下的任何部队都未出马救援。

是日,司令长官薛岳详细分析了南昌会战的全局战况,认为若不立刻增援王国器军，一旦日军突破王国器军这道防线，从后包抄而来，整个战局的后果将不堪设想。他误以为赵孟郡军真的受日军所阻，急命王曾铣带着他的中国第一旅即刻出兵杀出包围圈前往救援。王曾铣真是一位敢打硬仗的虎崽啊。他先是利用缴获过来的八辆日军坦克，再凭着他的刚与勇、智与力，硬拼硬打撕开一道缺口，然后马不停蹄冲进赵孟郡防区。一冲进赵孟郡防区，王曾铣开始傻眼了，他做梦也没想到，赵孟郡所辖的防区内，根本没有日军重兵。赵孟郡军只是按兵不动。这是怎么回事？一打听，有人便把赵孟郡的真实态度告诉了王曾铣。王曾铣万万没想到赵孟郡这老家伙，居然拥兵自重，见死不救。王曾铣跳下坦克后，即与参谋长易超怒不可遏地冲进赵孟郡军指挥部。王曾铣问，你为什么不救我父亲？赵孟郡答，我没有能力救你父亲。王曾铣说，你按兵不动，何以说没这个能力？赵孟郡说，我是这个军的军长，这个军就得听我调遣。王曾铣大怒说，赵军长，你这是公报私仇！赵孟郡答，是啊，就是公报私仇，你又能把我怎么样？王曾铣冷笑着说，好吧。军长大人，你想怎么做，你就来吧。我会把你的这种表现向总司令报告！王曾铣与易超刚出司令部大门，往停泊坦克的方向走，猛然间从山嘴拐角处冲出八个全副武装的日本兵，抡起八支冲锋枪朝王曾铣与易超猛烈开火。扇子形展开的子弹，只是一瞬间便把王曾铣与易超两个年轻将领的胸脯打成两只马蜂窝。年仅二十九岁的王曾铣与年仅三十三岁的易超，连一句话都来不及出口，双双同时一头栽倒在地。八个日本兵挥了个手，一转身便跑得没了影。赵孟郡假装跑出来对着王曾铣与易超跺脚大哭。三分钟一过，赵孟郡便郑重其事地向司令部报告，说，中国两位最年轻的将星，在九江城外陨落。电报一拍发，他背着两手来到王曾铣与易超的尸体面前，偷着啐上一口，心里骂道，小兔崽子，你他妈的不睁开眼看看，我他妈是谁！就你这么一个毛头小子，连我儿子你也敢杀！我告诉你，我赵某人的做人原则是以一还十！

王家人的命运开始直线下跌。上天似乎决定就在这一年，让风华正茂的王家人集体走向反面。

第一个先有感觉的是田氏夫妇。王曾铣出事当天，一直跟着田兴业颠簸的李雅香终于在重庆一病不起。临死前，她第一次睁开眼睛，清楚看到身穿少将军服的王曾铣一身是血站在她面前。她起身前往迎接。令她愕然的是，满身血污的王曾铣并不理她，却直接来到蒋凤春面前，冲着蒋凤春跪将下去，叫了一声“妈”；惊得李雅香渗出一身冷汗。王曾铣带血的形象一消失，李雅香的头脑开始清醒。李雅香明白，这不是一个平常的梦，而是有着特殊意义的梦。李雅香觉得，她的死期就要来了。李雅香将蒋凤春唤到身边。李雅香说，我的好小妹啊，我这辈子，只有一事对不起田兴业，没给田兴业生下个儿子来。我那个女儿田文君，又跟上了共产党。我与田兴业一直被囚禁这么多年，想走也走不了，不知文君是死是活。田氏一门在南官十世单传。如果上天借蒋的手让你上我这儿来接我的班，那你就嫁给田兴业吧。你替我为田兴业生个儿子吧。蒋凤春站在李雅香面前哭。她并没有对李雅香的最后嘱托表示同意或不同意；然而，李雅香牢牢握定她那只小手，瞪大两眼死望着她。望着，望着，最后她那双很明的两眼终于变成一对灰色的玉石。——李雅香走了。李雅香就这样悄然无声地走了。

第二个对王曾铣之死有感觉的是王国器。是日，他正带着最后两个营的士兵坚守在一〇三高地，打退日军第三十九次正面进攻。战斗刚一出现间歇，疲惫不堪的王国器，身往战壕上一靠，不知怎的，他就看到他的长子王曾铣一身是血，站在他面前。他仿佛亲耳听到王曾铣对他说，爸，赵孟郡这个老鬼是不会前来救你的，你还是想个法子自己突围吧。王国器一脸愕然，不知所措。王国器想，这是怎么回事？他长这么大也没做过什么梦哪，怎么歪在战壕里，却做起这种噩梦来？就在此时，日军发动了第四十次进攻。这次进攻，比任何一次都凶猛。日军开始集中一百三十多门山炮轰击前沿阵地。炮弹鸟屎一样落下。王国器亲眼看到他的二侄子二营营长王曾钊,被一枚炮弹击中,锐利的弹片把他的肚皮撕开一道大口。一腔肠子甩出去足有三尺多远。王国器发疯地扑过去,一把抱起王曾钊送进指挥所,立命传令兵呼来随军医生戴学经。戴学经顶着炮火冲进指挥所,刚要动手术,王曾钊便在王国器怀里咽下了最后一口气。临死前,王曾钊那只手还死死抓着王国器的胸扣。再惨的不是别人,而是王国器的小儿子王曾镇。他与王曾铣一样,是个不多得的好将官哪。如果说,王曾铣长得类其母,而王曾镇长的样子完全是王国器的真实翻版:粗壮,结实,黝黑,四方楞正的脸盘上长有一对与王国器一样的小狼眼,平日里看人时活如两粒皂荚熠熠发亮。他与父亲一样特别能吃。一顿饭一两重的开花馒头能吃八个,白米糙饭一口气能吃下六碗。他与他父亲一样特别能爬山。驻军九江时,部队军训科目就是爬山。一条三百米长的山路帘子一样悬在士兵面前。官兵们人人累得喉落气喘,独有他轻捷得如只猴子,大气不喘爬上山顶。他是王家所有子弟中言语最少的一个。八岁时,谢道清就想让他与哥哥一样好读书、读好书,可他天生一个毛病,就是不喜书,只要让他看到文字,他便会呼呼大睡。十四岁那年,说什么也要跟着他的哥哥们上军校。谢道清拗不过,只好让他去。这家伙天生是个打仗的手,比他王国器本人还武。一看到真枪真炮,便精神焕发;一听到枪声炮声,身心俱变,连出口的话语也比往日多一半。王国器看到儿子的这种样子,曾仰脸长叹说,生死有命,富贵在天,别他妈跟我一样,不得好死。王国器奉命带部队开往九江时,与蒋福海在长兴见上一面。蒋福海说什么也不同意王曾镇上前线。蒋福海说,一家三口上前线,同在一个战场。万一兄弟两人全出事,你们王家怎么办?你父亲就你这么两个儿子啊。但王曾镇异常坚决地对蒋福海说,姑父,打仗要靠父子兵,哪有副官不跟主官上前线之理?王国器呢,他的想法与蒋福海不一样。他现在的身份是中将军长。三个哥哥全是将官,长子也是将官,三个侄子都是校官。王氏一门打从投蒋以后连出五将官四校官,十里长街有哪一姓人家能赶上他们?既然是名副其实的将官之家,哪有国难来临时不上前线的？既然王氏一门命中注定要带兵打仗，那让他上前线吧。于是，王国器说服蒋福海，让王曾镇跟部队前往九江。王曾镇从他一上军部起，一直在王国器周围跑前跑后，一直参与陈老五、柳行进两个加强营的指挥工作。

日军第四十次进攻失利。是日半夜，山岚一片沉重。日军一小部顺一〇三高地后山那条鲜为人知的山道，神不知鬼不觉地摸将上来。他们此次来只有一个目的，偷袭王国器军的指挥所并与王国器同归于尽。正当日军摸近王国器军部指挥所时，王曾镇正好蹲在指挥所外面的草丛里拉屎。一段硬屎刚让王曾镇挤出小半截，王曾镇便发现日军排成一字长蛇，沿着山路躲闪着朝他父亲的指挥所前进。此时此刻，他父亲王国器呢，对此一无所知。王曾镇想喊，发现根本来不及；想打枪，出手一摸，枪在指挥所，皮带上只吊着一颗美式手雷。王曾镇急中生智，扯开手雷吊环，猛地跳起，狼扑虎跃，张臂朝一个军官模样的扑去，只听得天崩地裂一声巨响，两人同时被一股可怕的力量扯得粉碎。

战斗很快结束。摸上山来的日军被王国器部全歼。但王国器也损失惨重到极点。王国器最后一次清点人数，发现只剩下了一百十三人。营级军官，只剩两人：一个是陈老五，一个是柳行进。

中国军队伤亡惨重，不得不下达停战撤退命令。而日军也未能进一步反攻。南昌会战结束。双方活似一个累得大卸八块的猎人与累得无法再咬人的野兽，双方只好对瞅，一时都无力征服对方。

王国器军第六师没有在中国军队中正式取消番号。——副师长死了。参谋长死了。校官只剩下陈老五与柳行进。尉官只剩下八人。第六军中的第六师官兵，除军长兼师长王国器外，连汤带水只剩下一百一十三名南官官兵。然而那天，就这一百一十三名南官官兵，却如同山岩一样一动不动地屹立在一〇三高地上。

那天，蒋福海带着王曾钫与第六军救援部队到达一〇三高地。两人见面后，做出的第一个动作，便是相拥大哭一场。蒋福海下令王曾钫与全军将士打扫战场。面对着叠山倒海的尸体，将士们无不泪流满面。王曾钫伤心得三次晕倒在地。战争不仅毁了人的生命，还毁了人的心！牺牲的将士集体安葬入土时，蒋福海问王国器，我是不是把王曾镇、王曾鑫、王曾钊的尸体运还南官去？王国器没同意。王国器说，这些人全是我从南官带出来的兵。他们埋在这里，他仨就得埋在这里。

司令长官薛岳来到了一〇三高地。面对这满山满野刚堆起的新坟，薛岳的心情极为沉重。他手拿一根小马鞭，一个坟墓一个坟墓地走过去。面对一个个刚竖起来的树碑，薛岳将军一个名字一个名字地念将过去。最后他把目光停在同时排在那里的写有王曾鑫、王曾钊、王曾镇三个名字的树碑上。——哪个是你小儿子？——王曾镇。——他怎么死的？王国器把前后经过说了一遍。——第六师现在还剩多少人？——一百一十三人。

是日，薛岳与王国器军第六师残部见面。薛岳看到一个整编师只剩下了一百一十三名士兵，而且他们个个不是断臂就是缺腿，顿时热泪盈眶。薛岳心碎地说，作为一个党国将领，我把仗打成这个样子，我薛某有愧啊。他率先跪在一〇三高地上对着馒头样起伏的一片新坟，拜了三拜，然后号令全军将士集体鸣枪三响，向英烈们致敬。枪声震动了江西的山川原野。

薛岳将军下令让王国器将军带第六师最后的一百一十三名勇士跟戴学经救护队回南官。一为疗伤，二为处理后事。薛岳说，这些兵全是你从南官带出来的。他们上有老下有少。至于第六师如何重建的问题，等待总司令的命令吧。王国器一口答应。薛岳问蒋福海，王军长是否还有个侄子在你处当参谋？——是。——就让他帮王军长处理一下后事吧。一个师，一个整编师，只剩下一百多人，我对不起南官父老啊！言罢，再次泪流满面。

王国器看到一身潇洒的侄子王曾钫，想起他那个刚当上将军的儿子王曾铣。告别时，王国器问薛岳，我的大儿子他好吗？薛岳不敢把王曾铣与易超让日本人打死的消息告诉王国器。他一怕王国器爱子心切受不住，二怕王曾铣与易超之死内中有猫腻——在整个事件还没完全调查清楚之前,作为一个战区司令长官,他只能保持应有的沉默。薛岳说,你放心好了,他非常能干。王国器说,仗不打了,我们父子两人均在南昌地区,他怎么不来见他老子?薛岳答,兄弟,你儿子是军人——军人自有军人的任务。老子与儿子见面的机会,还不有的是?王国器说,你不知道,打这小子从美国回来,从没来看过我呢。

王国器第六师没有全军覆没,最后还剩下一百一十三名官兵。消息传至赵孟郡耳朵,当时就骇出他一身冷汗。他怎么也没想到王国器会在如此惨烈的战争中活将下来。他太知道王国器这头老狮子的厉害;他太知道纸就是纸,永远包不住火,他精心设计的阴谋也许最终会败露;他太知道王国器是个绿林好汉,一旦知道事情真相,会用什么样的手段来对付他。这个阴险狠毒的家伙,当天便决定先下手为强。是日午,他即给南官国民政府主席——何衡芜之子、他的亲外甥——何得志写了一封密信,连夜派心腹秘密送至南官,并嘱咐他务必将此信亲手交给何得志。赵孟郡在密信中,密令何得志无论如何想尽一切可想之法,将王氏一门彻底剪灭。赵孟郡在信中说,现在,我已经顾不得许多了。我不怕蒋,即使蒋知道了,他也不会对我怎样。我怕的是王国器一门子孙。只有把王氏一门子孙在南官赶尽杀绝,我们赵何两家方可有救,不然,将死无葬身之地。

郎本清死后,因赵孟郡极力举荐,年纪轻轻的何得志摇身一变,成为南官国民政府的地方主席。何得志接赵孟郡送来的密信,读后,惊得两手不断颤抖。他何尝不知十里长街王氏一门?他们一家是什么人?可不是凡夫俗子啊,清一色的绿壳海盗,如果不借个机会给他们家来个斩草除根,只要有一颗火星在,他们便会把赵何两家杀得片甲不留。是日,夜,何得志找到他一生最好的朋友樊川。两人一起商量如何除掉王国器。两人头对着头一直磋商到下半夜一点,樊川终于给何得志想出了一个两全其美的方案,决定在王国器回南官疗伤的第九天——农历七月十五开始下手。

农历七月十五终于来临。是日,在中国传统文化上是非常有名的鬼节。南官人叫七月半。相传只有到此日,所有阴间投生或来不及投生的灵魂都在去往冥府的十字路口上候着,等待阳间亲人们给他们送赶力、送冥钱,让他们吃饱、吃好,再揣上阳间亲人送给他们的钱,走向冥府,听候阎王爷发落。十里长街人每临此节须做三件大事:一是用硬光纸折迭成船或莲花样子(也可把大橘子剖开,取出橘瓤,作成花篮状),正中间点上小蜡烛,拿到河里去放,这叫放河灯(也称指路明灯,省得去冥府的人迷路)。二是一家老小须相聚在一起,由高寿之人带路,一路点香,一路扔千张,一路诵经,目的是让鬼魂手中有钱可行贿,以便顺利渡过鬼门关。三是家家须在此日夜里点香摆供——摆上硬擂圆与糯米酒,让那些一无亲人、二无家归的孤魂野鬼吃饱吃好,省得一路挨饿。

对南官人来说,这天可是相当不平常的一天。别的姑且不论,这次南昌会战为国捐躯者中,南官人就达一千八百余人,其中很多人就土生土长于十里长街及周边地方。阵亡者家属无不沿街设桌,摆上八碗,祭祀死去的将士。

是日,从天一亮起,整条十里长街,无不一片哀恸,香烟弥漫。

是日,十里长街两位老人,仿佛前生有约,同日去世。先走一步的是李文达。他临走前,什么人也不叫,只让人把刚从前线撤回的戴学经悄悄叫到他家中。李文达对戴学经说,我女儿死了。戴学经说,不可能。李文达说,真的,真的,我女儿死了。我看到我女儿李雅香了。她对我说,她在阴曹地府为我造了幢房子,现在等着我去住。戴学经说,李先生,这只不过你太想女儿出现的幻觉而已。李文达说,天下有许多事,我们肉眼凡身无法说清。但我相信,除了世俗世界,还有一处不可知的世界。我一生只有此女,可我实在对不起她啊。戴学经说,人呐,生死有命。没有谁对不起谁的事。不管怎么说,田兴业官至中将,为国家、为南官、为百姓做了那么多事,是我们南官人值得骄傲的一个人物。正因这一点,我李文达死也知足了。我知道你是共产党。我更知道我外孙女田文君就在你手下工作。我想我活着见到她，怕是没那么容易了。我知道，若干年后，我现在住的这幢房子，我外孙女住不着。戴学经说，物皆有其数。数尽则物易主。这是天之常理。况且我们这些活着的人，本身就是匆匆过客，您老也别想太多。李文达说，我不想啊，我不想。秦始皇想要他的后代子孙万世不更呢，但后来出了刘邦、项羽。我呢，心中只想送给我外孙女儿一个礼物，给她结婚时作陪嫁用。不知你能否交给她？戴学经说，您老放心吧，有什么要我办的事，尽管说；只要我有这一口气在，我必定帮您办到。李文达颤抖两手，在枕头下摸索了大半天，终于拿出一只非常精致的小盒递与戴学经。戴学经拿过盒子打开一看，倒抽了一口冷气。这可不是普通之物啊，而是一只价值连城的钻石大戒指。李文达说，这是我身边最后一点东西了。你赶紧偷着拿走吧。别看他们这两天在我家来来往往，也别看他们眼下对我挺好，其实，他们打心里巴不得我早死，好霸占我的钱财与房屋。我呢，早就想过了，今后的天下必定是共产党的天下。等到那天，你就替我把这幢房子全部献给共产党。戴学经点了一下头。一分钟过后，戴学经揣着戒指悄然潜出他的房门。过不了多久，李家大院那位大管家亮着嗓子高喊，老爷子宾天了！老爷子宾天了！李氏的房族们，全都半真半假大声嚎哭起来。

李文达死后，只隔了一个时辰，谢东潮也走到了人生的尽头。是日上午九时，谢东潮让贴身佣人去一下亚王府叫他女儿谢道清来，有话要与谢道清说。佣人即来至亚王府。是时，整个亚王府几乎成为伤兵们的临时医院与济难所，一百一十三名从南昌撤下来的士兵全住在这里。那么多人吃饭，那么多人活动，让谢道清、田如蕙、戴学经夫妇忙得脚打后脑勺。前两人管伤兵吃喝，后两人管伤兵疗伤。谢家佣人找到正在那里当总指挥的谢道清，上前要谢道清马上去家里一趟。——老爷子有什么要紧事？——不知道。——缓一下不行吗？——老爷子说了，不行。他有要紧话与你说。谢道清一听，话中有话，没法，只得交代一下事情就往娘家走。至谢王府，发现家里家外没一个人。只见她老父亲一人端坐在中堂。谢道清进去后,刚要拜见老父亲,头一低便一眼看到她老父亲脚下放着那只暗红色、阴沉木做成的经历了三十代的圣柜。谢道清问,爸,你把这东西搬出来做什么呀?谢东潮答,我交代后事啊。谢道清说,爸,你别给我添乱好不好?一百多位伤兵全住在亚王府,我都快累死了。谢东潮说,一个人能活多长,只有他本人自己知道。这只圣柜呢,是谢皇后送给你的,放在我谢家算怎么回事?是你们田王两家的东西,当物归原主。谢道清说,得了吧,爸。让它放在这里吧。谢东潮这才把发生在圣柜上的那件怪事与谢道清说了。谢道清一听大为愕然,问,你在这柜子里放了多少东西?谢东潮答,我说不清。当时,我想清点,但柜子自己一合上,我怎么也打不开了。谢道清说,打不开,就打不开吧。反正人是生是死,是荣是贵,早写在生死簿上了。谢东潮说,过去,我一直解不透圣柜里那道圣旨是什么意思。直至李文达死的这个时辰,我才恍然大悟。此柜,不是常柜——关系着你与田兴业的身后事。如果放在我们谢家,若干年后此屋一旦归公,我就有负圣恩了。谢道清说,爸,你别说得那么玄好不好?谢皇后是多少年前的事了。她又不是刘伯温的推背图,能知上下一千年。谢东潮说,女儿啊,有些事呢,你不信也得信。凭我的直觉,你与田兴业怕是还有一段缘分。谢道清说,得啦,爸,你又胡思乱想啦。谢东潮说,不,这不是胡思乱想。只是眼下我打不开这只圣柜不好明说,今后一旦打开,你读一下那圣旨,就什么都明白了。谢道清也忘了圣柜内那道圣旨写的是什么内容。只知道柜内有一组数字,那是"壹久久久久壹叁"。谢道清还不想搬。谢东潮说,我叫你搬走你就赶紧搬走。趁你三个姐姐与姐夫都不在家,你叫几个人从后花园抬出去,搬到你住的亚王府那间密室里。我想总有一天,会帮着你做点什么。谢道清一见老父一脸神秘,想,也许真世界不可解,可解的非真世界。既然父亲如此执意,那就遵从父命吧。她便走出家门,挥手喊来两位搬运工,搬起这只圣柜移后花园至后门水埠,上船,直接送至亚王府后门。再搬上水埠,移至石屋。直到这时,谢道清躲开亚王府内所有人的目光,偷着打开密室,移进。密室门一关，谢道清再也不去想它。就在她刚把这事办完后，谢家的佣人第二次要她赶紧去谢王府。她一看家佣的脸，知道她父亲要走人了。她刚一到家门，见她大姐在门口迎她，一脸是泪地对谢道清说，父亲走了。

是日，南官政府主席何得志亲自来请王国器与王曾钫。他极为情真意切地对王国器与王曾钫说，为了纪念这一千八百多名阵亡的南官将士，本政府特地请了南山寺、升谷寺、国清寺高僧在金谷寺做水陆道场，超度死难将士的英魂。敬请王将军与子侄王曾钫出席，并请王将军为之主祭。是时，王国器内心非常痛苦：他的第六师将士几乎阵亡殆尽，独有他与那一百一十三人活着——别人活着不要紧，作为一军之长和一师主帅还活着，这对于一个烈血男子来说不是一种最凶最恶的惩罚又是什么？他王国器生为男人，当跟他们一起死而成为鬼雄，才算得上是一个南官式的真正男子汉。面对如此之多欲哭无泪的死难家属，作为第六师最高长官，他能说什么？然而，既然南官政府接到上级指令，要南官政府做水陆道场、建碑、建忠烈祠，他岂有不出席之理？王国器几乎连想也没往深里想，就一口应承了。

悼念阵亡将士的水陆道场，设在金谷寺正院。南官足有万人参加，场面极为隆重。南官政府官员面对英烈们一排排遗像，无不声泪俱下。先是诵经，后是祭天，接下是烧纸。王国器头顶香盘一共跪了六跪。前三跪代表薛岳将军；后三跪代表他自己。超度灵魂仪式全部结束后，何得志再次极为恭敬地来到王国器面前，一脸奉承地对王国器说，将军阁下，没有你们全军将士献出宝贵生命，我们国家也绝不会有今天。为感谢全军将士为国捐躯的英勇行为，我们地方政府决定在皇花楼为将军备下一点薄酒以表心意。敬请将军务必带着您的全体官兵前来赏光。真是盛情难却。王国器看何得志确是一片真情，便一口答应。水陆道场散场后，王国器让王曾钫去亚王府通知全体官兵，让他们准时到三水泾口皇花楼赴宴。晚六时，宴会正式开始。那些官兵全跟着陈老五、柳行进一起走进皇花楼。何得志在皇花楼摆的庆功宴分两处。士兵全在大厅，军官全在包厢。菜肴，既高档又精致。菜，只用芯中一口；饭，是本地最好的粳米；肉，是现杀的活猪；鱼，只上脊栋中一条；鸡，只用爪用翅用肉脯。有十几道菜，这些前方归来的将士连听都没听说过，甭说是吃了——什么金华竹叶火腿、四川叙府糟蛋、象山醉蛏鼻、三门醉泥螺、大寺基茶干拌荠菜、河东鲫鱼脑烩豆腐、天星桥乳烤猪、玉环鲨鱼翅、一江山岛唇骨、下陈岛大黄鱼。人们刚一坐好，宴会准备正式开始，南官国民政府主席何得志准备上台宣读一下早已写好的祝酒词。就在这时，谢道清高贵且清逸的身影，突然出现在宴会大堂里。她进门后，先高扬一声说，家中有事，请王国器出来一下。刚落座不到一分钟的王国器，不知发生什么事，赶忙起身走至门外。只见谢道清带着三十三位田王村子弟兵荷枪实弹、杀气腾腾地站在门口。王国器见谢道清脸白如纸，大异，问，出什么事了？谢道清说，我也搞不清王家前世作下什么孽，老天想让王家如此断子绝孙！王国器丈二金刚摸不着头脑，说，你说这话是什么意思？谢道清并不言语，即将一张匿名写来的纸条递给王国器看。王国器低头一看，只见那张纸上写着如此一段话，“现查明，第六师之所以死那么多将士，是因赵孟郡部见死不救。王曾铣奉薛岳司令之命前往救援，被临海赵孟郡让八位贴身军人化装成日本兵所杀。何得志乃赵之小外甥，行赵之密电，想趁此斩草除根。本次宴会主桌酒内有毒，务请谢道清女士让王国器将军带人回来。”王国器大吃一惊：谁写来的？谢道清说，应是戴学经。他开过药方，那字我认得。王国器说，这怎么可能呢？他们如何敢下毒手？谢道清说，我的傻丈夫啊，你懂得什么叫政治？政治只有利益，哪有什么亲情呐？王国器还是不相信，同是蒋氏王朝的官员，同是一个政党军队的高级将领，岂可骨肉相残？正在迟疑时，王国器便听到亲侄子王曾钫发出一声惨叫。王国器拔枪冲进皇花楼包厢内，一出无法想象的惨案终于出现在他面前。他军旅生涯中最后一位亲侄——王曾钫，口流鲜血栽倒在地。正当王国器一脸发愣、不知所措时，何得志手一挥，早已潜伏好的赵氏家丁全掏出枪来对准王国器。王国器勃然大怒，喝，你们想干什么？何得志阴阳怪气地说，对不起了，王将军，有怨报怨，有恨报恨。你儿子杀了我家赵子林，我赵家今天也得杀你王家人。何得志正要下令开枪，只听谢道清在门外喊了一声，下手吧，再不下手，可要晚了。那三十多位一直跟随王国器左右的子弟兵出手如风，枪身立刻疯狂抖动。一排稠密子弹扇形展开，一路平面剪裁，包括何得志在内的八位南官官员与赵家家丁全被芟倒在地上，顿时，显赫一时的皇花楼变得血流成河。

如果到此打住，王国器功德圆满。但王国器毕竟是王国器，潜在他身上的最后那点匪气终于被仇恨煽得更加猖狂。他仿佛雄健的华南虎腾着美丽的身影从丛林中强悍地跳将出来。他变得完全与若干年前刚起事时所出现的情景一样——生死不管、无所顾忌。王国器不管妻子谢道清作如何劝解，全然不听，只是红着两眼带着乱兵回到亚王府。他冲进亚王府大院，叉开两腿在台阶上站定，先是掩脸号啕大哭，后是面对一百一十三位南官将士大喊，我王家一家九口一心一意为党国卖命，为什么我的党国却让我断子绝孙？我三个哥哥死了，我三个侄儿死了，我两个亲生儿子死了，我有什么地方对不起他们——可为什么还要杀我？接着，这头老狮子完全失去了应有的理智，舞着两臂面对苍天愤怒狂喊，这世界我早他妈看透了，什么政党啊，国民政府啊，全他妈的都是豺狼。我不吃他，他就要吃我！我王国器什么将军都不当了。你们想归队当兵的，去宁波找蒋福海；想跟我走的，今天就跟我走！不想当兵也不想跟我走的，现在就回家！说完，拱进内室，将家里所有银元全部倾出，叮当作响往道地上一倒；头一鞠，趴在台阶上，给一院子乱七八糟的将士咣咣磕上三个大响头，爬起，揣起一挺轻机枪便一头拱将出去。他这一走，除了柳行进、陈老五与八十多位伤病员没有动外，另外三十位一直与王国器心贴心的王氏子弟，全拿起随身武器，跟着王国器走了。谢道清见情况不妙，上气不接下气跑来，企图阻止王国器的昏聩行为,但一切为时过晚。头脑搅成一盆浆的王国器,还有什么人性可言?他再也不是国民党高级将军,再也是不南官人爱戴的呵护人,而是一位无所顾忌的大土匪,奔向他要前往的地方。

完全失去理智的王国器,领着三十位出生入死的子弟,开始前所未有的大洗劫。他们冲进南官国民党党部,一轮机枪子弹扫过,三十多位政府官员与工作人员全部撂倒在地。是日,王国器冲进将军山的南官军事仓库……后来只听一声巨响,军火库腾身跃上蓝天。是日,王国器冲进临海赵家与何家,将赵何两家所有金银财宝掠走,并连杀二十八口男子,只有赵孟郡次子赵子雄与何衡芜次子何长春幸免于难。——太过了,太过了,一切都做得太过了。这场大屠杀一直到了血可漂杵,王国器这才冷下头脑。王国器曾考虑过他要重新起兵,但毕竟今非昔比啊。一个是正义之战,一个是非正义之战;一个是为大众,一个是为私仇;况且,你王国器说到底不过是一个失去了政党与民众支持的草莽人物,你如何敌得过心狠手辣的政客们?终于,宁波要塞司令蒋福海不得不带着他的部队出动了。想当初两人同朝为官,而现在,却不得不成为生死对头。王国器就凭三十条枪,怎么敌得过武装精良的正规军?他心中一动,当即指挥手下带着他们掠到的赵何两家五位年轻女子与这两家的全部金银细软,夺路而逃,直奔雁北天柱峰——很多年前艾民起带着八百壮士坚守阵地与清军作战的地方——上山落草为寇。

军统插手调查王国器一案的来龙去脉。报告出来后,蒋接过报告一看,不由得一脸错愕。对于王国器上山落草,他倒不感觉意外。用他的话说,是土匪,终究还是土匪。但令蒋恼火与痛心的,则是王曾铣这颗军事新星的陨落。赵孟郡这条老狗下的手太狠了。如果王曾铣死在日军手中,倒还有几分安慰,但他却死在赵孟郡手里!一个西点军校出来的高材生,就这么死在这个胡作非为者的手里!

次日夜十时许,赵孟郡被杀。谁也说不清赵孟郡是如何死的。当人们发现他时,只见他歪头倒在一条小河边。当围观的人们把他的尸体翻过来看时，只见他脖子上有一根陷进去很深的细钢丝。这位一军之长是被人活活勒死的。

王国器完全变成另一个人。两个儿子的死，成为王国器人生的最后一道分水岭。所有理想、信念、道德底线与良心架构，全被他的长子之死与官场里的相互残杀彻底解构。王国器从人还原到动物。

王国器第一次对三十位王氏子弟说出他人生的最后五条感悟。一、人是动物。动物在互相残杀中得以生存，人也是，不是你死，便是我活。二、人世间到处设有陷阱。要么我坑别人，要么别人坑我。三、人活着就是为了活着，没有什么实质上的意义。今朝有酒今朝醉，这才是人生的大道理。四、政治是什么？说得白一点，政治就是个大婊子。哪个男人口袋里有钱，她他娘的就跟哪个男人睡觉。五、可以与任何动物打交道，也不能与政客打交道。为此，王国器感触极深地对他手下三十位王氏子弟说，我活了五十多年，看了五十多年，世界上只有两处地方最肮脏也最讨人喜欢。王氏子弟问，何处？王国器答，一是女人私处，一是权力世界。做人哪，心地不能太善良了。善马让人骑，好人让人欺。王国器变得怀疑一切，打倒一切，憎恨一切，解构一切。他开始对什么人都不相信，对所有政党及他们提出的政治主张全抱有怀疑。

是年，他为生存，为扩充势力范围，居然着手把莲花山老土匪万五魁收罗到他麾下，让兵员从原本的三十人扩编至二百多人；并按军队编码，让两百多位兄弟分成三个营——重新拾起他过去用过的老名号——称为南官国民自卫军。

王国器真正以绿壳的面目，开始第二次雄视南官这块土地。

王国器为解决二百多人的吃饭问题，三次下山抢了国库粮食。

王国器为解决将士的性问题，两次下山抢了十三名妓女。

王国器为解决两百多人的弹药短缺问题，三次偷袭国民党政府设在海王村的军火库。三次战斗，让国民党守军死伤一百三十三人。人啊人，你的土匪情结一旦露头，你立刻就会走向人生的反面，势必成为一只杀伤力极强的野兽。

消息传至时任特别行动小组少将主任的田如梅耳中。田如梅急得不行,她误以为她与王国器是兄弟姐妹,她开口说出的话他一定会听。是年三月初九,田如梅来至南官,只歇了两天,三月十一,她便不带一兵一卒爬上三千多级台阶来到天柱峰。田如梅见到了王国器。两人打过招呼后,面对面坐下。田如梅将双枪掏出,往桌上一放,开门见山,把军统如何处置赵孟郡一事说了一遍。田如梅苦口婆心地对王国器说,你别再执迷不悟了。你在南官当这么一个山大王,对你本人、对家人、对跟着你的王家子孙,都没什么好处。然而,是时的王国器,再也不是过去的王国器。他业已心冷如铁,再也听不进别人的话。他恶着老狼眼说,就算我大儿子有错,可田兴业他娘的有什么错?如果没有他,你们蒋家能得到我们南官这支军队吗?他为你蒋家王朝做出了多大牺牲——光祖上留下的画,就叫他卖了八张。就因他放掉了自己的女儿、自己的朋友,就把他囚禁这么多年?你是田兴业姐,为什么不伸手援救?到底是你们讲良心了,还是你们根本没长良心?你们别再设圈套哄我下山,然后一枪毙了我。此言一出令田如梅一脸喷血,坐在那里大半天,居然说不出话来。最后,王国器说,如梅姐啊,不是我王国器想当野王不当真王,不是我王国器狗脸生毛不认人。可我着实让蛇咬了一口了。我王国器已年过半百,上天就是可着劲让我活,我又能活上几年?我为什么还要第二次上当受骗,让我在同一块石头上摔倒?话说到这分上,田如梅知道王国器确是王八吃秤砣铁了心,不能再回头了。她也不好再说什么,只好别了双枪走下山来。

田如梅一走,共产党在浙的新四军某纵队高层领导,也跟着开始行动。这些新四军将领们,当然看中王国器这位能征善战的抗日名将。他们知道王国器两个儿子是如何死的;他们知道王氏三兄弟的真实死法;他们知道田兴业与蒋之间的政治分野;他们知道田兴业是如何利用手中的权力与地位解救出南官一百多位地下党员的。这可不是一般的小功啊,而是顶天立地的大功。新四军纵队高层官员经过仔细考虑与洽商，最后决定，要伸手救一把王国器，让他放下屠刀、立地成佛，别再干傻事。在拟出的八种行动方案面前，新四军某纵队总部最后确定行第八种方案，于是，派新四军浙东支队军务部部长——王国器的侄女田文君与她的未婚夫——新四军浙东支队副总指挥许行一，一起去天柱峰说项。任务正式下达后，两人即刻起程。从表面上看，他们这次来天柱峰，是走一走亲戚。实质上，他们此次去的任务与田如梅一样，是要对王国器晓之以理，动之以情，让他别再占山为王当土匪——放出所有掠上山的女子，带着追随他的士兵们下山。想回家的，新四军可以按人头发路费；想加入新四军的，新四军浙东支队可全盘接收。

是年五月初三，田文君与许行一来至天柱峰。是日，王国器一边拿出当长辈的样子，满腔热情接待侄女和她的未婚夫，一边却坐在那里笑着对他们说，你们的姑姑刚走，你们又来了。看样子，我这个绿壳大王倒成为一块香米糕了。田文君说，伯伯，我们这样做，是为了你好。王国器炸了她一眼说，对我有什么好？骗我下山，好让我死？田文君说，伯伯，你也是有过妻子儿子的，你把别人的妻子女儿抢上山来，这不积德呀。王国器说，我抢的女人是仇人的女人、是妓女；我抢的东西，是国民党政府的东西。你们共产党军队一直躲在深山冷岙打游击，没吃没喝了，不抢？田文君说，伯伯，你别这样说话，性质两样嘛。我们共产党是有信仰的党，与你上山落草，完全两个概念。王国器说，你父亲不是讲信仰的吗？一言不合，一事不妥，便让蒋介石囚禁在重庆这么多年。如果我不上山落草，还不知这一回事。你阿哥王曾铣不是讲忠君、讲报效祖国吗？最后却死在自己人手里。我们南官军不是讲为国捐躯的吗？一天里死了那么多将士，赵孟郡在我身边瞪着两眼就不给救。你伯伯不是讲仁义的吗？可他的小情人外国大兵就敢占有！这年月，还有什么道德可讲？田文君说，我们共产党与国民党不一样。王国器反驳说，囡儿！不一样在什么地方？天下乌鸦一般黑，哪个政党不是这个样？用得着的时候，跪下来叫爹叫妈；用不着的时候，杀，杀。我王某人当了这么多年的将军,什么人什么党,还看不明白?是日,不管田文君和许行一如何把共产党的理论、政策、方略,说得龙叫唤,王国器就是好吃好喝地供着他们,不跟他们下山。最后,许行一不得不操着浓重的山东口音对王国器说,伯伯,你这样做,是自己把自己推向人民的反面,与人民为敌,结果很危险,搞不好,会前功尽弃、自取灭亡。我们这次来,对你来说,是个弃暗投明的好机会。我只怕这次机会错失了,再也不能回来。然而,王国器却龇着牙回答他说,你说的这些臭理论,我懂,用不着你讲。我是个过五奔六的人,人间的灾难与福分我都尝过了。眼下你伯伯什么也不缺,就缺上天给我一个死法。我是看你是我未来的侄女婿,我才接待你。你呢,别再在我面前提这个党、那个党。我一听那个"党"字,心里就发凉。没有办法了,实在没有办法了。说破嘴皮也不顶事了。什么叫命运?无法逆转的事情就是命运。一个人的命运一旦起作用后,所有的主观努力只能是顺着水打漂的瓦片。机会,对谁来说都是百分之百的重要;机会,对谁来说一生只有一次。正因王国器连续两次拒绝上帝拯救他的机会,所以他命中注定若干年后走向无法逃脱的劫难。

美国两颗原子弹在广岛与长崎上空引爆。——这两颗原子弹的引爆,让全世界人民的心最后一次结成一块大冰坨。生性好斗、好贪的人类终于明白一个道理,集体性的自私必定给人类赖以生存的地球带来毁灭性的灾难。这好比一把宝刀,当它没有了敌手之后,最后对付的只有拥有它的主人!

田兴业在囚禁中开始精心研读《易经》、《圣经》及佛家的经、律、论三藏部分著作与《六祖坛经》。

是年,田兴业恍然大悟——为什么流行千年的佛家经典教义、《圣经》经典教义与孔孟伦理,遭遇到人本欲望的终极挑战而出现了前所未有的大尴尬?无论西教、佛教,为什么都没有本质上真正解决人类天性的最后局限?因为人类从他出生那一天起,就存在着原罪,存在掠夺成性的强盗情结与帝王情结。这两种情结势必导致人类以我中心,从而导致以人为偶像;一旦以人为偶像,势必导致人类的自我崇拜;一旦人类的自我崇拜上升为集体无意识,势必导致人类生存状态的错位。人类误以为人是天下唯一的精灵,人是天下唯一的主宰,是万物独尊;人类的自我膨胀,势必导致人类自身与他赖以生存的自然系统出现失衡,一旦人类赖以生存的自然系统出现了失衡,人类还有什么路可走,势必会自己毁灭自己。田兴业恍然大悟——中国为什么会出现《易经》。它是周文王囚禁时作的吗? 不,不,它是人类屡经大毁灭后留下的上帝的密码。《易经》中所揭示的阴阳哲学,是多么伟大而成熟啊。无中生有,有中归无。变中有变,变中有不变。圆的无穷尽与循环往复。天人合一……面对上帝赋予人类有限的资源,人类无底线的扩张,无良知的不加节制,无原则的随心所欲……于是弱肉强食的战争必然产生。田兴业恍然大悟——人类社会行程中,为什么会出现孔子与老子,出现佛经与《圣经》。他们或者它们的出现,无非是要告诫人类:要遵守自然法则,要谦卑做人,谨慎行事,恪守中庸之道,不可张狂,不可贪婪,不可自大……

日本天皇正式宣布投降。——中国的抗日战争历经多年屈辱终于取得最后的胜利。这一年,举国上下一片欢天喜地,普天同庆。

许行一与田文君决定正式举行婚礼。结婚典礼就放在新四军浙东支队指挥部——南官革命根据地金家村举行。军队中唯一的名作曲家金明一当他俩的证婚人。由于田文君一直不知父母被囚禁何处,一直不知父母现在到底是死是活,再加上老外公李文达的亡故,两人身边再也没有别的长辈,田文君就邀请他父亲的好友——南官特委组织部部长戴学经参加。婚礼举行得极为简单,只进行了三项议程。一是金明一领着一大帮活蹦乱跳的文艺演出队员,在金家村的金牌楼下唱了三支歌,跳了三支舞;二是让许行一、田文君夫妇上台,给金家村村民与新四军浙东支队的全体指战员们行了三个大礼。三是请大家随喜吃了一两块糖。婚礼即告结束。事后,戴学经单打独吊将田文君叫到南官溪边,面对着青山绿水,戴学经把她外公临死前交给他的那只大钻石戒指拿出来递与田文君。戴学经说,孩子,这是你外公临死前要我交给你的。田文君问,我外公临死前对你还交代了什么?戴学经便把李文达的遗嘱一字不拉地学了一遍。这一学,让田文君思绪万千。她想起她小时候——她老外公如何抱着她口口声声叫她小宝贝,如何抱着她去看河看山;如何牵着她那一双小手去荷花池里捉蜻蜓;如何把她搂在怀里捉着小手教她写大字;如何哑着嗓子动着大胡子教她念《三字经》;如何抱着她坐在石桥头上,看着南官河那一艘艘航船驶来驶去。这是祖孙两人既难以言尽又带有诗情画意的好日子啊。可现在,显赫的李田两氏,人气急转直下,令她变得如此影只形单。田文君的心开始发酸。她捧着老外公送给她的这只钻石大戒指,抖动着双肩恸哭起来。许行一从远处走过来,想劝。戴学经摆摆手说,让她哭吧,哭吧,哭够了,也许她会好一点。

国共两党最后的大对决拉开了序幕。上百万国民党军队开始大面积结集,摆出架势与共产党军队决一死战。是年,共产党领导的武装部队不得攥紧拳头,决定反攻。几度风雨几度春秋。你不想这样走也不行啊。

是年,新四军浙东支队改称为浙东军区中国人民解放军。许行一任浙东军区司令员,赵如岱为参谋长,崔正方为政治委员,田文君为后勤部长。原所属的三、四、五三个大队统一变更为团。团长以下干部,由浙东军区党委讨论任命并上报上级有关部门。

田文君生下了第一个男婴。分娩后那夜,强烈的山风乱翻着九狼山的树林竹林。住在金明成家里的田文君,浑身无力地半靠在那张老之又老的木床上。她怀里抱着这个周身尚半透明的男婴,凝神屏气听着激浪汹涌的南官溪在不断撞击沿溪的石壁；听着强烈的山风穿越峡谷时发出的声声长啸。是时，田文君的思绪如溪流一样的奔腾不息。她想起田氏一门的十世单传；她想起她母亲生下她后再也不曾给她生过一个小弟小妹；她想起田王两氏这么多年、这么多代总是王家多男田家多女；她想起她老外公送给她的这一只价值连城的钻石大戒指；她想起她一直不知囚禁在何处、不知是死是活的父亲与母亲。她实在不愿让田氏一脉在流动的生命长河里突然被利刀斩断，她决定打破祖上的惯例——把新生儿子起了个双姓，叫许田长青。

赵子雄与何长春，决定要与共产党死战到底。——何赵两氏唯一两个传人之所以如此铁心拉起队伍要与共产党殊死搏斗，当然有他们的根本原因。他们实在不甘心家里那么多农田、房屋等家产轻易拱手让给共产党；他们实在不愿看到赵何两氏的生死仇敌——王国器还老伯爷似的活在这世上。于是，他们着手纠结赵何两氏直系眷属与社会烂头一百余人，组建成一个南官民团。赵子雄自封为司令，何长春自封为参谋长。为此，他们正式召开成立大会。大会中，赵子雄与何长春领着这一百余人结集在赵家村大操场，对天隆重举行歃血盟誓仪式。三跪三拜后，赵子雄手拿木壳枪对天狂喊，弟兄们，你们给我听着，我赵子雄誓与共产党不共戴天！誓与王氏子孙不共戴天！只要你们诚意跟着我们走，我要让你们享尽人间荣华富贵，讨上七房八房小老婆！

是年，南官民团开始修筑大炮台。

赵子雄坐船来到乐清、温岭分别与国民党六团团长陈老五、三十三团团长柳行进取得联系。赵子雄向这两位国军团长当面陈述说，请你们两位长官转告蒋委员长，我们赵何两家生为国民党人，死为国民党鬼。我们的口号是消灭共产党、消灭王国器，为党为家报仇雪恨！陈老五与柳行进对他俩的这种表现并不加以评定，只是略微一笑说，好，好，你干得很好，我们一定向委座汇报。

是年，赵子雄在十里长街找到军统南官情报站站长樊川，邀请他正式出任南官民团的军事顾问。樊川一口应承。

是年，南官地下党八个交通站被捣毁，三十一名地下党员被杀戮。由于这支民团的组成人员全是地方烂头，由于有樊川这样一位掌握真实情报的老牌特务做高参，由于他们对当地情况了如指掌，这对正往水面上慢慢浮出的南官地下党组织，有着极大杀伤力。面对那么多优秀共产党员在黎明前被杀戮，中共浙江省委高度重视，决定调集兵力彻底铲除南官土地上的这块恶瘤。

许行一立刻带一个团，扮成国民党军队样子沿括苍山开往临海。队伍过蛇山时，恰逢王国器通过眼线得知南官民团正打算血洗田王村。王国器怒不可遏，即率三百余弟兄，沿着蛇山一条羊肠小道扑向临海。是时，王国器只有一个想法，先端掉赵何两家的老巢再说。王国器根本不知沿蛇山小路一闪一闪开过来的这支化过装的部队是共产党队伍，带兵的军事首长是他侄女婿许行一。他误以为头上戴着大盖帽的就是他的仇敌赵子雄、何长春，于是下令伏击。许行一团哪知前面山口有伏兵啊，只知带着战士往前走。一走进王国器的伏击圈，王国器恶骂一句，杀他一个婊子养的！即开枪。这开枪，当场打伤三名解放军。这个突发情况，将许行一吓一大跳。侦察排长急急赶来报告说，这不是赵家民团，是土匪！许行一问，哪部分土匪？侦察排长答，王国器部。许行一大惊，什么？王国器部？侦察排长答，是啊，王国器部。许行一大喊，别打了。别打了。侦察排长问，为什么不打？他们挡我们的道。许行一说，你有所不知。他肯定把我们当成南官赵家民团。那个民团团长是赵孟郡的儿子赵子雄，王国器恨不得扒他的皮吃他的肉。你们让开，让我来向他喊话。许行一不加考虑地站将起来，对躲在草丛里的王国器大喊，伯伯，我是许行一！我们要去打临海赵家民团，你别误会！但两军之间相距较远，许行一忘了自己头上还戴着一顶国民党军官帽子。王国器手下一兵开枪了。对方使的枪是三八大盖，射程远；用的又是开花子弹——许行一话声刚落，连哼都来不及哼上一声，便一头栽倒在地上。直到王国器最后搞明是他手下误伤了他侄女婿，这才大叫“倒霉”，下令不准开枪，自带一班兄弟顺山势冲下。他们手忙脚乱地将许行一抬到边上的一处山洞。这便四处找医生。这里是南官山区的深山冷岙，住的全是山民，有几人懂得医道？好不容易找到一个土中医。土中医猴身一看，许行一被打成这种样子，吓得直摇头。急得王国器手脚发镉。正在此时，浙东军区接到报告，即派田文君与戴学经从另一处山头抄小路过来。他俩到时，许行一只剩下最后一口气。田文君一脸怒容地盯着王国器，伯伯，你看你整的什么事？王国器臊得无地自容，答，好侄女，你饶了我吧。我哪知道他穿了这么一身军服！戴学经深知王国器内心的痛楚与愧疚，只因大意失荆州造成误打误中，说，好了。好了。你们叔侄两个待会儿再论长短吧，眼下救人要紧。戴学经就着小山洞，给许行一下麻醉，开膛扒肠，先是洗去腔内瘀血，再是接上断肠；后是与女人做新衣一样，把破开来的肚皮一针一针缝好。王国器有生以来第一次亲眼看到戴学经如此给人做手术。在他的感觉中，这哪里是给人治病？简直是在杀猪！事毕后，戴学经走出山洞，点起一支烟，噙在嘴里慢慢抽。一切如此准确无误；一切如此稀松平常又惊天动地。戴学经手中的烟抽完了，许行一也跟着哼哼起来。直到此时，戴学经这才开口对王国器说，国器啊国器，你就听小弟一言吧。你带着你的人投了共产党吧。别让蛇咬了一口便怕草绳三年。遇着几个坏人，便以为天下人全是坏的。你看人家共产党对你多好。如果换成国民党军队，你把人家指挥官打成这样，对方大部队开过来，还不要了你的命？

王国器沉默了。

是年，中国人民解放军百万军队开始结集于长江北岸准备横渡长江。

是年，浙东军区司令部机关往艾家村转移。过鸡头岭时，驮着电台的那头老黄牛突然打个前跌，身子一翻，四脚朝天从峭壁上卷将下来。这一卷，老黄牛被摔得粉身碎骨不说，那台电台也被摔个四面开花。这一下，可坏了大事。是时，军区管辖的地盘实是不少。辖区内共有五个他们一手创建起来的红色根据地。总计五个团，战斗员达三千五百人。这支游击部队与正规野战部队不一样。自他们组建时起，根据中央军委部署的方案与要求，行的是孙悟空钻入铁扇公主的战略战术，一直牢牢钉在国统区腹部实施游击战，并在浙东山区建立革命根据地，发动人民群众搞土地革命，实行农村包围城市。正出于这种战略部署，浙东军区所有团各自为战，独立行动。指挥部发布的作战部署与命令，一般通过电台与各团直接联系。军区司令部若是没有电台——尤其在浙东山区——如何指挥五个团投入战斗？就在电台被毁前一个小时，浙东军区司令部即接到上级军区一重要命令，说中国人民解放军即将渡江，国民党为负隅顽抗，同时晋升陈老五与柳行进二人为少将旅长，并对陈旅、柳旅下了三道密令：一是不惜一切代价，炸掉南溪水库、南官桥梁、南官电厂与南官海门港口，令南官全城变为废墟；二是大陈岛是国民党军撤退台湾时重要据地——令他们务必利用南官这个非常特殊的地理位置，扼守海王村、麻狸岭、雾湖岭，不准共产党军队进入一兵一卒，确保国民党军队从海上往台湾方向安全撤退；三是务必劫持南官最大的民族企业家艾宝杰去台湾，如果艾宝杰胆敢不去，即就地解决，绝不可将他这样的民族实业家留给共产党。此三事是非常着实、非常要紧的大事。浙东军区下属五个团与军区直属一个团，必须全面做好保卫人民财产、切断国民党军队后路并保护民族企业家的生命安全。然而，令人无法料想的是，军区电台早不出事晚不出事，偏在这时摔得不可救药，怎能不令指挥员们心中上火？主管部长田文君即派秘密交通员王国鹏前往。——王国鹏，田王村人，王氏子孙。名头上他是亚王府大管家，实质上他是一名真正的地下党（这一点田如蕙的眼力非常到位）。从辈分上论，田文君得管他叫叔。别看他长得五大三粗，平日里少言寡语，为人却是非常老实厚道。想当初，李雅香去南京，祖上传下的两轴画谁都不敢交，独敢交与他。王国鹏受命后，即起程前往南官特委秘密办公地点，找到南官特委书记郑国立。郑国立得知情况，急，备用电台是有，但因南官民团的疯狂破坏，他们一而再、再而三的转移。现在电台所藏之处，只有他本人与田文君两人知道。郑国立对王国鹏说，现在南官民团像一条疯狗到处嗅，稍有不慎，即会带来大麻烦。你在南官出头露面太多，民团中认识你的人不少。你即去下余村的小灰寮里待下。明天上午十一点，我准时派特委文书黄志存将电台送至你处。王国鹏一听，知道南官形势急危，即示同意。王国鹏一走，郑国立潜出临时特委所在地，夤夜潜至南官中学，偷着从教学楼顶端大阁楼里取出两台备用电台中的一台，交与交通员黄志存，并告诉黄志存去下余村与王国鹏秘密联络方法。黄志存接过电台后，即将它放入货担，并把自己打扮成走山串岭的老货郎，挑起电台沿着山路往下余村方向走。他出发时，是半夜三更；天发亮时，至白岳岭；再翻过一道长岭，即是下余村地界。黄志存心开始出现松懈。于是，放下担子，想往草丛里撒泡尿。黄志存刚一解开裤子，赵子雄即从他身后的竹林中闪出，横于黄志存面前。——你是干什么的？——货郎担。赵子雄低头看，担子上果真装的全是山区农村用的日常生活品：有布，有花丝线，有女人们用的乱七八糟的小东西；再一看他的肩头，有垫肉，是个货担郎，并不在意，即放他走。黄志存挑起担子离开时，一因他从不曾经此类大事险事，心中发虚，二因脚下发蹁，踩着一块石头，身子往前一蹶，人与担子同时摔倒。此一摔，货物泻地，暗藏的电台便露出它冰山一角。此东西一现身，南官民团即拿枪顶住黄志存腰眼。是时，赵何两人拉起的南官民团，正式更名为国民党南官特别行动支队。赵何两人得以晋升。赵为上校支队长，何为上校参谋长，樊川为少将。此三人一在山林深处逮着一个南官共产党地下交通员，下的手段当然狠毒。他们即将黄志存带至板料村的一户地主人家，开始审讯。这些穷凶极恶的家伙们，对天对地一无所知，对付人却有着一套骇人听闻的魔鬼刑罚。是日，一开始审带黄志存，便把惯用的刑具——飞天吊、老虎凳、钻刀山、敲骨吸髓、顺手牵羊、请君入鳖、吃海螺丝——全在黄志存面前一一摆放。南官乡风虽然刚烈，但并非人人都是英雄好汉。自古至今，南官人出土匪、出绿壳、出革命家、出军事家、出科学家，也出孬种、出狗熊、出豺狼野兽。这个黄志存可不是天不怕地不怕的王国器，也不是随时敢舍性命的王国鹏。对方一上刑，黄志存便吓得尿了裤子。两膝发软，跪倒在地，磕头如捣蒜。多亏那时的南官共产党地下工作者，在众多的失败和挫折中，以无数战友的生命为代价，总结出一套极其严密的防范制度。大凡后来发展的交通员，十有八九全是单线联系。黄志存一不知电台从何处来、送往何处，二不知前来接他这副担子的人是谁，他只知郑国立告诉他如何接头的一些基本情况。问，电台往哪送？答，下余村。问，为什么送？答，不知。问，与你接头的人是谁？答，不知。问，什么时候来？答，只说是今天中午。问，来人长得什么样？答，不知。问，你们之间如何联系？答，我到下余村山口那个小灰寮前，拿起一把小石子，往屋顶上撒一下，他就出来。我把东西交给他，便没事。别多说了，别多说了——就这一点信息足够了。赵子雄与樊川一商量，即带黄志存前往。时间到了，黄志存挑着担子来到小灰寮面前。他抓起一把小石子往灰寮顶上一撒，不知情的王国鹏即从小灰寮里走出。赵子雄挥了一下手，所有潜伏的民团全都跑出，围住王国鹏。田文君眼力确实不错啊，这王国鹏确是一条顶天立地的男子汉。他怕赵家人报复，他怕自己经不住民团严刑拷打从而出卖同志、出卖组织上的重要情报。你想啊，他怎能在天亮前成为叛徒让后来人咒骂自己一辈子？好前不如好后啊——与其留下千古骂名，莫如自己解决自己。表面上看，他温顺如羊，做出一副大配合的模样，趁着他们目光溜号，身子一闪忽，倏的一下，抱起电台一纵身跳进大雁谷。只是一道闪光，便把自己摔成一块大肉饼。

王国鹏一死，赵子雄即下出两道死令：一是全面封锁消息；二是全部人马就地隐蔽。

时间终于到点。

王国鹏没有回来。

是时,浙东军区司令部的处境十分艰难:一因他们无法知道王国鹏出何事;二因他们无法再与南官特委取得联系。如果不在最短的时间内让军区司令部恢复电台工作,浙东地区所有部队完全变成五只无头苍蝇,不知往何处飞。司令部第一次出现前所未有的狼狈与犯难。当务之急须物色一位忠实可靠之人,前往南官与南官特委取得联系。他们不知动了多少脑筋,连找了八人,都不能解决实质问题,原因是括苍山区与回龙山区道路太复杂。不会走的人,只要他一出岔道,便会离题万里。这急得参谋长赵如岱如热锅上的蚂蚁。正在这时,忙着给孩子喂奶的后勤部部长田文君,将孩子往老乡家的女人手里一送,起身来至赵如岱面前。田文君说,据我分析,王国鹏一定出了大事。赵如岱说,现在南官国民党军与南官特别支队如此疯狂,完全有可能。——我想重搞一台。——上哪搞?——上南官搞。——我们与郑国立完全失去联系,谁知道他们的储备电台放在什么地方?——我知道。——你怎么去?——只要你派给我五个战士即可。——黎明前的黑暗是最黑暗的,要死的野兽是最疯狂的。万一整条交通线全被这些狗杂种们破坏掉了怎么办?——你放心吧,我是南官人。所有的交通线,全由我一手创建。我会见机行事。田文君是个动作极其干净利索的女人,说完此话,即付诸行动。她不仅从警卫连里挑出五位身强力壮的战士,还拿两支手枪与五颗手雷装备好自己。躺在行军床上的许行一,见田文君这般装束,心中即现阴影。许行一说,你这是干什么呀,有五个同志与你一起去,还装备得像要与敌人同归于尽似的。田文君笑说,秋后的蚊子咬人最凶。我这个人就这样,不怕一万就怕万一。作为军区司令员,许行一自然不好再说什么。田文君刚把自己装备好,五个战士便前来报到。临走时,田文君从乡亲手中抱起正在熟睡的儿子,深亲一口,甩一把头发,即与五战士一起走了。是的,田文君对南官一带的地理环境,实在太熟悉了。是日夜里,田文君潜入南官中学,很快在教学楼的阁楼里,取出另一台早就储备在那里的美式军用电台。一经取出，田文君便与五位战士顺南官河边青石板小路，直下螺洋莲花山，再从螺洋山上回龙岭，至岭口顺山路往东拐，直插浙东军区司令部所在地艾家村。第二日上午十时，田文君率五人过萌菜岭，与刚从下余村回撤的国民党特别行动支队相遇。首先发现田文君一行的正是赵子雄本人。赵子雄过鹰谷岭拐弯处时，偶尔间往下俯瞰，发现一位全副武装的女人，正领着五位全副武装的男子，背着个东西往艾家村方向狂奔。赵子雄瞬时惊呆。他马上将叛徒黄志存从身后扯出。——此六人，是不是共产党军人？——是。一定是。别看他们穿着便衣，这两步路走得与你们不一样。走在前面的第一位男子，他肩上背的一定是电台。——这么说，他们发现下余村交通站出事了？——完全有可能。他们鬼精得很。——那女人是谁？——浙东军区后勤部部长。——叫什么名？——田文君。——是不是田兴业的女儿、王国器的侄女？——是。是。赵子雄两眼瞬时现出两道吃人的绿色。他一下令，国民党特别支队一百多号人即掉头扑向田文君。

战斗即刻打响，打得极其惨烈。五名战士，中弹牺牲了三名。田文君当机立断，让活下来的最后两位战士，带电台往艾家村方向撤。——田部长，你怎么办？——你们把弹药全部给我。——我们一起撤吧。——不行。一起撤，一个也别想跑。这里的地形我熟。我掩护你们。记住，你们必须沿着这山道，以最快速度翻过那道冈，只要过那道冈，便是我们根据地地界，他们想来也不敢来。小心电台，千万别碰坏了。两位战士一看没法，只得照办。他们放下所有弹药，在密集的枪声中跳出岭口便往根据地方向猛撤。

田文君伏在山口全力阻击。一百多名男子竟与一个女子对决！田文君到底是女中豪杰，她枪法很准，而且占据了极为有利的地形。她能打着敌人，敌人却打不着她。短短一小时内，田文君干掉赵子雄手下近五十名特别行动支队队员。至最后，战士们留给她的子弹全部打光了。赵子雄的特别行动支队，开始前三层后三层地把田文君紧紧包围。他们围得极为迅速，导致田文君来不及跳崖。田文君知道自己在这些人心目中的分量。关键时刻，她父亲身上特有的那种风骨瞬时在她身上闪现耀目的光辉。她极其镇静，只是背靠悬崖站定。赵子雄第一次与田文君见面。赵子雄做梦也没想到立在悬崖前的女人会如此年轻、如此秀美。他问，你就是田文君？答，是。问，就你这么一个女人，一下子打死我五十多人？答，是啊。如果我手里的子弹多些，你们死得还要多。问，你父亲是国民党中将，你却为共产党卖命，这是为何？答，萝卜青菜，各有所爱。这你可管不着。问，就你这样的女人，应当当我的姨太太才对，你怎么当起共匪的后勤部长来了？答，共产党马上要解放全中国了，你怎么还敢与共产党作对？你就不怕你自己不得好死？赵子雄欺她是个女人，欺她手中的枪支无子弹，想徒手活擒。刚一走近，哪知田文君突然衣服一撩，拉响捆在她腰中的全部手雷。整座山都强烈地震颤了一下，赵子雄、黄志存连同田文君本人瞬间被可怕的大力撕成了碎片。多么英勇的田文君哪。——从她读高小那日起，就让校长郑国立发展为地下中共党员，这么多年，一直东奔西跑从事革命运动。然而令人无法想到的是，老天爷只让她做了一个月不到的母亲，便牺牲在南官国民党特别行动支队的手里。正当解放军一个营的战士急急赶往此地时，摆在他们面前的除了田文君、赵子雄、黄志存与五六十具尸体外，南官特别行动支队所有队员早不知去向。战士们没有法子，只好将田文君的尸体一一拾掇好，连同三位战士的尸体一起，抬回设于艾家村的军区临时司令部。

消息不胫而走，终于传至王国器耳朵。在亚王府所有的下一代人丁中，王国器独爱两人：一人是他的长子王曾铣，一人是他的侄女田文君。他觉得田王两氏第三十代人脉中，唯有此对子女才是田王两氏真正的顶梁柱。王国器万没想到，他这个心爱的侄女会有这种死法。得知此消息后，王国器再次疯狂。他心里潜藏着的魔鬼再次对着他的灵魂发出锐叫，赵子雄啊，赵子雄！你走着瞧，我要是不杀得你特别行动支队人仰马翻，我他妈的不是人！是日下午一时，王国器神不知鬼不觉地率三百多位兄弟，沿着崎岖山路赶了一百多里路,夤夜子时,达临海赵家村。是时,夜正黑,色正浓。赵家村正在举办赵子雄葬礼,近二百三十名南官特别行动支队士兵荷着枪全在赵氏大院里守灵。他们根本没防着王国器会来这一手。王国器率大队人马冲进赵家村后,便红着眼大开杀戒。他们在急风暴雨般的枪声中打死一百七十多名特别行动支队队员不说,还殃及一百三十三名无辜。唯有南官军统特务樊川与何长春从赵家大院的阴沟里潜出,才逃得两条小命。

第十章　胜利者，失败者

中国人民解放军百万雄师越过长江。国民党精心构筑的长江天堑被中国人民解放军所突破。解放军战士占领南京国民政府总统府，扯下了青天白日旗。

是时的蒋福海，既从军又从商，在宁波一带业已算得上是半个金融寡头。现在共产党马上就要接收这块土地了。摆在蒋福海面前的只有两条路：一条，带着你的细软即刻起程逃往台湾；一条，拱手出让全部家产交付共产党成立的新政权处理。南京青天白日旗降落当日，宁波有一千三百多商家大户，选择前者——连夜坐海船顺着那条茫茫的海路去菲律宾、马来西亚、台湾。尤其蒋福海的亲家茅国友，不仅倾其家产，在千岛湖一带收购差不多上万斤茶叶、上万匹高档丝绸、一万一千九百九十件精美瓷器，还花大钱雇了底牌最硬的三艘大英帝国商船，想把这些东西全部运往台湾，日后好发一笔大财。结果人算不如天算，他亲家那三艘大船一驶到大陈岛附近，中将林兴军指挥的第一舰队，误以为这三艘船是共产党的军需船，下令开炮。三枚鱼雷直冲货轮，只听惊天动地的三声巨响，白色水柱腾空而起。老亲家连同蒋福海的长子、长媳与全部货物全都沉入海底。蒋福海得此消息，一个时辰内苍老了十年。他的头脑里一片空白，两眼看人开始发憷。不知道的人，误以为他是白痴。别看田如梅是个女人，远比蒋福海坚韧。她定下主意，带上家里全部黄金白银坐船上大陈岛，撤离大陆。她前后三次对蒋福海说，天下没有一条路是平的，我们在大陆唱不了戏，上台湾也得好好唱它一场。

然而,是时的蒋福海身心早坠入万丈深渊。就在他长子与亲家翁船毁人亡后,他已恍然大悟,苍天不再爱他们蒋氏一族。他明白蒋氏气数业已走到尽头,辉煌不可再现。面对这个束手站在他面前、书呆子式的次子蒋建国,蒋福海说什么也不想离开此地。是日,结婚多年的蒋田夫妇,第一次出现大冲突。蒋福海说,我最爱的大儿子死了,与我感情最深的亲家翁也全军覆没了,我们家有多少钱也白搭了。田如梅说,你怎么能这么说话呢?你不是还有二儿子吗?蒋福海说,就他傻乎乎的那种猴样,能成多大气候?田如梅说,你知道什么呀,他可是我们蒋氏一门的艺术天才。蒋福海说,有权有势,天才才有用;没权没势,天才有何用?田如梅说,你不爱这个儿子,我爱好不好?你不上台湾,将来共产党还不要你这条老命?蒋福海说,共产党要,我就让他要去。死在老家这块故土,值。田如梅说,既然上天还让我们做人,无论到什么时候你都不可放弃希望。留得青山在,不怕没柴烧。蒋福海说,故土难离,我这一把年纪了,总不能与我的老亲翁一样,把老骨头扔在海里喂鱼。我蒋福海这一生财得尽、权得尽、福享尽。吃够了提前量,也该轮着自己好好解决一下自己。田如梅当然知道她丈夫作何种打算。她不死心。她只想再等他一下,让她丈夫回心转意。打算去台湾的人,一批接一批地走了。连大陈岛的一些百姓,也举家收拾行李,一批接一批坐着林兴军的军舰去往台湾。然而蒋福海还是一动不动。田如梅沉不住气了。她急得如同热锅里的蚂蚁。

共产党政府在宁波正式登台亮相。他们没有派大批武装兵员前来登门干扰,只是以书面形式向蒋福海发出最后通牒说,我们共产党人的政权是为人民服务的政权。你蒋福海与田如梅过去对人民所犯下的罪行,我们记得一清二楚。我们现在只希望你们夫妇放下屠刀,不要再与人民为敌。田如梅拿着这张“最后通牒”当着蒋福海的面抖了两下说,你看看,再不走,我们就来不及了。这样的传单都发到我们家里来了!

蒋福海没正面回答。他背着两只手,在院子里走来走去。是时，他那颗苍老的心如秋千般直在打晃。他怎么也没想到，所有好梦美梦，全叫这场政治上的大失败丢得一干二净。面对砸不烂、咬不动、全副武装的共产党，蒋福海第一次发现自己如此渺小、如此无能、如此倒灶。夜，十点正。宁波沉浸在前所未有的幸福与快乐中。所有与蒋福海家有关的股东，以及他的亲属，全涌至他家。他们站在蒋福海家的大堂上，等他拿主意。是时，蒋福海这头老狮子才大梦初醒。他要将自己定下的想法付诸行动。他让田如梅带着他的二儿子蒋建国快走。蒋福海说，我为你准备的军用快艇就在房后江里泊着。——你呢？——我随后就来。——不行。要走一起走，要死一起死。——你怎么变得如此不懂事？你是女人，建国是孩子，走容易。我这样的人物，轻易怎么走得了？——走得了走不了，你都得跟我走。——如梅，你别再做美梦了，好不好。所有出海口早在七天前就被共军封死了。你以为我不知道？——我想过了。唯一的办法是从南官海王村走。那一带还没有解放。我那个弟弟王国器还在那里占山为王。——你呀你，女人就是女人，头发长，见识短。你想得太简单啦。你看到没有？这么多人跑到我们家里来干什么呀？他们不是想与我们死一起死、活一起活。就现在，你我能搞到这么大一条船，带他们全部走吗？——那你为什么不早走？——早走？我对得起他们吗？做人也不能如此自私啊。蒋福海到底是盐商出身，老谋深算。别看他一大把年纪，头脑却出奇冷静。在此种关键时刻，他向他的爱妻捧出他七天前早就策划好的行动方案。面对此情此景，田如梅想不这样做也办不到，只好噙泪点头以示同意。

是日夜交子时。宁波城沉在睡梦中。蒋福海这头老狮子终于站起，耸动毛羽。他命大管家将在他家里的股东、掌柜、总事、长工、伙计等，包括亲属、家人和邻居，包括欠债人和债权人，全部叫到大院内结集。结集完毕后，蒋福海当众将所有欠他家的债据、地契，全都倾入道地，点起一把火烧个一干二净。接着，蒋福海又带他们至后院库房，当众打开库门。在蒋家做长年的贴心伙计，怎么也没想到,看似平常的银库,会放有那么多银元与洋纱。蒋福海伸手指着库房内的全部东西,说,欠我的,今天一笔勾销;我欠你们的,今天按实数赶快拿走。至于我的管事、掌柜、伙计,在我家苦了那么长时间,我蒋某人一直不曾好好待过你们。钱财本是身外之物,生不带来,死不带去。这些钱财若是让共产党新政府拿走,分给那些与我不相关的人,莫如让你们全部拿走让我心安。说完,他当场拿出名单让大管家宣读。大管家一宣读完,就叫他们按数目全部拿走。放啊放啊,一直放到东方现出鱼肚白,蒋福海家的银库,终于瓜分干净。蒋福海牙齿一咬,将正在着手准备出走的田如梅叫到中堂。他把田如梅按定在太师椅上。田如梅不知他要做什么,正在发闷,蒋福海两膝跪地纳头便拜。这一跪拜,将田如梅拜得全身发慌。她一把扶起蒋福海,说,你这是干什么呀?你不是说好与我一起走的吗?蒋福海说,蒋氏一门大限来临,想救也难。我与你夫妻多年,感谢你给我生下两个儿子。大的让我自己人打死了,眼下只剩下这么一个了。我想来想去,只有你们田家在南官还有人。若是你们逃得出去,你们就逃;若是你们逃不出去,你还有个妹妹叫田如蕙,有个嫂子叫谢道清,有个侄女叫田文君,有个侄女婿叫许行一。前两个我不必说,后两个都是共产党官员。兴许借他俩之力,能让我蒋福海有一脉传承。有朝一日,上帝开眼,蒋氏咸鱼翻身,国民党人重返大陆,我蒋氏一门也不至于后继无人。

田如梅从二十多岁那年与他结婚,一直跟他在政治风云里周旋,一个官至中将,一个官至少将。两人相处这么多年,她怎不了解他的个性?她一下明白她丈夫最后做出来的决定是什么。——你是铁心不想走了?——是。我铁心不想走。——给个理由!——实话实说吧。什么叫兵败如山倒?什么叫覆巢之下岂有完卵?这就是。你逃得出去就逃,逃不出去,最后结局与我一样,同样是死。共产党如何能放过我们这样的要人与权臣?我呢,只希望你趁这一带未平之机,无论如何杀出重围,直达南官——把建国交给田如蕙与你嫂子谢道清。我很早就看过她俩之相,心眼厚道,能养我们家建国成人。

蒋福海起身,拿出一只盒子,交给田如梅说,我们家最后的一点家产,你把它带走。我估计,天一亮,共产党军队便要进城。你与建国快快起身。船上那两位警卫全是我出生入死的好朋友。他们会把你与建国送到目的地。田如梅打开盒子看,里面有六根金条与一只光闪闪的金田蟹,外有一小包情报人员专用的毒药。田如梅透过此物看到她丈夫的意志与决心,同时也解读出她丈夫的果敢与无畏。事到如今,这对老夫老妻还能说什么?一切都在无言中啊。三分钟一过,田如梅终于咬下牙根,说,好,我现在一不为你,二不为我自己,为的是这个唯一活在世上的天才儿子。我走,我走。她冲进屋里拿过双枪挟入包裹,一把捏死她儿子蒋建国的手,冲至后院,打开后门。蒋福海两个贴身警卫即从黑处潜出,请她们母子上船。刚一坐定,快艇即贴江面朝南官方向猛飞。

田如梅快艇一驶走,蒋福海极为果决地着手解决他自己。他先将书房里所有文件全部搬出,当院成堆,点火,烧个一干二净。随后,拖着两条锈腿,从这进房子转到另一进房子。他一边慢慢踯躅,一边自言自语地呢喃着谁也听不懂的话。一直转到拂晓,最后时刻来临了。他转身至祖庙前,躬腰点起一炷香,跪下,向老祖宗牌位拜了三拜。起身,把三重黑门关紧。回来,再在中堂太师椅上坐定。他从口袋里掏出一包白色毒药,张开大嘴,仰脖,一口倾尽。五秒钟后,一股黑血从他嘴角渗出,身子就势往后一倒。蒋福海再也不能重新站起。蒋福海一死,一直潜伏在旁的另三位贴身卫士——是时,他们业已一身平民打扮——完全按蒋福海生前既定部署着手行动。他们先用白被单把蒋福海尸体裹好,放在堂前正中,接之悄然撤出蒋家大院。三分钟一过,一声震耳欲聋的巨响,大院顿时化作一片火海。

田如梅终于来到亚王府。她伸手敲开田如蕙的家门。是时,正值晚上九点。田如蕙没睡,秉灯出来,打个遮风,只一伸头,发现灯光中浮在她面前的居然是她亲大姐，顿时张嘴说不出一句话。——是你？——是我。——共产党要解放全中国了。十里长街有不少人跟着蒋走了，你是个将军，怎么还不走？——让你姐夫给拖了一下。——快、快、快进来。——我不进来了。时间来不及。我没有别的事，只想把小儿子托付给你。——你想上哪？——我本想把他带走，可我发现共产党胜得势如破竹，到处都是民兵，我想出海都出不了。这小子呢，是我家唯一的艺术种子，画得一手好画。可他天生力薄体单，整不好，我死了不说，他也得跟着我丢命。——那你们一起待在我这里好了。——不，不。我与你不一样。你不是国民党将军，我是；你丈夫死在抗日战争，我与我丈夫却是蒋总统的人。共产党的政策我了解。对你，他们会高抬贵手。对我，可不行。逮着，不把我当战犯，也得让我坐一辈子牢。就我这种性子，别说是坐牢，关我一天禁闭，我都受不了。

田如梅将口袋里装着的那只盒子取出，打开，拿出那包毒药后，把金条与金田蟹全部交给田如蕙。田如梅说，从今天起，你就把建国当成你的亲生儿子。你给他换个姓，让他在你身边好好活下来。她动作利索地将她儿子蒋建国往亚王府大门里一推，砰的一声合上大门。正当田如蕙重新打开大门走出去看时，田如梅早不知去向。田如蕙太了解她这个姐。只得长叹一声关定大门。门一关，田如梅一脸是泪地从上马石后闪出。三分钟后，她那艘快艇，箭一般向金清方向射去。

国民党苍南旅旅长柳行进正式投诚。

国民党乐清旅旅长陈老五因负隅顽抗，战死在南湖水库大坝上。

许行一带着两个团的战士前来南官接收南官国民政府。十里长街人欢欣鼓舞。百姓就是这样啊，什么人爱他们，他们就欢迎什么人。如今，解放军事事为百姓着想，这么多兵，没有一个破家入室，没有一个当街抢劫，没有一个口出粗话、耀武扬威，没有一个在他们面前指手画脚、老三老四。尤令市民们深为感动的是，他们开进十里长街的当夜，明明李家谢家两处大院空无一人，一街之兵居然无有一人进入，全在店铺外的房檐下抱枪就地睡觉。这是一支什么样的军队啊。百姓在此地生活了那么多年，从不见过如此清正廉明的军队，岂有不欢迎之理？次日，沿街商铺与市民为表达对人民子弟兵的真诚欢迎，决定摆千家宴。他们在钱河清的统一指挥下，决定统一菜谱、统一制作、统一上菜，然后沿十里长街摆桌，宴请来到南官的中国人民解放军。上桌之菜，全是南官本地特色菜：带鱼、黄鱼、鳓鱼、墨鱼、鳗鲞炒芹菜、辣椒炒螺丝、清蒸白鲳鱼、花鲜。点心，全是北方士兵从不曾吃过的甜食：乌饭麻糍、松花饼、硬擂圆。时间一到，家家花灯高悬。一家男女全站在门口迎接。解放军战士列队开至，先立正向房东举手敬礼，后在桌前正襟危坐。坐定后，指挥官钱河清点起一炮双响，家家户户一字长龙开始上菜上酒。十里长街人永远忘不了这次万人大宴。上来的第一道菜便是南官花鲜，这是他们按待客人的老规矩。这个海中宝贝一旦端上，在括苍山里转了七八年的北方兵们全傻了眼。其中十八连连长名叫曹子杰，打仗极为勇敢，光着膀子敢往子弹海里冲，吃那玩意却不在行。他拿过一颗遍身苏白的花鲜，当成花生米，丢进嘴里便咬，只听得咔嚓一声大响，将他一口好牙崩下一块，牙床都扎出血。气得他呸的往地上啐了一口，一蹦跳上台阶叉手咧着嘴叫，娘个×！这是什么东西？咋个吃？正好许行一来至他面前，哑然失笑，忙叫钱河清派出三十三个本地人，挨桌前往给战士们做示范。一旦有人做示范，事情即圆通，这位山东大汉总算吃到花鲜的好滋味。曹子杰一边吃，一边说，嗯，这东西是鲜，就是麻烦。吃时，还得用嘴去嘬，不过瘾，一点儿也不过瘾啊。乌饭麻糍一端上，诸葛明英家门口那一桌坐的全是司令部指挥员。八个干部只一瞧便一脸惊诧。参谋长赵如岱，河北人，哪见过这个？他见乌饭麻糍一身乌黑油亮，骇一跳，冲着许行一嚷，许司令，你来，你来。许行一走过去。赵如岱问，南方人吃东西咋这么不讲究？许行一与他同是燕京大学毕业生，且参加革命后同事多年，两人感情很好。许行一不知他为何说南方人吃东西不讲究，赵如岱一指乌饭麻糍说，你看，这东西，黑油黑亮的，怎么能吃？许行一不多言，俯身切下一小块，塞进他嘴里说，我的好参谋长，你就放心吃吧。这东西好着呢。——什么做的？——乌饭脑加糯米蒸熟捣起来的。赵如岱硬着头皮咬它，只一咬，大腮帮即停止磨动。先是喉结上下打滑，后是两眼放光，一咽下，跳起大叫，嗨，嗨，怪不得你要娶南官姑娘做老婆，这地方还有这么好吃的黑东西呢！尤为有趣的还是硬擂圆端上来后。政委崔正方看到满盆金黄闪亮的团子先是一怔，问许行一，咦，这是什么玩意？许行一答，这是本地特产硬擂圆。——硬擂圆是什么东西？——我只知它是糯米粉加花生粉之类做的。老百姓拿来款待你，总不会药死你吧。崔正方一想有理，到哪山唱哪歌嘛——这便大嘴马哈开吃。那硬擂圆实在太可口，一吃，喉咙里仿佛伸出一只手拼命往肚子里抓。由于他们在山里打游击时的生活实在太艰苦，一年到头在大山里转着，不是吃番薯便是吃洋芋头，几时吃过这等好东西？许行一叫他少吃。他不听，一吃再吃。散宴后，司令部官员一应入住李家大院。崔正方刚一躺下，吃过量了的硬擂圆便在崔正方的肚子里作妖，痛得他在床上乱蜷，脸也青了，嘴也黑了，黄豆大的汗珠顺脸掉下来了。许行一一看不好，忙叫警卫员去找戴学经。戴学经来只一看，什么都明白，笑了，说，你们哪，打了这么多天的仗，饿的时间太长，一下子吃这么多东西怎么行？戴学经马上给崔正方上催吐药，搅得崔正方伤心凄惨地呕出一大盆子，这才把痛止住。打这往后，崔正方再也不敢轻易吃硬擂圆。

田兴业终于坐着一条小船回到南官。十里长街不知有多少夜行人亲眼看到，他瘦弱的身后紧跟着两个人。一个是他后续的妻子蒋凤春，一个是刚满五岁的儿子。田兴业至亚王府门口时，一抬头即看到他年轻时写在亚王府大门口的那副对子，顿时感慨万千。

他站在亚王府门口犹豫了好长时间,这才鼓起勇气走上台阶前去敲门。是时,谢道清与田如蕙均没入睡,正在房间里商量如何处置蒋建国。听得有人敲门,谢道清先警觉起来。她推开前窗伸头往大门口看。只见浓浓夜岚中,门外站着一长两短三个黑影,影影绰绰中不知是谁。——谁呀?——我。——你是谁呀?——田兴业。

亚王府木前楼顿时一片混乱。楼板开始出现大震动。

田如蕙、谢道清皮球一样下了楼来。灯光晕开,门口站的三人全浮了出来。谢道清高兴得差点张开两臂扑过去。见他身后还站着个年轻女子正灼着两眼看她,张开来的两臂即改变方向,一把将田兴业身边的小男孩抱起,叫,阿弥陀佛!你们总算活着回来了。田如蕙到底是姐,她才不管这么多,扑过去抱着田兴业的头连叫两声"阿弟",号啕大哭。直到谢道清说,你想在大门口哭上一年?还不快让他们进屋?田如蕙这才恍然大悟,忙收泪,把田兴业一家三口引进亚王府。是夜,对于亚王府三个第一代人来说,是极为不平常的一夜。那情意、那感觉,非常人所能品尝。说不完的话,道不完的事,絮絮叨叨地说,没完没了地说,一直说到天快亮,田兴业这才想起亚王府另外还有两个女人。——余雪珍呢?——不知道。——刘桂英呢?——不知道。——她们俩一直没来过?——国民政府定王曾鑫、王曾钊为烈士时,她俩曾来领过抚恤金,领完就走了。——你没留她们?——留了。她俩说,丈夫打了这么多年仗,最后连个烈士都没捞着,在十里长街做人抬不起头。——你俩没去请她们?——没有。儿子死了丈夫死了,让她们俩待在这里不是活折磨?田兴业一想有理。是夜,田兴业作出两个决定:一是把他在囚禁时与蒋凤春生的五岁的儿子正式定名为田文和;二是把田如梅的儿子划归在他名下,改姓田,叫田建国,让田建国称他为爸。谢道清赞成,只是田如蕙有些后怕。田兴业问,你怕什么?田如蕙答,纸总归是纸,我怕它包不住火啊。今后万一有人知道他的真实底细,说我们隐瞒不报怎么办?田兴业说,姐,你把心放到肚子里去吧。你们不了解共产党,我了解。我现在是什么?是共产党的有功之臣！田文君虽然牺牲了，可她终归当过共产党浙东军区后勤部长。无论从哪方面说，我们田家都是烈士家属。谢道清说，姐，你把心放到肚子里去。你想啊，兴业被囚禁了这么多年，音信全无。十里长街有谁知道他在外生了多少个孩子？只要我们四个大人对外一致宣称这孩子是李雅香在外边生的，谁会不信？田兴业叹息说，我活了一大把年纪，一直说不清上天按的是什么心思哪。从抗战那年起，田王村说死人就死人。不是一个两个死，而是一批接一批地死。亚王府老一代人就剩我们这几个了。这年月，有今天没明天，下一代能保一个就保一个吧。是夜，他们一直说到天快亮，田如蕙与蒋凤春因太渴睡了，才起身回房睡觉。他们一走，正中堂里，只剩下田兴业与谢道清。田兴业问，王国器怎么拉络子上天柱峰当土匪的？谢道清即将她所知的前因后果说了一遍。田兴业有些不解，他这是为何呀？国民党叫不去，共产党叫也不去？谢道清答，他说他叫蛇咬了一口，怕草绳十年，对什么党他都信不过。田兴业问，共产党军队有没有派兵打他？谢道清答，没有。——这么说，人还在天柱峰？——具体我也不知道。我估计他还在天柱峰。——南官共产党政府眼下谁当家？——听说，是你女婿许行一。——你找过他没有？——没有。——为什么不找他？——我开不了这口。现在，人家是胜利者，我是失败者；一个失败者，面对胜利者，我去他那里是当奴才还是当乞丐呢？——你不能这样想啊。——我两个儿子虽是国民政府定为烈士，王国器这一出又让我成为土匪婆子。一朝天子一朝臣，我不知共产党还认不认国民党的账？再加上田文君一死，有道是人一走茶就凉，时一过境便迁。你那个女婿对我这个姑姑还认账不认账？田兴业说，我得想个法子会会他。无论如何得把王国器救出来。不管他认还是不认，文君生下的那个儿子许田长青，总不能不叫我外公吧。

南官特委领导人员在公开场合露面。直到这时，十里长街人才恍然大悟，其实共产党早在南官建有地下特别工作委员会。直到这时,十里长街人才大吃一惊,南官中学校长郑国立居然是南官共产党的地下特委书记,另一个戴厚眼镜的副校长钱河清,居然是宣传部长,恩泽医局大医生戴学经,居然是组织部长。消息一经公布,戴学经又一次成为南官新闻人物。他一背起药箱去给人看病,好奇的路人总要伸手把他拦住:戴大夫,你真的是共产党的大官?戴学经笑而不答。十里长街人忍不住大叫起来,天哪,戴大夫!我们咋就没看出来你是共产党的大官呢?

田建国开始画画。正当田兴业站在田建国身后聚精会神看田建国在纸上走笔时,谢道清捧着两轴画来到田兴业面前。——你这是干什么呀?——物归原主。——你管着不是一样吗?——这不行。李雅香走时交给王国鹏,王国鹏牺牲前交给我。——我知道。——你们田家有你们田家的规矩,须当家媳妇才可保管祖上遗物。现在,你当家媳妇来了,你应当交给她才是。田兴业一听,品出话中有话,他那目光变得分外温柔起来,说,道清啊道清,你老大不小了,怎么还要孩子气呢?你说说,这个亚王府真正的当家媳妇是谁?是她?我告诉你,在我心里,谁也不能取代你。这分家业你就好好管着吧!谢道清一听,两只手下意识地颤抖一下。她不再说什么,只是捧着画回至内室,与若干年前的田兴业一样,将它高高地搁入神龛中。

南官大剿匪行动正式揭开序幕。作为初掌国柄的政党,当务之急便是两条:一是想尽一切可想之法让饱受战争苦难的老百姓休养生息、安居乐业;二是对任何扰乱政局的行为必须立即制止。由于南官地理环境特殊,尽管国民党正规部队已被歼灭,但整个括苍山脉存在的土匪足有上一百股。他们仍与过去一样,据山立寨、占地为王。这一百多股土匪,大致可分两类:一类是民众土匪。这些土匪,什么党也不靠,有奶便是娘,有枪便是草头王,只要有吃有穿有女人便心满意足。一类是政党土匪。这类土匪的组成人员,差不多全是那些被中国人民解放军打散了的国民党残军败将。国民党临撤兵去往台湾前，委任了不少游兵散勇，让他们当司令当团长。这一百多股土匪，分别占据大溪、坞根、玉环、临海、天台、海门、永嘉、乐清、太平、黄岩、天台、仙居一带，有着极大的杀伤力与破坏性。从中央正式下达全面剿匪那日起，许行一便带着他六个团的战士，从海上至陆上全方位开始围剿。三个月一过，占据在南官六县山区与沿海的陆匪、海匪，几乎清剿一净，唯独盘据在雁北天柱峰的王国器部，让南官军事委员会犯了难，关键原因有二：一、别看王国器今年快六十岁了，但他的头脑与身体极好，就凭他的长期作战经验与灵活的头脑，不是一般部队说拿下便能拿下的。二、他所占之地，位在永嘉、仙居、黄岩交界处的深山老林，是一处绝地无双的大天险，其老巢天柱峰，其形如笋，仅有一条宽三尺的垂直山路可通鲤鱼背，洞是挂在半山腰的天然大溶洞。——断粮？——不行，不行！王国器可不是当年艾民起，精明至极，早在山洞里备下可供一年消费的粮食。——断水？——不行，不行！洞内有一大泉眼，清澈见底，四季不断。——断柴草？不行，不行！那山顶上长的全是一片密树林，顺着鲤鱼背脊爬上去，一年两年烧不完。用迫击炮打？——不行，不行！一来迫击炮打不得那么高，射不到那么远，飞出去的炸弹只能在半空中划出一道抛物线，最后落在半山腰上开花。——用过去包尔泰用过的办法？——不行，不行。那叫什么共产党哪，怎么可以拿人质开刀？唯一办法是动用飞机、动用重磅炸弹，从山顶往下炸，一直炸，炸倒洞门倒塌活把他们闷死为止。但目前我军军事装备还极为落后，根本没有巨型炸弹；再者，好坏一勺烩，不是我们共产党人处理问题的基本原则啊。既然如此，那就不去管他，让他们自生自灭。细为一想，还是不行。他们毕竟是人。他们要吃、要穿、要潇洒、要捣蛋。你进他退，你退他进。只要他们一下来，便如一条饿急了眼的狼，有今日没明日地胡作非为，遭难的还不是老百姓？真是庆父不死，鲁难未已。王国器部成为南官军管会的眼中钉、肉中刺。着手管吧，这么多的部队、这么多的人，日夜守护在天柱峰脚下，何年何月是个头？更为要紧的是，王国器部与其他各部土匪性质完全不一样。王国器是抗日名将，为打日本鬼子，王氏一门死了三兄三侄两儿，无论怎么说，王氏一门毕竟是国家有功之臣。王国器当上山大王后，枪口一直对准国民党，不曾对准共产党。尽管王国器杀何、赵两家时，行动过火，枉杀不少无辜，抢了两家不少女人上山，但他毕竟打的是国民党军队，炸的是国民弹药库，客观上对共产党军队解放南官起了重大作用。王国器前后三次与中国人民解放军剿匪部队遭遇，王国器总首先放弃战斗，只是抢些粮食与布料，拔腿便走。

南官军管会六位官员——郑国立、钱河清、戴学经和刚上任的师长许行一、政委崔正方、参谋长赵如岱——召开会议，研究王国器部的问题，都感到棘手，不知从何下嘴。——你说他们不是土匪吧，他们是土匪；你说他们是土匪吧，他又与别的土匪不一样。你说他对共产党不相信吧，他又相信，当年对红十三军总是网开一面。你说王国器对共产党完全相信吧，又不是，想当初田文君与许行一夫妇上山动员他下山投靠共产党军队，王国器说什么也不同意。你说他坏吧，他一家子为抗日战争付出那么大的代价，他当南官王与第六军军长期间为地方、为百姓做了不少好事；你说他好吧，他又走上另一个极端，扯旗为匪，危害平民百姓。若是让王国器部在南官土地上继续生存，人的本能就决定王国器部要下山扰乱、与民为敌；若是打，部队如何在天柱峰下使开手脚是个大问题。正在这左右为难之时，钱河清说，不管怎么说，王国器是我们南官名副其实的一位野王。无论过去他当地方军阀，还是现在他当山大王；无论过去他被国民党收编，还是现在他另立山头，他确为南官百姓做过不少好事。如今，他走到这一步，也是没有办法的办法。我的意思呢，只可用文，不可动武。许行一说，那你能否出个好主意？钱河清说，我想，只要请出两人上山，即可劝他下山。许行一问，谁？钱河清答，一是戴学经，二是田兴业。许行一说，我与田文君一起去游说，他都不听，他俩能行？钱河清答，你俩去，与他俩去，可是大不一样。许行一问,为何?钱河清答,从个人关系上论,你俩只是他的晚辈亲属,他可信,可不信;他们俩,可是王国器一生中最为信任的两个人。许行一问,我岳父回来没有?郑国立说,回来了,是我们部队把他从重庆一处囚禁地解救出来的。许行一问,怎么救回来的?郑国立答,具体我也不知。我只听省委领导说,国民党下令处决那里关押的共产党与国民党民主进步人士,独没有下令杀他。我们部队到时,他还坐在那里念经。部队放他出来时,他还不知天下发生了什么事。许行一问,上级对我岳父还有什么说法?郑国立答,省委明确指示,说他在我党极其艰难时,曾真心实意帮过我们,要我们照顾好他生活。新政权建立后,他若是愿意出来在政府机关服务,地方政府给予安排;他若想解甲归田,地方政府须保证他个人的基本生活费用。我们共产党不能过了河就拆桥,卸了磨就杀驴吃。崔正方说,这家伙确是有骨头啊。关了那么多年,说不低头就不低头。许行一说,从我与文君结婚到现在,我还不曾与他见过面。现在文君牺牲了,我不知他认不认我。郑国立答,别看文君牺牲了,说到底他还是你儿子的亲外公。我的意见是,你当抽个时间与他见个面。许行一说,若是你们今天不说,我还不知他回来。我误以为他去了台湾呢。郑国立说,我也一直没有与他见面。只听说他带回来两个儿子。前一个是李雅香生的,起名田建国;后一个是他后妻蒋凤春生的,起名田文和。崔正方说,田建国?中间那个字怎么不叫"文"?郑国立说,我也说不清。我只知道他两个儿子年龄相差八九岁的样子。当议到田兴业会不会上山时,他们再次犯傻。据郑国立掌握的具体情况来分析,田兴业打从他出狱后,已变成另一个人:一是不问政治,二是只管修行。一个小时过去,他们还是想不出个好主意。直快到天亮时,郑国立说,局势就这样,我们干坐在这里议也不是个办法。我的意见还是让许师长趁着认亲的机会与戴部长一起去找田兴业谈一下吧,兴许看在亲情分上,能帮着我们上山。大家听后都觉得有理。

会议结束了。

分头行动开始了。

许行一的老家父母双亲全在抗日战争时被日军杀害，老家中空无一人；田文君牺牲后，他一直担心这个只有两岁半的儿子交给谁带。如今，老岳父突然从狱中活着回来，他心想，自己的亲生儿子交给他亲外公带，总比随意丢给山村里的老乡们带强啊。况且他岳父满腹经纶，强将手下无弱兵，他这个儿子让他来带，总不会差到什么地方去。是日，他作出决定，骑马去金家村金明一家里取回孩子。戴学经想这么多年两个好友不曾见面，如今老友回来，还有何说？会议结束后，他先回恩泽医局睡了一大觉，吃过午饭，即去十字街坊购下两瓶子好酒与两包桂圆。下午三时，许行一背孩子骑马从金明一家回来。戴学经带酒与桂圆在三水泾口福星桥与许行一会面。两人见面后，戴学经问，孩子好吗？许行一答，好。小家伙睡得真香呐。戴学经说，走，走，即提礼品与许行一走向亚王府。只过一小会，许行一、戴学经便到了亚王府门口。许行一打从他与田文君结婚后，首次来亚王府。他一抬头，即被亚王府的王者之象所征服。他看到大门口站有一对威风凛凛的石狮子，看到平地上高矗的一根大旗杆，看到门右方立有气势恢宏的上马石，看到正对门楣悬有蒋介石亲笔题的大门匾，看到门柱上深嵌有黄杨木雕大楹联。——这是我岳父写的？——是啊。——我岳父怎么把戏联用在府门上？——这便是你岳父对社会人生的基本看法。许行一再仔细看一下蒋介石题写的匾书，问，这真是蒋介石题的？——是。他的字写得好不错唷，有点像孙中山的。戴学经点一下头。许行一正要抱着孩子往门里进，蓦地想起一事，退下一步，问戴学经，我怎么称呼我岳父的新妻蒋凤春？戴学经笑说，在我们中国啊，男人的辈分从来都是固定的，女人的辈分从来都是浮动的——嫁了你爹你就得管他叫妈，嫁了你兄弟你就得管她叫嫂，嫁了你本人，你就得管她叫妻。这没办法。许行一说，她这么年轻，让我叫她妈？戴学经说，你不想叫，就别叫；如果要叫，可以叫她阿姨，这比较“通大江”。许行一点头。

戴学经与许行一走进亚王府。一进大门,他俩全发呆。只见亚王府内的田王两家亲属,早已做好饭菜,候在中堂等他俩来吃饭。戴学经将手上拎着的东西往桌子上一放,咧嘴笑起来,天,你们怎么得知我们要来?田兴业迎上,笑说,天外有天,人外有人。别看我们现在是小老百姓。小老百姓也有小老百姓的眼线啊。双方握手,认亲。是日夜晚,亚王府亲情融融。许行一至死都忘不了他与岳父见面时的情景。老了,老了,他岳父真的老了。一头花发不说,那张四方脸也变得如同一棵大白菜。除了那笔挺的身板,让人一看就知他曾是个军人外,其他再也不能与昔日的国民党中将、侍从室副主任、江南才子紧密联系在一起;眼前的他,再也不能与昔日那个风浪倜傥——以赋对赢得南官第一小姐的田兴业相重合。正当许行一把酣睡中的小外孙交到田兴业手中时,田兴业看着自己的生命在第三代身上延续,令他再次想起他一生中唯一的女儿田文君,想起病死在囚禁中的妻子李雅香,想起他一生中的第一个知音老岳父李文达,想起他在文昌书院读书时那种特有的潇洒,想起他从政后这么多年间的风雨交加。田兴业老泪纵横了。他几乎哭着一遍又一遍地亲吻着许田长青,念叨着女儿田文君的名字。半天过后,田兴业才开口说,你们别笑话我了。我一是老了,二是失去的东西实在太多了。面对我女儿身上最后的这一点血脉,我作出点过分之举,万望海涵,不要见笑。你呢,身为解放军一师之长,国事系身,若你信得过我这个老家伙,就把这孩子放在这里,让我们带吧。谢道清跟着说,这个亚王府啊,从它建成那年起,一直多孩子。如今,这么大一个王府,只剩下田建国、田文和两个孩子。我的意见也这样。你是一师之长,做你的大事。长青呢,你放心,家中有三个女人,我们一起带。什么时候,天下太平了,你想带回去,再来把他接走。这正是许行一求之不得的大事,他自然一口应承。

田王两家亲人与戴学经一起坐下来吃饭。这种快活无法言尽。酒过三巡后,一脸酡红的戴学经便把他们这次来的真实目的与田兴业说。田兴业听后放下酒杯再次老泪纵横。他说,什么叫命运,性格就是命运啊！想当初，他若听我一言修炼一下自己，何以会成为此等山大王啊？许行一说，好赖不说他是我的亲属；你呢，过去给他当过这么多年参谋长，眼下他所处的状态，也许只有您与戴部长的话才能起作用。谢道清噙泪说，眼下天下太平了，他别再这么瞎折腾了。你俩去一下也好。我请你对他说，就说我让他回来。老老实实待在家里做个平民百姓。这么一把年纪了，还争什么哪，下得山来过过好日子吧。田兴业这颗苍老的心越想越是不落忍。他想起小时候他们俩在一起的好日子，想起他们俩十八九岁就开始共举义旗，想起那时候他与他一文一武相得益彰——如今一眨眼过去这么多年。老了，老了，我们全老了。无论什么样的戏，总该谢幕了。田兴业点头，说，我可以让他下山，但你们共产党的新生政府必须向我保证三条。戴学经请他说。田兴业说，一、王国器受了那么多政治欺骗，眼下变成一只惊弓之鸟，他的心态我理解，就是对谁也不敢轻易相信，对什么事都十分敏感；你们行事、说话须小心。特别是你们队伍里的同志，只要有一位不理智或是说话出口伤人，都可能会惹出大麻烦。二、你们必须言必信、行必果，不可欺诳。你们当着他的面答应什么，下山后须兑现什么。现在，他不再是过去的他。残酷的现实让他的头脑变得越来越复杂，而且还神经质。我比你们清楚，他这只老狼，决不会在同一块石头上第二次摔倒。三、你们必须以礼相待。他的一生就是一个处世原则——你敬我一尺，我还你一丈。你白刀子进，我就与你红刀子出。至于政治理想与人主信仰之类的东西，他一概没有。许行一说，爸，这几点，你大可放心。我们共产党人从来功是功、过是过。况且王氏一门有那么多人死在抗日战场上，光国民政府正式颁发的烈士就有四个。王曾铣还进了国家英烈祠。我们共产党人决不会忘记国民党政府军保家卫国的那一段光辉历史。我军把你从囚禁处解放后，中央一边作出决定同意你回家，一边要求地方政府好好照顾你，让你出来为人民政府工作。戴学经说，这一点，你老哥哥放心。省地两方意见完全一致。只要国器兄带着那三百多位弟兄下山，过往不咎。今后共产党政府怎么对待你,也会怎么对待他。

事情终于敲定。

团圆饭终于吃过。

许行一放下他的儿子即与戴学经一起离开亚王府。

南官军管会一切准备就绪。是日,大起早,田兴业与戴学经带着一只药箱(这是他的通行证,无论山里哪股土匪只要看到他背的这只箱子,便不敢轻易动他)上路。一个小时后,两人到达将军山脚下。田兴业抬头望着那三年前就开始渐变得光秃了的将军山,不知为何一种不祥之感涌上他的心头。他自言自语地说,真将军倒了,将军山也光了。天意,这是天意啊!戴学经一时没听清田兴业在嘟哝什么,问,你方才说什么?田兴业摇摇头,沉默无语。两小时后,双双顺山径到达天柱峰脚下。是时,满山满野雾动如潮,偌大一处峡谷早已成奶海。十几步开外一片影影绰绰。石头铺成的羊肠小道一片滑塌。田兴业抬头望天柱峰,天柱峰如笋矗立浓雾之中,通往山顶的石阶如直立的云梯。这令他想起了多少年前艾民起率六百壮士跳山的那出悲剧。历史啊历史,你可千万别在这块土地上再次重演。两人正要耸身上山,一直在山脚下的许行一与赵如岱从竹林里闪出,四人小声交谈几句后,潜在周围的战士们便举手向他俩敬礼。戴学经攀上一两步,忽地想起什么,回头再嘱参谋长赵如岱说,如果王国器他们同意放下武器,我们就把他们全带到山下来,你当参谋长的须保证不发生任何意外。赵如岱答,您俩放心,我们开过三次连以上干部会了。该交代的细节全都交代过。只要你信号弹一发,我们的欢迎队伍即刻启动,保证让王国器风风光光。既然如此,戴学经不再多说。于是,他俩头顶着脚,脚顶着头,一级一级开始往上攀登。山下的军人们仰着头望着他俩的身子在一点点变小。最后,身影很快被弥天大雾吞没。

戴学经与田兴业爬到半山腰。田兴业累得不行。两人坐下一歇。田兴业心中还有块垒。戴学经问,你怎么一脸愁容?田兴业答,我怕节外生枝。戴学经说,赵参谋长为人处世我知道,细心,周密,决不会有差错。田兴业说,来时,你看到将军山没?戴学经说,看到了。怎么啦?田兴业说,山顶上的将军树全死光了。又变成一座癞头山了。戴学经说,自然变化,有什么哪?田兴业说,不知为何,一种直觉告诉我,我这位老哥的人生就要走到尽头。戴学经说,兴业呀,你老了,我也老了,你我都别再神经过敏了。事在人为。田兴业长叹说,我的好兄弟啊。人之匪性不除,只怕天下难求其安啊。两人起身再爬,终于爬至通往大溶洞的第一处哨口。这里可真是一夫当关、万夫莫开。四周全是悬崖峭壁。稍有不慎,就会摔下万丈深渊。三个守山哨兵,一见有两人影影绰绰从雾里走出,大为惊骇,掉枪头对准他们喝道:谁?两人几乎同时应答,别开枪,我们是专程前来看望你们的。接着,他们又上前三步。三个哨兵中,其中有一哨兵正是王家子弟,看来人不是别人,恰是田兴业与戴学经,大喜过望,欢呼雀跃,舞两手顺着山道冲上三步,对着上哨大喊,家里来人了,家里来人了。声音一站接一站,传至天柱峰大溶洞。是时,一头花发的王国器正坐在洞中犯愁。他感觉自己第三次站在十字路口上。想当初起事时,事事都有人为他掌舵。先是田兴业,田兴业让国民党高层请走后,有戴学经、有算命先生卜无意,有妻子谢道清,后来他当第六军军长兼第六师师长,有蒋福海、有田如梅。可现在,这些他完全信得过的人,一个也不在他身边,与他搭手的却是顽匪万五魁。这家伙人长得五大三粗,头脑却简单得像块猪脑,胸无点墨,只会给他惹麻烦,还帮不了他半点忙。他怎么看怎么觉得自己成了一头陷入重围的猛兽,不知从何处才能撞开天罗地网。他不止一次想携众逃往台湾(凭着他海上这两把刷子,他完全可以驾船去台湾),一派人下山打听,情况出乎意料,他们家的老根据地海王村,早已让共产党军队封锁,凡是他的嫡系亲属全部被盯死,本村人出海捕鱼,自有民兵武装押船。面对这种局势,他王国器从何处搞来出海大船?就这么坚守着?守到什么时候是个头?共产党军队那么多,地方武装民兵那么稠,军队与老百姓一联手,山脚下不就合成一处铜墙铁壁？若是让他举双手下山投降，他怎么能吃得准共产党的政策？况且他上山当真土匪后，杀了那么多人，抢过那么多钱财、女人与粮食，万一丢了手上那一杆枪，是圆是扁都得由着人家来揉搓，他王国器不就变成一只死蟹了？若不下山投降，他又能在天柱峰上守多久？生活必需品问题，士兵想家的问题，万五魁新生儿子万丰收发高烧七八天的问题——一系列问题全摆在桌面上，如何解决？一个不想当土匪之人，命运却偏偏让他当上土匪。是天意，还是命中注定？面对即将成立的人民的新政权，王国器心里说不出有多后悔。他后悔自己小时候不听田长河的话，死不读书，闹得自己看问题从来没有田兴业与戴学经那么深那么远；他后悔自己当初没有听田文君、许行一的话，说什么也不投靠共产党，闹得如今困兽般待在天柱峰的大溶洞里一筹莫展；他后悔自己当初如此鼠目寸光，怎么就没看到共产党会掌握天下的大势？现在，一切全被他侄女言中了。机不可失，时不再来，最后自己让自己成了一条碎了舵的大海船，顺着海流漂泊，说不定什么时候一头撞在礁石上粉身骨碎。后悔哪，后悔！王国器真的后悔，但后悔又有什么用？天下哪有东去的河水能倒流？哪有过去的时间能回来？面对岔道，正在左右为难、无法作出最后抉择时，他手下一哨兵异常清亮地向他报告，戴学经大夫与田参谋长来了。王国器大吃一惊。哪个田参谋长？——田兴业参谋长哪。——天哪！是他？——对。是他。——他没死？——没有，没有。大哥。我亲眼看到他了呐。——他们在哪？——就在洞下边。——快请他们上来！这个突如其来的消息，让王国器喜不自胜。也许多年不见故交，也许他思亲心切，他当即下令手下别再乱歪在地上，起来把洞内好好收拾收拾。喽啰们手忙脚乱地开始收拾。他返身穿上那套唯一完好保存下来的国民党将军服，佩戴好手枪与那把中正剑，步出洞外前往迎接。他刚一至洞口，便看到田兴业与戴学经一前一后向洞口走来。王国器整个心都在狂跳。他高叫一声“兴业、学经老弟”，便扑过去与他俩紧紧拥抱，两道老泪顺着他脸上的岩缝悄然流将下来。是时，天柱峰洞内共住有三百多人:百分之六十是田王村人,百分之四十是万五魁部下。由于洞小人多,堆满粮食与物资,加之稻草铺地,大小便出不去——屁臭、汗臭、尿屎臭与霉烂味全搅和在一起,让人一闻便心中作呕。临山洞壁共建有十多间房子,房内住着的全是抢来的、供他们性消费的女子。万五魁部的顽匪们对他俩的到来无动于衷,王国器手下的老兵们却完全不一样。一听说老参谋长与随军医生戴学经来了,个个欢呼雀跃,全都跑将过来,围着他们七嘴八舌,说个不停。万五魁的压寨夫人,不断拍打着她的儿子万丰收说,好了,好了,小宝贝,医生来了,你有救了。戴学经刚一站稳,她即抱着孩子过来请戴学经看病。戴学经当即坐下给万丰收看病。田兴业呢,从他进来的一刹那起,便感觉到洞窟内横溅着仇恨的冷锋。这股冷锋来自两个方面:一方面是那些被抢上山的女人们,一方面是万五魁手下的顽匪。

田兴业咬了一下正在给万丰收看病的戴学经耳朵说,这里的气氛有点不对。戴学经说,他们不是一伙的。田兴业说,那些女人,人人目光忒狠。万五魁女人说,这当然。她们全是赵家的女人,能不狠吗?戴学经一看孩子得的是肺炎,打开药箱,拿出两片消治龙,让万五魁女人找点开水给小孩服下。女人问,要紧吗?戴学经说,眼下只能控制,想根治,只有上我恩泽医局。孩子一安静,他们即坐下来谈事。戴学经说,我与兴业这次上山来只有一个目的,给你解围。王国器问,怎么解?戴学经把他目前所处的形势详细说了一遍。戴学经说,现在不是过去。现在山下有五个团的解放军、七个营的民兵包围在那里,守住所有道路。他们可以调动全南官的人力物力来对付你的天柱峰。你们不下山,他们也无所谓,只要他们一声令下,不打一枪,便可把你们围到艾民起的悲剧重演。王国器说,这我晓得。问题是,我现在手上有罪恶。戴学经说,这一点,你大可放心。共产党政府知道你走到这一步,是被国民党内部逼的。王国器说,共产党怎么会知道内情?田兴业说,想当初,赵家设饭局想毒死你们,你知道是谁给你递的条子?王国器问,谁?田兴业答,共产党啊。王国器说,上面没写人的名字,怎么会是共产党?田兴业说,是戴学经写的。王国器大为愕然，这么说，你是共产党？戴学经说，是啊，我是共产党。王国器说，给我当了这么多年随军医生，为什么不与我明说？戴学经说，人前说话甚难哪。如果那时我与你挑明说了，消息一旦走漏，你们内部有特工，我不就死定了？王国器说，如果我下山投降，共产党会如何对待我？戴学经说，共产党一直对你很敬重。王国器问，何以见得？戴学经答，你打过日本人，打过国民党啊。万五魁插嘴说，既然你们如此信任我王老弟，那你们为什么还要围剿我们，不放我们一条生路？戴学经说，原因十分简单。因为你们现在不再打国民党，而是开始扰民。共产党的宗旨就是为救普天下老百姓，让老百姓安居乐业。田兴业说，天下大定，我们决不可违天命而行事。万五魁说，田兴业，你可是国民党的高参。现在连你也变成共产党了？田兴业答，我倒不是共产党。可我知道识时务者为俊杰。做人哪，无论做什么都得讲个度。能到此为止就到此为止，别再拿鸡蛋往石头上碰了。万五魁问，你给我说说，我与王老弟投降后，共产党会封我们什么官？戴学经说，眼下你们的司令可以当个县参事。万五魁问，我呢？戴学经坦然一笑，说，如果你的表现好，既往不咎，与王国器一样。万五魁挑刺说，你只不过是一个医生，怎么能说得如此肯定？田兴业仰脸笑说，实话与你们实说吧，我直到昨天，才知道戴医生是共产党南官特委组织部长。王国器说，这么说，你跟着我去南昌会战打日本鬼子时，你就是共产党的组织部长？戴学经答，是啊，是啊。王国器说，那我上山后，你为什么一直不来找我？戴学经说，你侄女和许行一不是上山来找你了吗？可你那时心里发横，说什么也不干哪。牛不喝水不可强按头，你说我有什么办法？共产党那时之所以想救你一把，就是因为你打过日本鬼子、打过国民党，而且王氏一门在抗日战场上出了那么多烈士。共产党是人，与我一样，讲的是有恩不报非君子。所以南官军管会决定让我与兴业上山来动员你们。万五魁说，你们会不会把我们骗下山后，再一灼子烩了我们？戴学经说，我们怎么会骗你呢？如果我们想骗你，南官军管会也不会让我与田参谋长一块上山来。戴学经这番话，使王国器一下子在茫茫大海中看到了闪亮的灯塔，在迷漫的森林中看到指示的路标。他的面前开始影绰起温文尔雅的谢道清与气象万千的亚王府；影绰起海王村那一片海上壮景与田王村那一片温柔的田园风光。万五魁睃着眼还想质问些什么，王国器当即亮声喝道，别他妈噜苏了。你看你那个儿子病得什么样了，此时不下山，还待何时？万五魁偶一回首，碰到他妻子那双哀怨的眼神和蜷在妻子怀里的他一生中唯一的儿子万丰收，心里一怵，闷声点头表示同意。他一同意，事情便好办了，四人当即商量如何下山。戴学经首先提出两个关键性问题：一是编队，二是武器。他们很快商定：所有物资均留在洞中，由南官军管会相关部门前来处理；所有武装人员以排为单位先走，戴学经与所有女人、孩子断后。谈至带与不带武器时，双方出了一点矛盾。田兴业要求所有人员手中的武器全部放在山洞，让接收部队前来处理。万五魁坚持要把自己防身的木壳枪带走，一直带到他认为确实安全后再交出。这使田兴业非常不快，当时便板着脸说，既然是投诚，就得有投诚的样子嘛。带武器下山做什么？万五魁说，万一你们共产党变卦怎么办？田兴业说，共产党的组织部长都在这里，怎么能变卦？双方出现僵持。戴学经毕竟不过是医生，毕竟不是从战争中锻炼出来的军事指挥官，他犯了一个不容忽视的错误。他误以为不就是一支小小的木壳枪吗，没有什么了不起，不放心就让他带着。如果过分逼他们全部放下手中武器，说不定还会引起他们更大的怀疑，反倒把事情搞僵。时候一到，山底下的欢迎队伍敲锣打鼓涌上来，这些人在热烈的欢迎队伍面前，不一下子土崩瓦解了，那才叫怪呢。于是，戴学经表态说，你要带就带，只准你一人带一支。田兴业还想坚持，一看共产党组织部长同意了，作为一位非决策者，当然不好再硬坚持什么，只得点头以示同意。

万五魁手下顽匪，面对着王国器手下的异口同声，不想放下武器也不行。他们全都跟着放下了武器。

第一个带头走出洞口的是王国器。是时，王国器显得多么快活与轻松。面对着刚刚散去的浓雾,面对着刚从云雾中露出的大太阳,他下意识地伸了一下手臂,对着群山"呵——呵——"大喊,引起山谷一片回音。第二个走出山洞的是田兴业。他无心欣赏美不胜收的山景,只是不断回首紧盯万五魁。他很怕这只白脸狼会做出什么出格的举动。万五魁与原手下五大金刚走出洞口,其他人等跟着鱼贯而出。最后走出洞口的是戴学经与十多个女人。这十多个女人中,前三个是赵家的女人,中八九个是十里长街的妓女,后一个是万五魁的妻子。戴学经走过第三级台阶后,便朝天发出三发绿色信号弹。信号弹带着三道绿弧线,慢慢坠入山谷。

共产党政府果不食言。这支土匪队伍一到山脚,钱河清挥手下令,上千人的欢迎队伍即刻欢腾。先是锣鼓铺天盖地地敲响,后是百子炮、二踢脚腾空升起。寂寞的天柱峰下热闹非凡。面对此情此景,王国器多少有点感动。他极其感慨地对田兴业说,我做梦也想不到他们会搞出这么大动静。田兴业说,我早就跟你说过,共产党功过分明。走在最后的戴学经一看山脚下人头涌动,知道万事大吉,心里一块石头落地,长吐了一口气。他放下药箱,在山道边的一块石头上坐下,拔出一支烟来抽。就在此时,一件完全意想不到的事情发生了。在欢迎的人群中,潜伏着两位王国器的生死仇人——樊川与何长春。尤其何长春,一眼看见他的妻子蓬头垢面地走在队伍里,顿时怒火中烧。他猛地拔出手枪,朝王国器身上开了一枪。这一枪正好击中王国器手臂。王国器往后一踉跄,樊川手中的枪跟着接二连三地响起。走在前面的三位金刚一中枪倒地,万五魁便跳将起来。原本他就怀疑这一切全是共产党精心设计的圈套,现在果然如是,那还了得?他恶着老命大叫,兄弟们哪,上当了,我们上当了!共产党在骗我们哪!这一喊,悲剧再次在天柱峰脚下上演。在万五魁的精心策划之下,顽匪们手里的长武器是放下了,可短武器却有八支掖在身上藏而不露。此八位顽匪,全是不怕死的高手。他们同样认为这是骗局,抖出枪来便还击。子弹一响,前排毫无防备的民兵转眼间全牺牲了。左右两边的解放军战士一看,不还击不行；于是，还击。这一还击，三百多人的命运可想而知。乱枪中，有一半人倒在血泊里。

战斗很快结束。这是一次完全没有想到的战斗，让南官军管会极为恼火，然而又有什么办法呢？全体官兵一齐努力，终于逮到何长春。拉到一边，一枪托打下，何长春便一个踉跄跪倒。许行一问，你为什么开枪？何长春答，我看到我那个被掳上山的妻子在他们队伍里，我难受，就开枪了。许行一气得全身打哆嗦，令两个战士把他带下。没带出八步，何长春拔腿便跑，许行一掏枪，对准他后身只是一枪，他便一头钉死在石道上。三位战士上前搜身，发现他身上藏有一只大钻石戒指，取出交给许行一。许行一一看，钻石戒背后刻有他妻子田文君的名字，大为愕然，说，天哪，这不是我妻子身上的大钻戒吗？怎么会在他身上？查！一查，他不是别人，正是参与杀害田文君的凶手原南官特别行动队何长春。

许行一下令清理战场。解放军战士与民兵伤亡三十二人。山上下来的人伤亡一百五十五人，大部分是万五魁的顽匪。万五魁本人被乱枪打成马蜂窝。独有万五魁的女人、孩子与那十多个女人完好无损。让全体官兵们百思不得其解的是，他们怎么找也没找到王国器与樊川的尸体。独有田兴业知道冥冥中王国器还活着。他不禁对天一声长叹，老天爷啊，王氏一门到底作了什么孽，却让他如是！

2004 年至 2007 年 8 月 1 日第一稿统成

2007 年 11 月 4 日第二稿改于路桥

2008 年 3 月 10 日第三稿改于路桥

2008 年 8 月 21 日第四稿改于路桥

2010 年 4 月 18 日第五稿改于路桥

图书在版编目(CIP)数据

亚王府/郑九蝉著. —上海: 东方出版中心,
2011.10
ISBN 978-7-5473-0426-6

Ⅰ.①亚… Ⅱ.①郑… Ⅲ.①长篇小说—中国—当代
Ⅳ.①I247.5

中国版本图书馆 CIP 数据核字(2011)第196842号

亚王府

出版发行: 东方出版中心
地　　址: 上海市仙霞路345号
电　　话: 62417400
邮政编码: 200336
经　　销: 全国新华书店
印　　刷: 昆山亭林印刷有限责任公司
开　　本: 890×1240毫米　1/32
字　　数: 238千
印　　张: 9.25
版　　次: 2011年10月第1版第1次印刷
ISBN 978-7-5473-0426-6
定　　价: 28.00元
